No Final Ficam os Cedros

Pierre Jarawan

No Final Ficam os Cedros

Tradução
Karina Jannini

JANGADA

Título do original: *Am Ende Bleiben Die Zedern*.
Copyright © 2016 Piper Verlag GmbH, Munique.
Copyright da edição brasileira © 2020 Editora Pensamento-Cultrix Ltda.
1ª edição 2020.

Todos os direitos reservados. Nenhuma parte desta obra pode ser reproduzida ou usada de qualquer forma ou por qualquer meio, eletrônico ou mecânico, inclusive fotocópias, gravações ou sistema de armazenamento em banco de dados, sem permissão por escrito, exceto nos casos de trechos curtos citados em resenhas críticas ou artigos de revistas.

A Editora Jangada não se responsabiliza por eventuais mudanças ocorridas nos endereços convencionais ou eletrônicos citados neste livro.

Esta é uma obra de ficção. Todos os personagens, organizações e acontecimentos retratados neste romance são também produtos da imaginação do autor e são usados de modo fictício.

Editor: Adilson Silva Ramachandra
Gerente editorial: Roseli de S. Ferraz
Gerente de produção editorial: Indiara Faria Kayo
Editoração eletrônica: S2 Books
Revisão: Luciana Soares da Silva

Dados Internacionais de Catalogação na Publicação (CIP)
(Câmara Brasileira do Livro, SP, Brasil)

Jarawan, Pierre
    No final ficam os cedros / Pierre Jarawan ; tradução Karina Jannini. -- São Paulo : Jangada, 2020.

    Título original: Am Ende Bleiben Die Zedern
    ISBN 978-65-5622-000-0

    1. Ficção alemã I. Título.

20-34394   CDD-833

Índices para catálogo sistemático:
1. Ficção : Literatura alemã 833

Cibele Maria Dias - Bibliotecária - CRB-8/9427

Jangada é um selo editorial da Pensamento-Cultrix Ltda.

Direitos de tradução para o Brasil adquiridos com exclusividade pela
EDITORA PENSAMENTO-CULTRIX LTDA., que se reserva a
propriedade literária desta tradução.
Rua Dr. Mário Vicente, 368 — 04270-000 — São Paulo, SP
Fone: (11) 2066-9000
http://www.editorajangada.com.br
E-mail: atendimento@editorajangada.com.br
Foi feito o depósito legal.

Para Kathleen

"Quem acredita ter compreendido o Líbano não recebeu uma boa explicação."

Provérbio libanês

I
"Como eu poderia saber na época
que essa imagem me perseguiria para sempre?"

Prólogo

*T*udo pulsa, tudo brilha. Beirute à noite, essa beleza fulgurante, um diadema de luzes cintilantes, uma esteira em ritmo acelerado. Quando criança eu adorava imaginar estar aqui. Só que agora estou com essa faca entre as costelas, e a dor no meu tórax é tão lancinante que não consigo nem gritar. *Mas nós somos irmãos*, quero berrar, enquanto eles arrancam a mochila das minhas costas e me chutam, até eu cair de joelhos. O asfalto está quente. O vento sopra vindo da Corniche,* ouço o mar bater na margem e a música dos restaurantes da rua. Sinto o cheiro do sal no ar, da poeira e do calor. Sinto gosto de sangue nos lábios, um regato metálico na pele seca. Sinto o medo crescer dentro de mim. E a raiva. *Não sou um estranho aqui*, quero gritar atrás deles. O eco de seus passos me escarnece. *Tenho raízes aqui*, quero berrar, mas só sai um gargarejo.

Vejo o rosto do meu pai. Sua silhueta no vão da porta do meu quarto de criança, antes que meus olhos se fechem, nosso último momento juntos. Pergunto-me se o tempo e o arrependimento o corroeram.

Penso nos versos murmurados pouco antes pelo homem barbudo: *Então, não haverá para eles nenhuma possibilidade de pedir ajuda, e não encontrarão salvação.*

Penso na mochila, mas não no dinheiro nem no passaporte, que agora estão perdidos. Penso na foto que está no seu bolso da frente. E no diário dele. Tudo perdido. A dor quase toma minha consciência.

Sou responsável pela morte de um homem, penso.

Depois, enquanto o sangue escorre da ferida: reaja, isso deve significar alguma coisa. Um sinal.

Os passos dos homens ecoam, estou sozinho, ouço apenas as batidas do meu coração.

---

* Avenida à beira-mar em Beirute. (N. T.)

Se você sobreviver a isto aqui, penso e sinto de repente uma estranha paz, vai ser por alguma razão. Sua viagem não terá terminado. E você fará uma última tentativa de encontrá-lo.

1

Mil novecentos e noventa e dois.

Meu pai estava em pé no telhado. Ou melhor: se equilibrando. Eu, embaixo, protegia o rosto com a mão e olhava para cima com os olhos apertados, onde ele se destacava como um equilibrista escuro diante do céu de verão. Minha irmã estava sentada na grama, balançando um dente-de-leão e observando seus pequenos paraquedas darem piruetas. Tinha dobrado as pernas de um modo nem um pouco natural, como apenas as crianças pequenas conseguem fazer.

— Só mais um pouquinho — gritou meu pai alegremente para baixo, virando a antena parabólica enquanto mantinha o equilíbrio com as pernas afastadas. — Está melhor agora?

No primeiro andar, Hakim pôs a cabeça para fora da janela e gritou:

— Não, agora são os coreanos que estão na TV.

— Coreanos?

— É, jogando pingue-pongue.

— Pingue-pongue? E a narração? Também em coreano?

— Não. Em russo. Na sua televisão, os coreanos jogam pingue-pongue e o comentarista é russo.

— O que vamos fazer com o pingue-pongue?

— Acho que você virou muito para a direita.

Minha cabeça também se movia como em um jogo de pingue-pongue. Eu acompanhava o diálogo dos dois e deixava meu olhar vagar de um para o outro. Meu pai tirou uma chave fixa do bolso da calça e afrouxou a fixação. Depois, pegou a bússola e virou a antena mais para a esquerda.

— Lembre-se: 26,0° a Leste — gritou Hakim, e sua cabeça cinzenta tornou a desaparecer na sala.

Antes que meu pai subisse no telhado, ele me explicou direitinho. Estávamos na faixa estreita de gramado na frente de casa. A escada já estava apoiada na parede. Os raios de sol cintilavam por entre a copa da cerejeira e produziam sombras maravilhosas no asfalto.

— No espaço, há satélites circulando ao redor da Terra — disse. — São mais de 10 mil. Eles nos dão a previsão do tempo, medem a Terra e outros planetas e estrelas ou nos ajudam a assistir à televisão. A maioria deles oferece uma TV bem ruim. Mas alguns também oferecem coisa boa. Queremos o satélite com a melhor televisão, e ele está mais ou menos ali — olhou para a bússola e virou-a na mão até sua agulha alcançar a marcação de 26° do lado direito. Em seguida, apontou para o céu, e meu olhar seguiu seu dedo.

— Sempre? — Eu quis saber.

— Sempre — respondeu. Curvou-se, passou a mão na cabeça da minha irmã e pegou duas cerejas que estavam na grama. Comeu uma delas. Depois, segurou a outra na frente dos nossos rostos e, com a ponta dos dedos, girou o caroço roído a certa distância ao redor dela. — Ele gira ao redor da Terra com a mesma velocidade com a qual ela gira ao redor de si mesma — lentamente, desenhou com o caroço um semicírculo no céu. — Assim, ele sempre fica na mesma posição.

Gostei de imaginar uma televisão extraterrestre. Mas não me agradou a ideia de que em algum lugar lá em cima um satélite traçava sua rota, sempre no mesmo lugar, sempre no mesmo circuito, de maneira constante e confiável. Sobretudo naquele momento, pois nós também tínhamos encontrado uma posição fixa ali.

— Deu agora? — gritou meu pai do telhado.

Meu olhar se voltou para a janela da sala, na qual imediatamente surgiu a cabeça de Hakim.

— Não muito.

— Pingue-pongue?

— Hóquei no gelo — gritou Hakim —, comentarista italiano. Acho que você virou muito para a esquerda.

— Acho que estou enlouquecendo — respondeu meu pai.

Nesse meio-tempo, vários homens se aglomeraram na rua, na frente da nossa casa, e ofereceram pistaches uns aos outros. Nas sacadas da frente, as mulheres pararam de estender roupa e passaram a acompanhar a cena com as mãos nos quadris e expressão de que estavam se divertindo.

— Arabsat? — gritou um dos homens para cima.

— Sim.

— Esse canal é muito bom — gritou outro.

— Eu sei — respondeu meu pai, enquanto soltava de novo o parafuso e virava um pouco a antena para a direita.

— 26,0° a Leste — gritou o homem.

— Se virar muito para a esquerda, vai pegar a TV italiana — opinou outro.

— Pois é, e os russos estão à direita, não muito longe; o senhor precisa prestar atenção.

— O mundo inteiro faz esporte, eu também deveria fazer mais — disse Hakim, um pouco desesperado, depois sua cabeça desapareceu de novo dentro da sala.

— Uma vez meu sogro caiu do telhado quando quis salvar um gato — disse um homem que acabara de se unir à roda. — O gato está bem.

— Quer que eu suba e segure a bússola? — perguntou um mais jovem.

— Isso, ajude-o, Khalil — aconselhou-o um mais velho, talvez seu pai. — A TV russa é horrível. Algum dia já assistiu ao noticiário russo? Só mostra o Ieltsin e seus tanques por todo lado, sem falar naquele sotaque dos diabos! — pôs mais um pistache na boca e perguntou na direção do telhado: — Quer que eu vá buscar a churrasqueira? Pelo visto o senhor ainda vai ficar um bom tempo aí em cima. — soou como uma brincadeira. Os homens ao meu redor deram risada. Meu pai, não. Refletiu um pouco e exibiu o sorriso maroto que sempre se esboçava em seus lábios quando ele percebia que um plano estava sendo preparado:

— Sim, meu caro, vá buscar a churrasqueira. Quando eu terminar, vamos fazer uma festa — depois, olhou para mim, embaixo. — Samir, *habibi*, vá pedir à sua mãe para fazer uma salada. Os vizinhos vêm para o almoço.

Isso era típico dele. Reconhecer impulsivamente as situações que mereciam ser saboreadas. Se a vida lhe oferecia a possibilidade de transformar um momento comum em outro especial, ele não pensava duas vezes. Meu pai estava sempre envolvido em um manto de confiança. Espalhava uma alegria contagiante, que dele emanava como uma nuvem de perfume e cativava todos ao seu redor. Em seus olhos, que em geral eram castanho-escuros e às vezes mudavam de cor, ganhando um tom esverdeado que normalmente mal era perceptível, podia-se reconhecer o despontar de seus pensamentos atrevidos, que sempre davam a impressão de que ele tinha saído das páginas de um romance picaresco. Seus lábios esboçavam um sorriso descontraído. Ainda que as leis da natureza lhe prescrevessem que mais e menos dão menos, ele simplesmente cancelava o sinal negativo, deixando apenas o positivo. Para ele, essas regras não valiam. Sem contar as últimas semanas juntos, sempre o vi quase exclusivamente como um espírito alegre, que saltitava com as boas notícias da vida, enquanto as ruins nunca encontravam o acesso a seus canais auditivos; como se um filtro singular de felicidade impedisse que penetrassem em seus pensamentos.

Ele também tinha outros lados. Momentos nos quais incorporava uma faceta: uma serenidade esculpida em pedra, como uma estátua que respira, inabalável. Nessas situações, ficava pensativo, sua respiração era tranquila, e seu olhar, mais profundo do que o oceano. E era afetuoso. Sua mão quente sempre deslizava por entre meus cabelos ou nas minhas bochechas, e quando ele explicava alguma coisa, sua voz tinha um tom encorajador de infinita paciência. Como quando me mandou entrar em casa porque tinha acabado de decidir fazer uma festa com pessoas que não conhecia.

Portanto, entrei e ajudei minha mãe a cortar os legumes e lavar as verduras. A casa para a qual tínhamos acabado de nos mudar devia ser muito antiga. As escadas tinham depressões do tamanho de um punho e rangiam a cada passo. Cheiravam a madeira molhada e mofo. Seu tapete era ondulado. Manchas escuras, em forma de nuvens, colonizavam o antigo branco; do soquete pendia uma lâmpada nua, que não funcionava.

Para mim, a casa cheirava a nova. Nos cantos do nosso apartamento ainda estavam as caixas com a mudança, e o odor de paredes recém-pintadas impregnava os quartos como uma alegre melodia. Tudo estava limpo. Grande parte dos armários já estava montada; alguns parafusos e ferramentas avulsas ainda estavam espalhados: uma furadeira, um martelo, chaves de fenda, extensões, cavilhas em completa desordem. Na cozinha, as panelas, as frigideiras e os talheres já estavam guardados. Tínhamos até lustrado tudo antes de guardá-los, e as bocas do fogão também brilhavam. Nunca tivemos um lar tão grande e bonito. Para mim, parecia um palácio encantado, um pouco deteriorado pelo tempo, mas provido do incontestável brilho do passado. Ainda faltavam cortinas claras, algumas plantas e fotos nas paredes, dos meus pais, da minha irmã e de mim, e eu já imaginava que logo estariam dependuradas ao lado da parede da televisão, e haveria uma ampliada ao lado da porta da sala, que sempre seria vista quando se saísse pelo corredor onde eu estava nesse momento.

Lancei um rápido olhar para a sala. Lá estava Hakim, sentado na frente da televisão, que nada mais mostrava além de um ruído branco. Ele me viu, sorriu para mim e ergueu a mão para cumprimentar. Hakim era o melhor amigo do meu pai. Eu o conhecia desde sempre e adorava sua extravagância. Suas camisas estavam sempre amassadas, seus cabelos, despenteados e espetados em todas as direções, o que lhe conferia certo ar de gênio desleixado. Dava vontade de penteá-los. Seus olhos curiosos vagavam assustados em suas cavidades; lembrava um pouco uma suricata, só que mais roliça. Hakim é uma das pessoas mais amáveis que já conheci, sempre disposto a ouvir e nunca desprovido de um bom conselho ou de uma piada. Todas essas facetas de sua personalidade dominam minha lembrança, apesar das coisas que ele me escondeu por tantos anos. Já em nosso antigo apartamento ele entrava e saía diariamente com Yasmin, sua filha. Quando nos mudamos para essa casa,

Hakim e Yasmin se instalaram na residência embaixo da nossa. No fundo, ambas pertenciam à família.

Quando minha mãe e eu aparecemos mais tarde com a salada e o pão sírio na frente de casa, o odor de carne grelhada já pairava no ar. Alguns homens de bigode estavam sentados em círculo, com o narguilé depositado no pequeno pedaço do gramado. O cheiro do tabaco – maçã ou figo, já não sei direito – era agradável, mas me deixou um pouco tonto. Dois homens jogavam damas. Alguém havia colocado três conjuntos completos de mesas e bancos em nosso quintal, arrumados por algumas mulheres com pratos de papel e copos de plástico. Crianças brincavam diante de nosso barracão e volta e meia eram advertidas para não correrem na rua. No total, devia haver mais de duas dúzias de pessoas estranhas e amigáveis circulando alegremente na frente da nossa casa. E aos poucos chegavam mais vizinhos da nossa rua. Alguns homens seguravam os filhos nos braços, as mulheres usavam vestidos na altura dos tornozelos e traziam comida em panelas enormes.

É preciso que se diga algo sobre meu pai. Uma regra que sempre vi confirmar-se todos os anos: ninguém nunca recusou um convite seu. Nem mesmo quando os convidados não o conheciam.

Era uma tarde quente do verão de 1992, dia da nossa mudança. Lembro-me bem. Havíamos deixado para trás o minúsculo apartamento no conjunto habitacional na periferia da cidade, no qual nunca nos sentimos realmente em casa. Finalmente tínhamos chegado. Ao centro da cidade. Agora tínhamos uma casa bonita e grande, e meu pai estava fixando uma antena parabólica no nosso telhado, que a partir de então ficaria virada para um satélite que circulava em trajetória fixa ao nosso redor. Tudo estava bem.

— Você não vai descer mais daí? — gritou minha mãe para ele.

— Não antes de funcionar — respondeu, enquanto pegava a chave de fenda das mãos de Khalil. Os homens ao meu redor acenaram gentilmente com a cabeça para a minha mãe.

— *Ahlan wa sahlan* — disseram. *Sejam bem-vindos.*

Um homem tocou meu ombro.

— Como você se chama, menino?

— Samir.

— Me dê isso aqui, Samir — disse, sorrindo, e pegou a travessa de salada da minha mão.

Então, de repente ouvimos música árabe saindo da janela da nossa sala. Alguns segundos depois, apareceu a cabeça vermelha de Hakim.

— Funcionou!

— Tem certeza de que não é tênis? — perguntou meu pai de cima.

— Música! — gritou Hakim. — Rotana TV!

— Música! — gritou outro homem, dando um salto. E antes que eu me desse conta, o estranho me pegou pelas mãos e dançou comigo no círculo, pulando de uma perna a outra, rindo e girando como um carrossel de feira.

— Aumente o som, Hakim! — gritou meu pai do telhado. O amigo sumiu da janela e, alguns instantes depois, a música árabe pulsava de nossa sala para a rua. Tambor, pandeiro, cítara, violino, rabeca e flauta se misturavam em mil e um sons, seguidos pelo canto de uma mulher. As pessoas começaram a dançar e a bater palmas no ritmo da música, crianças rodavam desajeitadamente, eram erguidas pelos homens e giradas, e as mulheres exultavam e emitiam gritos estridentes e melodiosos de alegria. Em seguida, todos formaram fileiras, puseram as mãos nos ombros de quem estava na frente e dançaram o *dabke** com passos bem marcados. Foi uma loucura. Parecia um sonho. Nesse momento, nada indicava que vivíamos na Alemanha. Aquela poderia ser uma rua afastada de um bairro em Zahlé, cidade natal do meu pai nos contrafortes das montanhas do Líbano. Zahlé, cidade do vinho e da poesia. Cidade dos escritores e poetas. Ao nosso redor, apenas libaneses, que falavam, comiam e festejavam como libaneses.

Então, meu pai saiu de casa. Como sempre, depois de fazer algum esforço físico, mancava um pouco. Mas ria e dançava com passos rápidos e curtos e assobiava acompanhando a música, seguido por Hakim e pelo jovem

---

* Dança popular no Oriente Médio. (N. T.)

Khalil. Os que dançavam formaram um corredor, bateram em seu ombro, abraçaram-no e também o cumprimentaram com *"Ahlan wa sahlan"*.

Olhei para minha irmã que, admirada, agarrava a perna de nossa mãe e com olhos arregalados observava as pessoas que nos receberam como velhos amigos, como uma família que já morava ali havia muito tempo e que elas conheciam muito bem.

Em determinado momento, eu estava deitado na minha cama, satisfeito, cansado e exausto. O vozerio e o som das canções ecoavam em meus ouvidos. As imagens do dia desfilavam repetidas vezes em minha mente. As travessas com folhas de uva, azeitonas, *homus*, *fatuche*, carne grelhada, amêndoas, bolinhos e pão sírio. Anis-estrelado, gergelim, açafrão. As famílias. As mulheres que limpavam a boca das crianças irrequietas em seu colo; os homens que, fumando narguilé, passavam os dedos no bigode, riam e conversavam, como se aquela rua fosse um mundo próprio, que pertencesse apenas a eles. Hakim, que contava suas piadas aos homens. Yasmin, dois anos mais velha do que eu, que estava sentada um pouco à parte com papel e caneta e desenhava, enquanto seus cachos longos e pretos sempre caíam com ímpeto em seu rosto. Vez por outra, com um movimento rápido, passava o dorso da mão na testa ou soprava as madeixas para o lado, e acenava quando eu olhava para ela. Ou minha mãe, com seu sorriso introvertido. Minha alegria, a sensação de ter chegado. Ali era nosso lugar, nosso lar. Ali, uns ajudavam os outros. Ali, ninguém dependia de bússola. Em nossa rua, todas as antenas estavam viradas 26,0° para o Oriente.

E, no meio de tudo, meu pai, que adorava festas e girava mancando ao redor dos novos amigos como um satélite.

2

Alguns dias depois, estávamos os dois sentados à beira do lago, respirando fundo. A cadeia de montanhas na outra margem escrevia um eletrocardiograma instável no céu, com oscilações até as nuvens. Mas estávamos tranquilos. Momento "pai e filho". Um dia para nós. Na margem, os pinheiros ali em pé, com seu denso vestido de agulhas, pareciam profundamente enraizados, como se nada pudesse fazê-los oscilar. Nós dois com duas dúzias de nozes à nossa frente, no gramado, e uma pedra pontiaguda nas mãos.

— Cuidado para não bater com muita força na casca — disse meu pai. — O ideal é que as duas metades não se quebrem.

Eu não sabia o que ele estava pretendendo fazer, mas também não me importava. Só me sentia feliz por estarmos juntos ali. Os dias tinham passado muito rápido; nesse meio-tempo, as caixas de papelão da mudança já estavam dobradas no porão, nossos armários estavam arrumados, e o odor de tinta fresca tinha se volatilizado. Em vez dele, roupas lavadas definiam o odor da sala. E quando não havia roupas dependuradas, o cômodo tinha o cheiro dos meus pais, que passavam muito tempo ali. A cozinha ora cheirava a louça suja, ora a temperos ou à farinha que minha mãe polvilhava na massa esticada quando assava pão sírio. O banheiro cheirava a sabonete, desinfetante de limão ou xampu, às vezes a toalhas molhadas ou ambas as coisas. Tudo cheirava a lar. E o corredor, a sapatos usados. Mas não importava, pois isso mostrava que ali morava alguém que sempre saía e voltava ao seu lar, onde tirava os sapatos e andava pela casa, a fim de absorver os odores de uma família. Ao nosso redor: outras famílias. Sempre que eu saía à rua, alguém acenava ou me cumprimentava amigavelmente com a cabeça. Eram homens de bigode e boina, sentados a mesas dobráveis na beira da rua, jogando damas ou moinho, comendo pistache e soprando anéis de fumaça do narguilé por nosso bairro. Eu me sentia bem.

Quebramos as nozes com pedras pontiagudas e tentamos não danificar as cascas. Era uma tarde quente de final de verão. As poucas nuvens desenhavam formas divertidas e grotescas no céu, um vento leve sussurrava segredos a partir da água. Acima de nós circulavam duas libélulas. Meu pai percebeu que eu volta e meia olhava para os pinheiros na margem.

— Pena que não são cedros.

Cedros. Só o nome já me fazia sonhar.

— Gosta deles mesmo assim?

— Ahã.

— Então você ia adorar os cedros. Não existe árvore mais bonita.

— Eu sei — sussurrei. Só que eu nunca tinha visto um cedro; uma circunstância que ocupava minha mente. Eu queria muito poder participar da conversa quando os homens se sentavam juntos e mergulhavam em lembranças.

— Sabe por que há um cedro em nossa bandeira?

— Porque não existe árvore mais bonita?

Meu pai riu.

— Porque não existe árvore *mais forte*. Ela é a rainha das plantas.

— Por quê?

— Foi assim que os fenícios a chamaram — como sempre quando me falava do Líbano, sua voz soava carregada de nostalgias secretas e permeada por certo tom, como se ele falasse de uma amante de quem sentisse muita falta. — Construíram navios com ela. O cedro os transformou em comerciantes importantes. Os egípcios usavam o óleo dos nossos cedros para embalsamar os mortos, e com ele o rei Salomão construiu seu templo em Jerusalém. Imagine só: nossos cedros no Sião e no Vale dos Reis, perto das pirâmides...

Imaginei tudo o que meu pai contava: em imagens e cores exuberantes; tal como um menino de 7 anos imagina as histórias do pai, quando este as narra com paixão e dedicação.

Meu pai costumava me falar das maravilhosas florestas de cedros do Líbano. Em sua infância e adolescência, deve ter ido com frequência às montanhas de Chouf, onde se sentava à sombra de árvores gigantescas e centenárias e sentia o aroma tranquilizante de um futuro seguro. Ao abrigo das coníferas, ficava sentado sob um denso teto de agulhas, encostado em seu tronco, olhando de cima os vales elevados e pouco habitados até a costa e para um Mar Mediterrâneo com brilho prateado, diante do qual a resplandecente Beirute se aninhava delicadamente em uma baía. Quando cresci, era assim que o imaginava. E sempre confundia essa imagem dele com a ideia de uma infância feliz.

Meu pai tirou um palito de dente do bolso da camisa. De um saco de tecido, pegou papel crepom vermelho. Rasgou um pedaço e colocou-o na minha mão.

— Bandeiras esvoaçantes — disse e começou a rasgar o papel em pequenas tiras compridas.

Colamos pacientemente os retalhos nos palitos e os fixamos nas meias cascas de nozes que estavam inteiras. Em dado momento, olhamos para o gramado à nossa frente, onde inúmeros barquinhos de casca de noz jaziam entre nossos pés. Uma frota inteira com bandeiras vermelhas, pronta para zarpar.

— Venha — levantou-se, e fomos para a água, que banhava suavemente a margem. O sol e a cadeia de montanhas se refletiam no lago de cor verde-malaquita. Por um instante, simplesmente ficamos ali parados, com os barquinhos nas mãos, respirando juntos. — Um cedro pode viver milhares de anos — disse ele. — Se um cedro pudesse falar, nos contaria histórias que nunca esqueceríamos.

— Que tipo de histórias?

— Provavelmente muitas que fossem engraçadas. Mas também tristes. Histórias da vida deles. Histórias sobre as pessoas que passaram por eles ou descansaram à sua sombra.

— Como você?

— Como eu. Experimente. Imagine. Com os pinheiros.

Estávamos na margem, e imaginei o vento roçando as agulhas. O barulho que produzia era o sussurro dos pinheiros que contavam sua vida. Desejei que algum dia se lembrassem de que estivemos ali na margem, imaginando o que diriam sobre nós.

Quando menino, eu sentia um desejo insaciável de ver o Líbano. Era a grande curiosidade por uma beleza desconhecida, envolvida por lendas. O modo como meu pai falava de sua terra natal, bem como sua paixão e seu entusiasmo, acometia-me como uma febre. O Líbano com o qual cresci era uma ideia. A ideia do país mais bonito do mundo, com cidades antigas e enigmáticas, enfileiradas ao longo da costa rochosa, para se abrirem ao mar com seus portos coloridos. Atrás delas: inúmeros desfiladeiros sinuosos, em cujos flancos se espalhavam vales de rios com margens férteis e o solo perfeito para o vinho de fama internacional. E depois: as densas florestas de cedros nas paisagens mais elevadas e mais frescas, cercadas pelas montanhas do Líbano, cujos topos ficavam cobertos de neve também no verão e podiam ser vistos até lá embaixo, por quem estivesse deitado em um colchão de ar no mar.

Estávamos à beira do lago, respirando o mesmo ar e partilhando o mesmo desejo. Penso que, além do amor recíproco, não existe laço maior entre duas pessoas do que um desejo compartilhado.

— O que diria o cedro na nossa bandeira? — indaguei.

Meu pai deu um breve sorriso. Senti que as palavras se depositavam em sua língua, como se ele lutasse por uma resposta. Mas, então, simplesmente comprimiu os lábios.

Colocamos os barquinhos na água. Apenas poucos perderam suas bandeiras após alguns metros; a maioria as içou com orgulho no ar. Assim, ficamos ali. Meu pai pôs o braço sobre meus ombros.

— Como os fenícios — disse ele.

Gostei disso. Eu, Samir, capitão de um navio fenício de casca de noz.

— Que naveguem por milênios!

— Que retornem com histórias de heróis!

Meu pai riu.

Pensei muitas vezes nesse dia. Sei que na época, no final do verão de 1992, ele quis me alegrar, e eu realmente fiquei muito feliz. Quase nenhum barquinho naufragou. Alguns balançaram ameaçadoramente, mas nenhum virou. Ficamos um bom tempo ali, até reconhecermos a última casca de noz como um ponto minúsculo, e me lembro do quanto me senti orgulhoso.

Porém, também me lembro de que seu braço foi ficando cada vez mais pesado sobre meu ombro. Sua respiração, cada vez mais profunda, e seu olhar, cada vez mais absorto, como se ele olhasse não mais para os barquinhos, mas para algum ponto ao longe. Lembro-me muito bem porque foi um dos últimos dias que passamos juntos.

3

*A*o mesmo tempo, histórias eram escritas no Líbano. Beirute, a beleza cintilante de uma época, passava a mão em seu semblante destruído e cambaleava por entre as ruínas. Uma cidade sentia sua pulsação. Nos bairros, as pessoas batiam a poeira das roupas e, cansadas, erguiam a cabeça. A guerra tinha passado. Milicianos voltaram a ser civis, depuseram as armas e, em vez delas, pegaram em pás. Buracos de balas foram tampados, fachadas de casas foram caiadas, carcaças de automóveis foram removidas das calçadas. Escombros foram retirados, a fumaça se dissipou. Os amplos lençóis dependurados nas ruas foram recolhidos, pois já não havia franco-atiradores aos quais se devia impedir a visão. Mulheres e crianças varriam destroços das sacadas, tiravam as tábuas das janelas; pais iam buscar colchões no abrigo dos porões e os traziam de volta para as residências. Em resumo: os libaneses faziam o que sempre fizeram. Davam continuidade à vida.

Porém, à noite, quando o luar colocava em cena as fachadas recentemente pintadas e o mar refletia as luzes da cidade, nas ruas e vielas ouvia-se o eco de botas. E não apenas nelas. Também nas favelas da periferia, nas aldeias das imediações e nas outras cidades costeiras ou nas montanhas – de Trípoli, ao Norte, até Tiro, no Sul –, por toda parte no país ouvia-se esse eco. O Líbano havia convidado para o baile, e Beirute queria ser a mais bela. Contudo, os maquiadores eram soldados sírios. E quando a luz tornou a se acender e revelou que a maquiagem e a noite mal cobriam as feridas, por toda parte foi possível ver nos muros das casas o trabalho realizado pelos homens que usavam as barulhentas botas. Nas primeiras horas da manhã, viam-se pessoas paradas nas ruas, olhando para o alto dos muros, onde estavam pendurados cartazes com o rosto de Hafez al-Assad, presidente sírio que, com os cabelos cuidadosamente repartidos, olhava para baixo. Assim, já não restava nenhuma dúvida, era inequívoco e evidente para todos: quem mandava no Líbano eram os sírios. E cuidariam para que se dançasse a música que haviam escolhido. As eleições parlamentares estavam marcadas. As primeiras, desde o fim da guerra. As primeiras depois de vinte anos.

No Líbano, o princípio da paridade confessional previa que toda comunidade religiosa fosse representada no Parlamento com determinado número de deputados. Uma singularidade. Em um país onde todos os grupos religiosos se exterminaram reciprocamente por quinze anos, a partir de então já não se poderia lutar com armas, mas com palavras. E os mesmos grupos religiosos, que travaram batalhas nos desfiladeiros da cidade, deveriam sentar-se frente a frente no Parlamento, como se nada tivesse acontecido. Anistia geral. Fechar o livro da história e olhar para a frente. E quem, nas próximas e agitadas semanas, atravessasse as ruas de Beirute, teria a impressão de ver o eterno caos, que agora repercutia não mais os tiros e as explosões, mas a gritaria desordenada dos cabos eleitorais que distribuíam folhetos. Armadas de pincéis e cola, as forças-tarefa cobriam as paredes dos bairros com seus cartazes. Paravam os motoristas em meio ao trânsito denso da cidade e lhes impunham mais folhetos. Neles se lia de tudo, desde "Estou com vocês – nos bons e nos maus momentos" até "Este é meu filho – votem nele", menos promessas concretas. As pessoas levavam os folhetos para casa. Muitas os jogavam no lixo, amarguradas com o teatro absurdo. Outras vestiam suas roupas mais elegantes e dirigiam-se solenemente até as urnas para darem um passo rumo ao futuro. Não houve uma campanha eleitoral na qual se propusesse a reconstrução com argumentos ou projetos pertinentes. Para quê, afinal? Para a maioria dos candidatos, os distritos eleitorais de Damasco eram feitos sob medida. Em um país onde mais da metade das pessoas havia conhecido apenas o estrondo de bombas e o estalo de tiros ao longo da vida, os sírios, que haviam chegado em 1976 como poder protetor e acabaram ficando, impuseram uma eleição enquanto tinham 40 mil soldados no território. Naqueles dias, quase ninguém mais acreditava que deixariam o Líbano até o fim do ano, como previsto. A Câmara dos Deputados que se formou a partir dessa eleição era benevolente demais com eles para permitir que fossem embora.

Beirute pôs seu vestido mais bonito e dançou. Nos hotéis da Corniche voltaram-se a realizar casamentos barulhentos. A nova maquiagem caiu bem. O cimento novo segurava as fachadas degradadas das casas, fazendo com que parecessem estáveis. As câmeras dos meios de comunicação árabes e ocidentais abriam seus diafragmas e colocavam a movimentação em cena. E nas telas dos televisores na Alemanha era possível ver um país que, embora cambaleasse um pouco, já caminhava sem muletas. E que talvez até já estivesse a caminho de florescer com a antiga beleza. E, após as eleições: muitos apertos de mão e vencedores radiantes.

Porém, ninguém retirou os cartazes das paredes. Hafez al-Assad continuou a sorrir de cima para Beirute.

— Eles são tão idiotas que nem conseguem enganar com elegância — suspirou Hakim, arremessando um amendoim contra nosso televisor, no qual apresentadores de telejornal se revezavam havia dias, mostrando as mesmas imagens de Beirute. Então notou o olhar de reprovação que minha mãe lhe destinou ao acenar com a cabeça para mim. Hakim murmurou um pedido de desculpa, curvou-se, pegou o amendoim no chão e, mal-humorado, colocou-o na boca. Naquele dia seus cabelos também estavam desgrenhados, e seu olhar de suricata não o deixava nem mesmo quando se exaltava com a política.

— Muitas urnas levaram nove horas para percorrer um trecho de dez minutos, e ninguém se espanta? E as pessoas que nem sequer foram eleitas estão entregando o país aos sírios em uma bandeja de prata. Deveriam ter permitido a todos os libaneses que deixaram o país e fugiram que votassem. Teríamos mandado esse idiota para o inferno!

— Hakim — advertiu minha mãe.

— Desculpe.

— Vai dar certo — murmurou meu pai. Estava sentado no sofá, à direita, no lugar onde sempre se sentava. Minha irmã dormia em seu colo.

— O Líbano precisa de uma missão — disse Hakim. — Se essas pessoas não receberem nada para fazer, vão começar a sentir falta de seus fuzis. Precisamos voltar a ser o centro financeiro que fomos, para que os xeiques parem de deixar seu dinheiro nos países do Golfo e passem a investir no Líbano, em empresas, escolas internacionais, universidades, infraestrutura e hotéis. Então, voltaremos a ser o país que o mundo terá prazer em visitar, um país de reuniões, conferências, feiras...

— Vai dar certo — repetiu meu pai. — Foi bom Hariri ter vencido.

— Ele tem dinheiro, suas empresas vão reconstruir o país, e tudo – ruas, paredes das casas e praças – vai brilhar. Mas depois virão os idiotas que já desembarcaram no Parlamento e vão mijar nas belas paredes das casas...

— Hakim — repreendeu-o minha mãe.

— Desculpe — disse novamente, depois se virou para mim: — Samir, quer ouvir uma piada?

Eu queria.

— Um sírio entrou em uma loja de eletrodomésticos e perguntou ao vendedor: "Desculpe, o senhor também tem televisor em cores?". E o vendedor respondeu: "Sim, temos uma grande variedade de televisores em cores". E o sírio disse: "Que bom! Então vou querer uma verde".

Dei risada. Hakim sabia uma porção de piadas de sírios e gostava de contá-las várias vezes. Com frequência era ele quem mais se divertia com elas. Essa eu já tinha ouvido pelo menos três vezes, mas Hakim sempre variava a cor no final. Nunca me ocorreu por qual razão justamente os sírios eram os bobos nas piadas. Os alemães contavam piadas de frísios orientais, e os libaneses, de sírios. Eu achava isso lógico.

Meu pai não riu. Talvez nem tenha ouvido a piada. Com as sobrancelhas erguidas, continuou a fitar as imagens na televisão como se fossem uma tempestade que estivesse a caminho. Já nos últimos dias se comportara de modo estranho. Eu não sabia por quê, e às vezes me perguntava se eu tinha feito alguma coisa errada. Suas mudanças de humor eram extremas, como um dia de abril, que ainda faz o sol brilhar quando olhamos pela primeira vez da janela, mas logo depois manda um aguaceiro e relâmpagos do céu. Muitas vezes também parecia totalmente ausente, não reagia quando eu lhe dirigia a palavra. Alguma coisa não estava bem com ele. Seu comportamento me deixava inseguro, porque eu não conhecia esse seu lado. É claro que às vezes ele ficava irritado, talvez para me advertir, quando eu aprontava alguma coisa, mas em comparação com seu humor atual esses caprichos me pareciam sombras fugazes. Esse tipo de comportamento não combinava com o garoto atrevido, que sempre busca novas formas de aproveitar a vida, nem com o pai ponderado e tranquilo. Minha mãe também estava desorientada, o que me deixou ainda mais confuso, pois ela o conhecia havia muito mais tempo do que eu, mas esse lado dele também lhe pareceu novo. Ele a ignorava; mal começava uma pergunta e logo recuava. Era como se seu lado pensativo e tranquilo se transformasse em algo tenebroso. O que acontecia no Líbano naquele período e encontrava seu caminho até nossa televisão enfeitiçou-o como magia. Não me restava nada a fazer além de tentar me acalmar, pensando que se tratava apenas de uma fase posterior a toda a agitação que nos acompanhara antes e depois da mudança. Assim, às vezes eu passava pelas pernas dele como um cão que não sabe se aprontou alguma coisa, ou então o observava em silêncio, de um canto. Em todo caso, torcia para não ser nada relacionado à nossa mudança. Eu tinha medo de que tivéssemos de deixar novamente nossa nova casa se ele não gostasse dela. Medo em relação a meu pai era algo inteiramente novo para mim. Agora que minha irmã estava ali, éramos uma grande família em uma grande casa. Mas meu pai parecia triste.

Eu nunca o vira de fato triste. Normalmente, era como um capitão, cuja esteira todos gostavam de seguir e para o qual nunca era difícil travar conversa com estranhos. Ele tinha facilidade em conquistar os outros. O fato de nunca ter esquecido um nome o ajudava nisso. Quando andávamos pela cidade e ele via do outro lado da rua alguém que tinha conhecido de passagem muitas semanas antes, erguia a mão sorrindo para cumprimentar e o chamava pelo nome. Quantas vezes não ficamos parados ao lado de um senhor Al-Qasimi, de uma senhora Fjodorow, da família El-Tayeb ou Schmid, de um Bilaal, de uma Ivana ou Inge! Nunca tive a sensação de que essas pessoas não quisessem parar ao nosso lado. Jogar conversa fora era seu trunfo, pois meu pai não apenas se lembrava dos nomes, mas também de cada detalhe. Por isso, perguntava causalmente: "Como vão as crianças?", ou: "Como foi no balneário? Está melhor da coluna?", ou: "Conseguiu arrumar os freios que estavam rangendo?". Muitas vezes oferecia ajuda: "Se ainda estiver com problema no ombro, saímos todos os dias para fazer compras. Dê a lista que depois o Samir leva em sua casa o que precisar". Ou: "Como está a casa? O telhado já ficou pronto? Caso precise de alguém para ajudar com a vedação, é só me ligar". Quem conversasse com o meu pai, pouco depois teria a sensação de que já o conhecia de longa data e talvez fosse até seu amigo. Muitas vezes observei o modo cordial como ele cumprimentava outras pessoas. Não apertava simplesmente a mão de desconhecidos; ao mesmo tempo, colocava a mão esquerda sobre o ombro delas. Um gesto caloroso, de duas pessoas concluindo um contrato. De fato, muitas vezes eu tinha a sensação de que era assim que ele via: Bem-vindo! Agora você faz parte do meu mundo.

Embora não fosse muito alto, para mim parecia um farol; alguém que orienta e é reconhecido de longe. Tenho certeza de que muitos o viam dessa forma. Na feira, cumprimentava os comerciantes, queria saber como estavam e envolvia-se de maneira tão espontânea em uma conversa que eles mal percebiam quando negociava com eles. Adorava pechinchar. Nesse aspecto, era um árabe perfeito. Tentava a sorte não apenas quando me levava com ele à feira. Às vezes, até mesmo no supermercado, com expressão conspiratória, puxava de lado um funcionário perplexo diante da prateleira de flocos de aveia e pratos prontos e sussurrava: "Dá para... dar um desconto no queijo?".

E cantava. Também nisso era um árabe típico. Cantava na rua e não se incomodava com os olhares.

— Os alemães não cantam alto na rua — disse-me certa vez, quando caminhávamos de mãos dadas da feira para casa, carregando sacolas cheias de frutas frescas e legumes. Era um dia feito para cantar, um dia como uma canção de verão: o sol brilhando, toldos distribuindo sombras, crianças com a boca lambuzada de sorvete de chocolate, casais de mãos dadas, um rapaz com *jeans* rasgados e *dreadlocks*, que fazia o *skate* trepidar no meio-fio.

— Por que não? — Perguntei.

— Porque para eles é muito importante o que os outros pensam deles. Acham que vão considerá-los loucos se cantarem na rua.

— Será que você é louco?

— Talvez — piscou para mim, pegou uma maçã na sacola, deu uma mordida e a ofereceu a mim. — Mas talvez eles também queiram cantar na rua e não tenham coragem só porque acreditam que é preciso uma autorização para isso.

Ele gostava de brincar com o fato de que na Alemanha é preciso ter autorização para tudo. Geralmente fazia isso na frente da minha mãe, como percebi algumas vezes, por isso eu sabia que era brincadeira.

Depois, cantou:

— *Bhebak ya lubnān, yā watanī bhebak, bišmālak biğnūbak bisahlak bhebak...*

Amo você, Líbano, minha terra, amo você. Seu Norte, seu Sul, seus campos, amo você.

Apertei sua mão com mais força. Eu conhecia aquela canção. Conhecia a cantora. Já tinha ouvido sua voz muitas vezes; uma voz impregnada de tristeza nostálgica e poesia, que em quase todas as canções passava suavemente pela melodia e se instalava em primeiro plano. Fairuz. Esse era o seu nome. Certa vez a vi na televisão, onde ela aparecia como uma esfinge diante das ruínas do templo de Baalbek e cantava essa canção. Para milhares de pessoas exultantes. Uma mulher bonita, de traços marcados e severos, inacessível, os cabelos avermelhados como folhas de outono e os ombros cobertos por um vestido dourado. À luz dos holofotes, quando entrou solenemente no palco e se dirigiu ao microfone, parecia um pouco surreal, mais como a pintura de uma mulher da nobreza que ganhou vida. Minha mãe também gostava de suas canções. Todo mundo gostava de Fairuz. Ela era a harpa do Oriente, o rouxinol do Oriente Médio, que nos palcos cantava o amor pela pátria. Alguém, acho que Hakim, certa vez a descreveu como *a mãe de todos os libaneses*.

Assim íamos para casa, e meu pai cantava. De vez em quando eu entoava junto com ele. Pouco nos importavam as pessoas que nos olhavam com estranheza. Na verdade, quanto mais pessoas cruzavam nosso caminho, mais alto cantávamos, e não nos preocupávamos por quase sempre desafinar. Nossas mãos estavam entrelaçadas, as sacolas de compras zuniam ao vento, e cantávamos em árabe, porque em alemão não conseguiríamos exprimir o que estávamos sentindo.

4

Logo meu pai reconheceu o quanto seria importante para ele aprender alemão. Depois que meus pais fugiram da Beirute em chamas para a Alemanha, na primavera de 1983, o primeiro alojamento que encontraram foi o ginásio de esportes da escola de ensino médio de nossa cidade. Já nas férias de verão do ano anterior, a escola havia sido fechada quando se constatara um alto índice de amianto em uma análise rotineira da qualidade do ar. No entanto, por falta de alternativas, o ginásio foi utilizado como centro de acolhimento de refugiados. Já ali meu pai arranjou livros para dominar a língua estrangeira. À noite, enquanto as pessoas ao seu redor dormiam enroladas em cobertas no chão, ele acendia uma lanterna e estudava alemão. Também durante o dia era visto em pé em um canto, repetindo vocábulos de olhos fechados. Aprendeu rápido. Logo se tornou o intérprete ao qual os assistentes dos refugiados recorriam. Em seguida, rodeado pelos outros em um círculo, explicava aos assistentes em um alemão capenga quais medicamentos eram necessários e o que estava escrito nas certidões e nos documentos que lhes estendiam. Meu pai não era nenhum intelectual. Nunca havia estudado. Não sei nem se tinha uma inteligência acima da média. Contudo, era um mestre na arte de viver e sabia que lhe seria de grande ajuda tornar-se indispensável.

No ginásio, com frequência os ânimos ficavam exaltados. Pessoas que haviam chegado ali levando na bagagem apenas a esperança de uma vida melhor viam-se condenadas a esperar por seu destino. O espaço era abafado e apertado. O murmúrio sob o teto do ginásio era constante, nunca havia silêncio completo. À noite ouviam-se crianças ou mães chorando, refugiados roncando, se coçando ou tossindo. Se alguém pegava um resfriado, poucos dias depois muitos adoeciam. Os assistentes faziam o melhor que podiam, mas faltava tudo: medicamentos, artigos de higiene e comida suficiente, bem como brinquedos e possibilidades de ocupação para os adultos.

A fatalidade de ter perdido a pátria unia as pessoas; eram todas refugiadas. Porém, também se tratava de obter um visto de permanência, e sabiam que nem todas poderiam ficar. Cenas de mães aos berros, agarradas aos postes sob as cestas de basquete, para não serem retiradas do ginásio com seus filhos, repetiam-se com frequência. Ali, qualquer um poderia tomar o lugar do outro. Por isso, as brigas eram um problema sério. Também nesses casos meu pai sabia ser conciliador. Com calma, tentava convencer e tranquilizar as pessoas, mostrando-lhes o quanto era importante não criar atritos e que seria muito útil deixar uma boa impressão, pois as histórias que se passavam no ginásio inevitavelmente encontrariam seu caminho fora dele. Às vezes apareciam cidadãos na frente do ginásio, segurando cartazes no alto, nos quais se lia que naquela cidade não havia mais lugar para tanta gente.

Também havia aqueles que traziam sacos com roupas, mas eram minoria. Assim, muitos refugiados começaram a ver meu pai como uma instância à qual podiam confiar suas preocupações. "Também somos gente, não animais; e mesmo assim nos trancam aqui", reclamavam, e: "Eu era advogado em Jounieh. Tinha um escritório que foi destruído. Para onde vou se não puder ficar aqui? Voltar para lá? Não há mais volta, não tenho mais casa nem família...". E meu pai concordava com eles. Porém, nunca de maneira irrestrita. Ele sempre enfatizava que era importante entender as pessoas que iam para a frente do ginásio, pois talvez sentissem medo, assim como muitos temiam o desconhecido. E quanto mais o ginásio enchia, mais problemática se tornava a situação, pois não era apenas o estresse e a incerteza que levavam as pessoas a uma reação exagerada. Diferenças religiosas também eram motivo para ofensas e brigas. Muitos dos refugiados libaneses tinham suas camas distribuídas de acordo com sua confissão religiosa. Assim, o ginásio reproduzia a divisão das ruas de Beirute: à esquerda, muçulmanos, à direita, cristãos maronitas. E uns culpavam os outros por sua situação. A culpa de ter perdido tudo, de ter fugido, de ser obrigado a viver em um ginásio de esportes.

O que além de tudo fortalecia a autoridade do meu pai era sua amizade com Hakim. Este e Yasmin, que na época não tinha nem 2 anos de idade, eram muçulmanos. Meus pais eram cristãos. Fugiram juntos de Beirute. Hakim e Yasmin tinham suas camas logo ao lado daquelas dos meus pais. No setor cristão do ginásio, por assim dizer. No entanto, Hakim incentivava sua filha a brincar com todas as crianças; nunca fazia diferença. Meu pai e Hakim tentavam convencer as pessoas. "Não estamos mais no Líbano", diziam. "Todos viemos até aqui porque buscamos a paz, não a guerra. Aqui não se trata de cristãos e muçulmanos. Trata-se de nós. Como libaneses."

Contudo, às vezes as palavras de nada adiantavam. Certa noite, meu pai acordou com um ruído abafado, como se um objeto duro batesse em algo macio a intervalos regulares. Tateou na escuridão, sentiu a respiração tranquila de minha mãe, que dormia ao seu lado, e se levantou. Sentado, aguçou os ouvidos. Não ouviu mais nada além daquele ruído. Então, foi na direção de onde ele vinha, com cautela para não pisar em quem dormia. Na penumbra, viu adiante uma silhueta inclinada sobre outra, mas chegou tarde demais. Quando se inclinou para a frente para segurar os ombros do homem que estava sentado de pernas abertas sobre sua vítima e a golpeava como um possuído, viu o rosto desfigurado. A mulher ao lado começou a gritar. Alguém acendeu a luz, as pessoas se sentaram de repente e se olharam assustadas. Começaram a gritar cada vez mais. Havia sangue não apenas no chão, mas também nas mãos e nas roupas do homem que matara o outro, então quatro homens o derrubaram no chão e o seguraram até a polícia chegar.

Por um tempo, o local onde dormia o morto no ginásio ficou vazio, como se seu fim tivesse contribuído para encerrar também os conflitos. Porém, todos os dias chegava gente ao ginásio. Por isso, não demorou muito até alguém estender sua coberta na cama livre e ali se deitar para dormir. Poucos dias depois, já não era possível dizer onde exatamente ficava aquele posto livre.

Apenas o alemão do meu pai melhorava a cada dia. Para ele, a capacidade de dominar esse idioma estrangeiro estava indissociavelmente ligada ao destino que aguardava a ele e minha mãe. E como sabia o quanto isso era importante, também tentava ensinar a Hakim tudo o que aprendia. À noite, contava histórias no ginásio. No início, ficava sentado no chão, cercado por muitas crianças, que o ouviam boquiabertas e com os olhos arregalados. Falava de uma nave espacial gigantesca, que levava as pessoas para o planeta *Amal*, onde havia tudo em profusão. No chão da nave, linhas de diferentes cores indicavam os caminhos a banheiros suntuosos e ao magnífico refeitório ou à cabine. Em sua cabeça, meu pai havia feito do ginásio uma nave espacial. Os chuveiros deteriorados do vestiário se converteram em um oásis *high-tech* de bem-estar, no qual pequenos robôs esfregavam as costas dos tripulantes. As demarcações nas laterais da quadra de basquete se transformaram em faixas de aceleração de energia, um protótipo perfeito de brinquedo para as crianças, que só precisavam saltar com um leve impulso sobre essas faixas para percorrerem a nave em alta velocidade, puxada por um camelo louco, que alegrava os passageiros com avisos engraçados. Nesse ponto da narrativa, meu pai sempre mudava a voz, arrancando gargalhadas das crianças. Em árabe, *Amal* significa esperança. E logo o "planeta esperança" acabou se tornando uma expressão corrente no ginásio. Às vezes, quando os próprios pais já não conseguiam ocultar dos filhos sua exaustão e seu desespero e choravam, viam-se os pequenos tocando a face dos adultos e dizendo: "Falta pouco para chegar em Amal".

De todo modo, não demorou muito para que os pais acompanhassem os filhos na roda. Alguns dias depois, alguns assistentes dos refugiados também se sentaram para ouvi-lo. Em pouco tempo, a narração noturna ganhou um horário fixo, tornando-se um ritual de união. Era o único momento em que ninguém além de meu pai falava. Sua voz pairava tranquilizadora e repleta de imagens impressionantes por cima das cabeças.

Hoje que sei tantas coisas sobre ele, muitas vezes me pergunto como ele conseguiu suportar seu segredo. E sempre chego à mesma resposta: sua capacidade de fugir da realidade o ajudou.

Hakim recebeu a notificação de reconhecimento de asilo antes de meus pais. Por criar sozinho a filha e conseguir se virar razoavelmente em alemão, em breve poderia desfrutar de uma permissão de permanência por tempo indeterminado com Yasmin. Meu pai e minha mãe despediram-se deles com abraços e beijos e lhes acenaram quando eles deixaram o ginásio. Sua próxima parada seria um pequeno apartamento em um conjunto habitacional que lhes fora destinado na periferia da cidade. Poucos meses depois, Hakim recebeu autorização para trabalhar e conseguiu emprego em uma marcenaria. Como tinha tocado alaúde a vida inteira, não teve dificuldade para convencer o chefe da marcenaria, que era simpático aos refugiados, de que os calos em seus dedos se deviam a seu trabalho manual, que ele havia realizado por muitos anos. E gostava do que fazia. Como filho de fabricante de alaúdes, adorava o cheiro da madeira. Hakim passara muitos anos de sua infância na oficina de seu pai antes de ir para Beirute se tornar um músico de sucesso.

Meus pais ainda tiveram de ficar por um período no ginásio. Porém, quando também receberam a notificação provisória, muitas pessoas choraram. Minha mãe chorou de alívio. Alguns adultos choraram porque não conseguiam imaginar o ginásio sem meu pai. E as crianças choraram porque o contador de histórias iria embora. Era uma terça-feira quando um homem entrou e olhou ao redor, até o assistente que estava encostado em uma porta lhe indicar o caminho. Determinado, dirigiu-se a meus pais.

— O senhor é Brahim?

— Sim — disse meu pai.

— Brahim El-Hourani?

— Isso mesmo.

— E a senhora é Rana El-Hourani? — perguntou, dirigindo-se à minha mãe.

— Sim — confirmou ela.

— Uma carta para vocês — e, ao perceber que minha mãe recuou um pouco quando ele estendeu o envelope a ambos, o homem disse sorrindo: — Parabéns!

Desse modo, Brahim, o contador de histórias, deixou o ginásio de esportes. Quase todos queriam despedir-se dele. As pessoas desejaram muita sorte a meu pai e garantiram que se reveriam mais tarde nas ruas da cidade, como cidadãos, no cinema, no supermercado ou nos restaurantes.

Brahim. Esse era o nome do meu pai. Brahim El-Hourani. Rana era o nome da minha mãe. Os El-Houranis eram meus pais. Eu ainda não existia na época.

Meus pais foram para o mesmo conjunto habitacional onde moravam Hakim e Yasmin. Tiveram a ajuda do destino e de alguns funcionários responsáveis pelos refugiados. Moravam apenas a poucas centenas de metros uns dos outros. E meu pai, que nesse meio-tempo já falava alemão muito bem, poucos meses depois também obteve a permissão para trabalhar. Certa vez, minha mãe me contou que ele levou uma sacola cheia de *baclavas** frescas ao Departamento de Imigração e a depositou sobre a mesa, diante do funcionário perplexo.

— Foi minha esposa que fez para vocês — disse.

— Oh, não posso aceitar — respondeu o funcionário.

— É pelo carimbo — disse meu pai.

— O carimbo.

— Na permissão de trabalho.

— Ah, o carimbo — disse o funcionário, que olhava do meu pai para a sacola de plástico em sua mesa e de novo para meu pai.

— Somos muito gratos ao senhor.

— Mas infelizmente não posso aceitar — repetiu o homem, para o qual a situação tornava-se visivelmente desagradável.

---

* Doce árabe feito de massa folhada, com recheio de mel, amêndoas e pistache. (N. T.)

— Por favor. Sou hóspede em seu país. Considere isso o presente de um hóspede.

— Não posso.

— Não conto para ninguém.

— Mesmo assim.

— Vi o cardápio da cantina — disse meu pai. — Pode acreditar: o senhor vai querer essas *baclavas*.

— Tenho certeza de que estão ótimas — defendeu-se o funcionário —, mas infelizmente não posso aceitá-las.

— Devo falar com seu chefe?

— Não — gritou o funcionário. — Não, senhor...

— El-Hourani, mas pode me chamar de Brahim.

— Senhor El-Hourani. Por favor, mande lembranças à sua esposa e lhe diga que fiquei feliz. Mas hoje à noite minha mulher vai fazer bolo, e, se eu comer estes doces antes, vou ter problemas em casa.

— Problemas? Com a sua mulher? Não pode ser verdade.

— Mas é.

— Bom, isso nós não queremos — disse meu pai.

— Não, não queremos.

— Tudo bem — meu pai pegou a sacola da mesa. — Seja como for, muito obrigado por seu empenho. Se algum dia tiver vontade de comer *baclava*, é só nos ligar.

Depois, minha mãe contou que meu pai voltou para casa e, suspirando, declarou:

— Em Beirute, se você quiser um carimbo para qualquer coisa, leva *baclava* antes para o sujeito que carimba. Aqui, eles não aceitam a *baclava* mesmo quando você a leva depois.

O funcionário não se esqueceu tão cedo do meu pai. Também, como poderia? Ainda o viu três vezes, quando meu pai acompanhou ao departamento três homens que conheceu no ginásio de esportes. Sempre pedia ao funcionário um carimbo, e sempre o recebia.

Após notificação provisória, veio a definitiva. A meus pais foi reconhecido o direito de asilo, e eles também receberam a permissão de permanência por tempo indeterminado. Meu pai encontrou emprego em um centro de atividades para jovens, no qual muitas crianças estrangeiras passavam as tardes. Ali, ele as ajudava com o alemão depois das aulas na escola, e elas se mostravam dispostas a aprender, pois ele era o melhor modelo no qual podiam se espelhar. Ele era muito respeitado pelos jovens. Certa vez, conseguiu que um grafiteiro conhecido visitasse a instituição. Juntos, pintaram e embelezaram a fachada cinza, que passou a ter uma fantástica paisagem colorida, com rios de Coca-Cola, árvores parecidas com pirulitos e montanhas de chocolate com topo de sorvete de creme. Um pouco como o planeta *Amal*.

Minha mãe costurava com grande empenho. Comprava tecidos por um bom preço no mercado de pulgas nas proximidades e com eles fabricava roupas na máquina, que também provinha do mesmo mercado. Desse modo, costumava ficar sentada sob o cone de luz de uma luminária bem pequena, que meu pai instalara para ela em um canto da sala. Inseria a linha, empurrava e puxava o tecido com mão tranquila sob a agulha que martelava a ritmos regulares. Vendia as roupas nos brechós, o que muitas vezes lhe rendia dez vezes o que havia pagado pelos tecidos. E, quando ganhou dinheiro suficiente, mandou fazer cartões de visita e esboçou de próprio punho um logotipo que queria aplicar na etiqueta das roupas.

— Tanto faz se vai optar por *Rana* ou *El-Hourani*, opinou meu pai — ambos soam como marcas de *designer*.

Escolheu seu primeiro nome. Assim, criou sua própria marca. Lembro-me de uma tarde – eu tinha cerca de 6 anos – em que ela recebeu uma ligação. A senhora Demirici, que na verdade se chamava Beck, mas havia se casado com um turco, conforme contou minha mãe, e era proprietária do brechó não muito distante da zona de pedestres, estava ao telefone. Quando minha mãe desligou, estava radiante:

— Uma mulher que comprou uma das minhas roupas quer me conhecer! — exclamou, pegando-me pela mão e dançando comigo na sala minúscula do antigo apartamento, onde nasci em 1984. Pelo que se constatou, a mulher se chamava Agnes Jung. E gostava do modo como minha mãe costurava. E como Agnes Jung planejava mudar em breve seu sobrenome para se tornar Agnes Kramer, queria que minha mãe fizesse os vestidos de suas quatro damas de honra e lhe ofereceu tanto dinheiro pelo serviço que ela mal conseguiu cambalear até a poltrona da sala, de tão tonta que ficou. Nas semanas seguintes, costurou dia e noite. Por fim, as damas de honra foram até nossa casa. Minha mãe se desculpou várias vezes por nosso apartamento ser tão pequeno e pela região não ser tão bonita, sempre enfatizando que torcia muito para que as damas gostassem dos vestidos. Em seguida, desapareceram no quarto dos meus pais para provar as roupas, e minha mãe deixou a chave inserida na fechadura, de modo que de nada adiantava eu espiar pelo buraco.

Quando Yasmin e eu éramos pequenos, ela passava muito tempo conosco. Hakim ficava o dia inteiro na oficina. Minha mãe costurava em casa, e Yasmin era como uma filha para ela. Nós nos entendíamos bem. Eu gostava de Yasmin porque com ela nunca me sentia um menino pequeno, embora ela fosse dois anos mais velha. Seus olhos eram de um castanho-escuro incrivelmente intenso, e de seus longos cachos pretos sempre emanava um brilho quente. Geralmente seus cabelos caíam desordenados em seu rosto, como se ela tivesse atravessado uma tempestade a galope. Tinha em si algo indomável, de menino, mas apenas quando estávamos sozinhos e circulávamos pelo conjunto habitacional. Nessas ocasiões, ela quebrava galhos das árvores e o arrastava ao seu lado no chão, como se demarcasse uma fronteira. Também escalava melhor do que eu e nunca rasgava a roupa. Era cercada por uma aura de leveza, contra a qual só se podia sair perdendo, caso se quisesse competir com ela. Isso deixava rastros: eu sempre voltava para casa com novos furos nas calças e nos pulôveres, que depois minha mãe tinha de remendar. Yasmin era mestra em volubilidade: diante dos adultos sempre tinha boas maneiras. Era educada, agradecia quando cozinhavam para ela e, ao contrário de mim, nunca punha os cotovelos na mesa quando nos sentávamos para comer. Também conseguia ficar sentada por um bom tempo em silêncio e com paciência, enquanto minha mãe a penteava, passando várias vezes a escova por seus cabelos. Acho que nenhum adulto acreditaria em mim se eu lhe contasse o que mais Yasmin era capaz de fazer.

 O apartamento onde passei os sete primeiros anos de minha vida era pequeno demais para três pessoas, e "mísero" é o mínimo que se pode dizer para descrevê-lo. Manchas amareladas cobriam quase todas as paredes, que além disso me pareciam finas como papel. Constantemente se ouviam objetos tilintarem em algum lugar nas cozinhas, o som alto demais de televisores, alguém pisando com passos pesados em pisos finos de madeira. Não era preciso se esforçar para ouvir os motivos das brigas dos vizinhos. Caso se entendesse a língua. Pois nesse conjunto habitacional moravam pessoas das mais diversas nacionalidades: russos, italianos, poloneses, romenos, chineses, turcos, libaneses, sírios e até alguns africanos, acho que da Nigéria. Ali, as antenas parabólicas nas sacadas apontavam em muitas direções diferentes. Havia um minúsculo *playground* no centro do pátio interno da construção, cercado por muros. Geralmente ali se sentavam adolescentes mais velhos, que fumavam. Além disso, por toda parte havia cacos de vidro espalhados, e, quando chovia por muito tempo, a água empoçava, formando um lago sujo. Nem Yasmin nem eu íamos brincar ali. Nos suportes diante da entrada dos prédios, havia quase sempre bicicletas sem selim ou sem as rodas. Quem amarrasse a bicicleta apenas na roda da frente poderia ter certeza de que, no dia seguinte, a encontraria sem o quadro. Até carrinhos de bebê eram roubados nos corredores dos prédios.

 Às vezes, Yasmin e eu tentávamos descobrir a origem das famílias que moravam no conjunto. Um jogo de adivinhação das nacionalidades, com o qual passávamos o tempo. Para tanto, percorríamos os corredores escuros, rabiscados com canetas hidrográficas, nos quais a luz costumava piscar e o odor de desinfetante era sempre forte demais. Quando tínhamos certeza de que ninguém poderia nos ver, agachávamos ou nos deitávamos no chão, mantendo o nariz diante de uma fenda da porta. Pois estavam sempre cozinhando em algum lugar, e com base nos temperos e ingredientes queríamos adivinhar de que país provinham os moradores. Geralmente o odor era sobretudo de gordura, e de vez em quando acontecia de a porta se abrir justo quando estávamos deitados no chão. Então, levantávamo-nos de um salto, descíamos o mais rápido que podíamos as escadarias abafadas até perdermos o fôlego e ríamos, triunfantes, quando conseguíamos respirar em segurança e ouvíamos as batidas de nossos corações.

Os corredores sinuosos do conjunto habitacional eram um paraíso para as crianças, que adoravam segredos e buscavam um lugar para se apartar do mundo dos adultos. Para nós, o mundo dos adultos eram os rostos desse condomínio, rostos nos quais os cantos da boca geralmente apontavam para baixo. Pais carregados de sacolas de compras, arrastando-se com olhos cansados escadaria acima, debaixo das quais nos escondíamos. Ou então vozes exaltadas, que atravessavam as portas fechadas como canções de espíritos tristes.

Certo dia, quando Yasmin e eu vagávamos pelos corredores, sem prestar atenção para onde virávamos, e íamos descendo até chegarmos ao porão, paramos de repente diante de uma porta descascada, que nunca tínhamos visto. Com cautela, Yasmin girou a maçaneta. A porta não estava trancada. Atrás dela havia um pequeno cômodo com uma cama simples, sobre a qual se via um saco de dormir lilás todo enrolado. O chão estava coberto de latinhas de cerveja e garrafas de aguardente vazias, e ao lado da cama encontramos uma porção de seringas. Não havia janelas, apenas uma grade de ventilação na parede, cujas lâminas estavam cobertas por uma espessa camada de poeira. Havia um odor de mofo no ar, um odor desagradável que a cada respiração pinicava o nariz. Porém, via-se ali uma estante com ferramentas: um martelo, alicates, arames e uma mangueira de borracha. E uma caixa com flores artificiais. Tínhamos descoberto o antigo quarto do zelador. Pois antigamente o conjunto habitacional contava com um zelador fixo, que pelo visto residia ali. Nesse meio-tempo, porém, todos os trabalhos foram regulamentados pela prefeitura, que só mandava alguém para lá quando não havia outro jeito. Já devia fazer algum tempo que esses quartinhos serviam de abrigo para sem-teto e drogados. Yasmin pegou uma flor da caixa – com certeza havia umas duzentas – e com a manga da blusa limpou a poeira das pétalas. Eram vermelhas.

— Que lugar ruim para uma flor — disse enquanto observava o objeto colorido na mão, que em meio a todo aquele horror estava tão fora de lugar quanto uma reprodução de *pop art* em uma cela de prisão.

— Tive uma ideia — anunciou, e seus olhos escuros faiscaram.

Não me restou alternativa a não ser olhar com espírito de aventura para Yasmin.

Nos dias seguintes, voltamos sorrateiramente ao quartinho. E como os objetos continuavam do mesmo modo como os havíamos deixado, partimos do princípio de que ninguém mais morava ali e nos sentimos seguros. Tínhamos descoberto um lugar secreto para nós, o quarto mágico de um reino encantado. Foi ideia de Yasmin levar aquelas flores para o mundo dos adultos, para deixá-lo um pouco mais colorido.

— Todo mundo gosta de ganhar flores — constatou de maneira lapidar, e mais uma vez não pude contradizê-la.

No entanto, como os apartamentos do conjunto habitacional eram mais numerosos do que nossas flores, decidimos fazer uma seleção:

— Sempre que ouvirmos uma briga ou virmos alguém entrar triste em seu apartamento, deixamos uma flor junto da porta — decidiu. — Mas cada pessoa só vai receber uma flor uma única vez.

Portanto, a partir daquele momento, quando passeávamos pelos corredores e ouvíamos alguém se exaltar, marcávamos sua porta com um pequeno X de giz, na parte inferior direita da guarnição para que pudéssemos reencontrá-la. Às vezes também nos escondíamos em um canto para ver como as pessoas reagiam à nossa colorida surpresa em seu dia a dia incolor. Embora nunca tenhamos visto ninguém sair, nunca encontrávamos as flores quando voltávamos ao lugar do ocorrido. Assim, imaginávamos quando as pessoas as pegavam do chão e as cheiravam, olhando furtivamente pelo corredor, antes de fecharem a porta, para então as colocarem em um vaso junto da janela, mesmo que nada nelas fosse autêntico. Achávamos tudo isso muito divertido e, quando voltávamos para casa e minha mãe perguntava o que tínhamos feito, não revelávamos nada e apenas sorríamos um para o outro por cima da mesa, cúmplices em nosso silêncio.

Era comum haver problemas com a polícia no conjunto habitacional. Alguns adolescentes do *playground* chegavam a se vangloriar de que vivíamos em um lugar onde os tiras não tinham coragem de entrar ao anoitecer. E de que eles eram os reis daquelas ruas, tão logo o sol desaparecia. Mas isso não era verdade. A polícia vinha até com muita frequência quando já estava escuro. Víamos pela janela quando entravam com lanternas em um dos prédios do condomínio e logo depois saíam com alguém. Os tiras tinham, sim, muita coragem de ir até lá. E muitas vezes os vi levando embora um dos reis.

Se a condição em que vivíamos incomodava meu pai, ele não deixava transparecer. Mas talvez na época eu fosse muito pequeno para perceber. Ele gostava de trabalhar no centro de atividades para jovens, e minha mãe conseguiu formar uma clientela fixa para suas roupas. Meus pais estavam satisfeitos. Contudo, o dinheiro era pouco. Meu pai sempre me dizia que tinha de mandar dinheiro com regularidade para sua mãe, minha avó, que na época se recusara a deixar seu país. Principalmente para pagar os médicos e comprar medicamentos. Certo dia, quando lhe perguntei por que ela não viera com eles e por que agora não vinha ficar conosco na Alemanha, ele respondia sorrindo:

— É o Líbano. Ninguém quer sair de lá.

No sétimo ano em que vivíamos no conjunto habitacional, minha mãe engravidou pela segunda vez. Definitivamente, o apartamento tinha ficado pequeno demais. E como morávamos no sexto andar e o elevador quebrava quase todo dia, meus pais decidiram que estava na hora de mudar. Hakim tinha a mesma opinião. Yasmin e eu ficamos entusiasmados. De todo modo, já não tínhamos nenhuma flor.

5

No final do quente verão de 1992, quando encontramos a nova casa, eu tinha 7 anos, e Yasmin, 9. Hakim e ela se mudaram para a casa embaixo da nossa, que tinha uma configuração semelhante, mas era um pouco menor. Em nossa rua, quase todas as antenas parabólicas apontavam 26,0° a Leste. Sentimo-nos bem. No pátio da escola, pelúcias do Diddl-Maus* mudavam de mãos, pulseiras coloridas oficializavam amizades, Bill Clinton fazia seu juramento de posse com a mão sobre a Bíblia, e a banda Take That cantava *Could it be magic*. No Líbano ocorriam as eleições parlamentares, e tudo apontava para a direção certa. Tudo parecia bom. Eu me sentia como em uma família de animais, que podia esperar pelo outono iminente e pelo inverno com calma e tranquilidade, pois contava com provisões suficientes e uma toca quente e confortável.

Portanto, algumas semanas depois da mudança, estávamos sentados em nossa sala, onde desde as eleições a televisão mostrava as imagens habituais de Beirute. Hakim havia me contado a piada sobre os sírios, e eu tinha dado risada. Mas meu pai não riu. E então notei novamente que havia alguns dias ele parecia distraído. E raramente se mostrava alegre. Em vez disso, coçava a nuca, com ar ausente; parecia olhar através das paredes, sem enxergar nada. Introspectivo, falava pouco. Às vezes saía após o jantar e passava horas fora de casa, passeando, como ele dizia. Enquanto eu também calçava os sapatos e vestia o casaco no corredor para acompanhá-lo, ele já tinha passado pela porta e a trancado atrás de si. Havia dias em que ele me parecia mancar mais ao voltar. Para mim, mancar era uma característica inerente a meu pai. Era uma parte dele, tão normal quanto a cor de seus olhos. Quem não soubesse

---

* Personagem desenhado nos anos 1990 por Thomas Goletz e que se popularizou sob a forma de diversos artigos, como brinquedos e roupas. (N. T.)

disso dificilmente o perceberia. A não ser que ele tivesse feito algum esforço físico. Embora caminhasse ereto, mantinha a cabeça baixa e raramente me via. Quando eu conseguia capturar seu olhar, ele me presenteava com um sorriso, mas não dizia muito e, na maioria das vezes, logo virava a cabeça, como se se sentisse desconfortável ou flagrado. Nessas ocasiões, sua respiração soava como um suspiro, de certo modo tenso e vindo das profundezas, como se tivesse subido milhares de degraus. Às vezes, ao passar por mim, acariciava minha cabeça com sua mão grande. E havia momentos em que seus olhos pareciam vermelhos, como se ele tivesse chorado. Mas era só uma suposição. Nunca vi meu pai chorar.

Contudo, também havia o outro extremo. Momentos em que eu olhava para ele e constatava que ele realmente me fitava, sem conseguir desprender o olhar de mim, como se eu carregasse uma marca estranha na testa. Momentos em que eu imaginava que seu olhar tinha algo de atormentado, apenas por uma fração de segundo, até ele se forçar a sorrir quando percebia meu olhar. Quando demonstrava esse estado de espírito, apertava-me junto a seu corpo com demasiada força, como se não quisesse mais me soltar. Eu aguentava firme, mesmo quando chegava a doer. E, quando conversava comigo nesses momentos, sempre falava com rapidez, quase ininterruptamente, sem pausa, como se quisesse impedir que eu me levantasse e fosse embora, como se quisesse me manter de todo jeito sentado ao seu lado, ouvindo-o. Então, gesticulava muito e tentava cativar minha atenção, o que sempre conseguia. Fazia tudo isso também com minha irmã, que, imagino, não entendia as coisas da mesma forma. Porém, o que mais me preocupava em seu estado era o fato de ele não conversar com minha mãe. Quando ela lhe dirigia a palavra, ele apenas erguia lentamente a cabeça e anuía com um gesto pesado e silencioso. Por alguma razão, não suportava olhar diretamente em seus olhos.

Apenas alguns dias antes estivemos no lago com os barquinhos de casca de nozes. Se eu tivesse de fixar a data em que seu comportamento mudou, eu diria que foi nesse dia. Ou melhor, nessa noite. Nessa noite, quando voltamos do lago para casa, meu pai nos mostrou alguns *slides*. Essa noite marcou minha memória como brasa. Essa é a razão pela qual me lembro desse verão e do outono subsequente como uma fotografia em sépia: cada cena se encontra mergulhada em uma luz nostálgica, cercada por minhas lembranças.

Eu ainda não sabia da existência daquela caixa, que meu pai colocou diante de nós sobre a mesa da sala. Não a notei quando nos mudamos. Ele simplesmente a pegou na estante, virou-se e dirigiu-se a nós com passos solenes.

— O que é isso? — perguntei.

— Você já vai ver — respondeu ele, sorrindo enigmaticamente.

Minha mãe também sorriu. Nessa época ela ainda sorria com frequência. Não tenho muitas lembranças em que vejo meus pais desse modo. Tão cúmplices. Tão próximos um do outro, tão carinhosos. Depois dessa noite, nunca mais os vi assim. Não restavam dúvidas de que tinham preparado aquela noite e estavam felizes por nos revelar seu segredo. Eu estava muito agitado. Minha mãe, só agora percebo, tinha até colocado seu perfume, embora estivéssemos em família. Eu sabia em que lugar do banheiro ela guardava o pequeno frasco com a inscrição *Arzet Lebanon*, e a imaginei em pé, diante do espelho, aplicando duas gotas no pescoço. Nesse momento, exalava uma fragrância divina.

— Que perfume bom! — eu disse.

— Obrigada, Samir — respondeu ela, alisando minha face.

Nesse momento, bateram à porta.

— Devo abrir? — ela perguntou.

— Não, pode deixar que eu vou — disse meu pai, dando um rápido beijo em sua testa. Algo que eu também vira muito, muito raramente.

Diante da porta estavam Hakim e Yasmin. Ela usava um vestido azul com pontos brancos e parecia um céu quase sem nuvens. Ele abraçava com firmeza um objeto grande, que não consegui identificar direito, pois estava envolvido em um pano escuro. Parecia bem pesado, pois Hakim percorreu cambaleando os últimos metros da sala até a mesa, onde depositou o objeto com cuidado.

— O que é isso?

— Você já vai ver — respondeu ele.

— O papai também já disse isso.

— Então, deve estar certo.

Quando olhei com ar indagador para Yasmin, a fim de descobrir o que ele estava arrastando para dentro de nossa sala, ela apenas deu de ombros.

Meu pai nos fez sinal para nos sentarmos. Os três adultos ficaram em pé. Peguei minha irmã no colo, que chupava sua chupeta sem grande interesse, mas estava feliz. Yasmin se sentou ao nosso lado.

— Hakim — disse meu pai, erguendo o indicador —, por favor, rufe os tambores!

Com as mãos, Hakim imitou a batida de duas baquetas, fazendo um barulho que de longe lembrava um tambor. Enquanto isso, meu pai foi até a mesa da sala, pegou com o polegar e o indicador o pano que cobria o objeto e, como um mágico que apresentava seu truque preferido, puxou-o:

— Tadaaa!

Sobre a mesa havia uma coisa cinzenta, que de certo modo me lembrava um quati. Um quati robô: na parte inferior, uma base retangular de metal, sobre a qual reinava uma carcaça oval, de cuja ponta saía um cano comprido. Eu não fazia ideia do que era aquilo.

— O que é isso?

— Um Leitz-Prado! — exclamou meu pai.

— Um o quê? — quis saber Yasmin, erguendo as sobrancelhas.

— Um Leitz-Prado — repetiu ele, ainda representando seu papel e com uma voz como se fosse proferir um feitiço. — O melhor projetor de *slides* que se pode comprar.

Olhei para a minha mãe, que abaixou a cabeça e sorriu timidamente. Quando meu pai se convencia de uma coisa, essa era a melhor coisa do mundo. Ponto-final. Ele sabia em que loja se compravam as alfaces mais frescas, quais vendedores de carros usados tinham os pneus mais seguros para o inverno e qual quiosque vendia o melhor *kebab* do mundo. O quiosque até podia mudar, mas o *kebab* continuava sendo o melhor do mundo. E agora estávamos sentados em nossa sala, e à nossa frente estava o melhor projetor de *slides* do mundo. Um Leitz-Prado.

— Por que você o comprou? — perguntei.

— Não comprei. Hakim pegou emprestado para nós.

— Por quê? — quis saber Yasmin.

— Queremos mostrar uma coisa para vocês — meu pai acenou com a cabeça para Hakim, que ligou o cabo do projetor na tomada e apagou o lustre. Em seguida, meu pai acionou o interruptor. O projetor lançou um quadrado grande e claro na parede de nossa sala. Grãos de poeira dançavam no cone de luz.

— Queremos mostrar fotos a vocês — disse minha mãe. — Fotos do Líbano. De nós. Para que vocês vejam de onde viemos.

— Para que vejam de onde vocês também vêm — disse meu pai.

Gostei disso. Eu, Samir, nascido na Alemanha, deveria saber mais sobre o país de origem da minha família. Certa vez, meu pai me explicou brevemente:

— Isso se chama *jus sanguinis*. Embora você tenha nascido na Alemanha, não somos alemães, mas libaneses. Por isso, no seu passaporte também está escrito que você é libanês.

E eu lhe respondera apenas com um "okay", sem me demorar mais naquele pedaço de papelão.

Então, meu pai inseriu a primeira foto, e o projetor crepitou. Em nossa parede apareceu uma imagem colorida da minha mãe. Estava sentada em uma cadeira e usava um magnífico vestido de noiva.

— Nossa! — exclamou Yasmin. — Que lindo!

Era difícil ver minha mãe maquiada, e quase nunca ela realçava tanto seus olhos como na foto. Parecia uma obra de arte, encomendada por muito dinheiro e, de certo modo, frágil, mas envolvida em rara peculiaridade. Eu nunca a tinha visto vestida daquele modo. Estava realmente muito bonita.

Então veio o próximo *slide*. Meu pai ao lado de uma mulher que eu não conhecia. Os cabelos dela eram pretos e crespos, e sua postura era muito ereta e solene. Até mesmo nessa imagem antiga ela irradiava uma dignidade da qual era difícil escapar. Meu pai era visivelmente mais alto do que ela. A mulher estava de braço dado com ele e sorria com lábios finos.

— Essa é a *teta* de vocês — disse ele ao notar meu olhar indagador.

— É a vovó? — observei a imagem com mais atenção. — Ela não parece doente.

Meu pai abaixou a cabeça, mas sorriu.

— Não, mas hoje ela está doente, você sabe disso.

Fiz que sim.

— De quando é essa foto? — Yasmin quis saber.

— De 1982 — disse minha mãe. — Foi no dia do nosso casamento.

Na imagem, meu pai vestia um belo terno. Minha avó usava um vestido azul e um batom forte, o que tornava difícil calcular exatamente sua idade. Imaginei início dos 1940. Seus brincos eram enormes, o que chamou minha atenção, uma vez que seus cabelos crespos eram curtos. O sorriso do meu pai parecia forçado, mas ele nunca gostou de ser fotografado.

— Agora vem o principal — disse Hakim, animado. O projetor crepitava.

A imagem que apareceu nos surpreendeu. Meus pais estavam um diante do outro, e atrás deles aparecia Hakim.

— Você está tocando violão! — exclamei.

— Isso é um alaúde — explicou minha mãe. — Hakim tocou maravilhosamente para nós.

Na foto, os olhos de Hakim estavam voltados para um ponto distante, como se visse ao fundo as notas que levitavam de seu alaúde.

— De onde vocês se conheciam? — perguntou Yasmin.

— De outro casamento — respondeu meu pai. — Hakim tocou em muitos casamentos.

— E onde está a mãe de Yasmin? — perguntei.

Ninguém parecia esperar por essa pergunta. Então, notei que eu nunca a fizera. Nem a Hakim, nem a meus pais. Em todas as horas em que eu passava com Yasmin, brincando, sonhando; em todos os momentos em que saímos em busca de um segredo em comum, eu nunca lhe fizera essa pergunta. E agora ela pairava na sala como uma esfera pesada, que a qualquer momento poderia desabar do teto em cima de nós. Os três se olharam. Yasmin olhou para mim. Senti-me desconfortável. Até porque não recebi nenhuma resposta.

Seguiram-se outras fotos, sobretudo da festa, dos convidados conversando, até que meu pai disse:

— Agora vem a última imagem do nosso casamento — e colocou um *slide* no projetor. Nela se viam tantas pessoas que precisei de um tempo para identificá-las. Mostrava meus pais diante de uma árvore. Uma figueira grande e imponente. Ao que parecia, dançavam a valsa dos noivos. Os convidados formavam um semicírculo ao redor deles e aplaudiam. Todas as mulheres usavam muitas joias e estavam bastante maquiadas. Parecia um dia quente e ensolarado. O céu exibia um azul radiante. As mulheres, de vestido colorido; os homens, de terno. Alguns traziam os paletós jogados sobre os ombros e pareciam modelos. O que chamou minha atenção foram outros homens, que não vimos nas outras fotos. Estavam no fundo, diante de um muro de barro. Com os braços cruzados, alguns observavam quem dançava. Vestiam calças marrons e camisetas cáqui. No lado esquerdo do peito, via-se um cedro bordado. Um cedro dentro de um círculo vermelho. Na árvore estava apoiada uma arma.

— Quem são esses homens? — perguntei.

— Convidados — disse meu pai.

— Amigos — disse minha mãe.

Hakim não disse nada.

Fez-se um breve silêncio.

— Temos mais fotos! — exclamou meu pai de repente, esfregando as mãos. — Agora vou mostrar o país para vocês.

E foi o que fez. Como sempre quando podia falar do Líbano, entregou-se de corpo e alma. Vimos fotos do mar, de Beirute com seus arranha-céus. Das Rochas dos Pombos, símbolo da cidade, que desponta diante da costa em meio às ondas. Mostrou-nos uma imagem do Templo de Júpiter, em Baalbek, do qual ainda há seis colunas em pé. Era uma foto noturna, com uma iluminação impressionante. E, quando nos mostrou a foto de um porto, disse:

— Estão vendo aqui? É Biblos. Foi onde os fenícios, nossos antepassados, inventaram o alfabeto. Muita gente não sabe disso. Todos dizem: "Vejam só as incríveis pirâmides construídas pelos egípcios, como é desenvolvida a cultura árabe!". Mas eu lhes digo: se tivéssemos tomado os egípcios como exemplo, hoje estaríamos lendo livros de imagens!

Vi que minha mãe e Hakim trocaram um olhar. Sabiam que, a essa altura, não faria sentido interromper meu pai. Mas seu entusiasmo contagiou a nós, crianças. Além de mostrar fotos, ele sempre contava algo a respeito. Em alguns momentos, chegava a dar uma verdadeira aula.

— O Líbano é o único país árabe que não tem deserto — disse, enquanto nos mostrava uma foto do Lago Qaraoun no Vale do Beqaa. O lago azul-claro cintilava e refletia a cadeia montanhosa ao fundo. — A terra ali é muito fértil, com muitos vinhedos.

— Principalmente em Zahlé — disse Yasmin. Seus olhos brilhavam.

— Isso mesmo — confirmou ele com um sorriso. Em seguida, pegou o próximo *slide*. A imagem que mudou seu comportamento.

Quando me lembro da cena, creio que fez uma escolha errada, que em meio à emoção simplesmente não viu direito o que estava pegando. Na verdade, acho que queria pegar o *slide* que estava ao lado. A imagem que acabou nos mostrando havia sido intencionalmente colocada bem atrás, pois ele a havia descartado. Para que ela não fosse parar no projetor. Para que não a víssemos.

O projetor crepitava.

Minha mãe viu a imagem apenas de relance. Depois, desviou o olhar e logo tornou a olhá-la com um movimento brusco. Como se tivesse de se assegurar de que era verdadeira.

Na margem direita da foto, meu pai estava ao lado de um homem jovem e de boa aparência, com cabelos bastos e pretos, olhos castanho-escuros e um sorriso envolvente. Ambos estavam sob um lustre em um grande *hall*, diante de uma escadaria larga com balaustrada dourada. Os degraus eram revestidos por uma magnífica tapeçaria. Na frente de ambos, na margem esquerda da imagem, havia um fotógrafo com a câmera diante dos olhos, e eles olhavam em sua direção. Ao redor do fotógrafo se agrupavam curiosos, outros homens uniformizados, uma mulher jovem e pessoas que estavam vestidas como garçons. O homem ao lado do meu pai vestia um uniforme. Em seu cinturão estava presa uma pistola. No lado esquerdo de sua camisa havia o bordado de um cedro. Um cedro dentro de um círculo vermelho. Então, passei a observar meu pai. Era muito jovem e parecia quase tímido. Em seus olhos, um olhar que de certo modo não combinava com a cena. Hoje eu o descreveria como sonhador. Meu pai sorria na foto. Sorria com ar sonhador e cumprimentava. Usava o mesmo uniforme. Também no seu cinturão havia uma pistola.

Há momentos em que vivenciamos algo e nos surpreendemos. Depois vêm outros momentos, nos quais nos surpreendemos. E somente mais tarde, quando quase já não nos recordamos desses momentos, eles adquirem um novo significado, pois, nesse meio-tempo, descobrimos mais sobre esta ou aquela pessoa do que sabíamos antes. De repente, todos os gestos, olhares, movimentos, comportamentos que não conseguíamos explicar produzem um sentido. Como se anos depois encontrássemos uma peça e a inseríssemos no quebra-cabeça que conservamos por todo o tempo, para um dia talvez poder completá-lo.

Existem momentos na vida em que pensamos em fazer uma pergunta e acabamos desistindo de fazê-la. Sentimo-nos inseridos no instante e percebemos uma barreira. Sentimos que essa pergunta não é adequada para a ocasião. Adultos são capazes disso. Crianças também. E, anos mais tarde, quando sabemos mais do que sabíamos, nos arrependemos. Arrependemo-nos de nunca ter feito a pergunta. Aquela que talvez esclarecesse tudo: por exemplo, por que ele usava uniforme? Por que a pistola? Quem era o homem ao seu lado? Isso teria facilitado muitas coisas.

Meu pai olhou fixamente para a imagem, como se não reconhecesse a si mesmo. Ele sobressaía ali, na parede da sala, ao lado de outro homem, que parecia ter usado aquele uniforme a vida inteira, de tão incorporado que estava a ele. Hoje só posso conjecturar o que passou pela cabeça do meu pai nesse momento. Quais sentimentos a imagem despertou nele. Quais lembranças. Talvez também qual dor. Todos vimos a foto. Por um momento, que me pareceu uma eternidade, ninguém disse nada. Então, minha irmã começou a se agitar e a chorar. Minha mãe liberou-se de sua rigidez e pegou do meu colo o corpo irrequieto. Saiu da sala embalando a pequena. Com um aceno de cabeça, Hakim deu a entender a Yasmin que estava na hora de ir embora. Insegura, ela olhou para mim, deslizou do sofá, pegou a mão dele, e ambos deixaram a residência. Meu pai desligou o projetor e saiu da sala cabisbaixo. Fiquei para trás. Ainda quis perguntar a ele o que significava aquela foto. Mas desisti.

6

Teria eu podido imaginar o quanto nossa vida mudaria naquele momento? Que a partir de então a deterioração tinha se implantado imperceptivelmente em nossa família, como uma úlcera que se descobre tarde demais? Apenas uma foto, pensei eu na época. Uma foto do meu pai com uma pistola. Como eu poderia saber que essa imagem me perseguiria para sempre?

Nos dias seguintes ocorreu o que já descrevi. O comportamento do meu pai mudou. Senti que tinha algo a ver com a foto e sempre me via na iminência de lhe perguntar. No entanto, a sensação de que ele não queria me falar a respeito me dissuadia. Eu só tinha 7 anos. Para mim, o mundo dos adultos era marcado por um grande mistério e, quando se tratava de tomar decisões, com frequência eu me sentia como se estivesse em um grande edifício, cheio de passagens e portas, e precisasse escolher a correta. Uma intuição me dizia que seria melhor não tocar no assunto da foto nem com minha mãe, nem com meu pai. Simplesmente confiei nisso.

Hoje, cerca de vinte anos depois, muitas vezes digo a mim mesmo que eu deveria ter ouvido a razão, e não uma sensação. Hoje isso significa que eu não seria culpado pelo que aconteceu.

— Mas você era uma criança na época — dizem constrangidos, pois é a única coisa que lhes ocorre dizer. — Uma criança não consegue reconhecer esses sinais — dizem que ele abusou da minha confiança quando me fez prometer que eu não falaria a ninguém sobre o telefonema misterioso. E que não enganei minha mãe por não lhe ter contado nada. Dizem isso porque não sabem que houve momentos em que ela me sacudiu e implorou para eu lhe dizer a verdade. Dizem: — Mesmo que você tivesse feito tudo diferente, o que teria mudado? — mas a verdade é que as palavras deles não significam nada. Porque sei mais.

Quanto mais seu comportamento me assustava, tanto mais eu queria ficar perto dele. Certa vez, decidi ir buscá-lo no trabalho, no centro de atividades para jovens. Assim que saí, o céu se encobriu, o ar ficou carregado de umidade, e uma película desagradável se depositou em minha pele. Porém, ainda não prenunciava a tempestade que caiu poucos minutos depois. Primeiro caíram gotas isoladas e espessas na rua, e um vento repentino se ergueu, arrancando o jornal dos dedos do homem que estava no ponto de ônibus do outro lado da rua. Garçons saíam apressados dos cafés, olhavam desconfiados para o céu, protegiam-se segurando as bandejas sobre a cabeça ou tiravam rapidamente mesas e cadeiras das calçadas, enquanto os toldos esvoaçavam como pombas afugentadas. Logo em seguida, os intervalos em que as gotas caíam se tornaram mais curtos e, em menos de um piscar de olhos, tudo ficou cinza. Choviam fios de chumbo, e eu estava vestido com roupas leves demais. Um vento frio assobiou em meus ouvidos, nuvens de chuva se arrastavam como tartarugas no céu. Não fazia sentido regressar, eu já estava quase chegando. Com os ombros encolhidos e as mãos nos bolsos da calça, caminhei com passos pesados ao longo do meio-fio, enquanto os carros que passavam espirravam uma torrente de água suja. Ao lado da entrada do centro, debaixo de uma pequena marquise, um grupo de jovens que havia sido impedido de voltar para casa por causa da tempestade. Quando um deles, com uma cicatriz na testa em forma de ferradura, percebeu que eu olhava para eles, estendeu-me com olhar interrogativo um maço de cigarros, como quem oferece uma banana a um macaco, o que fez com que todos os outros me vissem e gargalhassem. Entrei no prédio. O corredor vazio contrastava fortemente com a agitação barulhenta do lado de fora. O ar havia sido consumido pelo dia; o oxigênio, exaurido. Passei pelas vitrines com fotos de adolescentes jogando bola ou serrando grandes tábuas. Em algumas também era possível ver meu pai, e reconheci os jovens que estavam do lado de fora. As solas dos meus sapatos deixaram pegadas molhadas no linóleo. A sala do meu pai ficava depois de uma das últimas portas no corredor. Bem ao lado da placa com seu nome estava dependurada a lista de inscrição para uma caminhada noturna. Entrei sem bater. Sabia que ele tinha uma mesa, sobre a qual ficavam empilhadas várias pastas, e esperei encontrá-lo escondido atrás delas. Mas não foi o que aconteceu. Ele não estava sentado, estava em pé diante de sua mesa. E, quando me viu entrar, desligou o telefone, assustado.

— Samir. O que você está fazendo aqui? — soou até um pouco irritado. Nada de *Samir, que bela surpresa!* nem de *Nossa, você está ensopado!*

— Quis vir te buscar — de repente me vi como um sujeito desajeitado, alguém que se enganou sobre a data da festa de aniversário surpresa de um amigo. Senti-me pequeno demais para aquela sala grande na qual me encontrava, completamente encharcado, e não sabia o que mais poderia dizer.

Por um momento, ele me olhou sem compreender. Como se eu tivesse pronunciado uma saudação decorada em tofalar* e esperasse que ele a traduzisse. Então, deixou escapar um breve "oh", seguido por: "Bom, estou pronto. Vamos embora".

Deixamos sua sala juntos, mas ele só pegou minha mão quando estávamos do lado de fora.

— O carro está estacionado do outro lado — disse, apontando para um local em meio ao véu de chuva. Puxou-me para perto dele. Quase aos tropeços, tive dificuldade para acompanhar seu passo. Pouco antes de um forte trovão, ainda ouvi um dos adolescentes dizer ao rapaz com a cicatriz na testa:

— Cara, você acabou de oferecer um cigarro para o filho do Brahim!

Com meu pai nesse estado de espírito, era difícil tirar algo positivo de nossa situação. Eu nunca o vira daquele jeito. Assim como sua alegria tinha algo contagiante, sua melancolia também me contaminou como uma gripe. De repente, as paredes de nossa casa já não pareciam tão brancas e claras. Também deixei de perceber as pequenas manchas e falhas no carpete, nos pontos onde recuávamos as cadeiras junto à mesa de jantar. Notei que a plaquinha

---

* Também conhecida como língua tofa ou karagas, é uma das línguas turcomanas faladas no sudeste da Sibéria. (N. T.)

oval e dourada ao redor da fechadura da porta de casa exibia arranhões horríveis. E quando o sol de outono aparecia em posição desfavorável, eu via como as janelas estavam sujas. Vagava por nossa rua, quebrava galhos das árvores ou me esgueirava pelo mato molhado, que batia na cintura, com a esperança de chamar a atenção do meu pai com as roupas úmidas e rasgadas.

    Sentia falta das suas histórias, que ele me contava à noite, sentado em minha cama, com os olhos brilhantes. A narração de histórias pelo meu pai tinha uma longa tradição. Era um ritual. Algo que nos unia. Fazia crescer o laço invisível entre nós. Um laço que eu imaginava ser tão firme que ninguém poderia romper. Suas histórias me abriram vários mundos, nos quais só nós dois podíamos entrar. Através de portas secretas, das quais apenas nós tínhamos a chave. Quando ele entrava em meu quarto para me contar algo novo, mostrava-se impaciente, oscilando de uma perna a outra, esfregava furtivamente as mãos e transmitia uma excitação infantil, que me fazia perceber que ele mal podia esperar. Então, fechávamos a porta, para que minha mãe não nos incomodasse, diminuíamos a luz e mergulhávamos em novas esferas. A porta fechada sinalizava para minha mãe que ela não poderia participar. Ela sabia que estávamos observando, espantados, as criaturas e as figuras universais, inventadas por ele, e descobrindo suas aventuras. Eu queria meu antigo pai de volta, aquele homem risonho, entusiasmado, que emanava tanta alegria de viver. Meu pai orgulhoso. O paciente, não aquele que mal me notava, embora eu me esforçasse muito. Não aquele que pegava minha irmã nos braços e a embalava, porém com uma expressão como se fosse uma tortura infindável olhar para ela.

    Também sentia falta de Yasmin em nossa casa. Sentia falta de sua cabeça cacheada aparecendo no vão da minha porta e entrando. Obviamente sem bater, pois ela era de casa. Ela também percebeu como meu pai estava mudando e, por isso, subia cada vez menos até nós, pois o comportamento dele também a deixava insegura.

— O que ele tem? — perguntou-me quando mais uma vez ele passou correndo por ela ao descer as escadas, sem dizer nenhuma palavra. Só pude encolher os ombros.

Na noite após a apresentação dos *slides*, eu estava deitado na cama quando ouvi meus pais brigarem. Assim como pais que brigam quando não querem que os filhos entendam o que estão dizendo. Atrás de portas fechadas, energicamente, mas com voz reprimida. Apertei um ouvido contra o travesseiro e puxei a coberta sobre o outro, mas não adiantou muito. Então, tentei me concentrar nas formas leves da luminária de lava em meu criado-mudo. Elas batiam umas nas outras, depois tornavam a se soltar, aninhavam-se no vidro e se deformavam de novo. Contudo, as vozes dos meus pais continuavam a penetrar por baixo da fenda da porta como fumaça venenosa. Vinham da cozinha. Eu simplesmente não conseguia apagá-las.

— Você prometeu — disse minha mãe.

— Eu sei.

— Tem noção do que teria acontecido se tivessem descoberto?

Silêncio.

— Tem noção de que hoje não estaríamos aqui?

Silêncio.

— Poderíamos estar mortos, Brahim. Enterrados em algum canto ou jogados no mar, como os outros.

Ainda nenhuma resposta.

— Por que você guardou aquilo?

— Não sei.

— Não sabe?

— Não. Já se passaram dez anos.

— Dez anos, nos quais construímos uma vida. Uma vida em comum.

Silêncio.

— Viemos para cá para que nossos filhos tivessem uma vida melhor. Você colocou isso em jogo.

— Na época não tínhamos filhos.

— Mas você sabia que um dia teríamos.

— É só uma foto — ralhou meu pai. Sua voz soou muito alta e chegou até mim.

— É mais do que isso — sibilou minha mãe. — Quero que você jogue isso fora. Com dez anos de atraso.

— Rana, aqui essas fotos não interessam a ninguém — disse ele.

— Pouco me importa o que você pensa — minha mãe estava furiosa. — Jogue isso fora de uma vez!

— A foto tem um significado para mim — disse ele.

— Eu sei — gritou ela, irritada —, sei muito bem o que essa foto significa para você. E é por isso que quero que a jogue fora! Agora você está aqui, conosco. Isso é tudo o que deveria significar para você — ao dizer essas últimas palavras, soluçou. Então, ouvi seus passos no corredor. Passou pelo meu quarto e entrou no deles, onde fechou a porta.

Debaixo da coberta, prendi a respiração. Percebi que tinha comprimido os dentes com força. Minha mandíbula doía. Tentei ouvir mais alguma coisa, mas a casa estava em silêncio. Lentamente, afastei a coberta. Deslizei em silêncio pela beirada da cama e abri a porta com cuidado. À minha esquerda, na cozinha, a luz ainda estava acesa. Portanto, meu pai estava ali. Do quarto deles não se ouvia nada. Puxei a calça do pijama para cima, a fim de não pisar na barra nem escorregar. Na ponta dos pés, esgueirei-me pelo corredor até a sala.

Não pensei muito no que estava fazendo. O projetor ainda estava em cima da mesa, na escuridão. O *slide*, ao seu lado. Com cuidado, peguei-o. Com a pouca luz, só era possível reconhecer sombras indefinidas. Então, virei-me e voltei correndo para meu quarto, sem fazer barulho.

Apenas um instante depois ouvi meu pai sair suspirando da cozinha. Foi até a sala, e prendi a respiração. Em seguida, um farfalhar. Imaginei que ele estava vasculhando os *slides* espalhados sobre a mesa. Mas o farfalhar não durou muito. Em seguida, ele se aproximou do meu quarto. Fechei os olhos, ouvi-o abrir a porta e senti seu olhar sobre mim, parado na soleira.

— Samir? — sussurrou.

Não reagi. Senti meu coração bater na garganta. Segurei firme o *slide* na mão, que havia enfiado debaixo do travesseiro. Meu pai entrou lentamente no quarto; consegui ouvir sua respiração quando ele se inclinou. Depois, ficou escuro atrás de minhas pálpebras. Ele havia desligado a luminária sobre o criado-mudo. Com passos pesados, voltou para a porta.

— Boa noite, Samir — disse, como se eu ainda estivesse acordado.

Eu sabia que ele sabia.

7

Nunca me falou a respeito, nunca pediu explicações. Nem no dia posterior, tampouco nas semanas que se seguiram. Como se não tivesse existido aquele momento em que me flagrou sem dizê-lo. Desse modo, novamente cresceu em mim a sensação de que eu tinha algo que nos unia. Um segredo. Mas seu humor quase não mudou. E, quanto mais ele se comportava daquele modo estranho, mais minha mãe sofria, embora se esforçasse para escondê-lo. Quando ela pendurava as roupas e percebia que eu a estava observando, tentava assobiar uma canção alegre. Do contrário, nunca fazia isso. Certa vez, entrei na cozinha quando meu pai tinha acabado de sair de casa.

— Você está chorando? — perguntei.

— Não — respondeu, sorrindo. — Estou cortando cebola, não está vendo?

— Hakim diz que é preciso prender a respiração quando se corta cebola. Assim a gente não chora.

— Mas não consigo prender a respiração por muito tempo, Samir.

Doía ver meu pai daquele jeito. Porém, doía quase ainda mais ver minha mãe tentando esconder as feridas que o comportamento dele lhe causava. Poucas coisas no mundo parecem mais tristes do que um sorriso forçado. Talvez sua percepção se alterasse de maneira semelhante à minha, pois ela começou a limpar a casa todos os dias, de cima a baixo, até nos lugares que definitivamente não estavam mais sujos. Também cozinhava mais do que podíamos comer. O que sobrava, ela envolvia em papel-alumínio. E me mandava levar para amigos e vizinhos. Quando estava muito cansada, eu tirava minha irmã do seu colo, embalava-a nos braços e cantava uma canção até ela adormecer. Quando eu voltava para a sala, muitas vezes constatava que minha mãe também tinha adormecido, encolhida como um bebê no seu lado do sofá, que era o esquerdo. Quando eu me aproximava dela o suficiente, podia reconhecer o vestígio de lágrimas secas em sua face.

Um dia, logo depois do almoço, quando Hakim me contou a piada sobre sírios diante da televisão e conversou com meu pai sobre o recomeço político no Líbano, o telefone tocou no corredor. Era um daqueles aparelhos antigos, com seletor giratório e fone pesado. O nosso era verde-menta. Como eu estava perto dele, atendi.

— Alô? Aqui é Samir El-Hourani — disse e aguardei.

Nada.

— Alô? — perguntei e, encolhendo os ombros, olhei para o meu pai, que também me olhou, surpreso. A ligação estava ruim, com chiado. Ouvi a respiração de alguém do outro lado da linha. Como se respirasse fundo.

— Alô? — perguntei mais uma vez.

A pessoa soltou o ar. Ao fundo, alguém cantava. Então, de repente meu pai estava em pé ao meu lado e pegou o fone da minha mão.

— Brahim El-Hourani — disse ele.

Observei-o. Vi seus olhos se estreitarem. Em seguida, desligou.

— A ligação caiu — disse simplesmente. Em seguida, deu meia-volta, pegou o casaco no cabideiro e tirou umas moedas do bolso, cujo valor calculou de maneira aproximada na palma da mão.

— Vai sair? — perguntei.

— Era sua avó — respondeu. — Preciso ligar de volta.

— Para que precisa do casaco?

— Vou até a cabine telefônica.

— Mas temos telefone aqui — eu disse, e cheguei a apontar para o aparelho, como se ele não soubesse.

— Sim, Samir, mas custa muito caro ligar para o Líbano. Juntei uns trocados a mais para poder ligar para a sua avó. Da cabine telefônica.

Agachou e amarrou os sapatos.

— Posso ir com você?

— Não — disse ele. — Espere aqui. Sua mãe deve estar chegando das compras. Quero que você a ajude a carregar as sacolas.

E saiu de casa.

Alguns dias depois, o telefone tocou de novo. Mais uma vez, atendi. Mais uma vez, ninguém respondeu. Havia apenas aquela respiração. Desta vez, ninguém cantava. Em vez disso, pareceu-me ter ouvido um barulho de motor.

— Vovó? — perguntei no silêncio, mas não recebi resposta. Estaria a conexão do outro lado ainda pior? Aguardei um pouco mais dessa vez. Então, a ligação foi interrompida. Contei ao meu pai sobre o telefonema, e de novo ele saiu de casa para ligar de volta da cabine telefônica. Antes de partir, ajoelhou-se no corredor diante de mim, colocou as duas mãos em meus ombros e olhou fundo nos meus olhos.

— Samir, prometa que não vai falar nada para a sua mãe sobre os telefonemas.

— Por que não?

— Não quero que ela se preocupe.

— Mas você acha que ela não vai querer saber se a vovó não estiver bem?

Ele semicerrou os olhos.

— Claro que vai, mas você sabe como é sua mãe. Ela ficaria muito preocupada, e isso não seria bom.

Dei de ombros.

— Promete?

— Só para a mamãe?

— Não conte para ninguém.

Prometi. E mantive minha promessa.

Acho que a vovó ligou uma terceira vez. Meu pai atendeu, disse seu nome, tornou a desligar e saiu. Dessa vez, até sem casaco.

Do lado de fora, esfriava rapidamente. As folhas das árvores se tingiam e, nas primeiras horas da noite, mergulhavam nosso bairro em uma luz avermelhada e dourada. Então, ganhavam um tom marrom e caíam. Uma rua em movimento acelerado. O outono dava cores bonitas às árvores e tingia até mesmo as pessoas. Eu adorava o modo como o ar frio fazia aparecer como mágica um sorriso em bochechas rosadas. Mesmo os adultos pareciam mais acessíveis, por exemplo quando juntavam as folhas na frente das casas na nossa rua. Obviamente, eu adorava espalhar todas essas folhas de novo, quando ninguém via. Para mim, o outono também era um período de expectativa alegre. Tão próximo do inverno e, portanto, da primeira neve, aguardada com tanta ansiedade. Eu adorava nozes. Não apenas porque podia construir barquinhos com elas, mas também por causa do gosto. Achava o máximo que anoitecesse mais cedo, pois isso fazia minha mãe acender velas e ligar o aquecimento. Também gostava do outono porque ele me oferecia uma imagem bonita, indissociável das lembranças que tenho da minha mãe: ela sentada no sofá, com uma coberta sobre as pernas, folheando catálogos em busca de inspiração para suas novas roupas, enquanto da xícara de chá à sua frente saía um vapor quente. Antes de virar as páginas, ela sempre levava rapidamente o indicador da mão esquerda aos lábios, para umedecê-lo. Acho que nem percebia. A certa altura, chegava o momento em que pela primeira vez era possível ver a própria respiração quando se saía ao ar livre. No Líbano, já fazia dois meses que havia sido eleito o novo Parlamento, e logo ficou claro que Rafiq Hariri, o primeiro-ministro, não perderia tempo. Os planos para a reconstrução já haviam sido traçados. Obviamente, os sírios ainda estavam no país e tão cedo não iriam embora. Porém, não faltava muito para novembro chegar. Apenas a primeira neve se fez esperar. Por ora, nossas roupas de neve permaneceram no armário. Em 10 de novembro de 1992, completei 8 anos.

8

Em algum momento nos dias que antecederam meu aniversário, meu pai foi de carro à zona industrial da cidade. Ali ficava a marcenaria onde Hakim trabalhava. Ao voltar, tirou uma tábua espessa do porta-malas. Era uma tábua castanho-clara, mas de cor forte. Fiquei ao seu lado e olhei para ele. Usava luvas e um casaco quente, e sua boca soltou uma nuvem de respiração quando ele puxou a tábua com um solavanco.

— Sinta o cheiro — disse-me, segurando-a debaixo do meu nariz.

— Não estou sentindo cheiro nenhum.

— É verdade. É cedro seco.

— O que está pensando em fazer?

— É segredo — disse, piscando para mim.

— Onde conseguiu isso?

— Encomendei na oficina do Hakim. O marceneiro de lá conhece um atacadista. Não é fácil arranjar cedro aqui.

— Pensei que o cheiro do cedro fosse diferente.

Passou por mim com a tábua e acenou com a cabeça na direção do barracão.

— Venha — chamou-me.

Segui-o e quase fui tomado pela eufórica sensação de que, depois de todas aquelas semanas, ele finalmente tinha voltado a me dar atenção. No barracão, pegou uma pequena serra na caixa de ferramentas, encostou a tábua inclinada contra a parede e fez um entalhe com a serra.

— Sinta o cheiro.

Um odor forte de mel balsâmico penetrou em meu nariz.

— São os óleos essenciais que se escondem na resina — disse. Depois, ele mesmo aproximou seu nariz do pedaço cortado e inspirou o perfume.

— O que vamos fazer com a tábua?

— *Nós* não vamos fazer nada. Mas eu, sim. E talvez te mostre, quando ficar pronto.

— Talvez?

— Talvez.

Então, levantou-se, acariciou meus cabelos, passou por mim e desapareceu.

Passou a semana seguinte no barracão. Também vi Hakim volta e meia desaparecer na antiga construção de madeira, permanecer ali por um tempo, depois sair de novo, batendo na roupa para limpá-la. Sempre caíam lascas de sua camisa. Yasmim e eu ficávamos sentados na escada na frente de casa, vestidos com espessos casacos, observando ansiosos o barracão e como nossa respiração saía em nuvens brancas.

Muitos vizinhos da rua vieram para a minha festa de aniversário. No meu bolo ardiam oito velas. E todos cantaram *Sana Helwa ya Gameel* para mim, a versão árabe de "Parabéns para você". Soprei todas as velas de uma vez, e meus convidados aplaudiram. Também ganhei presentes incríveis. Khalil, que no dia da nossa mudança ajudou meu pai a instalar a antena no telhado, deu-me um diabolô. Eu já o vira muitas vezes em nossa rua, equilibrando o cone duplo no cordão entre os dois bastões e realizando verdadeiras acrobacias. Quase como no circo. Hakim construiu um trenó para mim, muito bonito, com alças curvadas. Tinha um cheiro forte de oficina e cera.

— Logo a neve vai chegar — disse ele —, ela só quer te deixar na expectativa por mais tempo.

De Yasmin recebi até um beijo na bochecha, mas o sequei, um pouco sem graça, com o dorso da mão. Durante todo o dia, meus pais fizeram um esforço visível para não deixar a estranha atmosfera das últimas semanas transparecer a nossos convidados. Pareceu quase desajeitado o modo como tentaram representar o papel de time entrosado ao servir as pessoas e pôr a mesa, mas sempre acabavam esbarrando um no outro ou quase se atropelando. E quem observasse com mais atenção perceberia muito bem que passavam um pelo outro de cabeça baixa, conversavam separadamente com os convidados e não se olhavam nos olhos.

À noite, Yasmin e eu experimentamos o diabolô. A rua diante da nossa casa estava vazia. Fazia frio e, por isso, não foi fácil segurar os bastões com firmeza. Mas estávamos fascinados demais para entrar e pegar nossas luvas. Sempre acabávamos fazendo o cone de borracha saltar no ar e o pegávamos com o cordão, competindo para ver quem conseguia pegá-lo mais alto e equilibrá-lo por mais tempo.

Logo chegou a neblina noturna de novembro, que envolveu a nós e a rua em um pano cinzento, até as luzes dos postes serem apenas imaginadas. Rastejou sobre a relva próxima e pelas ruelas do bairro, depositou-se nos telhados e fez as casas desaparecerem em meio à névoa. As janelas iluminadas pareciam olhos tenebrosos. A certa altura, Hakim pôs a cabeça na janela da sua casa e chamou Yasmin. Tinha ficado tarde. Ela se virou para mim, com as bochechas vermelhas e os olhos brilhantes por causa do frio.

— Espero que tenha gostado do aniversário — disse, entregando-me os bastões.

Fiz que sim. Yasmin se virou e desapareceu na neblina. Por um breve momento, ouvi apenas seus passos e, em seguida, a porta sendo fechada. Por um instante, fiquei ali. Ao meu redor: silêncio e a estranha sensação de uma solidão impenetrável. Então, olhei para cima. Da janela da nossa sala também cintilava luz. Na verdade, eu não queria subir.

Sobre o meu criado-mudo havia um pequeno presente. Notei-o assim que entrei no quarto. Estava ao lado da luminária de lava acesa, embrulhado em um papel azul-escuro e envolvido por uma fita dourada. Na cozinha, ouvi minha mãe lavando a louça, que tilintava. Da sala vinha o som da televisão. Ao entrar, vi cores se alternarem rapidamente, deslizando pelo chão do corredor, e ouvi a melodia que era o tema da *Al Jadeed TV*. Pelo visto, meu pai estava assistindo às notícias. No corredor, tirei o casaco e os sapatos e coloquei o diabolô em um canto.

Não estava com muita vontade de ir para a sala, temendo que ele pudesse me ignorar de novo, já que os convidados tinham ido embora, ou, pior ainda, fitar-me como se a qualquer momento eu pudesse me dissolver no ar e, por isso, ele tivesse de memorizar rapidamente cada faceta minha. Portanto, fui pé ante pé até meu quarto e encontrei o presente. Era bem pesado para seu tamanho. Quando rasguei o papel, tinha uma caixinha nas mãos. Era de madeira. Sua cor castanho-clara era percorrida por tons de marrom mais escuros e muito finos, que se estendiam como rios ou veias pelas laterais. Virei-a nas mãos e examinei-a de todos os lados. A caixinha era lisa, não senti nenhuma irregularidade quando passei o dedo em seus cantos. Não era grande e tinha um odor tão forte de cedro que engoli em seco e quase recuei de surpresa. Fiquei imaginando meu pai no barracão, fazendo-a para mim. Serrando, escavando e polindo a tábua, até ela corresponder à forma que ele desejava. Deixando-a bem lisa e pensando que eu sentiria sua obra com o tato. As lágrimas subiram aos meus olhos, mas lutei contra elas. Abri a tampa da caixinha. Estava vazia. Basicamente, o interior revelava uma cavidade que só tinha dois dedos de largura e talvez um dedo mínimo de comprimento e não era muito profunda. Minha mãe tinha uma caixinha parecida, forrada de tecido, para os seus brincos. Mas eu não tinha brincos e, de pronto, não me ocorria nenhum objeto que eu pudesse guardar nela.

— Gostou? — meu pai estava no vão da porta, olhando para mim. Vestia um pulôver azul-escuro, com gola alta, que cobria quase todo o seu pescoço. O pulôver parecia confortável e quente. Eu queria ter corrido até ele para apertar meu rosto contra sua barriga. Mas não tive coragem.

— Eu não tinha certeza — disse ele.

— É linda.

— Fico feliz.

— Ainda não sei o que vou guardar nela.

— Tenho certeza de que vai encontrar alguma coisa.

Em silêncio, concordei.

— Posso entrar?

Meu olhar estava preso à caixinha, mas concordei novamente. Meu pai entrou no quarto e olhou ao redor. Seus olhos deslizaram pela minha mesa, sobre a qual havia um cíclame seco, e pela pequena estante, que continha alguns livros e peças de jogos. Examinou o quarto, como se pela primeira vez o percebesse de verdade. Inseguro, olhei para ele. Eu não sabia o que ele queria de mim. As últimas semanas haviam deixado vestígios; eu já não conseguia classificar seu comportamento. Por isso, simplesmente fiquei ali sentado, agarrado à caixinha.

— Quando eu era um pouco mais velho do que você — disse repentinamente, apontando para minhas mãos —, também tinha uma dessas — depois, passou a mão pela barba.

— É mesmo? O que fez com a sua caixinha?

— Antigamente eu ainda escrevia histórias — disse, enfiando as mãos nos bolsos da calça.

— Que tipo de histórias?

— Inventadas.

— Sobre o quê?

— Sobre tudo o que era possível. Não eram muito boas, por isso não as mostrei a ninguém.

— E as guardou na sua caixinha?

— Sim. Só que era um pouco maior que a sua. — sorriu e olhou para mim. — É sempre bom ter um lugar para os próprios segredos.

Estava em pé, bem perto de mim, e senti seu perfume característico. Gostaria muito de ter apoiado minha cabeça ao lado dele, mas permaneci sentado, quieto.

— Vai voltar a me contar uma história de vez em quando?

Ele pareceu hesitar. Depois disse:

— Claro.

— Uma de Abu Youssef? — olhei-o de lado, torcendo fervorosamente por um sim.

— Uma nova aventura de Abu Youssef?

— Seria bom — respondi, minimizando em grande medida.

Abu Youssef era um personagem que meu pai havia inventado para mim. Fazia muitos anos que me contava sempre novos episódios, nos quais o herói do título vivia aventuras turbulentas. Abu Youssef era um libanês extravagante, que vivia com poucos recursos, mas era muito estimado pelos habitantes da sua pequena aldeia na montanha, pois gostava de festejar e reunir os amigos. Tinha um dromedário falante que se chamava Amir. Como Amir significa "príncipe", o dromedário sempre queria que se dirigissem a ele como "Sua Alteza". Abu Youssef adorava Amir. Todos os dias, escovava seu pelo ao pôr do sol e até permitia que Amir se sentasse à mesa da sala com ele nas refeições, pois o dromedário tinha boas maneiras. Amir adorava bolo de maçã. Juntos viveram muitas aventuras, nas quais acabavam com os crimes de poderosos vilões ou corriam para socorrer grandes reis, quando seus sábios conselheiros já não sabiam o que fazer. Abu Youssef era um homem respeitado em toda parte. Porém, o que nem mesmo Amir sabia era que Abu Youssef tinha um segredo. Ele era muito, muito rico, pois possuía um grande tesouro. Havia apenas boatos a respeito, que às vezes o vento das aldeias trazia pelo planalto até alcançar cidades. Nelas, os boatos subiam pelas colunas das praças principais, onde eram passados adiante, aos sussurros, nas feiras ou salas, atrás de mãos que tampavam as bocas. As histórias sobre Abu Youssef e seu tesouro circulavam desde o simples fabricante de tapetes no bazar até o rico xeique saudita em sua cobertura em Beirute. Muitos faziam pouco caso desse tesouro, como se fosse fruto da imaginação; afinal, Abu Youssef vivia em condições humildes em sua aldeia, onde festejava quando não era impedido por uma nova aventura. Eu o imaginava com uma longa barba grisalha, um ancião engraçado, sempre cercado de crianças, às quais transmitia sua sabedoria. E que atravessava o país cavalgando seu dromedário falante, a fim de enfrentar novos perigos.

Meu pai abaixou a cabeça e me examinou.

— Você não está ficando grandinho demais para as aventuras de Abu Youssef?

— Para as suas histórias nunca vou ficar grande demais.

Ele riu alto e, de repente, pareceu tão surpreso consigo mesmo que pigarreou.

— Quando? — eu quis saber.

— Em breve.

— Em breve quando?

— Muito em breve. Já tenho uma história na cabeça.

Senti um nó na garganta.

— Verdade?

— Claro. Por que eu mentiria para você?

Só de imaginar que em breve ele voltaria a se sentar na beira da minha cama e me contaria uma história de Abu Youssef, tive de lutar novamente contra as lágrimas.

Então, senti seu braço em meu ombro. Foi um breve momento íntimo, e, se eu pudesse desejar ter superpoderes, escolheria a capacidade de parar o tempo. A pequena ilha de água que a neblina lançou na janela não escorreria mais pelo vidro. As formas da luminária de lava se petrificariam. As minúsculas partículas de poeira ficariam congeladas no ar em sua dança sem rumo. A folha seca do cíclame, que caíra pouco antes em minha mesa, ficaria parada no ar, na horizontal. E o sorriso surpreso que se esboçava no canto da minha boca nunca desapareceria, se seu braço tivesse permanecido em meu ombro. Mas eu não tinha nenhum superpoder.

Nenhum de nós disse alguma coisa. Fiquei sentado, sentindo seu toque. Senti seu braço ali parado, apertando-me lentamente contra ele. Em seguida, suspiramos juntos. Somente então notamos minha mãe, que havia entrado no quarto. Tinha manchas de água na blusa e uma madeixa molhada no rosto, e sorriu cansada. Enfiei a caixinha debaixo da coberta, pois não sabia se ele queria que esse fosse nosso segredo. Em todo caso, eu queria. Se minha mãe viu, não demonstrou. Meu pai tirou lentamente o braço do meu ombro.

— Gostou do aniversário? — ela quis saber.

— Sim, gostei muito.

— E seu diabolô? É divertido?

Ri, envergonhado.

— É, sim, até que sou bom.

— Acredito.

— Que bom que vieram tantos convidados. Gosto dos nossos vizinhos.

— Eles também gostam de você. Ficaram contentes.

— Gosto do Khalil. Ele é muito simpático e me dá boas dicas.

— Com certeza esse rapaz pode te ensinar muitas coisas — concordou meu pai.

Fiz que sim, inseguro. Lembrei-me da tarde em casa e da sala cheia, onde nossos convidados conversavam em árabe, do indispensável narguilé sendo passado de mão em mão depois do café. Não pude deixar de pensar nem mesmo na caixinha de Chiclets, da qual tiravam a goma de mascar para cobrir o gosto de fumo. E me lembrei do anseio que me tomava. Eu finalmente queria pertencer àquele meio. Ser não mais apenas o filho de pais libaneses, nascido na Alemanha. Eu queria ver o Líbano, viver lá, cercado por pessoas que acompanhavam cada uma de suas palavras com gestos impulsivos e prolixos, que comiam com as mãos, que chamavam todos e todas de seu meio de *habibi* ou *habibti*, que falavam essa língua maravilhosa. Em mim surgiu a pergunta que eu queria muito fazer, mas não tinha certeza se era o momento certo.

— Tudo bem? — perguntou minha mãe.

Criei coragem.

— Vamos voltar para o Líbano algum dia?

Obviamente, ela não estava esperando a pergunta. Insegura, desviou o olhar de mim para o meu pai.

— Não — respondeu.

— Talvez — disse ele.

Falaram ao mesmo tempo.

Mais tarde – a luminária de lava já estava apagada, meu quarto estava na escuridão –, despertei de um sonho agitado. Deixei o braço deslizar para fora da cama e tateei o chão até encontrar a garrafa de água. Com sede, tomei grandes goles. O sonho já estava desvanecendo como tinta invisível, e eu mal conseguia me lembrar dos detalhes. A casa estava em silêncio, ouvia-se apenas o zumbido do antigo aquecedor em cima da pia da cozinha. Passei os dedos pelo cabo da luminária até encontrar o interruptor. Cansado, esfreguei os olhos. Meu olhar deparou com a caixinha de madeira sobre o criado-mudo. Estava aberta, e olhei para sua reentrância, que me pareceu muito pequena. No máximo uma chave caberia ali. Mas de qual fechadura? Peguei a caixinha, girei-a e senti-a. E quando novamente imaginei meu pai no barracão, fabricando meu presente à escassa luz da pequena janela, foi como se eu ouvisse sua voz: *É sempre bom ter um lugar para os próprios segredos.*

Joguei a coberta para o lado e desci correndo da cama. A luminária lançava um brilho fraco no quarto, mas eu teria encontrado o caminho até dormindo. Fui até a estante e peguei o livro mais grosso de todos: *Contos das Mil e Uma Noites*. As histórias de Sherazade, que narra sua vida ao rei Shariar, sempre me fascinaram. Esse livro era meu tesouro mais precioso na estante. Sacudi-o com cuidado, até que dele caiu o objeto que eu havia escondido entre suas páginas. Peguei-o, guardei o livro na prateleira e voltei para a cama.

O *slide* cabia perfeitamente na curvatura da caixinha. Como se ela tivesse sido criada unicamente para esse fim.

9

Minha expectativa crescia a cada dia. Eu mal podia esperar para finalmente mergulhar de novo no mundo mágico de Abu Youssef e Amir. Um mundo repleto de heróis e vilões, de roupas coloridas e aventuras gloriosas. Lembrei-me dos últimos episódios. Por exemplo, aquele em que Abu Youssef teve de salvar Amir do pastor Ishaq, que se parecia com um lagarto. Ishaq havia sequestrado Amir e ameaçado vender o dromedário falante para um circo francês em Paris. Ishaq era um adversário assustador, que mantinha como escravos muitos animais com dons extraordinários, entre os quais um rinoceronte obeso, que era invencível no jogo de cartas. Em noite de lua cheia, Ishaq se transformava em um lagarto de olhos verdes e com uma armadura de escamas pretas e impenetráveis. Abu Youssef conseguiu salvar Amir graças a uma artimanha: o único ponto fraco de Ishaq era seu medo de fogo. E depois que o herói perseguiu o homem-lagarto pelo mar agitado até Paris, onde este queria negociar com o diretor do circo o preço por sua extraordinária mercadoria, desafiou-o em um duelo junto ao Arco do Triunfo em uma noite de lua cheia. Abu Youssef venceu ao empurrar Ishaq na pequena abertura do túmulo no qual ardia a chama eterna pelo soldado desconhecido.

Acho que todos os filhos amam os pais, mas eu idolatrava o meu. Porque ele costumava me deixar participar de seus pensamentos inspiradores. Porque me levava com ele para mundos maravilhosos, que criava em sua cabeça. Porque me inebriava com suas palavras. Havia ainda a promessa que me obrigara a fazer: nunca contar à minha mãe sobre o tema de suas histórias.

— Se ela souber que te conto histórias sobre homens que se transformam em lagartos em noites de lua cheia, vou ter problemas — disse piscando para mim.

Obviamente concordei com a cabeça e prometi guardar nosso segredo. Yasmin também conhecia Abu Youssef das histórias e ficou com inveja quando lhe anunciei que em breve meu pai me revelaria um novo episódio.

— Depois você me conta? — perguntou, e seus olhos faiscavam como a superfície iluminada da água. Era uma tradição que pertencia a nós dois. Meu pai me contava uma história, e eu a transmitia a Yasmin. Antigamente, eu ficava orgulhoso por também ser um contador, e desfrutava os momentos em que Yasmin ouvia as palavras dele que eu reproduzia. Ela apertava os olhos ao me ouvir com atenção, e era possível ver mundos maravilhosos se abrirem por trás de sua testa. Nesses momentos, criávamos nosso próprio espaço teatral, no qual Yasmin era a luz, o palco e a plateia. Nessa época, eu ainda não tinha histórias próprias, apenas minha voz e meu corpo. E assim ficava o menino diante da menina, agitando os braços para representar o vento que soprava no rosto de Abu Youssef ou saltitando na ponta dos pés para mostrá-lo aproximando-se às escondidas de um adversário. Eu sussurrava quando Abu Youssef sussurrava e gritava quando ele gritava. Yasmin gostava disso, e não havia nada mais bonito do que seu sorriso entusiasmado e seu aplauso no final.

Poucos dias depois do meu aniversário caiu a primeira neve. Como algodão precipitando-se em parafuso do céu. Ao longo do percurso, depositava-se em árvores nuas e nos telhados das casas, transformando o mundo em uma maravilha reluzente. Despertei com o barulho das pás de neve arranhando o asfalto e imediatamente me sentei na cama. Da minha janela, vi Hakim com orelhas vermelhas, liberando a calçada. Quando me notou, acenou para mim.

— Não falei para você que a neve não ia demorar? — gritou rindo, e eu também ri.

Durante a noite, cristais de gelo haviam se formado na janela. Eram o que eu mais gostava, pois pareciam flores que eu não precisava regar.

À tarde, Hakim me levou com Yasmin para a colina próxima, a fim de testar meu trenó. Sentamo-nos um atrás do outro, e Hakim nos puxou ofegante pela neve. Meu pai não estava junto. Nesse meio-tempo, eu já tinha quase me acostumado a seu estranho estado de espírito. No dia seguinte à sua promessa ele já estava inquieto, andando de um lado para o outro. Como se estivesse em uma jaula. Pouco antes, o telefone havia tocado, e minha mãe atendeu. Disse "alô?" várias vezes, depois desligou. Cerca de meia hora depois, meu pai saiu furtivamente de casa. Eu já sabia que ele ia ligar para a minha avó, mas resisti ao impulso de dizer à minha mãe que ela não precisava se preocupar.

Contudo, tampouco tive tempo para me deter nisso. A neve finalmente tinha chegado, depois de uma longa espera. Quando desci em meu macacão de inverno, Yasmin já estava na frente de casa, de gorro de lã vermelho, luvas e uma bola de neve prontinha na mão, olhando-me com ar de desafio. Sentados em meu novo trenó, incitávamos Hakim a nos puxar com mais velocidade e não pudemos deixar de rir quando ele correu relinchando como um cavalo. Mais tarde, lançamo-nos várias vezes colina abaixo e perdemos a noção do tempo. O ar estava frio e limpo, preenchido por gritos de alegria. Nossas bochechas estavam vermelhas; nossos cílios, congelados. Nosso nariz escorria, mas quase não o sentíamos. O inverno tinha chegado, o período da família. O odor de água fria e folhagem velha cedia espaço ao da canela e das tangerinas. O odor da lareira e dos cravos substituía o das castanhas e da terra úmida. Deixamos rastros na neve. Estávamos felizes.

Devem ter se passado horas, pois a certa altura constatamos que estava anoitecendo.

— Chega por hoje! — exclamou Hakim, com os olhos brilhantes devido ao frio. — Ainda há muito inverno pela frente. Da próxima vez, pegamos o carro e procuramos uma colina maior.

Protestamos em voz baixa, pois um cansaço aconchegante surgiu em nós. Se Hakim também o sentia, não deixou transparecer. Apenas relinchou em tom encorajador e raspou o calcanhar na neve para nos puxar para casa.

O odor de ponche quente de frutas já inundava a escadaria quando chegamos. Yasmin e eu nos acotovelamos para entrar em casa, onde rapidamente tiramos luvas, gorros e macacões. Minha mãe já nos esperava com duas xícaras fumegantes.

— Vocês estão congelados — constatou ao passar a mão por nossas bochechas.

Sim, estávamos. Por isso, pegamos as xícaras quentes com mais firmeza. Atrás de nós, Hakim fechou a porta. Ajoelhou-se rapidamente e recolheu nossos gorros e luvas, que havíamos jogado no chão com negligência.

— Dê a esses dois um trenó e uma colina, e eles se esquecem não apenas do tempo, mas também das boas maneiras.

Minha mãe sorriu para ele com gratidão, pegou as roupas de inverno de sua mão e entregou também a ele uma xícara, que ele comprimiu contra a bochecha fria, fechando os olhos. Em seguida, veio atrás de nós na cozinha.

— Cadê o Brahim? — perguntou, enfiando a cabeça na sala à sua procura.

— Ainda não voltou — respondeu minha mãe.

— Quando ele saiu?

— Hoje de manhã.

Hakim ergueu as sobrancelhas e olhou para o relógio em cima da porta da cozinha, que marcava pouco mais de seis horas. Já fazia mais de sete horas que meu pai estava fora de casa.

— Sabe aonde ele foi?

— Não.

Minha mãe suspirou. Hakim se sentou, franzindo a testa. Do lado de fora, já estava completamente escuro.

Minha mãe virou-se para nós.

— Contem como foi — disse, afastando um cacho da testa de Yasmin quando ela se inclinou sobre a xícara.

Animados, relatamos nossas inúmeras descidas da colina, tentando nos superar mutuamente na descrição das velocidades e das quedas espetaculares na neve funda. E falamos de Hakim, que nos puxou como um cavalo, o que até fez minha mãe sorrir. Ficava linda quando ria.

Já fazia mais de uma hora que estávamos sentados na cozinha, tomando ponche quente de frutas e lanchando. Em seguida, fomos para a sala. Yasmin e Hakim desceram rapidamente e voltaram logo em seguida, em pulôveres confortáveis. Bem agasalhados, ficamos os quatro sentados no sofá, com o ar quente do aquecedor subindo atrás de nós e uma coberta macia aquecendo nossos pés. Yasmin e eu tínhamos providenciado pedaços de papel, nos quais anotávamos nossos pedidos de Natal. Eu queria uma bicicleta, e Yasmin, uma nova mochila. Hakim perguntou à minha mãe sobre suas costuras e novas ideias. Tinha o bloco de desenhos dela no colo e o percorria com a ponta plana dos dedos, como se assim pudesse sentir a qualidade dos tecidos. Com base nos esboços, ela lhe explicou pacientemente cada passo de seu trabalho e lhe contou sobre um bazar de Natal na cidade, onde queria comprar os tecidos por um bom preço. Hakim sabia do bazar: o mestre-carpinteiro tinha lhe perguntado se ele não queria fazer figuras de madeira para presépios, a fim de vender no local, ou se isso o incomodava por ele ser muçulmano. Obviamente, para Hakim não havia nenhum problema.

E, assim, não ouvimos quando meu pai entrou em casa. Não sei há quanto tempo já estava ali antes de o notarmos. Minha mãe teve um breve sobressalto, como após um choque elétrico. Hakim ergueu o olhar e deixou o bloco de esboços cair no chão. Yasmin agarrou-se ao meu braço. Meu pai estava na entrada e nos fitava, como se fôssemos fantasmas. Suas roupas estavam encharcadas e amarrotadas. Seu rosto, cinza como uma manhã de novembro. Por um breve instante, foi como se alguém tivesse parado o tempo. A água pingava de seus cabelos e de sua barba no assoalho, onde já formava uma pequena poça ao redor de seus pés. Em seguida, ele comprimiu as pálpebras, ergueu as mãos e apertou as têmporas com os punhos, como se estivesse sendo atravessado por uma dor, como se não suportasse nos ver. Como se torcesse para que tivéssemos desaparecido quando abrisse os olhos. Mas continuamos sentados ali, imóveis, fitando-o de volta. Então, abaixou as mãos, virou-se e saiu mancando da sala. Poucos segundos depois, ouvimos quando se trancou no banheiro.

Certa ocasião, quando eu ainda era pequeno – com talvez 3 ou 4 anos –, quase me afoguei. Era verão. Nossa cidade era atravessada por um pequeno rio, cuja margem verde atraía as pessoas tão logo esquentasse. Quando o sol surgia, os casais se divertiam sobre cobertas, passavam creme nas costas uns dos outros, enfiavam morangos na boca com malícia ou se lançavam olhares insinuantes, carregados de hormônios. Jovens com toca-fitas retumbantes, que esfriavam suas garrafas de cerveja na água; crianças pequenas com fraldas, que cambaleavam na relva como patos e saltitavam diante de cães que abanavam a cauda; meninos de calção, que jogavam futebol e se desculpavam sorrindo quando acertavam as moças de biquíni na beira do campo, visivelmente desinteressadas. Pessoas de idade, que em vão assobiavam atrás de seus cães quando eles não conseguiam resistir à perspectiva de refrescar-se e, de volta à margem, sacudiam a água do pelo em pequenos arcos-íris. Era um dia como esse. O sol era tão refletido pela água que a superfície dela parecia uma vitrine exibindo diamantes.

Tínhamos chegado um pouco tarde demais. Os locais mais bonitos da margem, nos quais a água era rasa e perfeita para se refrescar brevemente, já estavam ocupados. Desse modo, seguimos rio acima e encontramos um lugar onde a relva ainda não havia sido comprimida pelas toalhas. Ali estendemos nossa coberta. Meu pai armou a churrasqueira e acendeu o fogo. Minha mãe cortou cenouras e pepinos. E eu caí na água. Já não me lembro tão bem. Só sei que a água estava muito fria e logo me envolveu por completo. E que fui arrastado pela correnteza. Em minha lembrança, minha mãe chamou meu pai pelo nome, mas também é possível que eu tenha imaginado isso. Seja como for, vi-o pular na água, completamente vestido, nadando atrás de mim com braçadas fortes. Várias vezes tentou me apanhar sem conseguir, até que por fim me pegou e apertou contra ele, enquanto nadava lentamente com o braço livre de volta à margem. Minha mãe estava perturbada, pegou-

-me e secou-me. E enquanto eu estava sentado, todo enrolado na toalha, olhei para meu pai, que estava em pé ao sol, encharcado. Também nessa ocasião a água pingava de sua roupa e de sua barba. Mas seu olhar era outro. Na época, chegou até a sorrir.

Demorou uma hora até ele sair do banheiro. Hakim e Yasmin já tinham ido embora. Fiquei sentado na frente da porta do banheiro, ouvindo o crepitar abafado do chuveiro. Minha mãe caminhava agitada de um lado para o outro do corredor. Tinha amarrado apressadamente o casado de lã em volta da cintura e sempre passava as mãos pelos cabelos. A certa altura, disse-me para não ficar mais sentado no chão e ir para o meu quarto. Assim, apertei a orelha contra a parede, mas não ouvi nada. Eu estava confuso e amedrontado. Nunca tinha visto meu pai daquele jeito. Tão sensível, assustado, ferido. Como se tivesse escapado com as últimas forças das trevas de um porão de tortura. Como se espíritos o tivessem perseguido pela neve e ele só tivesse conseguido despistá-los a muito custo. Perguntei-me qual notícia terrível ele teria recebido por telefone para voltar para casa naquele estado. Em minha imaginação fértil, pintei o pior cenário para minha avó no Líbano. Talvez ela lhe tivesse dito que estava muito mal e que não sabia se poderia telefonar-lhe de novo. Imaginei como isso o deixou triste e como ele soltou o fone, caindo lentamente no chão da cabine e cambaleando na noite de inverno, vagando sem destino.

Ali em pé, com o ouvido colado na parede, percebi que eu estava tremendo. Estava todo arrepiado. Desejei que tudo aquilo acabasse de uma vez por todas. Que ele saísse do banheiro para abraçar a mim e minha mãe, beijar nossa testa e dizer que, a partir daquele momento, seu comportamento estranho tinha chegado ao fim. Que ele se desculpasse por nos ter ferido tanto.

Logo em seguida, abriu a porta do banheiro. Ouvi minha mãe lhe dizer alguma coisa, mas não entendi o quê. Resisti ao impulso de correr para o corredor. Eu queria que ele entrasse no meu quarto. Queria que visse o quanto havia me assustado e que se sentasse ao meu lado, conversasse comigo, dissesse o que estava acontecendo. Deitei-me na cama e fitei a maçaneta da porta, com a esperança de que ele a girasse e entrasse. Nesse caso, eu teria virado rapidamente de lado e olhado para a parede, para que ele só pudesse ver minhas costas e, assim, talvez me perguntasse como eu estava. Mas ele não veio. Ouvi os passos dos meus pais no corredor, que foram juntos para o quarto deles, onde tornei a ouvir minha mãe. Ela parecia muito nervosa. Pouco depois, a porta do quarto se abriu, e meu pai saiu. Ela ficou dentro.

Dessa vez, o impulso era grande demais. Saí do quarto e puxei-o pela manga. Ele estava com uma calça marrom e uma camisa xadrez e cheirava a sabonete e xampu.

Sussurrei para que minha mãe não ouvisse:

— A vovó não está bem?

Ele se desvencilhou de mim.

— Agora não, Samir. Agora não...

Não desisti, tornei a agarrá-lo.

— O que aconteceu com você?

— Nada, Samir, eu caí; não foi nada.

Deu alguns passos, mas segurei firme em sua manga.

— Mas pareceu coisa pior.

— Pare, *habibi*. Agora quero que você volte para o seu quarto. Vá se deitar.

— Por quê? — fiquei furioso. Lutei contra as lágrimas. Já não aguentava mais tudo aquilo, não aguentava mais ter de decifrar o que ele pretendia com seu comportamento. Queria que ele mudasse, naquele instante.

Meu pai piscou, nervoso, mas sua voz soou tranquila, quase amorosa:

— Para que depois eu volte para lhe contar uma história.

Estava na frente da luz do corredor e pareceu uma coluna de teatro, metade na sombra, iluminado apenas por um semicírculo fosco.

— Abu Youssef?

— Isso mesmo. Está pronta.

Pela primeira vez, olhou diretamente para mim. Um olhar insondável, que oscilava entre uma grande exaustão e a determinação. Depois, virou a cabeça.

— Não pode contar agora?

— Mais tarde. Ainda tenho uma coisa a fazer, Samir.

— O quê?

— Quero ir até Hakim. Dizer-lhe que não precisa se preocupar. Pedir desculpas, caso eu o tenha assustado.

Concordei com a cabeça. Hakim e Yasmin tinham saído de casa confusos. Ela de mãos dadas com o pai, volta e meia virando para trás para me olhar. Mesmo assim, continuei segurando firme meu pai pela camisa e olhando para ele.

— Mas você vai voltar, não vai?

Ele respirou fundo.

— Vou, Samir. Só vou descer rapidinho até o Hakim, depois venho até você.

Soltei a manga da sua camisa.

— Posso ir com você?

— Não. Não vou demorar muito.

— Promete?

— Prometo. Pode ficar esperando pela história. É sobre o tesouro de Abu Youssef.

— Sobre seu segredo?

— Isso. Sobre seu segredo.

Engoliu em seco.

— Vá para o seu quarto e espere lá. Volto logo.

Desse modo, fiz o que ele mandou, e pouco depois ouvi a porta da casa sendo aberta e fechada.

No entanto, não pensei nem por um segundo em deixá-lo ir sozinho. Dessa vez, não queria perdê-lo de vista. Intimamente, eu sabia que não era verdadeira minha ideia de que ele havia sido perseguido por figuras tenebrosas. Porém, se isso fosse verdade, talvez o estivessem esperando do lado de fora. Poderiam tê-lo seguido furtivamente até a escadaria da nossa casa, se escondido em um canto onde a luz não os alcançasse. E se o estivessem esperando ali, ele precisaria da minha ajuda. Portanto, decidi segui-lo sem dar na vista.

Assim que ele saiu, calcei as pantufas e entreabri a porta. Quando o vi ainda no patamar, dobrando a esquina, saí rapidamente. Após alguns metros, parei e apertei as costas contra o papel de parede antigo. Ainda era possível ouvir seus passos. Contei os degraus e parei. Eram muitos. Pelo visto, ele passou reto pela porta de Hakim. Isso significava que tinha mentido. Então, senti meu coração disparar e, por um momento, temi que suas batidas pudessem me denunciar. Mas não havia tempo a perder. Eu tinha de segui-lo antes que ele me escapasse. Dessa vez, eu queria estar ao seu lado se algo lhe acontecesse. Espiei pelo canto, para ter certeza de que não havia ninguém ali. Depois, segui apressado na ponta dos pés, atrás do rangido de seus passos. Não ousava respirar enquanto meu coração batia, desenfreado. Por um instante, convenci-me de que o tinha perdido, pois seus passos silenciaram de repente. Eu estava bem na frente da porta de casa, mas ela estava trancada. Portanto, eu já tinha chegado ao andar de baixo. Havia apenas uma escada, que conduzia ao porão. Não havia luz ali. Nem sequer uma lâmpada. Mas, de repente, ouvi um barulho. Um rangido longo, como de um freio molhado. Eu conhecia esse barulho. Quando nos mudamos, eu o ouvira diversas vezes. Meu pai tinha aberto a porta do porão.

Nesse momento, pensei em Yasmin e em nossos passeios no antigo conjunto habitacional. Lembrei-me de como corríamos pelo labirinto encantado dos corredores, seguindo os barulhos estranhos que saíam dos muros. Nesse momento, desejei que ela estivesse comigo. Era muito melhor do que eu na arte de esgueirar-se. Eu não podia seguir meu pai no porão. Ao abrir a porta, eu me denunciaria. Ele pediria satisfação e me indagaria por que o havia seguido e desconfiado dele. E, como punição, talvez não me contasse mais a história. Não valia a pena. Tampouco senti um impulso incontrolável de ir ao porão escuro e úmido, cujo chão era feito de lajotas soltas, que cediam quando alguém pisava nelas e entre as quais era fácil ficar preso. Olhei ao redor, hesitante. Para onde ir? Voltar para cima, até ouvi-lo sair? Mas e se ele saísse pela porta que dava para fora? Eu estava sem casaco; segui-lo na rua seria loucura. Então, seria melhor ir correndo buscar o casaco? Mas e se ele saísse do porão nesse momento? E se minha mãe me visse e me detivesse? O que ele estaria procurando lá embaixo? Até onde eu sabia, ali só havia caixas de papelão dobradas e outras menores, com objetos mais ou menos inúteis, que não queríamos ter sempre em casa: bolas de árvore de Natal, anjos de palha, louça velha. Decidi esperar. Confiava na minha rapidez e esperava ser capaz de reagir de maneira adequada a qualquer situação. Então, a luz na escadaria se apagou, e esperei na escuridão.

Acho que não demorou muito. Talvez dez minutos. Dez minutos nos quais fiquei sentado, tenso, não longe da porta da rua, enquanto meus olhos se acostumavam aos poucos ao breu. Então, ouvi o rangido de novo. Meu pai fechou a porta do porão atrás de si, e dessa vez ouvi até mesmo a chave girando na fechadura e um estalido. Levantei-me de um salto. A luz se acendeu, ele havia acionado o interruptor. E, quando o ouvi subindo os degraus, tive certeza de que não tinha saído, mas que voltaria para cima, e rapidamente recuei em silêncio. Dessa vez, meu pai parou na frente da casa de Hakim. Ouvi quando bateu à porta. Com cuidado, espiei pelo canto. Ele estava debaixo da lâmpada fraca e esperava que lhe abrissem. Segurava à sua frente um objeto quadrado, envolvido em um pano preto. Segurava-o com as duas mãos. Não consegui ver seu rosto, que estava virado para o objeto. Eu não fazia a menor ideia do que estava escondido debaixo do pano. Um presente com o qual ele queria pedir desculpas? Bateu uma segunda vez. Hakim estava de pijama e parecia uma ave marinha desgrenhada, cujas penas haviam sido embaralhadas pelo vento. Ambos se olharam sem dizer palavra. Por um longo instante. Então, Hakim meneou a cabeça em silêncio e deu um passo para o lado.

Quando alguém fica muito tempo sentado em um lugar, olhando ao redor, nota coisas que não tinha percebido antes. Pergunta a si mesmo como isso é possível, uma vez que já deve ter passado por ali mil vezes. Pela primeira vez descobri a fina estrutura do papel de parede na escadaria: uma série de pequenos losangos que pareciam bordados. Até então eu os tinha notado tão pouco quanto os espessos tufos de poeira, de cor cinzenta como pelo de rato, no canto da escada. Meu olhar tateou pelo ambiente. A luz se apagou, e não ousei reacendê-la; portanto, tentei reconhecer animais e formas nas finas fendas da parede. Um esquilo, por exemplo. Mas logo ficou claro para mim que isso não apenas me distraía, mas também era monótono. Fitei os contornos da porta, atrás da qual meu pai tinha desaparecido. Queria muito ter colocado o ouvido nela para ouvir sobre o que estavam conversando. Seu murmúrio abafado teria me acalmado. Mas era perigoso demais. Se meu pai me descobrisse ali, certamente não me contaria mais a história. E eu a merecia. Tinha direito a ela. Então, fiquei em cima. Mas adoraria estar com Yasmin, no quarto dela, debaixo da sua coberta quente. Adoraria lhe dizer que ela não precisava se preocupar, que meu pai não estava tão mal quanto parecia e que, no dia seguinte, eu lhe contaria a história de Abu Youssef. Uma história especial, afinal, tratava-se do tesouro secreto de Abu Youssef. E a imaginei me ouvindo com atenção, inclinando a cabeça para trás e rindo nas passagens engraçadas. Seu olhar estava assustado quando deixou nossa casa nos braços de Hakim. E, de certo modo, triste. Quando pensei que naquele momento ela deveria estar acordada em sua cama, perguntando-se o que eu estaria fazendo, o impulso de me esgueirar até ela se tornou quase irresistível. Mas a porta estava fechada. Yasmin estava atrás dela. Meu pai também. E, para mim, não havia meio de chegar lá.

Impossível dizer quanto tempo fiquei sentado ali. O silêncio era como um vácuo, pareceu-me uma eternidade. A certa altura, minhas pálpebras ficaram pesadas. Eu adormecia e sempre me assustava quando minha cabeça caía para a frente. Não dormia direito, mas também não estava acordado; encontrava-me em um estado de semiconsciência entre ambas as coisas, até que, em dado momento, vozes abadadas chegaram aos meus ouvidos. Acordei de repente e abri os olhos. Cerrei os punhos e tensionei os músculos, pronto para subir correndo. Reconheci a voz do meu pai, que aparentemente estava tentando convencer Hakim de alguma coisa. Nesse meio-tempo, algo que soou como uma breve pergunta, depois de novo meu pai, insistente e determinado. Por fim, a porta se entreabriu, mas ninguém saiu. Em vez disso, creio ter ouvido um soluço.

— Prometa-me — ouvi meu pai dizer, e o soluço ficou mais alto. A porta se abriu mais. Nesse momento, vi os dois: meu pai e Hakim se abraçaram por um longo instante. Depois, ele segurou a cabeça de Hakim com as duas mãos, e o velho amigo o olhou com os olhos marejados de lágrimas.

— Prometa-me — sussurrou meu pai.

Hakim fez que sim.

Os dois se olharam, como se esperassem para ver quem piscaria primeiro. Então, meu pai se virou. Hakim ficou indeciso atrás dele, lágrimas escorriam até seu queixo, como os arcos de uma foice. Depois, ele fechou a porta. Vi meu pai esfregar os olhos, alisar a camisa e ligar o interruptor. Deve ter deixado o objeto que antes segurava na casa de Hakim. Olhou escada acima e deu o primeiro passo. A essa altura, eu já tinha desaparecido.

De volta ao meu quarto, tirei a roupa e deitei-me ofegante na cama, debaixo da coberta. Nem sinal da minha mãe. Do lado de fora, ouvi os passos pesados dele, o estalido da porta de casa se fechando. Forcei-me a respirar com mais tranquilidade. Meu pai tirou os sapatos no corredor. Depois, entreabriu a porta do meu quarto e esticou a cabeça para dentro.

— Samir?

— Sim?

— Tudo bem?

— Sim. Tudo bem. O Hakim está bem?

— Sim, está tudo em ordem. Você ainda está acordado o suficiente para a história?

— Claro!

Meu pai sorriu.

— Bem, então já venho.

Voltou depois de poucos minutos. Estava com uma calça de pijama e um pulôver macio, e escorreguei um pouco para o lado quando se sentou na beira da cama. Olhei para ele e tentei descobrir em seus olhos se ele me havia notado do lado de fora. Se sabia que eu o tinha seguido. Mas não encontrei nenhum indício.

— Por que demorou tanto? — perguntei. E, quando percebi que ele teve um pequeno sobressalto, acrescentei: — Com a história.

A luz no meu criado-mudo se refletia em seus olhos.

— Boas histórias precisam de tempo — respondeu. — Tive de refletir muito sobre Abu Youssef.

— Eu também.

— Mas agora a espera terminou.

— Felizmente.

— Tem certeza de que quer ouvir a história?

— Como assim?

— Bom... — com gestos exagerados, ele ergueu os ombros e virou a palma das mãos para cima. — Quero dizer: não prefere deixá-la de reserva?

— Ficou louco?

— Se eu a contar, você vai ficar sem nenhuma história na sua conta.

— Pouco importa.

— É isso que você faz com seu cofrinho?

— Ele não me conta nenhuma história. Por favor, comece!

Meu pai puxou a coberta sobre meus ombros e sorriu.

— Um dia você vai colocar seus próprios filhos na cama e contar histórias a eles.

— Acha mesmo?

— Claro! E vai ser algo muito bonito. Você vai passar muito tempo pensando nelas. E seus filhos nunca vão esquecê-las.

Gostei disso. Eu, Samir, descobridor de mundos imaginários. Contador de histórias como meu pai. Virei de lado e pus as mãos debaixo do travesseiro. Eu estava pronto. Nesse momento, pouco importava que ele tivesse se comportado de maneira tão estranha. Não fazia diferença o que o levara a ficar tão ausente em relação a nós. Ele estava ali. No meu quarto. Na minha cama. E tinha trazido Abu Youssef. Isso era tudo o que contava.

10

O retorno de Abu Youssef a Beirute foi triunfal. A notícia de sua vitória sobre o negociante de animais Ishaq tinha se espalhado como rastilho de pólvora. Quando seu navio foi avistado no porto, todas as pessoas ali reunidas deram gritos de alegria e acenaram com estandartes coloridos e a bandeira do Líbano. Abu Youssef e Amir estavam no convés e se alegraram quando o vento trouxe até eles os gritos de júbilo. As velas esvoaçavam ansiosas ao vento, enquanto a margem se aproximava cada vez mais.

— As pessoas me amam! — exclamou Amir, o dromedário, exibindo os dentes de extraordinário brilho em um sorriso glorioso, enquanto acenava com o casco para os que aguardavam na margem. Imediatamente, os aplausos soaram mais alto.

Abu Youssef estava em silêncio. Nenhuma visão era tão bela quanto Beirute a partir do mar. As Rochas dos Pombos erguendo-se por vários metros diante da costa. Os prédios reluzindo ao sol. E as montanhas elevando-se atrás deles, quando se olhava além das fachadas envidraçadas. Gostou de voltar para casa. Para seu tesouro.

Ao desembarcar, ambos abriram caminho em meio a uma densa floresta de braços e mãos, que as pessoas esticavam para tocar seus heróis e bater em seus ombros. Enquanto Amir distribuía autógrafos de bom grado a um e outro, Abu Youssef preferiu correr para casa.

— Mas Abu Youssef — diziam as pessoas —, não quer comemorar conosco? Não quer dançar e cantar conosco a noite inteira? Não quer desfrutar da sua felicidade?

E Abu Youssef respondeu:

— Quero, sim. Mas não agora nem aqui. Se quiserem uma festa de verdade, então se reúnam por volta da meia-noite na rua debaixo da minha sacada. Vou lhes mostrar o que significa felicidade de verdade, comemorar e dançar com vocês até o sol raiar e mais além.

As pessoas se espantaram e murmuraram, sem saber o que ele estaria querendo dizer. Estaria Abu Youssef planejando uma festa na cidade? Todos ali sabiam que ele tinha uma casa pequena em Beirute. Todos conheciam sua sacada, pois era a única na rua e, segundo se dizia, tingia-se de puro ouro quando atingida pela luz certa. No entanto, raramente Abu Youssef ficava nessa casa. Preferia comemorar nas montanhas, em sua aldeia, para onde convidava todos os amigos.

A notícia logo se espalhou pelas ruelas, como uma folha levada pelo vento. As crianças a gritavam para seus pais, que diziam aos amigos, e logo toda a cidade estava em polvorosa.

— Hoje à noite, Abu Youssef vai nos mostrar o que significa a verdadeira felicidade — gritavam as pessoas.

Abu Youssef cavalgou nas costas de Amir até as montanhas. Tinha tomado uma decisão. No começo, ainda pensou que ela o inquietaria por muito tempo, mas, agora que sabia o que fazer, sentiu-se repentinamente em paz. Ao chegar à aldeia, deu água e comida a seu fiel amigo Amir antes de entrar em casa.

Só tornou a sair quando já estava escuro. E não estava sozinho. Do céu, as estrelas cintilavam no pequeno pátio, e a aldeia repousava em sono profundo. Juntos, as duas figuras e o dromedário tomaram o caminho da cidade, abrigadas pela noite. Já de longe ouviram o murmúrio das pessoas que preenchiam as ruelas e as ruas laterais. Todas afluíam dos distritos externos rumo ao centro, até a rua onde se encontrava a casa de Abu Youssef. A casa com a sacada brilhante. Os três pegaram atalhos e caminhos escondidos para se aproximarem da casa, se possível sem serem vistos. Amir tivera a precaução de envolver os cascos em toalhas para que seus passos não os denunciassem. Com seu longo pescoço, espreitava cada esquina e assobiava discretamente quando não havia ninguém. E, quando a situação se complicava, Abu Youssef e seus acompanhantes se escondiam atrás da corcova de Amir. Assim se moveram pelas ruas até a casa e entraram pelos fundos.

O ar na casa estava abafado como em um grande armário que há muito tempo não era arejado. Fazia uma eternidade que não iam até lá. Pelas janelas fechadas, ouviram as pessoas do lado de fora, gritando o nome de Abu Youssef. O som das vozes estava repleto de grandes expectativas.

Da rua, olhavam fascinadas para cima. Faltava pouco para a meia-noite. Mal podiam esperar para que a porta da sacada se abrisse, Abu Youssef saísse e falasse com elas.

Dentro da casa, Abu Youssef fez um sinal e olhou com ar interrogativo para a outra figura, que anuiu. Lentamente, ele abriu a porta. O murmúrio embaixo cessou de imediato. Era como se toda a cidade se calasse. Porém, esse momento durou pouco, pois mal Abu Youssef foi para a sacada, um grito de júbilo ecoou, correndo pelas ruelas e fazendo tremer as paredes das casas. Os pais colocaram os filhos sobre os ombros, para que pudessem ver melhor. As pessoas acenavam e gritavam o nome de Abu Youssef, e ele lhes acenava de volta.

Então, fez um sinal. Com a palma da mão esticada para a frente, ficou ali parado, e o júbilo foi minguando como uma gota de água na areia do deserto.

— Meus amigos — disse, deixando o olhar vagar sobre a multidão à espera —, fico muito feliz que todos tenham vindo — as pessoas o fitavam. Ninguém ousava falar, ninguém queria perder o que Abu Youssef estava para dizer. E ele continuou. Devagar e com circunspecção, como era seu costume:
— Há dois tipos de sentimento que podem ser associados à palavra *despedida*: uma despedida na tristeza, pois aquilo que é deixado para trás é valioso e importante demais para ser abandonado; e uma despedida na alegria, pois aquilo que se tem diante de si possui um brilho grande, que desperta não a tristeza, mas a expectativa. A vida esconde muitas despedidas. E o sentimento que experimentamos com elas sempre muda. Por isso essa palavra também existe no plural. Ao contrário de *regresso*. Não existe plural de *regresso*. Por quê? Porque realmente só se volta para o lar uma única vez. Onde fica

esse lar? Dizem que onde o coração está. Só voltamos para casa uma vez porque temos apenas um coração que decide por nós — tornou a olhar para a multidão, que o ouvia com ansiedade. — Pelo menos era o que eu pensava até agora — continuou. — Achei que tivéssemos apenas um coração e, com ele, uma pátria. Mas não é verdade.

Abu Youssef desviou o olhar das pessoas, virou-se na sacada e esticou a mão na direção da casa. Do lado de dentro, sua mão foi pega por dedos delicados. Pouco depois, uma figura graciosa, coberta por um véu, apareceu na sacada. Um vozerio atravessou a multidão.

— Vivi muitas aventuras — disse Abu Youssef, que continuou a segurar a mão da figura. — E muitos de vocês já especularam várias vezes sobre minha riqueza, que eu teria acumulado com tanta glória e fama. Muitos de vocês pensam que levo uma vida de luxo, em um palácio com jardins de tamareiras, serviçais e uma placa dourada com meu nome no portão. Mas a verdade é que sou um indigente. No entanto, sou o homem mais rico da terra. Estou aqui, olhando para vocês aí embaixo. E vejo muitos homens ricos. Homens com mais de um coração.

Puxou para si a figura graciosa, que havia ficado um pouco atrás dele, e tirou seu véu. Surgiu uma mulher, tão bela quanto um conto de fadas personificado. Tinha cabelos muito pretos, presos por uma fivela dourada; olhos da cor do Mar Mediterrâneo e uma pele tão branca e pura como mármore. Ninguém ousava respirar. Como se as pessoas temessem que sua respiração pudesse soprar a graciosa beleza para longe da sacada, pois ninguém se surpreenderia se ela saísse voando de repente como uma fada.

— Este é meu segundo coração — disse Abu Youssef. — Minha mulher. E, se quiserem saber o que é a verdadeira felicidade, sempre perceberão que têm mais de um coração para o qual podem voltar — sorriu com brandura. — E eu tenho três. Três corações.

Então, tirou o manto de sua mulher e revelou uma criança dormindo, que ela embalava nos braços.

— Meu filho! — exclamou Abu Youssef.

Nesse momento, o céu clareou de repente. Fogos de artifício mergulharam a rua, as casas e toda a cidade em um espetáculo cintilante. Rojões iluminados assobiavam pelo ar, não apenas no centro, mas também fora, às margens da cidade, como se uma coroa de luz se erguesse sobre Beirute, que subitamente ficou clara como o dia. Tiros de alegria reverberaram no céu; seu eco decolou do asfalto, passando por cima dos muros, e encheu o ar com um trovão. A noite foi atravessada por gritos de júbilo. Estavam por toda parte e rolavam sobre jardins e telhados, e não houve quem não os ouvisse. Luzes vermelhas e amarelas erguiam-se flamejantes e dançavam em meio ao crepúsculo. E, nesse jogo tempestuoso de cores, de repente a sacada ficou dourada e brilhou como nunca. Brilhava tanto que muitas das pessoas que estavam perto dela tiveram de proteger os olhos com as mãos. Ela iluminou as ruelas, mergulhando-as em um ouro profundo, que era possível ver de longe, até mesmo da periferia da cidade, deixando claro que ali Abu Youssef estava ao lado de seu tesouro. Ele tinha voltado para junto de seus três corações.

11

— Sou seu coração? — murmurei baixinho, quase sem conseguir manter os olhos abertos.

— Minha maior felicidade — sussurrou.

Eu já estava meio adormecido, naquela escuridão agradável, na qual tudo é apenas uma cortina cinzenta. Sua voz e suas imagens me arrastaram até ali. Sua história de reconciliação, com a qual ele me mostrava o quanto éramos importantes para ele. Sua família. O quanto eu, seu filho, era importante para ele. Que ele voltava feliz para nós, seus corações, independentemente das aventuras íntimas que acabara de viver.

Meu pai beijou minha testa. Foi o último beijo que me deu. Fui tomado por uma grande satisfação. Como uma penugem quente, ela pousou sobre mim e me envolveu. Em seguida, ele passou a mão por meus cabelos. Foi a última vez que fez isso. Pela última vez, puxou minha coberta e apagou a luminária.

— Durma bem, Samir — sussurrou. Quando se levantou, ainda o vi mais uma vez. — Amo você.

Foram suas últimas palavras.

Através de um véu espesso, vi-o em pé no vão da porta. Minhas pálpebras foram ficando cada vez mais pesadas, como se um peso as puxasse para baixo. Se na época eu soubesse que esses eram os últimos segundos que me restavam com meu pai, teria me esforçado mais. Teria tentado olhá-lo por mais tempo: as sobrancelhas espessas sobre os olhos amigáveis e castanho-escuros no centro de seu rosto redondo. Teria tentado memorizar sua aparência. Para que nas semanas e nos meses seguintes, quando eu despertasse de um sonho no qual ele aparecia, não perdesse o fôlego devido ao pânico, porque não queria que ele me escapasse de novo. Para que eu, já adolescente, não me desesperasse com o fato de não conseguir visualizar seu rosto. Ou visualizá-lo apenas vagamente. Para que mais tarde, ainda depois de muitos anos, eu não me amaldiçoasse com tanta frequência por já não me lembrar exatamente de quão profundas eram as covinhas formadas pelos cantos de sua boca quando ele sorria. De quantas pregas se formavam em sua testa quando ele refletia sobre alguma coisa. De como seu pomo de adão sobressaía quando ele inclinava a cabeça para trás para rir. Se Já havia cabelos grisalhos em suas têmporas. Ou uma pinta em sua nuca. Quais caminhos tomavam as linhas da vida na palma de suas mãos quando ele as esticava para cima ao gesticular. Que mão ele usava para acariciar a barba. Como exatamente soava sua voz quando ele contava algo. Eu teria arregalado os olhos, olhado para ele e memorizado tudo isso. Para nunca mais esquecê-lo. Teria me obrigado a olhar para ele. Mas eu estava cansado demais. Assim, a última imagem que vi de meu pai foi sua silhueta no vão da porta e como ele olhou afetuosamente para mim – ao menos é no que acredito hoje.

II
"Fique sabendo que você não é o único que está atrás do seu pai...".

1

A batida à porta me desperta. Uma batida leve, reticente. Até pouco antes, era parte de meu sonho e, agora, chega à superfície de minha consciência. Tenho um sobressalto. Onde estou? Minha pele está grudenta devido ao suor, o lençol está amassado. Roupa de cama branca. No criado-mudo, um telefone ao lado de uma luminária branca. Cortinas brancas? Diante das janelas abertas, inflam e murcham em ondas. Do lado oposto: uma mesa branca ao lado de um armário branco. O quarto parece frio, quase como uma sala de reuniões ou um laboratório. Batem à porta novamente. Mais alto do que antes, e estremeço. Sinto uma pontada na cabeça, como se cacos de vidro perambulassem dentro dela, e meus lábios estão secos e rachados.

— Agora não, por favor! — exclamo.

Não há resposta, mas ouço passos afastando-se no corredor. Ergo-me e massageio as têmporas.

Aos poucos, a lembrança volta.

O ar tem um odor incomum. É estranho estar ali, e isso me deixa confuso. Da janela ouço barulho e um vozerio. Erguendo-me, tento identificar os rumores externos: o ronco de motores, buzinas, o crepitar das motocicletas, o uivo de uma sirene bem distante. Vozes que se sobrepõem como em uma feira. Depois, o estalo curto e o chiado de um alto-falante e, num piscar de olhos, uma canção oscila em meu quarto, soando um pouco como um lamento ampliado.

Allahu akbar, ašhadu ān lā-ilaha-ill-Allah.

O muezim chama para a oração. Essas palavras nunca tiveram um significado para mim. Mas sempre adorei seu som.

Então estou mesmo aqui. O vento traz a canção dos minaretes da mesquita de Mohammed-Al-Amin até mim e a mistura com o barulho da cidade em uma virtuosa melodia. Torno a afundar nos travesseiros e fecho os olhos.

Ašhadu ānā Muhammadan Rasulu llah.

A lembrança me comprime no lençol. Respiro, sinto a pele arrepiada. Como se por muitos anos eu tivesse conhecido apenas a reprodução barata de uma pintura valiosa, mas agora estivesse diante do original, muito mais impressionante e belo do que alguém jamais poderia descrever para mim.

Depois que a canção se dissipa, jogo a coberta para o lado e me sento. Meu olhar pousa na mochila ao lado da cama. A fita do aeroporto ainda está presa à alça. Vou ao banheiro. Na prateleira sobre a pia há produtos cosméticos: uma lixa de unha, sabonete, loção para o corpo e uma pequena toalha dobrada. *Best Western Hotel*. Meus olhos ligeiramente avermelhados e inchados no espelho.

Mais tarde, no *lobby*, procuro por seu rosto: funcionários do hotel empurram carrinhos com bagagens pelo *foyer*; um homem com um balde azul limpa os vidros. Um leitor de jornal está sentado em uma poltrona de couro preto na entrada; duas mulheres de véu e unhas pintadas de vermelho digitam em *smartphones*; uma criança está diante de uma máquina de doces, mas é pequena demais para conseguir inserir a moeda na fenda.

Ele não está ali, não consigo encontrá-lo.

— Oito horas, sem problemas — disse ao me trazer no dia anterior. Passa das oito e meia. Estou muito atrasado. Ponho a mochila no chão, diante da recepção.

— Por favor, gostaria de fazer o *check-out*.

A moça me olha e sorri profissionalmente. Exala o aroma de um perfume que pelo visto é usado por todas as funcionárias ali, pois o odor ocupa todo o hotel: doce e leitoso, com uma nota de aspereza. Um odor típico de hotel, que se registra brevemente e depois se esquece, mas forte o suficiente para cobrir o cheiro do carpete e dos produtos de limpeza.

— Teve uma estadia agradável, senhor... — ela olha para a tela — senhor El-Hourani?

— Sim, muito obrigado.

— O café da manhã é até as dez, e o salão é no primeiro andar.

Estou sem fome, a ansiedade ocupa meu estômago.

— Posso fazer mais alguma coisa pelo senhor?

Noto um pequeno ponto preto em sua pálpebra e imagino o kajal escorregando de sua mão de manhã, enquanto ela se arrumava para o trabalho.

— Não, obrigado.

Do balcão da recepção, olho para o outro lado do *foyer*: nas poltronas de couro da entrada estão sentados homens de terno diante de *laptops* ou com o celular na orelha. Não é nenhum deles. Dirijo-me novamente à mulher.

— Desculpe-me, por acaso esteve um homem aqui à minha procura?

— Um homem? Comigo, não; espere um momento. Hamid... — vira-se para seu colega, que está tirando uma mala do depósito — esteve algum homem aqui procurando pelo senhor El-Hourani?

Ele nega.

— Sinto muito — diz a mulher. — Por acaso tem o número de telefone dele? Se quiser, posso ligar para o senhor.

— Obrigado, não é necessário.

Seja como for, ele não me deixou nenhum cartão de visita.

A porta do *hall* de entrada se abre com regularidade, fazendo com que, além dos viajantes, o ar quente também entre. O sol brilha do lado de fora. Quando saio, tenho a sensação de ser envolvido em um pano quente e úmido. Estou tão surpreso que mal ouço o porteiro dizer: "*Have a good day, sir*". Falta pouco para as nove. Acima de mim, o nome do hotel reluz em azul e amarelo. Carros e motocicletas passam a toda velocidade. Na vitrine do outro lado da rua estão dependurados quadros caros: *Anaay Gallery* anuncia uma inscrição nobre acima da porta. Ao lado, um McDonald's. Homens musculosos, de camiseta, com barbas casuais e óculos de sol, passeiam tranquilamente pela calçada; parecem surfistas, California Beach Boys. De modo geral: sem contar os executivos de terno, com suas pastas pretas, acenando freneticamente para os táxis, o bairro que se estende à minha frente parece não apenas moderno, mas também na moda. Um grupo de moças de blusa e minissaia passa por mim quase flutuando. São seguidas por um homem de camiseta branca e suja, com um carrinho cheio de laranjas. O suor brilha em sua testa. Vejo as mulheres saltitarem com habilidade para desviarem de um balde de água, virado por um homem na rua. No ar tremeluzente, reconheço entre os prédios encaixados uns nos outros duas das quatro torres da mesquita Mohammed-Al-Amin e suas cúpulas em azul-turquesa. Na placa da rua, leio *Béchara el-Khoury*. É totalmente surreal ter chegado de fato. A cidade tem um odor diferente do que eu imaginava. Eu estava esperando o cheiro de falafel, tomilho ou açafrão. Mais ou menos o mesmo cheiro que havia em nossa rua. Mas aqui é quente e abafado, e o odor é de gases de escapamento e poeira. O som também é diferente – não o de conversas agitadas em cafés nem o de música, tampouco o das cordas de um alaúde ou de um *kanun*,* mas o de cidade, simplesmente o de cidade grande.

Indeciso, fico impaciente. Se ele estiver atrasado, seria um erro partir sozinho agora. Mas já passa das nove. Pelo visto, desencontrei-me dele. Aperto os cordões da mochila e pego o caminho mais curto de volta.

Teria o homem que procuro batido à minha porta? Por outro lado: no corredor havia carrinhos da lavanderia e um aspirador de pó, os funcionários do serviço de quarto estavam trabalhando, e, para descobrir o número do meu quarto, ele teria de perguntar por mim na recepção. Nós mal nos conhecemos. Não, não há motivo para esperar por ele nem o procurar.

Estou aqui. Em Beirute. Pela primeira vez na minha vida. Tudo é diferente e novo, no entanto, estranhamente familiar. É como reencontrar uma pessoa próxima depois de muito tempo. *Pátria*, penso. *Isto aqui é a pátria*. Aqui estão minhas raízes. A sensação ainda é de estranhamento, de inautenticidade. Como em um relacionamento a distância, quando as primeiras

---

* Instrumento de cordas com caixa de ressonância trapezoidal. (N. T.)

horas após o reencontro são necessárias para as pessoas se habituarem novamente uma com a outra e com os toques verdadeiramente familiares. *Era assim quando você sorria.* Mas aqui não há nenhum reencontro.

— Ei... O que está fazendo aqui? — ao meu lado passa um carro bem devagar. Um Volvo cinza, coberto de poeira, que parece fora de lugar nessa rua tão elegante. Atrás dele, os outros motoristas freiam e buzinam. É o mesmo carro, o mesmo homem que me buscou ontem no aeroporto. — É você mesmo, não é?

Desacelero o passo. O homem se apoia no banco do passageiro e me diz pela janela aberta:

— Não marcamos de nos encontrar no hotel?

Fico surpreso que ele tenha surgido do nada e me sinto flagrado.

— Sim, marcamos.

— Oito horas, não é isso?

— Foi o combinado.

— Como vê, estou aqui, como prometido.

— Oito horas — repeti.

— E que horas são?

— Quase nove e meia.

Ele ri.

— Bem-vindo a Beirute! Entre.

Aos solavancos, para o carro. Ao nosso redor, as buzinas aumentam – ele está bloqueando a rua; os carros são obrigados a desviar pela faixa lateral. Deixo-me cair no banco do passageiro. Dentro do veículo está ainda mais quente que do lado de fora.

— O que aconteceu com seus olhos? — pergunta.

— Ar-condicionado — respondo, jogando minha mochila no banco de trás.

Ele encolhe os ombros. É a primeira vez que o vejo à luz do dia. Usa um bigode espesso, e em sua face despontam pelos de uma barba de quatro ou cinco dias. Calculo que tenha cerca de 50 anos. Seus cabelos são grisalhos na raiz, seus olhos são circundados por rugas. Tem o rosto amigável de um homem que leva os filhos ao estádio nos finais de semana e lhes compra algodão-doce. Usa *jeans* desbotados, uma camisa xadrez cinza e vermelha de manga comprida e um colete. Na verdade, está com roupas quentes demais.

— Nem sei se me apresentei direito ontem — diz, estendendo a mão para mim. — Meu nome é Nabil.

— Samir — digo, enquanto o carro parte.

— Então, Samir, o que posso fazer por você?

Sua pergunta me pega de surpresa. Sobretudo porque ainda não a respondi a mim mesmo. Ele me abordou ontem no aeroporto, diante do guichê oficial de táxis. A noite estava alaranjada, vaporosa e quente, um contraste flagrante com o terminal frio e iluminado por luzes de neon. Veio até mim e se ofereceu para me levar à cidade por uma fração do preço. Eu nem sequer tinha reservado um hotel, então ele me sugeriu o Best Western e me levou até lá. E, pouco antes de chegar ao destino, perguntei-lhe se no dia seguinte ele poderia me buscar, pois ainda ia precisar de um motorista.

Nabil percebeu minha hesitação.

— Quer que eu lhe mostre a cidade?

Deslocamo-nos pelo trânsito denso; ao nosso lado erguem-se ondas gigantes de vidro e cimento: prédios, bancos, hotéis, escritórios, condomínios com coberturas, tudo na cor ocre, moderno e limpo.

— Aquela ali — Nabil aponta pelo para-brisa — é a mesquita Mohammed-Al-Amin.

Estudei no avião o guia de viagem; no mapa, ela é atração turística de número 6.

— É sua primeira vez em Beirute? — perguntou-me a mulher sentada ao meu lado, junto da janela, olhando curiosa para meu guia.

— Sim — respondi, sentindo-me um maldito turista.

— Já é a quarta vez que vou para lá — disse ela. — A primeira vez foi nos anos 1960, antes da guerra. Eles reconstruíram tudo, ficou realmente incrível. Se quiser fazer boas compras — enquanto ela falava, vi uma pulseira de ouro vermelho cintilar em seu pulso —, vá até Hamra. Lá tem muitas lojas de *design*, de roupas, pavilhões, joalherias...

— Obrigado pela dica — disse eu, rapidamente colocando a máscara de dormir.

A Béchara el-Khoury Road nos conduz diretamente à mesquita. As duas cúpulas azuis destacam-se com uma beleza quase obscena em meio ao ocre uniforme do entorno. À luz da manhã, os tijolos do muro parecem quase dourados.

— Há pouco ouvi o muezim — digo, como se isso fosse uma peculiaridade em uma cidade como Beirute.

Nabil olha para mim.

— Você é cristão, não é?

Não digo nada. Faz uma eternidade que entrei em uma igreja para rezar. Cantos litúrgicos em catedrais ou mosteiros têm um efeito opressor sobre mim. O modo como ecoam nos vitrais intimidadores e no chão de mármore pelos espaços vazios sempre comprime meu peito, e o silêncio devoto com que são ouvidos me parece exageradamente respeitoso. O canto do muezim, por sua vez, sempre foi um chamado da pátria para mim. Tudo o que tem som, cheiro e gosto de árabe tem esse efeito. É como um feitiço.

— Rafiq Hariri está enterrado aqui — diz Nabil. Diante de nós, a mesquita empurra seus minaretes no céu de Beirute.

Estremeço. O atentado contra Rafiq Al-Hariri mudou muita coisa em minha vida.

O trânsito se arrasta como um réptil metálico na direção da Estátua dos Mártires. O conceito de faixa de rodagem parece ser desconhecido aqui – há sempre tantas faixas quantos veículos couberem lado a lado. Vejo semáforos, mas nenhum funciona. Um homem em roupas esfarrapadas aparece com um balde e um rodo pequeno e começa a limpar espontaneamente o para--brisa. Nabil o manda embora.

— Hariri reconstruiu tudo. Isto aqui — diz, desenhando com a mão um traço no ar — era a Linha Verde na época da guerra civil. Cristãos no Oriente, muçulmanos no Ocidente.

O calor é intenso; pela janela aberta não entra nenhum vento, pois nos movemos devagar. Limpo o suor da testa.

— Posso dirigir para você o dia todo — diz Nabil. — Meus filhos vão ficar na casa do meu irmão depois da escola; reservei o dia para você, só não sei aonde quer ir.

Nem eu mesmo sei. Nada disso aqui é planejado. Meus últimos vinte anos não foram planejados. Não sei se estou preparado para essa experiência.

— Podemos sair da cidade? — pergunto precipitadamente.

Nabil encolhe os ombros.

— O Líbano é um país minúsculo, meu caro; podemos ir para todos os lugares.

Engoli em seco.

— Os cedros — digo. — Qual a distância até os cedros?

A cidade passa voando por nós como uma tempestade de areia. Da mesquita nos dirigimos para o Sul pela via expressa *Ahmad Moukthar Bayhoum*. *Outdoors* imensos formam uma alameda colorida na beira da estrada: Pepsi, Seven-Up, Armani, Chanel, Rolex, Montblanc, Mercedes, Middle East Airlines e cartazes enormes anunciando filmes americanos. Quanto mais nos afastamos do centro, menos luxuosos são os edifícios. Nada restou do brilho quente e ocre da cidade; aqui domina o triste cinza do arenito. Prédios se alternam com barracos feitos de chapas onduladas; emaranhados de cabos balançam como ninhos nas sacadas; roupas desbotadas pendem em grades enferrujadas ao lado de galões de água e lixo empilhado. Em pouco tempo, os *outdoors* formam um contraste reluzente sem nenhum sentido. Na calçada vejo três mulheres inteiramente cobertas de preto. Logo acima, na parede-cega do prédio, uma mulher seminua, com roupas íntimas transparentes, espreguiça-se de modo sedutor em um cartaz gigantesco. *Victoria's Secret*, leio, *Bras & Panties 25% off*. Somente quando avançamos alguns metros e vejo também a frente do prédio é que percebo que é pouco mais do que um esqueleto. Completamente bombardeado e vazio, na fachada arruinada seus antigos apartamentos parecem falhas em uma dentadura.

Nabil acompanha meu olhar.

— Nem tudo foi reconstruído — diz.

Prosseguimos rumo ao Sul. O centro encolhe no retrovisor; em pouco tempo, torres inteiras passam a caber na imagem. O mar se encontra à direita. Porém, raras vezes consigo avistar o azul prateado por entre as fileiras de casas cada vez mais densas. Logo salta aos olhos que aqui quase todo prédio traz cicatrizes; os buracos provocados por lança-foguetes desfiguram as fachadas como uma horrível erupção cutânea. Empurro o encosto do assento para trás, fecho os olhos e deixo o vento acariciar meu rosto. Gostaria muito de dormir.

— Maldito imbecil, filho de um camelo!

Tenho um sobressalto.

— Que milhares de pulgas peidem na barba do seu pai!

Nabil bate no volante e buzina.

— O que está acontecendo?

— Ele não pôs a seta — reclama, apontando para uma Mercedes prateada com vidros escurecidos, que aos poucos vai ultrapassando os outros carros à nossa frente.

Olho fixamente para ele. Ele dá de ombros.

— Tento ser sempre um modelo para os meus filhos e lhes digo: se algum dia vocês pegarem o carro escondido para dar uma voltinha, pelo menos obedeçam às regras de trânsito. E, obviamente, usar a seta está entre elas. Então, eles olham para mim e perguntam: "Regras de trânsito?". Sabe quantas pessoas morrem por ano no trânsito aqui? Quase oitocentas. Ninguém neste país usa as setas. Provavelmente a maioria pensa que sua alavanca é para um assento ejetável ou coisa parecida.

— E também xinga assim na frente dos seus filhos?

Ele encolhe novamente os ombros. Porém, dessa vez, sorri. Ao fazer isso, parece claramente mais jovem, quase um moleque, como um adulto que, cercado pelas obrigações e pela rotina, alegra-se com os breves momentos nos quais pode extravasar.

— Você fala árabe muito bem — diz, meneando a cabeça em sinal de reconhecimento.

— Obrigado.

— É libanês?

À esquerda da via expressa, quase não se veem prédios, e sim construções precárias ao lado de destroços amontoados e pequenos barracos, diante dos quais crianças jogam futebol entre montanhas de lixo. Cães cochilam na sombra.

— Aqui ainda é Beirute? — pergunto.

Nabil faz que sim.

— Acampamento de refugiados.

— Sírios?

— Palestinos. Já é a terceira ou quarta geração. Há sírios também, mas menos. Ali atrás — de sua janela, aponta para telhados de chapa ondulada que se fundem com o horizonte — ficam Sabra e Chatila.*

Sabra e Chatila. Só o som já me faz estremecer.

Prosseguimos em silêncio. Não sei o que dizer, e Nabil parece não ter certeza se me aborrece com suas perguntas. Baixa o quebra-sol e fixa o olhar na estrada. Somente quando percebe que o estou observando, olha de relance para mim e sorri. Pego de surpresa, viro a cabeça para o lado. A certa altura, começa a escorregar de um lado para outro do seu assento. O silêncio parece perturbá-lo.

— Então, Samir, o que veio fazer aqui? Negócios? — pergunta por fim, esforçando-se visivelmente para soar casual.

---

* Campos de refugiados no subúrbio de Beirute, onde em 1982 ocorreu o massacre de civis palestinos e libaneses, perpetrado por milicianos cristãos, aliados de Israel. (N. T.)

Estava claro que em algum momento me faria essa pergunta. Mesmo assim, agora estou inquieto.

— Não.

— Férias?

Reflito se devo mentir.

— Não. Estou à procura...

— De um belo narguilé?

— De uma pessoa.

Desvia o olhar da estrada e me examina.

— É detetive particular? Tipo Sherlock Holmes ou Philip Marlowe?

— Não, não, nada disso.

— Adoro Philip Marlowe — seria difícil não acreditar nele, pois parece um menino exclamando: "Adoro tobogã!". Em seguida, baixa tanto a voz que chega a me surpreender. — O calor pairava sobre a cidade como queijo derretido em um *toast Hawaii** — enquanto fala, forma diante de si um semicírculo com o braço, como se estivesse em uma colina e apontasse para o vale. Ri: — Philip Marlowe, que cara doido!

Na verdade, não quero falar a Nabil sobre minha busca, e ele parece perceber minha inibição. Só que agora o assunto se firmou na minha cabeça como uma aranha na teia, e já não suporto o silêncio.

— Pretendo me casar — deixo escapar.

— Por que não disse logo? Está procurando uma esposa! — Nabil bate a mão no volante e buzina sem querer. — Quer que eu lhe apresente minha irmã?

— Não — respondo — não, obrigado... Tenho uma pessoa — e depois: — É uma história meio complicada.

---

* Torrada com presunto, queijo derretido, uma fatia de abacaxi e cereja em calda, surgida na Alemanha Ocidental, em 1955. (N. T.)

Praticamente estou vendo a cena à minha frente: o rubor encantador que meu pedido de casamento pintou em sua face. Vejo-nos à margem do rio e ela me devolvendo o anel. Penso na tarefa que me impôs. Em sua condição.

"Nós dois sabemos que você não está pronto para se casar", disse. "Primeiro você tem de colocar sua vida nos eixos, Samir. Não sei o que vai encontrar lá e se realmente sabe o que está procurando. Mas se é disso que precisa para mudar, então vá."

"Não quer vir comigo?"

"Não." Uma pausa, depois: "Não tenho nada lá".

"Mas não sei quanto tempo vai levar", foi minha resposta. "Ainda vai estar aqui quando eu voltar?"

"Quando você vai voltar não tem importância. A questão é *como*."

— É sempre complicado — diz Nabil, meneando a cabeça, como se tivesse resolvido uma difícil equação. Uma frase universal, apropriada para encerrar toda conversa desagradável.

— Aonde estamos indo?

— Não íamos ver os cedros?

— Sim, quero dizer... onde fica?

— Em Maasser El-Chouf — com a cabeça, aponta na direção da sua janela lateral. Somente então percebo que o trânsito diminuiu. À direita está o mar radiante, e à esquerda ergue-se uma cordilheira. Viramos em uma estrada secundária, mal pavimentada e repleta de buracos gigantescos, e pouco depois subimos aos solavancos por um desfiladeiro sinuoso.

No começo, não me dou conta de que a canção está não apenas dentro da minha cabeça. É estranho ouvi-la de novo justamente agora. Nesse lugar, ela me desorienta. Forço-me a manter os olhos abertos, pois tenho medo das imagens de uma infância feliz que me assombram em *flashes*: passeios em dias de verão, nós cantando juntos. Tenso, fito o rádio, do qual sai a melodia e sua voz: *Sāalunī šū sāyir bibalad al'īd, mazrū'ata 'āddāyir nār wa bauārid, qiltilum baladnā 'am yiblaq' ğdadid, lubnān alkarāmi wa alša'ib āl'anīd.*

— Essa é Fairuz — diz Nabil em um tom como se tivesse acabado de provar um vinho raro. Aumentou o volume do rádio. — A harpa do Oriente.

— Eu sei — digo. O desfiladeiro à nossa frente faz uma curva cega. O suor frio brota em minha testa, como em todas as noites em que acordei gritando. — Conheço essa canção.

2

*E*speramos 48 horas até ligarmos para a polícia. Dos filmes, eu sabia que aconselhavam aos parentes aguardar pelo menos 24 horas antes de notificar o desaparecimento de uma pessoa. Esperamos o dobro. Lembro-me da casa vazia e trancada quando, no dia seguinte, a percorri de pijama. A torneira da cozinha pingava; havia um prato com flocos de aveia para mim sobre a mesa e, ao lado dele, uma caixa de leite. Diante do prato, um bilhete da minha mãe: *Volto logo*. Também me lembro de sua expressão quando pouco depois ela voltou com Alina nos braços, depositou as sacolas com as compras e me perguntou de passagem onde estava meu pai, e eu apenas encolhi os ombros, mostrei o porta-chaves ao lado da porta e disse:

— Não sei. Além do mais, ele esqueceu a chave.

Só de pensar que depois do café da manhã fomos andar novamente de trenó, chega a doer um pouco. Dessa vez, fomos de carro, conforme prometido por Hakim. Yasmin e eu rindo e correndo pela neve, enquanto ele nos observava pensativo, sentado um pouco afastado. Também dói reconhecer retrospectivamente por que seu comportamento nesse dia estava tão diferente: por que ele mal pronunciou uma palavra; dizia "sim" a tudo que pedíamos. Em meu entusiasmo infantil com a neve, não pensei nem por um minuto em suas lágrimas na noite anterior.

Ainda sei que não pensei nem um pouco em meu pai, de tanta certeza que eu tinha de que ele voltaria à noite em algum momento, talvez até com outra história. Quando ficou escuro como breu do lado de fora e eu já deveria estar na cama havia muito tempo, ele ainda não tinha voltado. E, quando a certa altura adormeci ao lado de minha mãe no sofá, ela me levou para o meu quarto. Somente na manhã seguinte constatei que seus sapatos ainda não estavam no corredor e seu casaco não estava dependurado no gancho.

Exceto por essas duas peças de roupa, nada indicava que ele não voltaria. Simplesmente não estava claro para mim – e, na verdade, nunca ficaria muito claro – que ele tinha desaparecido. Quando tirei minha irmã do colo da minha mãe e a acalentei nos braços, andando pela casa, não pensei minimamente no que a esperava: crescer sem ter tido um pai. E que ele não veria Alina aprender a andar nem a ouviria pronunciar sua primeira palavra. Que ele não estaria presente em seu primeiro dia de aula nem sentado na plateia, aplaudindo sua primeira peça de teatro na escola. Que ele não a veria trazendo o primeiro namorado para casa ou dançando no baile de formatura.

Tampouco ficaria sabendo que cortei o queixo ao me barbear pela primeira vez. Que a primeira garota que beijei se chamava Hannah e que esse beijo tinha gosto de chiclete Hubba Bubba sabor Coca-Cola e foi bem molhado. Nem em sonho eu acreditaria que um dia amaldiçoaria meu próprio pai pelo mal diário que ele nos causou anos depois, embora não estivesse mais presente. Não estava claro para mim que nossa vida, tal como eu a conhecia, tinha acabado. Mesmo no segundo dia não duvidei de que ele voltaria para casa. A história que ele me contara havia sido uma declaração de amor a nós, uma confissão: nada supera a família.

Os policiais foram muito gentis. Dois deles estavam em pé, diante da minha mãe, e conversavam com ela em tom tranquilo. Um fazia anotações enquanto ela respondia. Se isso já tinha acontecido, se houve alguma briga com ela ou outra pessoa. Se havia algum amigo que ele pudesse ter procurado; se ele dera alguma indicação de que queria viajar. E se ela poderia lhes dar uma foto atual dele. Minha mãe respondeu a todas as perguntas pacientemente. Fiquei sentado no chão, em um canto, examinando os homens com suas pesadas botas e, seus uniformes em nossa sala. Em seguida, eles tocaram a campainha de Hakim, mas não sei o que ele lhes contou. Meia hora depois, espiei pela janela e os vi entrar na viatura e deixar nossa rua. É claro que os vizinhos já tinham percebido há tempos o carro da polícia e imaginaram que havia algo errado.

Brahim, o contador de histórias, desapareceu – a notícia correu pelo bairro como um tsunami. Notei o quanto ele de fato era querido. O padeiro colocou uns pãezinhos extras e uma bengala doce na sacola; na rua, pessoas totalmente desconhecidas me cumprimentavam e me contavam como tinham conhecido meu pai, e sempre terminavam dizendo: "Espero que ele volte logo, de verdade", ou: "Seu pai era... quer dizer... é um cara muito legal". Meses depois, ainda havia uma cópia da sua foto colada em quase todo poste de luz e semáforo. Assim, fundiu-se à imagem da cidade. Era como se tivesse abandonado não apenas minha mãe, Alina e eu, mas também todo indivíduo em nosso bairro.

Certo dia, um grupo de jovens apareceu diante da nossa casa. Eu os reconheci; o rapaz com a cicatriz em forma de ferradura também estava entre eles. Quando tocaram a campainha, abri a janela e olhei para baixo.

— Vamos procurar seu pai — disseram. — Quer vir com a gente?

Pareciam uma gangue reunida em semicírculo, com suas jaquetas *bomber*, braços cruzados sobre o peito, convidando-me com um aceno de cabeça. Para falar a verdade, pareciam filhotes de cães que se convenceram de que eram buldogues só porque usavam jaquetas *bomber*. Percorremos um bosque denso, cada um com um pedaço de pau na mão, vasculhando a neve. Os meninos tinham visto no cinema que era assim que se fazia quando alguém estava desaparecido. Por um momento, caminhamos lado a lado, em silêncio; o ar frio fazia nosso nariz escorrer, e não se ouvia nada além do solo congelado crepitando e de nossos bastões esquadrinhando a neve, sempre sem sucesso.

— Vocês lembram como o Brahim organizou o torneio de pebolim? — perguntou um deles a certa altura. Acho que seu nome era Milan e que ele vinha da República Tcheca.

— Eu lembro — respondeu outro. — Arranjou até um troféu com inscrição gravada.

— Está comigo — disse o da cicatriz. — Acabei com todos vocês.

— Porque não parava de girar as barras, seu tonto.

— E daí? Não era proibido.

Seguiram-se algumas anedotas sobre meu pai. Eles contavam e concordavam com a cabeça, como velhos amigos ao pé de uma fogueira, recordando-se dos bons tempos.

Enquanto os ouvia, tive de conter as lágrimas. Logo ficou claro para mim que eles nunca tiveram esperança de encontrar meu pai ali. Só queriam fazer alguma coisa, dar uma pequena contribuição.

Os policiais voltaram outras vezes para fazer perguntas. Eles próprios vasculharam o bosque e, semanas mais tarde, quando uma pessoa que caminhava perto do lago no qual lançamos nossos barquinhos encontrou um casaco parecido com o do meu pai, chegaram a enviar mergulhadores ao local, mas não encontraram nada. Ninguém o encontrou. Nem quando a neve derreteu e liberou a visão dos campos e das primeiras campainhas-de-inverno; nem na primavera, quando nos mesmos campos cresceram açafrões, estrelas-azuis e jacintos e um dia surgiram os lírios-do-vale, que tornaram a desaparecer; nem no verão, quando as crianças jogaram futebol; naturalmente tampouco no outono, quando as primeiras folhas começaram a cair, cobrindo a relva. Ele continuou desaparecido como um navio naufragado.

Em compensação, vieram os pesadelos. As noites em que minha mãe corria até minha cama porque eu gritava e não conseguia parar até a luz ser acesa. Os pesadelos em que eu via meu pai deitado em uma cova, com o rosto virado para baixo, fora de uma estrada pouco movimentada, ou à deriva no fundo de um lago, com os olhos esbugalhados e algas ao redor dos pés, como grilhões. Eu tinha essas imagens em mente sobretudo porque na escola havia meninos que, nos intervalos, especulavam sobre o que poderia ter acontecido com ele, até que cutucavam uns aos outros quando notavam minha presença e olhavam para o chão, envergonhados. Havia dias em que minha mãe ia me buscar com olhos baços na sala do diretor, murmurava um pedido de desculpas e me obrigava a dar a mão a um dos meninos com quem eu havia brigado.

Também foi a fase em que comecei a fazer xixi na cama. Seguiram-se diferentes períodos em que algumas coisas aconteceram pela primeira vez: o primeiro Natal sem ele, a primeira virada de ano, o primeiro verão e, a certa altura, também meu primeiro aniversário. Comecei a observar as coisas apenas sob a perspectiva de quando as tinha feito com ele pela última vez: ir à piscina pública, comprar um sorvete na loja que vendia aquela variedade esquisita e azul-celeste, que chamávamos de "sorvete Smurf". Cantar enquanto passeava. Houve diversas fases. Inclusive uma em que eu me agarrava à minha mãe e não saía de perto dela. Movido pelo medo de que ela também pudesse nunca mais voltar depois que fechasse a porta atrás de si. De que pudesse desaparecer como um cristal de gelo à luz do sol. Quando ela saía de casa e me dizia que às sete da noite estaria de volta, às dez para as sete eu já havia ligado, em pânico, para todos os números da nossa agenda telefônica, a fim de descobrir onde ela estava.

Nem Yasmin conseguia me consolar. Certa vez, pegou minha mão em meio à névoa fria e azulada de uma primavera tardia, mas eu me desvencilhei e caminhei sozinho pelo gramado, metade com a esperança de que ela corresse atrás de mim, metade feliz por ela não o ter feito. Embora eu percebesse com o canto do olho quando ela espreitava meu quarto, onde eu costumava ficar sentado na cama, pensativo, eu a ignorava. Procurava um ponto no chão para não ter de olhar para ela. No caminho para a escola, eu evitava ir com Yasmin, como fazíamos antes, e sempre olhava para trás para ver se ela me seguia a uma distância segura.

Ela me rodeava, sempre pronta a me defender e a me ajudar quando os outros zombavam de mim. Mas sua proximidade me doía, e eu não a suportava. Certa vez, quando me disse que já fazia muito tempo que eu não ria, rebati com irritação:

— Você pode dizer isso porque ainda tem um pai!

Eu sabia que a magoava, mas ela não o deixava transparecer, o que só me fazia tolerá-la ainda menos, pois ela era muito mais forte do que eu. Queria me comportar de outro modo, mas não conseguia, pois temia que ela me perguntasse sobre a última história de Abu Youssef, o maior segredo que eu partilhava com meu pai.

3

Nosso caminho é estreito e cercado por rochas. Crianças brincam à beira da estrada, e Nabil tenta desviar dos buracos da melhor maneira possível.

Há pouco ultrapassamos uma caminhonete caindo aos pedaços, que se arrastava estrada acima com muito barulho. Na caçamba, um metro de mobília empilhada e, por cima dela, sentada ao lado de uma cabra, uma menina com tranças pretas que nos olha com espanto. A cidade está bem distante. No espelho, vejo apenas as estradas sinuosas e inclinadas e, atrás delas, o mar. Sobrados isolados, em forma de cubo e pintados de branco. Os arredores: plantações de cítricos e rochas partidas. Quanto mais subimos, mais o odor da cidade se perde em minha lembrança. Pinheiros e arbustos de giestas salpicam os flancos da montanha e espalham seu aroma peculiar e agradável.

De Beirute a Maasser El-Chouf não são nem sessenta quilômetros. No entanto, levamos mais de duas horas. Nabil buzina várias vezes quando nos aproximamos de curvas sem visibilidade, para o caso de alguém vir na direção contrária. Porém, quanto mais subimos, maiores se tornam os intervalos nos quais encontramos alguém.

O que chama minha atenção é que o ar é puro e frio; de repente, minhas roupas são quase leves demais.

Nabil parece ler meus pensamentos.

— Este é o lugar mais tranquilo do Líbano — diz, e soa tão à vontade como se estivesse de roupão em uma espreguiçadeira. — Nada de barulho nem de carros. Muito primitivo aqui — desacelera o automóvel e, por fim, estaciona na beira da estrada. — Chegamos.

Lembro-me de que meu pai sempre me contava que, quando moço, buscava o silêncio dos cedros, deixando o olhar pairar sobre a paisagem que se estendia abaixo dele. De fato: não fosse pelo chiado claro dos grilos, a impressão era de poder tocar o silêncio.

— Há poucos lugares como este no Líbano — diz Nabil, apontando ao longo do caminho. — Vamos?

Aqui, a quase 2 mil metros de altura, pela primeira vez posso ver o país inteiro. Pelo menos é o que me parece. Uma longa e reluzente faixa costeira, que por um instante se expande à esquerda e à direita. Atrás dela: o mar azul-ciano e os contrafortes cobertos pela espuma branca das ondas que chegam. Na margem: portos e cidades em miniatura, das quais sobe um brilho prateado, como de pérolas. Campos verdes e vinhedos em terraços nas encostas. Abaixo de mim: Beirute, que sorri autoconfiante como uma esfinge, mergulhada pelo sol dourado em uma arrogante luz faiscante do meio-dia.

Os cedros são realmente de tirar o fôlego. Nabil me deixa ir na frente e caminha a passos rápidos atrás de mim, com as mãos nas costas, como se meditasse. Durante algum tempo, segue chutando uma pedra à sua frente. Quase não consigo parar de me deslumbrar. Sempre imaginei esse momento. Inúmeras vezes me vi caminhando aqui, como se estivesse sentado no galho de um cedro e, ao mesmo tempo, pudesse me observar. E agora que estou de fato aqui, nessa terra macia e marrom-escura, reconheço como é parecida com a imagem dos meus sonhos. Ao meu redor, os cedros, alguns deles com mais de quarenta metros de altura. Seus troncos são tão grossos que seria preciso um time de futebol inteiro para abraçá-los. Seu perfume forte me embriaga. Estão ali como se vigiassem o país. Sábios e envelhecidos com dignidade, há centenas de anos.

— Essas árvores têm em média de quinhentos a seiscentos anos — diz Nabil, que parou alguns metros atrás de mim e sorri por poder mostrar-me algo novo. — Mas algumas delas também passam dos mil anos.

Não consigo evitar; vejo meu pai diante de mim, encostado em um tronco, olhando para a cidade lá embaixo com uma folha de relva no canto da boca.

— Esse tronco — diz Nabil, apontando para o cedro à minha frente — se divide em três subtroncos. Isso significa que tem entre dois mil e cinco mil anos. É difícil precisar sua idade exata.

— Por que o senhor sabe tanto sobre essas árvores?

O sorriso de Nabil se alarga, como se tivesse torcido por essa pergunta.

— Meu pai era guardião dos cedros.

Tenho um sobressalto.

— Guardião dos Cedros? Durante a guerra?

Ele levanta as mãos.

— Pelo amor de Deus! Claro que não! Somos muçulmanos — responde.

Os Guardiões dos Cedros eram uma das muitas milícias durante a guerra civil libanesa, um partido maronita-cristão, nacionalista e de extrema-direita. Sei disso porque, nos últimos anos, passei mais tempo sussurrando em bibliotecas e na escuridão de arquivos do que ao lado da minha noiva. Em 1976, os Guardiões dos Cedros participaram de um massacre no campo de refugiados palestinos Tel al-Zaatar. Atualmente lutam na guerra civil da Síria contra Bashar Al-Assad.

— Meu pai era artesão, mas durante a guerra também vendia frutas e cigarros — diz Nabil. — Assim, ganhava bem. Havia muito o que consertar, pois sempre alguma coisa se quebrava, e ninguém queria abrir mão das frutas e dos cigarros.

Concordei com a cabeça.

— Guardião dos cedros...

— Sim — ele parou e olhou para as árvores, como se fossem seus parentes próximos —, os cedros estão ameaçados. Os guardiões trabalham para que sejam preservados, fazem o reflorestamento e cuidam das reservas. E, como todos os guardiões, também têm de lutar contra invasores.

— Quem são eles?

— Os pastores.

— Os pastores?

— Isso mesmo. Levam seus rebanhos às áreas de reflorestamento, porque toda expansão das florestas tira deles a área de pastagem. E suas cabras comem as mudas — deixou o olhar vagar. — Meu pai uniu-se aos guardiões dos cedros em algum momento após a guerra. Quando já estava velho demais para grandes consertos e as frutas e os cigarros voltaram a ser encontrados em toda parte, procurou uma nova ocupação.

As árvores são realmente monumentais e majestosas. Não dá para imaginar que um dia possam não mais estar aqui.

— A maior ameaça a eles é a mudança climática — continua Nabil, que parece ter lido meus pensamentos. — A altura ideal para os cedros fica entre mil e duzentos e mil e oitocentos metros.

— A quantos metros estamos agora?

— Cerca de mil e quatrocentos. Antigamente, esse era o ideal, a neve ainda chegava pontualmente e permanecia por um bom tempo. O solo permanecia úmido e frio por muitos meses. Sem o frio, as sementes de cedro não conseguem germinar, isso significa... — ele olha para mim como um professor que aguarda uma resposta.

— ... que seu *habitat* natural migra para ambientes cada vez mais altos — completei.

— Exatamente — Nabil concorda, pensativo. — Mas as montanhas do Líbano não são infinitamente altas. Se no verão parar de chover e na primavera não houver nem mesmo névoa, da qual as árvores podem tirar sua umidade, em algum momento os cedros deixarão de existir.

Essa ideia me aflige. Minha imagem do Líbano está inseparavelmente ligada a esses gigantes.

— Eles são maravilhosos — digo, mais a mim mesmo. — Realmente se parecem com o da bandeira.

Nabil concorda mais uma vez.

— Por isso também chamamos sua figura de *formato de bandeira*. A água do solo só consegue nutrir a árvore até determinada altura — ele olha para o alto do tronco à nossa frente: — Talvez de oito a dez metros. Depois, o topo morre, e o cedro começa a assumir sua forma típica — com os dedos, desenha os galhos sobrepostos na horizontal.

Caminhamos por um tempo pelos campos e por caminhos estreitos. Tento imaginar como esse lugar poderia parecer um dia: mato com um metro de altura, cedros ressequidos ou totalmente inexistentes. E, ao olhar para cima: mais nenhum topo de montanha coberto de neve, apenas rochas partidas e nuas. O que isso significaria para esse país, que fundou sua identidade e até mesmo seu nome – o Estado dos cedros – nessa árvore? Aqui, o cedro circula por toda parte, em selos e cédulas. O Líbano, um país sem nome?

— Não fique tão impressionado — diz Nabil, batendo em meu ombro. — Quando o último cedro desaparecer, já não estaremos aqui há muito tempo. Essas árvores são muito mais resistentes do que nós. Talvez o mar engula a costa e tudo isso aqui volte a ser como na pré-história — ri alegremente. Por mais estranho que possa parecer: pensar que nenhuma pessoa viverá se os cedros morrerem tem algo tranquilizador.

Mais tarde, sentamo-nos na relva, encostados em um tronco espesso, e olhamos para o mar. Nabil buscou bolinhos no carro.

— Foi minha mulher que fez — diz e me oferece um, recheado de espinafre e queijo de ovelha.

Penso na minha mãe e em como ela fazia esses bolinhos enquanto eu, inquieto, puxava seu avental e, quando ela não estava olhando, enfiava um pedaço de queijo de ovelha na boca e saía furtivamente da cozinha, mastigando feliz, antes que ela percebesse.

— O que mais vamos fazer hoje? — pergunta Nabil.

Noto que ele diz *nós*. Mais uma vez, dou-me conta de que não tenho nada programado. Apenas uma ideia, que não sei aonde me levará.

— Preciso ir a Zahlé — respondo.

— Zahlé — repete. — São cerca de sessenta quilômetros. Mas teríamos de ir pelas estradas da montanha, o que leva cerca de uma hora e meia — olha para o relógio, deve ser início da tarde. — Levo você com prazer — diz —, mas quanto tempo vamos ficar lá?

— Não sei — olho para o chão. — Depende do que vou descobrir lá.

4

Nunca me esforcei para fazer amigos, o que me custou caro naquele momento. Passava a maior parte do tempo sozinho com meus pensamentos, que sempre giravam em torno do fato de que meu pai já não estava presente. O silêncio deixado por ele proliferou em minha cabeça como capim.

Mesmo quando ele ainda estava conosco, eu sentia dificuldade em fazer amigos. Eu não tinha nada em comum com meus colegas, exceto o caminho para a escola. Nas situações em que me encontrava em grupo, geralmente ficava calado, com as mãos nos bolsos e olhando para o chão, presente, mas de certo modo também não; de vez em quando, concordava com a cabeça, como se soubesse muito bem quem fez o gol mais bonito do campeonato no final de semana, ou como se eu também tivesse visto em segredo o novo filme do Schwarzenegger e, sim, as explosões realmente foram uma loucura e, claro, no cinema, onde mais; afinal, eu também conhecia alguém, que conhecia alguém que comprou os ingressos para nós. A verdade era: eu não jogava em nenhum clube de futebol, não estudava nenhum instrumento musical nem tinha *videogame* em casa. Não podia participar das conversas e, enquanto meu pai esteve presente, eu tampouco queria participar delas. Nunca houve para mim uma razão para pensar no mundo fora da nossa rua, onde, na minha percepção, eu tinha tudo o que era necessário para ser feliz: calor, familiaridade e distração. Eu tinha o meu pai e Yasmin, e às vezes também Khalil, o artista do diabolô. Era o suficiente.

Mas agora eu não conseguia mais olhar Yasmin nos olhos. Era como se mundos nos separassem. Evitava sua presença não apenas por temer que ela pudesse me perguntar sobre a história, mas também porque, pela primeira vez, eu poderia sentir o que significava crescer sem mãe. Na verdade, isso deveria ter nos unido. Poderia ter sido uma circunstância que me levasse a me fortalecer: ela era uma menina alegre, forte e feliz, apesar das adversidades que enfrentava ao lado de Hakim. Poderia ter me encorajado e dado a esperança de que um dia eu também voltaria a me sentir melhor. Mas na época eu não pensava assim. Ao medo que eu sentia de estar perto dela uniu-se a vergonha. Eu me envergonhava por nunca ter me esforçado por ela como ela se esforçava por mim naquele momento, e por causa desse sentimento acabei por afastar-me dela ainda mais. Até que em determinado momento percebi que estava completamente sozinho.

Desde o desaparecimento do meu pai, era como se o mundo fora da nossa rua já não existisse, ou melhor: como se esse mundo já não notasse nossa rua. Após algum tempo, as pessoas continuaram a vida como se nada tivesse acontecido. Na época, meu maior medo era que algum dia ninguém mais se lembrasse dele. Que o esquecessem como um dia de chuva em abril. Senti como se fosse meu dever manter o luto por ele pelo maior tempo possível. Eu carregava esse luto como uma vasilha com lágrimas. De cabeça baixa, arrastava-me pelas ruas, evitando olhar os outros nos olhos. Durante a aula, geralmente olhava apenas para fora da janela. Os professores me protegiam, era proibido zombar de mim ou falar sobre meu pai em minha presença. Antes minhas notas já não eram as melhores, e eles temiam que eu pudesse piorar ainda mais se não me protegessem. Eu me esforçava. Esforçava-me de verdade. Mas sempre que tentava entrar em contato com os outros, conversar sobre coisas que eu acreditava que lhes interessariam, sentia essa barreira e recebia respostas curtas, como se toda palavra fosse demais e eu pudesse entender alguma coisa errado e me sentir agredido. Não importava o que eu fazia, eu era sempre *aquele do pai desaparecido*.

Nos intervalos, quando eu ficava sozinho em um canto do pátio, vinha a professora de matemática, dona Lisewski, que sempre cantava conosco umas canções bobas para que memorizássemos certas sequências de números. Era uma mulher alta, mas não bonita. Seus olhos eram muito afastados um do outro, e corria o boato de que ela havia feito uma cirurgia de propósito para deixá-los assim e conseguir flagrar os alunos colando nas laterais da classe.

Ninguém incorporava a própria disciplina tão ao pé da letra quanto a dona Lisewski, pois sempre mantinha a cabeça inclinada como um nove.

— Não quer brincar com as outras crianças, Samir? — perguntava-me sempre, mas na maioria das vezes soava como: — Vamos, Samir, vá brincar com os outros! — então, eu ia e brincava. Porém, nunca era como se eu realmente estivesse participando. Recebia a bola mais do que muitos outros, embora tivesse menos talento, e nunca sofria falta nem era empurrado. Parecia até que eu era cercado por uma capa protetora, que deixava meus colegas inseguros. Pelo menos no futebol havia muitas ocasiões para eles zombarem de mim, mas não ousavam fazê-lo. Às vezes, em meio ao tumulto de pernas que disputavam a bola, eu via Yasmin, que nos assistia e me observava de um grupo de meninas. E, quando ela percebia que eu estava olhando para ela, sorria e acenava, mas eu sempre fingia que não tinha reparado.

O aniversário da Laura foi o marco nesse caminho. Já não fazia diferença o quanto anteriormente eu desejara não ficar mais tão sozinho; depois desse dia, tudo mudou. Algumas semanas após as férias da Páscoa, a primeira sem meu pai, desenvolvi meu próprio ritual. Quando o sinal tocava depois da última aula, eu arrumava meus livros, minhas canetas e meus cadernos na mochila com uma lentidão proposital e permanecia sentado até todos os alunos saírem. Era sempre a mesma cena: um tumulto de cadeiras sendo empurradas para trás; o barulho na sala aumentava bruscamente; mochilas eram abertas, e cadernos, jogados dentro delas; zíperes de casacos eram fechados, e conversas animadas saíam da sala e iam para o corredor, onde aos poucos se atenuavam. Em geral, eu só me levantava quando os professores me pediam gentilmente para deixar a sala, pois queriam trancá-la. Se eu ainda ouvisse os passos dos meus colegas ecoarem nos corredores, primeiro me ajoelhava e amarrava os sapatos. Tentava ganhar o máximo de tempo possível antes de tomar o caminho de casa. Assim, evitava ser visto sozinho pelos outros no pátio da escola e ainda me poupava de uma temida visão: a imagem de outros alunos que passavam por mim e corriam para os braços dos pais à sua espera. De mães beijando os filhos, pegando sua mochila e indo juntos para o estacionamento. Ou de pais que, rindo, simulavam golpes de boxe e depois pegavam os filhos nos braços, colocavam-nos sobre os ombros e os levavam para casa, para a aula de música ou para o futebol.

No começo, eu até procurava por ele, fitava os adultos à espera, concentrados em sua conversa, e tentava descobri-lo em algum lugar. Não achava absurdo que, quando ele voltasse, a primeira coisa que faria seria ir à escola me buscar. No entanto, quanto mais eu o procurava, mais doloroso tornava-se perceber que eu já não era capaz de dizer direito como ele era. Tinha sua imagem em casa, na minha caixinha. Mas nela ele era um homem jovem, e havia momentos em que eu não conseguia olhar para aquele *slide* sem ficar com o coração partido. Não conseguia sequer pegar a caixinha sem conter as lágrimas. E, sempre que o fazia, era obrigado a constatar que o odor que dela emanava tinha ficado mais fraco. Volatilizava-se como a imagem concreta dele, que perdia os contornos como uma foto tirada em movimento. A certa altura, a forma exata do seu rosto já não me ocorria. Eu não conseguia mais evocar o som da sua risada. Era como se ele tivesse se esgueirado para trás de um vidro embaçado, no qual eu batia com o dedo para que ele permanecesse parado. Aonde quer que eu fosse, via-o por toda parte. Se parava na frente de uma vitrine, acreditava ver seu reflexo, caminhando do outro lado da rua. Muitas vezes, quando olhava pela janela durante a aula, tinha a impressão de vê-lo atrás do grande carvalho junto da cerca. E em dias de chuva forte, ao olhar para o ônibus que acabara de perder, pensava tê-lo visto acenando para mim da janela traseira. Portanto, em dado momento, decidi proteger a mim mesmo, permanecendo sentado na classe até todos irem embora.

Certa vez, esgueirei-me pela escadaria vazia, que ecoou o barulho dos meus passos. Eu tinha esperado um bom tempo intencionalmente, com a esperança de mais uma vez encontrar o momento certo para poder atravessar o pátio vazio e voltar para casa. Só que, ao chegar lá embaixo, deparei com uma mulher pálida como papel, cabelos louros na altura dos ombros, perfeitamente escovados, e lábios vermelhos como um campo de papoulas.

Parecia uma estrela de cinema dos anos 1950, e seu vestido rosa se destacava de modo peculiar em meio ao triste cinza das paredes da escola. Estava ali em pé, olhando para mim com seus olhos verdes de gato. Parei no mesmo instante. Junto da mulher estava Laura, minha colega, que olhava para mim. Olhei ao redor, mas além de mim não se via nem ouvia mais ninguém. Pelo visto, ambas estavam me esperando. A mulher pôs as mãos com unhas pintadas sobre os ombros de Laura e a empurrou delicadamente em minha direção. Laura pigarreou e me estendeu um envelope.

— Gostaria de te convidar para a minha festa de aniversário — disse. — Vou fazer 9 anos, vamos comemorar em casa, no sábado.

O gesto veio de maneira tão inesperada que, por um momento, fiquei imóvel, olhando para ela.

— É mesmo? — perguntei, então.

Laura não disse nada, só estendeu o envelope para mim. Ela e a mãe pareciam uma matriosca atrás da outra; a menor, uma cópia quase perfeita da maior, só que os lábios de Laura não eram tão vermelhos.

— Oh — disse eu, pegando de sua mão o envelope, que era rosa como seu vestido. — Obrigado — nesse segundo, me ocorreu que Laura nunca tinha falado comigo.

— Vai ser às duas horas da tarde, mas isso também está escrito no convite. Vai ter almoço e bolo na nossa casa, então você não precisa comer antes — disse ela. — Também vamos brincar, todos juntos, vai ser divertido — virou-se para a mãe, como se quisesse certificar-se de que tinha apresentado sem nenhum erro o texto decorado.

— E o que mais? — perguntou sua mãe.

— E eu ficaria feliz se você viesse — acrescentou Laura.

A mulher atrás dela concordou, satisfeita.

Envergonhado, virei o convite nas mãos e passei o dedo pela superfície áspera.

— Vou com prazer — respondi, tentando um sorriso. Eu estava no limite de minhas forças. Mal terminei de falar, Laura deu meia-volta e deixou a entrada da escola, esvoaçante como um lenço cor-de-rosa. Sua mãe ainda me lançou um breve olhar.

— Então, até sábado, Samir — disse ela, me deixando ali parado.

— Laura Schwartz? — perguntou minha mãe quando lhe entreguei o envelope rosa. Somente em casa percebi que era bem perfumado. Minha mãe ainda não sabia o nome dos meus colegas. Eu nunca lhe falava da escola, e, quando houve reunião de pais, foi meu pai quem compareceu. Minha mãe leu o convite e sorriu, envergonhada, como se estivesse orgulhosa por eu ter conseguido ser convidado para um aniversário, mas, ao mesmo tempo, esforçando-se para não deixar o orgulho transparecer e não enfatizar o aspecto extraordinário da situação.

Eu também estava um pouco orgulhoso e feliz. O fato de justamente Laura ter me convidado me pareceu uma promessa do destino de que, a partir daquele momento, as coisas iriam melhorar. Ficariam mais simples. Mais sociáveis. Eu, Samir, capitão fenício de navios de casca de noz, a caminho de novas margens. A isso se acrescentava a circunstância de que, intimamente, sempre admirei Laura. Talvez porque fosse muito diferente de mim. Costumava vê-la nos intervalos, no pátio, onde atraía tanto as meninas quanto os meninos como se fosse um sol. Todos queriam ser amigos dela e orbitar em seu campo gravitacional. Laura era uma menina na direção da qual tudo voava. Movia-se com impressionante leveza pelos corredores, e em seus olhos sempre havia um leve brilho daquela autoconfiança arrogante que os pais inculcam nos filhos quando os fazem achar que são a estrela central do universo. Diziam que a casa dela era a mais bonita da cidade, mas eu não conhecia ninguém que algum dia tivesse estado lá. Depois das férias, quando os professores queriam saber o que tínhamos feito, Laura sempre era a primeira a pedir a palavra e falava de casas de veraneio em Miami ou Florença, ou ainda que tinha velejado com os pais na Côte d'Azur. Seu pai era um diplomata americano, e sua mãe, uma boneca de porcelana. Seu sobrenome era Schwartz, e ela fazia questão de que fosse pronunciado à maneira americana, o que me agradava, pois gostava de coisas exóticas. Acho que ela só não ia para a escola particular porque na nossa seus pais tinham certeza de que sua filha seria superior a todos no quesito riqueza.

— Com certeza vai ser bom, sem dúvida são pessoas gentis — disse minha mãe, por fim, colocando o envelope de lado. Em seguida, afastou uma madeixa da minha testa e me devolveu o convite.

Eu estava nervoso. Nunca alguém da escola tinha me convidado para um aniversário. Para o meu próprio aniversário, também não pensei nos meus colegas, mas o comemorei com as pessoas da nossa rua. Isso tornava o convite da Laura algo especial para mim.

Refleti muito sobre o que levar de presente. Na minha imaginação, Laura era uma menina à qual nada faltava.

— E se você mesmo fizesse o presente dela? — perguntou minha mãe.

Gostei da ideia. Era improvável que Laura também tivesse tudo o que não se pudesse comprar. Então, fiz um bolo para ela. Um bolo muito pessoal. Minha mãe me ajudou, mas a maior parte fiz sozinho. Fiquei em pé na cozinha, sobre um banquinho, e com grande cuidado coloquei muitas framboesas na base da torta. Em seguida veio o creme e, para terminar, escrevi *Happy Birthday, Laura* com chocolate granulado e inseri nove velas, daquelas difíceis de apagar.

No sábado, minha mãe me vestiu com camisa e cinto e penteou meus cabelos. Pouco depois, desapareceu no banheiro pelo que pareceu uma eternidade. Ao sair, estava maquiada e com um bonito vestido, o azul, que mais uma vez alisou e examinou diante do espelho. Tinha até colocado seu perfume. Parecia até que a convidada para o aniversário tinha sido ela, e não eu.

Fomos de carro para um bairro onde eu nunca tinha estado. Havia casas grandes e magníficas dos dois lados da rua. Suas fachadas brancas reluziam como palácios de cal. O ar cintilava diante das janelas, as entradas eram cercadas por colunas decoradas, e os terraços acima delas apresentavam mesas e espreguiçadeiras elegantes. Nos jardins erguiam-se árvores gigantescas, e os canteiros brilhavam por toda parte como arcos-íris. Por minha janela aberta soprava o odor de grama recém-cortada. Ao passarmos, cheguei a ver um jardineiro com chapéu redondo de palha em cima de uma escada, aparando uma cerca. Essa rua era outro mundo, em nada comparável ao nosso: extensa e quase clinicamente limpa. Uma alameda orlada de bétulas. Nas garagens reluziam Cadillacs, variações de Mercedes e Porsches. Fiquei boquiaberto. Minha mãe estacionou em uma rua lateral; acho que sentiu vergonha de passar com nosso velho Toyota bem na frente da casa. Fizemos o restante do trajeto a pé. Fui carregando o bolo de Laura à minha frente, suando de medo de que ele pudesse cair. Eu queria que me recebessem bem e talvez um dia me convidassem de novo; por isso, tinha de me esforçar para não sujar a bela rua com uma mancha de framboesa e creme.

Reconhecemos a casa pelos balões coloridos, presos à cerca do jardim e que dançavam suavemente ao vento, como se também fossem convidados da festa. A casa era de um branco resplandecente e tinha três andares, janelas redondas e um arco de vidro no segundo andar, como saída para o terraço. O caminho que conduzia à porta de entrada era largo, com um chafariz no centro, ornado com réplicas de estátuas gregas, jovens com arco e flecha, envolvidos em túnicas de pedra, que me observavam de cima com olhar severo. Ainda senti seu olhar nas costas quando avançamos até a casa. Minha mãe caminhava devagar, e eu olhava ao redor como se estivesse entrando em um planeta desconhecido. Juntos subimos a escada de mármore que conduzia à porta principal. A senhora Schwartz a abriu ainda antes de tocarmos a campainha. Atrás dela já era possível ouvir uma balbúrdia de crianças, como se fosse uma feira.

— Samir! — exclamou.

— Olá, senhora Schwartz — disse eu, prestando atenção para reproduzir um sotaque realmente americano.

— Que lindo você está com essa camisa! Uma graça! — comentou, passando a mão por meus cabelos penteados, como se eu fosse um porquinho-

-da-índia. Então, notou minha mãe que, insegura, havia ficado mais atrás. — Senhora El-Hourani, prazer em conhecê-la. Deu um passo, saindo do *hall*.

— Olá — disse minha mãe, apertando a mão que lhe era estendida. — Obrigada por ter convidado o Samir.

Nunca vou esquecer o modo como minha mãe ficou ali parada, quase reverente na escadaria de mármore, entre as colunas de uma casa que devia parecer-lhe um palácio. Com seu melhor vestido, olhos suavemente realçados e seu perfume, tão bonita e bem-arrumada, como havia muito tempo eu não a vira mais.

— Laura queria de todo modo que ele viesse — disse a anfitriã. — Que bom que veio. Laura, Samir chegou!

Laura estava com um vestido branco. Em seus cabelos louros havia uma grinalda, o que lhe conferia a aparência de uma jovem noiva ou de uma fada que tinha acabado de ir a uma festa secreta na floresta encantada.

— Feliz aniversário — disse eu timidamente.

— De minha parte também — acrescentou minha mãe, acenando para Laura.

A senhora Schwartz deu um breve sorriso. Era uma dessas mulheres que suspeitavam da presença de um fotógrafo atrás de todo arbusto e sempre partiam do princípio de que, no dia seguinte, encontrariam seu rosto na primeira página de um jornal. Seu sorriso era a dança perfeitamente coreografada dos dois cantos da boca, que na verdade me pareciam bem cansados. Sem dar mais atenção à minha mãe, disse:

— Bom, Samir, vamos entrando!

Entrei, então, no *hall* de mármore. Pelos vidros polidos da porta de entrada, ainda foi possível reconhecer minha mãe como através de um prisma. Vi quando, em um gesto fugaz, ergueu a mão para se despedir.

Em todas as paredes havia fotos de Laura: na praia, no topo de um arranha-céu, com uma cidade em miniatura ao fundo, em um navio. Os cômodos pelos quais ela me conduziu eram grandes e claros, com pé-direito alto, teto de estuque e cristaleiras de carvalho polido, que brilhavam com nobreza à luz do meio-dia. Nos cantos da sala havia poltronas confortáveis, revestidas de *chintz*, ao lado de uma estante em que se enfileiravam livros espessos com encadernação verde. Do outro lado, vi um piano de cauda Steinway e, na lateral, uma estante para partitura e uma palmeira da altura da sala, e imaginei Laura ali sentada, treinando depois da escola, com sua rigorosa mãe às suas costas. Atravessamos outras salas, passamos por vasos chineses, outras estátuas e uma *chaise longue*, na qual almofadas estavam tão cuidadosamente dispostas lado a lado que me perguntei se algum dia alguém teria ousado sentar-se nela. Acima da *chaise longue* havia um quadro que ilustrava uma batalha naval: um homem na proa de um navio empunhava sua espada aos berros e apontava para outro navio; das bocas dos canhões saía uma fumaça espessa. Espantado, segui atrás de Laura por esse mundo estranho e rico. Meus pés afundavam em tapetes macios, o ar era puro, e através das grandes janelas entrava uma luz quente.

Laura avançava com agilidade e autoconfiança. A casa inteira abrigava uma coleção de artefatos de países distantes, dispostos com bom gosto nas paredes ou nas cristaleiras, e ela me conduzia como uma guia de museu. De vez em quando mostrava algo, uma bengala com uma vistosa cabeça de serpente, e dizia: "Isso, o meu pai trouxe da Índia", ou apontava para um cocar de penas coloridas e explicava: "Isso é usado pelos índios no Brasil; esquisito, não?"

Era esquisito mesmo, e eu só concordava em silêncio, impressionado.

— Você já esteve no exterior? — virou-se para mim, fitando-me com olhos cintilantes e curiosos.

Neguei com a cabeça.

— O quê? Nunca esteve no exterior?

— Não.

— Meu Deus, por que não? — abanou-se com um leque imaginário, como se estivesse para desmaiar.

— Não sei — queria ter-lhe dito que, na nossa rua, era como viver fora do país. Que nela até o odor era como no exterior e que as pessoas falavam outras línguas. Que era linda e enigmática, bem diferente dali.

— Você precisa dar um jeito nisso — suspirou Laura. — Não consigo imaginar o mundo sem o exterior.

— Vou dar, com certeza — respondi apenas, e soou como uma promessa. — Laura, obrigado por ter me convidado.

Por um momento, ela me olhou como se não entendesse. Então, deu um passo em minha direção, aproximando-se tanto de mim que seus lábios quase tocaram minha orelha, e sussurrou:

— Os outros já estão ansiosos com a sua vinda.

O bolo deve ter ficado divino, mas não sei que gosto tinha, porque não ganhei nenhum pedaço. Comportei-me tal como tinha aprendido com meus pais e como já havia feito várias vezes quando fomos convidados por amigos libaneses: recusando três vezes o pedaço de bolo, tal como devia fazer um bom convidado. Assim, eu mostrava que era educado, pois dava à senhora Schwartz a possibilidade de mostrar-se uma boa anfitriã. Só que, depois que recusei o bolo pela segunda vez, ela não me ofereceu mais nenhum pedaço. Assim, fiquei sentado, com as mãos no colo, esperando pelo começo da brincadeira, sobre a qual Laura e os outros conversavam em segredo. Ninguém quis meu bolo, mas a mãe da Laura me garantiu que comeriam no café da manhã do dia seguinte.

— Vai ser muito legal essa brincadeira — disse um menino chamado Nico, que também estava em nossa classe. No canto de sua boca ainda havia um pedaço de bolo de chocolate, que mais parecia uma pinta. Nico era o palhaço da turma. Nunca fazia as tarefas de casa, mas as copiava dos colegas. No esporte, porém, era um ás, e nos intervalos gostava de brigar no pátio. Imaginei que fosse sempre convidado para os aniversários das crianças. — Espere para ver! — disse ele, piscando para mim. Laura e os outros riram.

— Do que vamos brincar?

— De quebra-pote — respondeu Laura. — Conhece?

— Sim, claro.

— Mas vamos brincar com brindes especiais — opinou Nico, e mais uma vez todos riram.

Pareciam realmente se divertir. Quando entrei na sala onde estavam, todos me olharam, exclamaram em uníssono "Finalmente, Samir!" e me cumprimentaram.

Nunca poderia imaginar que isso fosse possível, mas me senti bem. Era algo empolgante e novo encontrar meus colegas fora da escola. Eu tinha a sensação de ser um deles, ainda que não falasse muito e, na maior parte do tempo, ouvisse com curiosidade, pronto para dar uma resposta gentil caso me perguntassem alguma coisa.

Quando chegou a hora, fomos para o jardim. Laura correu na frente, com o pote, a colher e o lenço. Um após o outro, os convidados tinham os olhos vendados e rastejavam pelo gramado recém-cortado; gritávamos "quente" ou "frio" e às vezes também trapaceávamos um pouco, quando a pessoa em questão se aproximava rápido demais do objetivo. Foi empolgante e divertido. Para cada convidado, Laura escondeu alguma coisa embaixo do pote. Foi seu modo de agradecer nossa vinda. Nico ganhou um álbum de figurinhas de jogadores de futebol; Sarah ficou feliz com o álbum de poesia; Sascha, com o pequeno quebra-cabeça 3D com a torre Eiffel, e Sophie, com um bloco do Diddl-Maus, pois gostava de desenhar. Para cada um Laura preparou uma coisa diferente, algo que sabia que agradaria a pessoa presenteada.

Eu era o último da fila. Até então, tinha acompanhado os outros, dado dicas e me alegrado quando o colega de olhos vendados encontrava seu brinde e agradecia a Laura.

— Agora é a sua vez, Samir — disse Laura, por fim.

— É, Samir, você ainda não tem nenhum brinde — Nico olhou para mim, inclinando a cabeça.

Concordei, animado, e esfreguei as mãos. Nico postou-se atrás de mim e vendou meus olhos com o lenço. Quando eu já não conseguia enxergar nada, senti de repente sua respiração bem perto do meu ouvido. Cochichou para mim:

— Não foi ideia da Laura te chamar para vir aqui, foi a mãe dela que quis que você viesse — em seguida, empurrou-me no chão, antes que eu pudesse reagir.

Cego e confuso, tateei à minha frente; eu queria perguntar a Nico o que ele quis dizer, mas as outras crianças gritaram:

— Vai, Samir!

Então, rastejei no gramado e senti como a erva estava úmida. As crianças batiam palmas e gritavam "Frio!", então eu me virava e batia a colher na escuridão. As vozes dos outros me pareceram altas demais. Um grito como o dos corvos. De quatro, engatinhei ao redor. Suas indicações de direção se contradiziam. *Não foi ideia da Laura te chamar para vir aqui.* O que Nico quis dizer com isso? O sol ardia nas minhas costas, e comecei a suar debaixo do lenço. As vozes desabavam sobre mim, e eu continuava a bater no vazio. Ninguém antes de mim teve de procurar por tanto tempo, e eu já estava prestes a desistir quando de repente os outros gritaram "quente, quente". Logo depois, ouvi a colher bater no metal.

— Nossa, levou uma eternidade! — ouvi Laura dizer, enquanto eu tirava a venda dos olhos e olhava o pote à minha frente. Os outros formaram um círculo ao meu redor. Nico estava em pé, com as pernas afastadas. O olhar da Laura tinha se tornado frio e estava voltado para mim. Os outros também me fitavam e esperavam, ansiosos, que eu erguesse o pote.

Eu tinha contado com muita coisa, menos com aquilo. A sensação de ser infinitamente humilhado passou por cima de mim como uma avalanche. Fiz de tudo para não chorar. Tentei respirar para conter as lágrimas. Porém, elas vieram mesmo assim, e desabei, sem forças, abatido pela humilhação de ter caído em uma brincadeira de mau gosto. Como pude ser tão idiota a ponto de acreditar que seria convidado para aquele lugar porque gostavam de mim? Como pude ser tão ingênuo a ponto de imaginar que encontraria amigos ali, em um lugar tão distante do meu próprio mundo?

Jamais teria acreditado que os outros aproveitariam a ocasião para finalmente me atacarem como predadores em área livre, sem o olhar protetor de um professor sobre mim. O aniversário de Laura foi a vingança por eu ter envenenado a atmosfera em nossa classe com meu luto. Esse dia foi a válvula de escape para todas as zombarias represadas que eles não puderam extravasar. Fiquei sentado no chão, com a venda ainda na testa; meu nariz escorria, e eu soluçava, enquanto grossas lágrimas desciam por minha face e caíam na imagem em minhas mãos. Era a foto que a polícia havia utilizado para procurar meu pai. Chorei tanto que as crianças me olharam horrorizadas de cima e se calaram de repente. Ainda lembro que, em dado momento, a mãe de Laura desfez o círculo mudo e, por um segundo, olhou para mim, consternada, com a mão apertando a boca, antes de sair da rigidez e, com voz cortante, sibilar: "Já para dentro de casa, todos vocês!". Depois, pôs a mão em meu ombro e enfatizou que sentia muito. Ainda lembro que apertei a imagem contra o corpo, que não conseguia parar de chorar, que sentia muita vergonha das minhas lágrimas e que continuei agarrado à imagem mesmo quando minha mãe se jogou no gramado ao meu lado, apertou-me contra ela e beijou minha face. Ainda lembro que me conduziu de cabeça baixa pela sala, preenchida pelo silêncio consternado, que acenou com a cabeça e em silêncio para a mãe de Laura quando ela abriu a porta para nós e me empurrou no banco traseiro do nosso carro, que nos aguardava, empoeirado e enferrujado, na luxuosa entrada. Ainda lembro que jurei para mim mesmo que nunca mais faria um amigo, que preferia passar a vida sozinho e que cuidaria da dor e da lembrança do meu pai como um jardim, enquanto continuava a apertar sua foto como um tesouro redescoberto.

5

*E*stranho saber que ele nasceu aqui. Embora eu nunca tenha estado neste lugar, é como se toda rua e todo canto evocassem sua lembrança. Como se seu espírito sorrisse das janelas das casas, de maneira enigmática, sabendo que sigo as indicações e ansioso para ver se sou capaz de interpretá-las corretamente. *Siga-me*, parecem exclamar as paredes das casas, *vamos ver se você me encontra*. O trânsito é barulhento, os donos dos restaurantes apontam sorridentes para seus cardápios. Então, foi aqui que ele cresceu. Foi aqui que viveu e respirou. Estar perto dele dessa forma é como se suas descrições ganhassem vida. Como se ele estivesse logo atrás de mim e mostrasse o rio, em cuja margem me encontro: *Este é o Berdaouni. No Sul, corre com um pouco mais de tranquilidade. Quando eu era criança, vinha me banhar aqui. Ali há um trecho, de cerca de dois quilômetros de comprimento, onde a água não é muito profunda, a corrente é regular, perfeita para se deixar levar em uma boia feita de pneu...*

Sinto uma confiança febril. Quero encontrar respostas. Quero esquecer todas as noites que passei em claro porque seu rosto me perseguia: ele molhado, atordoado e perturbado, olhando para nós na noite de seu desaparecimento. Como se fôssemos estranhos. Quero que tenham valido a pena os anos em que acreditei obstinadamente que ele não havia morrido. Que não tinha saído de casa de manhã para ir passear e depois sofrido um enfarte em algum lugar, onde ninguém podia socorrê-lo. Que não tinha entrado em decomposição em um bosque qualquer sem ter sido descoberto. Quero que minha dolorosa explicação seja verdadeira: que ele simplesmente nos abandonou como um casaco velho.

Vindos do Norte, entramos na cidade. Passamos por montes infinitamente verdes, que se erguem na paisagem rochosa como corcovas de camelos e aos pés dos quais a cidade se estende. Mesmo agora, em pleno verão, os topos das montanhas acima de nós estão cobertos de neve. O Berdaouni serpenteia pela cidade e a divide. O bairro comercial fica a Leste, e o centro histórico, um pouco mais acima, estende-se pela margem ocidental. A jusante encontra-se o vale das parreiras, onde se veem os restaurantes mais famosos de Zahlé.

Zahlé é a terceira maior cidade do Líbano, segundo diz não apenas meu guia de viagem; eu também já sabia disso por meu pai. É povoada quase exclusivamente por cristãos, algo que não é difícil de reconhecer: casais de namorados passeiam de mãos dadas pelas ruas, as mulheres usam minissaia e os primeiros botões da blusa abertos. Fazem com que os homens nas escadas se cutuquem e cochichem quando elas passam. É emocionante e irreal percorrer os caminhos que ele percorreu. Ver as casas que ele viu, respirar o ar que ele respirou.

Estudantes de uniforme azul descem de um ônibus e desaparecem rindo pelas ruelas. Como em transe, acompanho-os com o olhar. Prossigo. Sobretudo os velhos atraem meu olhar. Pergunto-me se meu pai não seria aquele homem que caminha a passos lentos do outro lado da rua, apoiado na bengala, e que teria pregado algumas peças quando jovem. Será que algum dia os dois se encontraram? Teria meu pai inscrito seu próprio nome no tronco de uma árvore à margem do rio? Como foi para ele crescer aqui? Teria saído com alguma garota? Ido a um restaurante à beira da água? Sentado em um dos cafés e escrito histórias? Teria decidido, onde hoje está a barraca de frutas, aceitar o emprego em Beirute apesar da guerra?

Quando meu pai desapareceu, o tempo parou para mim. Minha lembrança dele tornou-se mais vaga e imprecisa com o passar dos anos, seus contornos se dissolveram. Fiquei mais velho e mudei, mas ele continuou jovem. Quando penso nele, sempre o vejo como o homem que nos abandonou, só que mais esmaecido pelo tempo. Somente aqui não consigo evitar de imaginar como ele seria hoje. Caso tenha algum dia voltado para cá. E ainda esteja vivo.

— Zahlé — disse Nabil no carro, enquanto percorríamos aos solavancos as estradas da montanha, passando por quiosques armados provisoriamente na margem da via, que ostentavam cartazes da Pepsi e cardápios desbotados —, a cidade do vinho e da poesia — meu pai também nunca se cansava de mencionar isso. Nunca questionei essa fama.

— Quanto ao vinho, eu entendo, mas por que a poesia?

Nabil olhou para mim.

— Onde há vinho não pode faltar poesia, certo?

— Pensei que o senhor fosse muçulmano.

— E sou.

— Mas bebe vinho?

Levou o dedo aos lábios, como se tivéssemos de falar mais baixo.

— Estamos bem no alto, a quase dois mil metros, um pouco perto de Alá. Prefiro responder a essa pergunta quando voltarmos a Beirute.

Nabil caminha discretamente atrás de mim. Parece sentir que a cidade desencadeia algo em mim, mas não faz perguntas. Já eu gostaria de saber quais histórias deve ter excogitado a meu respeito: um alemão fluente em árabe vem ao Líbano porque procura uma pessoa sobre a qual aparentemente não quer falar e se comporta como um turista que, como primeira coisa, quer ver a floresta de cedros e fica espantado diante de qualquer cenário mediano.

Estacionamos o carro e já há algum tempo prosseguimos a pé. De todo modo, não tenho nenhum endereço para onde poderíamos ir; sei apenas que tenho de começar por aqui. E depois? Não faço ideia. Não tenho nenhum plano alternativo; na verdade, tenho apenas uma noção e esse impulso. A verdade é que há vinte anos vegeto no passado. Só pensei no futuro uma única vez: quando a pedi em casamento. Porém, se esta viagem não terminar bem, nem casamento haverá.

— Este é o Souk al-Blatt.

Nabil arrancou-me de meus pensamentos.

— Ahn?

— Um antigo mercado de rua — indica uma ruela à nossa esquerda, que parte da grande avenida. À luz do meio-dia, reluz avermelhada. À esquerda e à direita, varandas enferrujadas invadem a ruela; o reboco se esboroa nas paredes. — Antigamente, e com isso quero dizer que faz realmente muito tempo, comerciantes da Síria, de Bagdá ou da Palestina compravam e vendiam mercadorias aqui. A rua conduz a um dos bairros mais antigos da cidade.

— E hoje?

— Hoje ele é simplesmente muito velho — ri. — Ouvi que estão planejando restaurar as ruas e transformá-las em centro de artesanato tradicional.

— Mas?

— Mas estamos no Líbano. O fato de alguém ter se dado ao trabalho de planejar alguma coisa já é um pequeno milagre, com o qual deveríamos nos alegrar.

Olho para a ruela. Será que meu pai ainda viu os mercados – os comerciantes gritando, os clientes pechinchando, o odor de sabão e especiarias, o tilintar de moedas em mesas de madeira?

— Seria bom comermos alguma coisa — diz Nabil.

Ele tem razão. Além dos bolinhos que ele dividiu comigo, ainda não comi nada hoje.

— Conhece algum restaurante?

— Não. Mas, se não encontrarmos nenhum em Zahlé, mereceremos morrer de fome.

Deixo que Nabil faça o pedido. Quando abro o cardápio e leio os nomes familiares dos pratos, dou-me conta de que nunca comi de fato comida árabe. Quero dizer, em um restaurante. Antigamente havia *homus*, tabule e quibe na cozinha da minha mãe. Vasilhas de barro cheias ocupando a mesa; ao lado, um prato com pão sírio fumegante. Sinto-me realmente um turista. Se quiser conseguir alguma coisa aqui, vou precisar me ater ao que tenho. E isso é o meu nome.

Nabil me olha com um misto de desconfiança e divertimento quando mergulho o pão no *homus* e o empurro na boca, perdido em pensamentos. Deve estar delicioso, mas não consigo desfrutar do momento. Para que o silêncio não cresça demais, pergunto:

— E a sua família? — com essa pergunta, só posso tratá-lo por "você". — Quantos filhos você tem?

— Três meninos — responde.

— Logo três?

— Pois é — sorri —, somos abençoados.

— De que idade?

— Quinze, treze e sete. Jamel é o mais velho, Ilias, o do meio, e o mais novo se chama Majid.

— Então eles te chamam de Abu Jamel?

Nabil faz que sim.

— Assim diz a maioria. Você tem filhos?

— Não.

— Se um dia tiver um menino, não o chame de Jamel.

— Por que não?

— Sabe que significa *o belo*?

— Sei.

— O problema é que o meu também sabe — Nabil ri, parte um pedaço do pão sírio, enche-o de arroz e mergulha-o na vasilha com coalhada seca. — Não deixo esse menino usar o banheiro antes de mim, porque ele entra e só sai horas depois. Para sempre diante de qualquer maldito espelho e verifica se está com alguma madeixa fora do lugar. Quando descobre uma espinha, não quer ir para a escola, fica com vergonha. Dá para acreditar numa coisa dessas? E rouba meu perfume, mas aí eu não digo nada, porque é melhor do que o desodorante que ele compra e que acaba com a mucosa nasal de qualquer um.

— Bom, isso é da idade.

— Seja como for, é um bom menino. Ajuda na loja de um conhecido meu, depois da escola; vende de tudo, água, fruta, jornal, comida. Masoud diz que Jamel é uma bênção para ele. Desde que foi para detrás do caixa, entram três vezes mais garotas na loja, que depois ficam cochichando atrás da estante de revistas e compram alguma coisa só para paquerá-lo de perto — Nabil ri de novo. Percebo seu orgulho e que se sente feliz por falar do filho. — Um pequeno milagre ele já é — diz enquanto pega a vasilha com as folhas de uva na frente do meu prato. — Quero dizer, olhe para mim. Ele deve ter os genes da mãe.

— Como se chama sua esposa?

— Nimra.

— E o que Jamel quer ser?

Nabil ergue as mãos em gesto de súplica.

— Espero que não modelo ou coisa parecida. Tem de aprender algo decente. Terminar a escola e, de preferência, ir para a universidade. Ter formação — olha diretamente para mim e bate com firmeza o indicador na mesa. — É o mais importante neste país. Todo mês separo um dinheiro para ele. Meu sonho é que possa frequentar uma universidade particular em Beirute.

— Por que não uma pública?

— Existe apenas uma universidade pública no Líbano. Todos que não têm bolsa ou que não podem pagar uma particular vão para lá. Mas não se compara com as outras. Há histórias de professores que matam aula sem dar a menor satisfação ou de trabalhos de conclusão de curso que levam meses para serem corrigidos. Uma boa formação só existe nas particulares.

— E são muito caras?

— Pfff... — abana a mão como se tivesse se queimado — um ano em uma universidade média custa cerca de 10 mil dólares. Há pais que imploram para mandar seus filhos para lá. Dá para imaginar?

— Imploram?

— Alguns tentam negociar com as universidades como no Souk, e muitas particulares dão descontos que dependem das notas: quem tira notas boas, estuda por menos. Mas, mesmo assim, custam uma fortuna. Sabe o que os pais fazem? Vão para os países do Golfo, Dubai, Abu Dhabi, Catar, porque ali ganham muito mais. Com esse dinheiro, pagam os estudos dos filhos no Líbano. E, quando estes tiram seu diploma, também vão aos países do Golfo ou à Europa para trabalhar, pelo menos se forem inteligentes — a voz de Nabil mudou. Do bate-papo casual para um tom no qual ressoa uma grande seriedade. Noto o quanto o assunto o inquieta. Ele afasta o prato e olha várias vezes para as mãos com nervosismo. — Não sei se vou conseguir mandar os três para uma universidade particular. Não é tão simples. Muitas famílias têm um pedaço de terra que podem vender em caso de necessidade. Nós, infelizmente, não.

— Você trabalha apenas como motorista?

Sorri, nervoso. Aparentemente, é algo que o incomoda.

— Tenho alguns clientes fixos, homens de negócios, para quem trabalho regularmente. Não tenho o carro mais bonito, mas uma boa fama, sou confiável, conheço muitos atalhos. As pessoas sabem: quando o Nabil está ao volante, chegam pontualmente aos seus compromissos. Essas coisas se espalham.

Não posso deixar de lembrar que hoje ele chegou uma hora e meia atrasado no hotel, mas mordo a língua.

— Vai dar certo — diz, apontando o indicador para cima. — *Inshallah — se Deus quiser.* — Instrução é o caminho para o futuro. Você sabe, nós, libaneses, não levamos o passado muito em conta. O futuro é a única coisa que importa.

Agora, à tarde, as ruas estão mais cheias. Os habitantes de Zahlé saem em massa do trabalho, pessoas passeiam à margem do rio, os lugares na frente dos restaurantes estão quase todos lotados, rapazes se equilibram na *slackline* que esticaram entre duas árvores. Zahlé não é nenhuma beleza sublime. Falta-lhe a altivez reluzente exalada por Beirute, o brilho dos edifícios de vidro, a magia do mar. Mas a cidade não deixa de ter certo charme. Quase nenhum prédio tem mais de três ou quatro andares. Nas calçadas há não apenas automóveis, mas de vez em quando também burros carregados com bolsas, engraxates que sorriem gentilmente, algumas mulheres com barracas móveis: araras com vestidos de lantejoulas vermelhas, rosa-choque, azuis e turquesa; vasos de barro pintados, enfileirados ao lado de pandeiros e pilhas de toalhas de mesa coloridas. Logo ao lado: cartões-postais de pontos turísticos que não existem aqui: o porto de Biblos, o centro histórico de Trípoli, a floresta de cedros. Aqui, de fato, o odor é quase o mesmo de nossa rua em outros tempos: o cheiro do narguilé que volta e meia roça meu nariz, e o aroma de carne grelhada, molho de hortelã e pão fresco. Nabil olha casualmente para o relógio, virando o punho com um gesto rápido. Pelo visto não quer dar a impressão de que tem pressa. Para mim também não há razão para perder mais tempo. Desse modo, viro-me para ele e digo:

— Preciso encontrar uma mulher.

Ele ergue as sobrancelhas.

— Pensei que você já tivesse uma.

— Não para me casar, Nabil. A pessoa que estou procurando aqui é uma mulher.

— Ah, por que não disse isso logo?

— Estou dizendo agora.

— Tudo bem. Por acaso tem o número do seguro de saúde dela?

— O quê?

— É só uma brincadeira. Ninguém aqui tem algo parecido — ele ri. — Endereço?

— Não.

— Não tem problema. Pelo menos tem um nome?

— El-Hourani.

— El-Hourani... — murmura. — Esse nome é mais comum no Sul, em Tiro, Nabatia, nessa direção. Aqui em cima deveria ser raridade.

— Infelizmente não sei.

— E o primeiro nome?

— Elmira.

— Elmira El-Hourani. Pode acreditar, Samir, não é preciso ser Philip Marlowe para encontrar uma pessoa no Líbano. O país é minúsculo. Aqui, todo mundo se conhece, preste atenção... — vira e se dirige a um garçom diante de um cardápio gigantesco. Fala com ele, os dois conversam. Inicialmente, o garçom encolhe os ombros, olha pensativo e, após uma breve reflexão, aponta para a rua que sobe.

Nabil volta, sorrindo, quase saltitante. Quando já estava chegando à nossa mesa, diminui a velocidade, semicerra os olhos e diz com voz alterada:

— Sou um lobo solitário, solteiro, de meia-idade, e não sou rico. Estive mais de uma vez na prisão e não trabalho com casos de divórcio.

— O quê?

— *A longa despedida*.

— Philip Marlowe?

— Isso mesmo.

— O que o homem disse?

— Que só existe uma família El-Hourani em Zahlé. Se a mulher se chama Elmira, ele não sabe. Venha, ele me indicou o caminho.

Pouco antes, quando Nabil foi ao banheiro, deixei a foto ao alcance da mão. Não que fosse necessário olhar mais uma vez para o rosto dela – eu já tinha visto a imagem tantas vezes que conseguia visualizá-la de olhos fechados –, mas vê-la *aqui*, nesta cidade, é algo diferente.

Desta vez, caminho logo atrás de Nabil, que parece seguro; seu passo é determinado. A rua torna-se mais curva e íngreme, e os restaurantes, cada vez mais raros. Em vez deles, há quiosques, pequenas lojas de aparelhos eletrônicos, ateliês de costura e oficinas mecânicas. Imaginei esse momento tantas vezes. No entanto, não faço ideia de como vou reagir quando de fato estiver diante de Elmira El-Hourani. Será que ela vai ficar feliz em me ver pela primeira vez na sua vida? Como vou lhe explicar o que estou procurando aqui? Além disso, ainda tenho essa sensação, esse misto doentio de medo e esperança. Medo de que ele talvez esteja com ela. Porque mora com ela ou porque casualmente está lhe fazendo uma visita.

Nabil para de repente.

— Chegamos — diz. — Deve ser esta casa.

Estamos diante de uma fachada deteriorada. Chamar a construção de casa seria um elogio. É uma parede velha e cinza, que à esquerda e à direita se integra a outros muros, que, por sua vez, formam suas próprias fachadas, em estado visivelmente melhor. A madeira das janelas está carcomida. Alguns degraus conduzem a uma porta que um dia teria sido verde. Há uma campainha, mas nenhuma placa com nome. Quando vou tocá-la, vejo que a porta está entreaberta. Inseguro, olho para Nabil.

— O que foi?

Mostro a porta entreaberta.

Ele parece não compreender.

— Aqui todo mundo se conhece, já te disse. Para a maioria das pessoas, não há razão para trancar a porta.

Lembro-me de que nossa porta também costumava ficar aberta. Sobretudo Hakim e Yasmin entravam e saíam quando bem queriam, mas não era raro que outros vizinhos enfiassem a cabeça em nossa casa e gritassem: "Olá?". Então, minha mãe ou meu pai convidava o visitante para entrar e, naturalmente, preparava um café.

Bato à porta, que se abre um pouco mais.

— Olá?

Ouço um rádio, mas ninguém responde. Em vez disso, passos rápidos se aproximam. Ansioso, olho pela fenda, de modo que inicialmente não vejo a menina que está a um metro de mim e me olha. Um instante depois, a porta se abre e uma mulher aparece no vão. Uma mulher jovem, de cerca de 25 anos, com cabelos pretos trançados e olhos que me examinam com desconfiança.

— Olá?

— Ah, olá — digo. — El-Hourani? É esse seu nome?

— Sim — a menina usa um pulôver branco com estampa do Mickey Mouse e calça de pijama e me observa com olhos arregalados. A mulher a puxa pela gola, empurrando-a para dentro da casa, e se coloca diante dela. Olha para Nabil às minhas costas e depois para mim.

— O que deseja?

— Elmira está? Elmira El-Hourani?

— Posso saber quem o senhor é?

— Samir. Meu nome é Samir El-Hourani. Elmira é minha avó — sinto o olhar surpreso de Nabil em minha nuca.

— Oh — diz a mulher, mas não faz menção de abrir mais a porta.

— Ela está?

— Quem?

— Elmira.

— Não.

— Quando vai voltar?

— Acho que não posso ajudá-lo — a menina espia junto da perna da mãe.

— A senhora... — não sei como me expressar, meus pensamentos se atropelam; a mulher é apenas um pouco mais jovem do que eu. — A senhora é parente?

Ela parece surpresa.

— Acho que não. Samir? Não conheço ninguém com esse nome.

— Quando Elmira vai voltar?

— Acho que o senhor não me entendeu direito — diz ela. — Não há nenhuma Elmira aqui. Não conheço nenhuma Elmira El-Hourani.

Precisei de um instante até compreender completamente suas palavras.

— Eu... mas... — nenhuma Elmira? — Não pode ser! — digo e quase me assusto por exclamar tão alto. — Ela deveria morar aqui!

A mulher recua. Sinto a mão de Nabil em meu ombro e ouço-o perguntar:

— Há mais alguém em Zahlé que se chama El-Hourani?

— Não — diz. Agora sua voz soa mais suave, como se para ela fosse mais fácil falar com ele do que comigo. Mesmo assim, não tira os olhos de mim. — Acho que eu saberia. Esse nome é mais comum no Sul. Se houvesse outros El-Hourani aqui, com certeza os conheceríamos.

— E a senhora não tem nenhuma Elmira em sua família? — pergunta ainda Nabil. Sua voz é tranquila e claramente mais baixa.

— Não, com toda certeza, não.

— Obrigado — diz Nabil, novamente com a mão em meu ombro.

Insegura, a mulher acena com a cabeça e dá um passo para trás.

— Obrigado — murmuro também. A menina acena com timidez pouco antes de a porta se fechar.

Não sei por que me sinto chateado, na verdade é típico eu me sentir assim. Vir até aqui sem nenhuma pista, procurar por uma mulher que possivelmente está muito doente. Ela já poderia estar morta há muitos anos. Mais uma vez estraguei tudo, bem consciente do que estava fazendo. Não levei em conta a situação como um todo, porque me incomodava encarar a verdade talvez dolorosa: de que nunca houve o menor indício de que eu conseguiria obter alguma coisa aqui. Mesmo que encontrasse minha avó, isso não seria nenhuma garantia de que ela me levaria ao meu pai. Tampouco há qualquer indicação de que ele de fato esteja vivo nem de que algum dia tenha posto de novo os pés nesta cidade ou neste país. A velha porta verde acabou de se fechar, nunca vou entrar nessa casa. Minha viagem terminou antes de ter realmente começado.

O céu mergulhou em um dourado avermelhado irreal. Nuvens minúsculas, como manchas de cinza-grafite, formam o contraste em uma pintura *kitsch*. Está bem mais fresco. Nabil caminha tranquilamente ao meu lado enquanto deixamos a casa para trás. Quase arrasto os pés, sinto-me sem forças.

— Por que não me disse que está procurando a sua avó?

— Como poderia dizer? — pigarreio. — Falar da minha família nunca foi o meu forte — dou uma risada amarga. *Não vá chorar*, penso agora.

— Ela não pode ter se mudado?

— Claro. Mas também pode ter morrido, não sei.

Nabil concorda em silêncio.

— O que vamos fazer agora?

— O que vamos fazer? Não tenho ideia — respondo. — Talvez eu simplesmente volte para casa.

Essa frase soa inconcebível. Não posso voltar para casa. Não vou ter um lar se voltar agora. Se eu ligar para ela e tiver de confessar que não aconteceu nada do que eu tinha imaginado, estará tudo acabado. Então, vou entrar em um apartamento frio e vazio e encontrar um bilhete na mesa da cozinha: *Sinto muito, Samir, sei que tentou. Isso significa muito para mim.* E nada mais vai indicar sua presença, suas coisas não estarão mais lá, a cama e o banheiro não terão mais seu perfume, e a palavra futuro rirá para mim com sarcasmo do armário quase vazio do quarto. Mesmo que algum dia eu supere tudo isso, esse medo ilimitado emergirá da certeza de que não vai demorar muito até eu espalhar mais uma vez à minha frente peças minúsculas de um quebra-cabeça, para talvez encontrar outra pista. Justamente isto causa medo: as noites em que sou arrancado do sono por uma pressão insuportável no tórax, a sensação ruim de não ter visto aqui alguma coisa que pudesse me levar até ele. Como em todos os anos anteriores. E em algum momento eu estaria aqui de novo, para recomeçar do zero.

— Estamos fodidos, Nabil — digo. — Eu estou fodido. Se você não arranjar um Philip Marlowe agora, amanhã vou estar novamente sentado no avião.

— Por que você não tem nenhum contato da sua avó? — mal fez a pergunta e logo agitou apressadamente as mãos: — Não, não, esqueça, por favor. Desculpe, não é da minha conta.

— Não tem problema. Eu nunca a conheci.

— Não conheço nenhum Philip Marlowe — diz, e consigo perceber o quanto sente por isso. É como se a vida inteira não tivesse desejado outra coisa que não fosse conhecer um superdetetive. — Também não conheço nenhum Sherlock Holmes. Nenhum Mike Hammer, nenhum Poirot, nenhuma Miss Marple, nenhum Columbo...

— Conhece o Columbo também?

— Claro — sorri. — TV a cabo!

— Então, não temos muita chance, certo?

— Sabe o que acho? Se quer encontrar sua avó, então vai encontrá-la.

— Simples assim?

— Simples assim — tornou a apontar o indicador para o céu. — *Inshallah*.

Sorri. Está sendo mais fácil do que pensei. Nunca consegui levar muito a sério esse otimismo fiel e incondicional prodigalizado pela fé de muitas pessoas. Em meu ambiente, a religião nunca foi muito importante. Acho que minha mãe só começou a rezar quando meu pai desapareceu. Minhas experiências com a igreja limitavam-se a assistir aos autos de Natal, quando eu ainda era muito pequeno. Depois que meu pai já não estava conosco, nunca mais fui, e minha mãe tampouco me obrigava a ir.

Só noto os passos rápidos atrás de nós quando já estavam bem próximos. Nabil também parece não os ter ouvido, pois não se vira.

— Desculpem — chama o homem —, esperem! — está muito ofegante. — Foram vocês que acabaram de passar em nossa casa? — finca as mãos nas coxas e inclina-se para a frente, para recuperar o fôlego. — El-Hourani?

— Sim — digo.

O homem se endireita novamente. É de meia-idade, tem um queixo robusto, os cabelos quase grisalhos. — Sou Aabid. Minha mulher disse que estão procurando uma Elmira?

— Sim, Elmira El-Hourani.

Ele acena, ainda respirando com dificuldade.

— Não há nenhuma Elmira El-Hourani aqui.

— Foi o que sua mulher disse.

— Sim — com o dedo, indica que precisa de um momento para se recuperar. Depois, respira fundo.

— Mas há uma Elmira. Qual a idade da sua avó?

— Não sei. Muito velha, se ainda estiver viva, e talvez já bastante debilitada.

O homem nega com a cabeça.

— Não parece ser a Elmira em que estou pensando. Essa Elmira tem idade, mas é tão robusta que provavelmente carrega as compras dos mais jovens. Não a conheço pessoalmente. Não é de aparecer muito na cidade, tem empregadas que fazem as coisas para ela. Mas é a única Elmira de que tenho conhecimento.

Nabil e eu nos olhamos.

— Qual o sobrenome dela?

— Bourguiba. Elmira Bourguiba.

— Bourguiba?

O homem encolhe os ombros e faz que sim.

— E onde mora essa mulher? — pergunta Nabil.

Com a mão, o homem indica o final da rua.

— Ali? — pergunto, incrédulo, e aponto para a casa grande e elegante que se ergue atrás de um muro de barro.

6

Nunca falamos da minha avó. Minha mãe não dizia nada, e eu também tentava não trazer o assunto à baila. Tinha um medo enorme de me trair. Havia jurado a meu pai que nunca contaria a ela nem a ninguém a respeito dos telefonemas. Assim, minha avó tornou-se um tabu que evitávamos de maneira consciente.

Nas semanas após o desaparecimento do meu pai, minha mãe ficou com os nervos à flor da pele. Ajoelhou-se diante de mim, pegou-me pelos ombros e me fitou com os olhos vermelhos de choro.

— Samir, se houver alguma coisa que possa ajudar a polícia, você tem de me dizer, entende? Simplesmente *tem* de me dizer! — mas me calei quando ela fincou os dedos em meus ombros e lembrei-me de que meu pai também se ajoelhara diante de mim ao me cobrar a promessa. — Você e ele passavam tanto tempo juntos! Ele não te disse nada? Alguma coisa que tenha chamado sua atenção? — neguei com a cabeça. Eu não podia traí-lo. Era nosso segredo. A certa altura, ela me soltou e se virou. Peguei a caixinha de cedro e a enterrei às escondidas ao pé da cerejeira diante da nossa casa, para que o *slide* ficasse em segurança. Para que minha mãe nunca pusesse as mãos nele. Para que eu pudesse manter minha promessa.

Durante muito tempo me surpreendi com o fato de ela própria não ter pegado o telefone e ligado para sua sogra. Simplesmente não o fez; era como se essa mulher, que eu só conhecia de uma foto, não existisse para minha mãe.

Em determinado momento, aprendi a manter o luto em segredo. A experiência no aniversário de Laura havia me ferido tanto que jurei nunca mais permitir que alguém me agredisse.

Meu pai havia deixado um buraco que não apenas era perceptível, mas também se tornou visível. Sobretudo em minha mãe. As muitas feridas que seu desaparecimento lhe causou se revelavam em pequenos gestos. Passado o primeiro choque, por muito tempo ela se recusou a aceitar que ele pudesse estar morto. Nisso éramos parecidos. Aprendi muito com ela. Aprendi a nutrir a ideia de que, embora ele não estivesse mais conosco, continuava a nos amar. E de que um dia voltaria, como após um passeio muito, muito longo. Aprendi com minha mãe, pois ela vivia seu luto com total dedicação. Continuou a cozinhar para quatro e punha o prato dele na mesa. Como se a qualquer momento ele pudesse entrar pela porta, pendurar seu casaco no gancho e tirar os sapatos para sentar-se conosco, sua família. Sempre fazia quibe com pinhões tostados, do jeito que ele adorava, embora para Alina e para mim não fizesse diferença, e eu sabia que ela preferia sem os pinhões. No quarto, sempre arrumava a cama com duas cobertas e dois travesseiros, e de manhã alisava os dois lados. À noite, quando se sentava na frente da televisão, sempre dobrava as pernas e as cobria, preocupada em deixar livre o lado direito do sofá. Como se ele só tivesse ido rapidamente até a cozinha para buscar uma cerveja. Na geladeira, deixava lugar para suas garrafas, e depois que ele desapareceu sua escova de dente azul ainda ficou meses ao lado da dela na prateleira do banheiro. À noite, ela chegava a colocar uma bolsa de água quente embaixo da coberta, no lado da cama em que ele dormia. Acho que fazia isso para que, no dia seguinte, a cama estivesse quente, como se ele tivesse acabado de se levantar e a esperasse na cozinha, sentado diante do jornal, com uma xícara de café na mão. Certa vez, quando limpava a sapateira no corredor, notei que arrumava seus próprios sapatos deixando espaço ao lado para os dele. E um dia, quando entrei no barracão para pegar minha bicicleta, vi-a junto da antiga cristaleira, escondendo o molho de chaves dele em uma gaveta.

— Para que ele não tenha de tocar a campainha quando voltar — disse, olhando envergonhada para baixo, como se eu a tivesse flagrado fazendo algo errado.

Deixou as roupas dele no armário; ele não havia levado nada. Era como se tivesse partido completamente nu, pronto para nascer em uma nova vida, sem fardos do passado, sem lembranças de nós.

A aparência dela também mudou. Tinha 33 anos quando meu pai desapareceu. Sua pele era lisa, e seus olhos, vivos e cheios de brilho. Tinha traços femininos marcantes, que conferiam um quê de orgulho à sua expressão facial, algo de distante e superior. Sobretudo quando ficava sentada, concentrada, diante de sua máquina de costura. No entanto, logo notei que suas maçãs do rosto se tornaram mais salientes, sua pele, mais manchada, e que o rubor saudável que deixava seu rosto radiante cedia lugar a uma palidez áspera. O brilho desapareceu de seus olhos, que passaram a me olhar com estranheza e insegurança quando eu a despertava de seus pensamentos. Porém, o que achei mais surpreendente foi o fato de que apenas poucos meses após o desaparecimento do meu pai seu cabelo começou a ficar grisalho.

É interessante que todas essas circunstâncias tiveram sobre minha irmã um efeito totalmente diferente do que sobre mim. Tenho certeza de que essa era a razão para nosso relacionamento difícil. É claro que o fato de ela ter crescido em uma família adotiva a partir dos 9 anos, na qual encontrou um pai substituto, também contribuiu para isso. Em 1992, com o desaparecimento do meu pai, ela ainda era um bebê, não tinha nem 1 ano. E, quanto mais crescia, menos conseguia entender por que eu tinha essa fixação incondicional por esse homem que arruinou a nossa vida e do qual ela não tinha a menor lembrança.

Portanto, pode-se dizer que minha mãe também contribuiu em parte para eu ter me tornado o homem que sou hoje. Isso não é nenhuma crítica. Como eu poderia criticá-la? Sou culpado de coisas bem diferentes.

7

— *E*spere um momento — a mulher, de pele escura como a noite e olhos bem despertos, está em pé sobre as lajotas de mármore do *hall* de entrada e, com um gesto da mão, indica que devemos esperar do lado de fora. Depois, desaparece na casa. Estamos em um jardim magnífico, debaixo de pinheiros e figueiras; o odor que emana da grama recém-regada torna o ar ainda mais fresco. Nesse meio-tempo, o sol quase se pôs, e o crepúsculo envolve a casa em uma atmosfera estranha. Desde que o portão no muro de barro se abriu com um chiado, tenho a sensação de conhecer esse lugar. É como se já tivesse visto tudo isso alguma vez, mas não sob essa luz. *Elmira Bourguiba*. Não faço ideia do que me espera aqui. Como pode ser esse o endereço certo? Uma casa elegante de arenito, com janelas arqueadas, diante das quais pendem muxarabiês. Ao lado das grades de madeira decorativas, um arco redondo e ornamentado como porta de entrada. Irrigadores no gramado, canteiros bem cuidados – nada disso correspondia ao que eu imaginava. Outra coisa me perturba: é como se a cidade estivesse trancada do lado de fora; nenhum barulho de trânsito chega ali – uma solidão transformada em arquitetura.

A mulher que nos abriu a porta se apresentou como May. Como razão para nossa visita, aleguei "parentesco" e recebi um olhar cético como resposta. Ela ainda não voltou. Olho para Nabil com ar interrogativo.

— Ela é do Sri Lanka — diz. — Muito comum na classe alta libanesa.

— Parece ter vindo da África — digo.

Nabil encolhe os ombros.

— Começou nos anos 1950 e 1960, quando o país ainda prosperava, sobretudo do ponto de vista econômico, e ainda hoje é assim: quem preza o próprio prestígio tem uma governanta. Antigamente, a maioria vinha do Sri

Lanka. Os ricos deslumbrados transformaram isso em frase feita. Certa vez, conduzi um executivo. Sabe o que ele disse? "Agora temos uma cingalesa de Angola." Dá para acreditar em uma coisa dessas?

Ouvem-se passos vindos de dentro da casa. A governanta aparece e nos examina a fundo.

— Apenas o senhor — diz, por fim, apontando para mim. Dá um passo para o lado e, com o braço, convida-me a entrar.

— Por favor, tenha cuidado, o chão ainda está molhado.

As lajotas de mármore brilham. Conheço esse procedimento. Meu pai me falou a respeito. Quando faz muito calor do lado de fora, despeja-se água no chão de pedra dentro de casa, para que o frio resultante da evaporação não a deixe muito quente durante a noite.

May me conduz por um *hall* até um grande cômodo, indica-me que espere e desaparece novamente. Pelos muxarabiês das janelas, olho para os jardins e vejo que Nabil se sentou na grama e se encostou na grande figueira. Olho ao meu redor. Não há plantas decorando o ambiente. Não há fotos dependuradas na parede. As paredes de pedra são nuas e frias. Elmira Bourguiba. Seja quem for essa mulher, parece não nutrir um interesse especial pelo passado. A grandiosidade externa da casa mal se reflete em seu interior. Um velho divã encontra-se perdido na sala. Não distante dele, duas cadeiras diante de uma mesa, projetada para pelo menos seis pessoas. Uma cristaleira, na qual vejo apenas três pratos e três copos. Não devem receber muitos convidados por aqui. A sala inteira irradia um vazio hostil.

Sempre imaginei o momento do encontro com a minha avó da seguinte forma: entro em uma pequena sala, na qual velas estão acesas. Suas chamas flamejam com a corrente de ar que entra pela janela aberta. Há um odor de bandagens com pomada e ervas. Na cama, uma mulher presa a tubos e aparelhos que apitam. Seu tórax sobe e desce devagar. Sua pele enrugada é coberta por manchas de idade, em seus olhos se refletem séculos de solidão. Aproximo-me, seu olhar se desvia para o lado e me examina, sonolento. Seus cabelos finos e brancos estão desgrenhados. Quando digo meu nome e pego sua mão, ela dá um sorriso cansado, mas claramente feliz por finalmente nos conhecermos.

Por muitos anos, foi assim que ilustrei esse momento, envelhecendo em pensamento a mulher da foto. Por isso, não estou preparado para o que está acontecendo.

— O que você quer?

Tenho um sobressalto. Ela está ali, ereta, com um copo na mão. Seus olhos são frios e estranhos. Pequenos e de um verde cristalino. Seu rosto tem algo de um pássaro, traços severos que conduzem a um queixo pontiagudo. Lábios finos, pintados com um pincel delicado. Seu olhar é penetrante e se volta diretamente para mim; sua postura é inacessível. Seus cabelos curtos e crespos são pretos, não brancos como eu esperava. O silêncio que se segue após sua pergunta é ensurdecedor. Não consigo avaliar sua idade. A mãe do meu pai deveria ter cerca de 80 anos. Se essa mulher tiver essa idade, nos últimos quarenta anos não fez outra coisa a não ser cuidar da aparência.

Estou sem fala, justamente porque a reconheço. Ela tem a mesma aparência que na foto do casamento dos meus pais. Sua autoridade, que eu já havia notado antes, quando o Leitz-Prado a projetou na parede de nossa sala, agora é ainda mais perceptível. Ela é circundada por um campo de força que me apequena e me deixa inseguro.

Lentamente, de maneira quase solene, move-se em minha direção.

— Sei quem você é.

— Sou Samir.

Ela me olha com desdém, seus dedos delicados estremecem o copo em sua mão. *Não desperdice meu tempo*, parece dizer seu olhar.

— Eu... como vai você?

— Você viajou tudo isso para me perguntar como estou? — expira intensamente pelo nariz. — Depois de trinta anos?

— Como sabe quem sou?

— Não seja ridículo, você tem os olhos dele.

Sei que tem razão. São a única coisa em minha aparência que ainda o lembram.

— Foi ele quem o mandou?

— Me mandou?

— Vir até mim. Ele veio junto?

— O quê?

— Estão precisando de dinheiro?

— Dinheiro? Não... eu... — preciso de um segundo para entender que ela não está se referindo a Nabil do lado de fora. Está falando do meu pai. O contraste entre a mulher que se encontra diante de mim e aquela que me foi apresentada é chocante. Aos poucos, suas palavras chegam a mim, deixam-me tonto. — Você... você não sabe onde ele está?

Pela primeira vez registro uma emoção em seu rosto. Suas pálpebras estremecem, como se por uma fração de segundo ela tivesse perdido o controle. Em seguida, sua expressão se alisa, sua voz é firme.

— A última vez que vi seu pai, ele e sua mãe estavam escondidos no porta-malas de um carro, que os levaria a Damasco. Desejei-lhes boa sorte e fechei o porta-malas. De lá, queriam pegar um avião. Para Berlim Ocidental. Isso foi em novembro de 1982.

Olho-a fixamente.

Ela me fita de volta, imperturbável. Porém, quando fala, sua voz é menos severa e inflexível. De repente, sorri com gosto. Como se tivesse previsto esse momento em todos os detalhes.

— Então ele também deixou vocês.

Sinto-me infinitamente cansado.

— May! — chama minha avó, sem tirar os olhos de mim. Segundos depois, a governanta está na sala. — Traga-nos alguma coisa para beber. Ksara* — diz, continuando a olhar apenas para mim. — Não quer se sentar? — é um convite. Aponta para uma das duas cadeiras junto à mesa grande demais.

---

* Vinho do Vale do Beqaa. (N. T.)

— Sim — digo. Minha voz soa fina e frágil. — Tenho muitas perguntas.

O vinho me embriaga. Tudo gira. Ela está sentada à minha frente, e sinto dificuldade em olhá-la nos olhos por mais de alguns segundos. Ela parece nunca piscar.

— Ele sempre disse que você estava doente e que tinha de lhe mandar dinheiro, para os remédios... — falei.

— É assim que pareço?

Neguei com a cabeça.

— Como eu já disse, nunca mais ouvi falar do seu pai desde que ele deixou o país com a sua mãe. Desde essa época, não recebi um centavo sequer, nunca. Seu pai — de novo esse olhar perfurante, o tom severo e de crítica em sua voz — era muito bom em tomar, mas nunca restituiu nada.

— O que quer dizer?

— Neste país, o dinheiro consegue mais coisas do que qualquer fuzil — diz. —Dinheiro e contatos. Eu tinha o suficiente dos dois e os empreguei para salvar a vida do seu pai.

Lembro-me do que ele escreveu em seu diário, com o qual acabei ficando nesse meio-tempo.

— Eu sei — respondo.

— Mas você acha que em algum momento ele mostrou gratidão?

Ainda estou pensando no que ela disse antes. Para onde foi o dinheiro, se ela não o recebeu? Teria ele o reservado para a sua viagem? Isso significaria que já tinha planejado seu desaparecimento com muita antecedência. Esse pensamento é insuportável. Uma coisa em especial me aflige: alguém que economizou por vários anos teria mais facilidade para se tornar invisível e se dissolver no ar para sempre: um novo passaporte, talvez um novo rosto... Mal tenho coragem de fazer a próxima pergunta, mas não me resta alternativa. Preciso ter certeza.

— Alguma vez você ligou para nossa casa?

Ela olha para mim. Clara e tranquila como uma professora particular que espera o aluno chegar à solução sozinho.

— Talvez eu tivesse ligado, se tivesse o número — ela sorri, mas não tenho certeza se seu sorriso é amável ou sarcástico. — Talvez eu tivesse pegado o telefone, sabido que os dois foram até Berlim e, de lá, conseguido chegar em algum lugar. Como eu disse, o rosto dos dois, assustados, no porta-malas foi a última coisa que vi. E nunca mais ouvi falar deles... Nem de você.

— Agora estou aqui.

— Estou vendo. Foi difícil me encontrar?

— Um pouco — respondo, cansado. — Tive sorte. Por que mudou seu sobrenome? É seu nome de solteira?

A impressão de que seus traços tinham se tornado mais suaves desapareceu nesse segundo. Sua expressão se petrificou.

— Mudei meu sobrenome?

— Bourguiba. Por que não se chama mais El-Hourani? Elmira El-Hourani?

Ela estava para dar um gole em seu copo, mas o colocou sobre a mesa. Seus dedos são nodosos e velhos – a única coisa nela que realmente indica a idade.

— El-Hourani — soa como se cuspisse o nome. — *Meu* nome é Bourguiba. O nome do seu pai é Bourguiba — olha para mim, triunfante. — E o seu também é Bourguiba!

— Mas eu me chamo Samir El-Hourani — digo e me assusto com o tom choroso da minha voz.

— Sim, porque seu pai era um inútil ingrato. Assumiu esse maldito nome — irrita-se e pega o copo, que agora leva energicamente à boca. — Seus pais nunca lhe contaram sobre como se casaram?

— Vi umas fotos.

— Fotos — ela ri com desdém.

Minha mão vasculha o bolso da calça e pega a imagem. Coloco-a na frente dela, sobre a mesa. Minha avó a gira e a observa por um instante: ela própria, sorrindo com seus lábios finos, de braço dado com meu pai, que de certo modo se esforça para sorrir enquanto posa em seu belo terno.

— Foi aqui — diz, batendo o dedo na foto —, aqui nesta casa. A festa foi no jardim.

Está escuro do lado de fora. Mal consigo ver o jardim – só é possível intuir os contornos da grande figueira, como uma silhueta preta. Claro. Como não reconheci antes? Penso nas outras fotos que meus pais nos mostraram antigamente. No zumbido do projetor quando a imagem que mostrava meus pais dançando no casamento era exibida na parede da nossa sala. Foi nesse jardim! Lembro-me da figueira, dos convidados, que riam ao redor deles. E, com uma sensação desagradável, penso nos homens diante do muro de barro. Os homens com cedros dentro do círculo vermelho nas camisas cáqui. Lembro-me do fuzil encostado no mesmo local da árvore onde agora Nabil está sentado.

Bebo um bom gole de vinho. Imaginar que meus pais andaram nesse chão, que minha mãe se vestiu e se maquiou aqui antes de sair no jardim ensolarado, que meu pai dançou com ela e a beijou aqui – reconhecer de imediato que ambos se casaram neste lugar abre ainda mais as feridas nunca cicatrizadas.

— Um belo casamento — diz como se estivesse falando de um vaso de flores. — Muitos convidados e música.

— O músico — digo. — Ele e meus mais fugiram juntos.

— Isso é uma pergunta?

— Não, sei que fugiram juntos. Quero dizer: ele e a filha também estavam no carro?

— Não. Seus pais queriam encontrá-lo em Damasco, acho. Como ele se chama mesmo?

— Hakim.

— Hakim. Eu me lembro. Seu pai fez questão de que ele tocasse no casamento. Ele era bom, acho que tocava alaúde, mas teria havido gente melhor. Um muçulmano, certo?

— Sim.

Franze o nariz.

— Horrível o que aconteceu com a mulher dele. Mas ele não foi o único. Pensei que pudesse precisar do dinheiro por causa disso, por isso eu não disse nada quando seu pai o quis no casamento.

Senti os pelos dos meus braços se arrepiarem. Sei o que aconteceu com a mãe de Yasmin. Está no diário.

Minha avó empurrou a foto de volta para mim.

— O casamento foi apenas no religioso. Você sabe disso, não?

— Como assim?

— No Líbano não é possível se casar no civil. Um casamento só tem validade quando celebrado em uma igreja, em uma mesquita ou em uma sinagoga. O Estado reconhece matrimônios realizados em cartórios estrangeiros, mas no Líbano é impossível se casar em um cartório.

— O que isso tem a ver com meus pais?

— Antoine-Pierre Koreiche, de Ain Ebel, celebrou o casamento dos seus pais. O patriarca dos maronitas em pessoa, graças a meus contatos — diz, sem responder à minha pergunta. — Sabe a honra que isso significa? Seu pai deveria ter sido mais grato. Sobretudo a sua mãe deveria ter sido mais grata. Quando correu a notícia de que também tinham se casado em cartório, foi uma vergonha para mim. Macularam a bênção de um patriarca, como se ela não tivesse nenhum valor! — os olhos de minha avó não se mexem. Seus traços permanecem imóveis. Ela enfatiza cada palavra; sua voz é cortante. — Os dois viajaram às escondidas para o Chipre. Não sei onde conseguiram o dinheiro, talvez sua mãe tenha economizado. Lá se casaram na câmara municipal, em Lárnaca. Seu pai assumiu o nome dela. E de lá foram a Nicósia, onde legalizaram o matrimônio no Ministério das Relações Exteriores do país e depois na embaixada libanesa. Tudo em cinco ou seis horas, e à noite estavam novamente sentados aqui nesta sala e não disseram nem uma palavra a respeito — ela se esforça para falar com calma, mas a amargura se faz notar.

— Mas por quê? Que vantagem esperavam ter com isso?

Minha avó faz um aceno com a mão, como se eu fosse um rapaz tolo, ao qual se deve explicar tudo.

— Tenho certeza de que sua mãe estava por trás disso. Na época ela já devia saber que convenceria seu pai a fugir. Sabia o quanto era possível dobrá-lo e manipulá-lo — olha para mim. — Ela planejou tudo muito bem. Quando se quer fugir para um lugar e lá permanecer, é muito útil poder comprovar seu casamento. Com um documento de cartório. Entende? Casais têm mais facilidade para conseguir asilo.

É estranho ouvir essa história. Até agora, minha avó não chamou meu pai e minha mãe pelo nome nem uma única vez. Como se já não se lembrasse direito deles.

— Recebi essa informação por alguns contatos. Ele não queria que eu descobrisse. Seu pai sabia o que estava fazendo comigo quando deixou de usar nosso sobrenome. Era meu único filho.

Era. Como se estivesse morto.

— Sabia que não haveria mais Bourguibas quando eu morresse. Esse foi seu modo de se vingar.

— Se vingar? Do quê? — imagino a resposta. No diário, ela cintila nas entrelinhas.

Seu olhar me atinge como um raio. *Será possível ser tão tolo?*, parece dizer. Mas a frase não se reflete em sua voz. Ela é mestra em autocontrole.

— Por causa da sua mãe, claro — responde. — Fui a culpada por ele ter sido obrigado a se casar com ela.

A água jorra da torneira, espirra em minha camisa e no espelho. Mantenho as mãos em forma de concha até acumular líquido suficiente e nelas mergulho meu rosto. Os azulejos do banheiro são decorados com arabescos, espirais que giram. Precisei sair brevemente da sala, queria me afastar dessa mulher e de sua muralha de frieza e amargura. Ela fala do meu pai, seu filho, como de um traidor da pátria. E da minha mãe como de uma serpente que seduziu seu filho. Sei pelo diário que minha avó arranjou o casamento. Quando li as linhas pela primeira vez, levei um susto com essa revelação. Mas, sempre que penso em meus pais, no modo como se tratavam mutuamente – com respeito, cuidando um do outro, de igual para igual, e às vezes também de maneira afetuosa –, acho que em algum momento aprenderam a se amar, que o destino os uniu: a fuga de um barril de pólvora rumo à Alemanha. Antes disso, o casamento, que preservava meu pai das milícias e talvez também da morte. Meu nascimento. Mas minha mãe como quem planejou uma fuga? Meu pai capaz de tamanho ódio, de vingar-se da própria mãe? Ou, pior ainda: de a certa altura vingar-se de sua mulher e de mim por estar preso a nós?

— Então ele também deixou vocês — a postura da minha avó é exatamente a de antes, quando entro na sala. Faço que sim e me sento à mesa.

— Quando?

— Em 1992.

— E você acha que ele está aqui, no Líbano?

— Não sei.

— Mas achou que eu pudesse ajudar você.

— Sim — sinto-me como se tivesse sido pego roubando. — Não sabe mesmo onde ele está?

— Pode acreditar, não faço a menor ideia. Na época, pus vinte dólares a mais na mão do motorista que os conduziria na fuga, para que ele resolvesse os muitos percalços que porventura encontrasse pelo caminho. Ele me deixou. Deixou você. Deixou sua mãe. É como o próprio pai: um covarde. Em determinado momento, deixa todo mundo para trás.

Todo mundo. Não: pessoas que o amam.

— O que aconteceu com o pai dele? — nunca ouvi meus pais falarem do meu avô.

Ela faz um gesto como se quisesse espantar uma mosca:

— Deu no pé. Deu no pé quando engravidei do seu pai. Os dois eram farinha do mesmo saco: sonhadores e inúteis. E os dois só queriam o meu dinheiro.

Faz uma breve pausa e toma outro gole de vinho.

— Sua mãe deveria ficar feliz por ele ter ido embora. Nunca a suportei, ela era muito teimosa, mas espero que nesse meio-tempo tenha arranjado outra pessoa.

Abaixei a cabeça, inspirei. Na mesa reconheço os finos veios da madeira. *Meio-tempo*. Como se tivesse havido um *meio-tempo*.

— Podemos falar sobre o hotel?

O fato de eu não querer falar mais sobre seu dinheiro parece confundi-la brevemente.

— Hotel?

— Meu pai não trabalhou em um hotel?

Faz uma rápida careta, mas é como se sua máscara tivesse escorregado. Suspira de modo tão forçado que imagino o quanto não treinou esse suspiro.

— Por aí você vê que tipo de inútil ele era. Um curso de hotelaria. Em 1980. Em Beirute. Em plena guerra civil! As pessoas que iam para os hotéis não eram turistas, mas atiradores de elite, e sempre pegavam logo o elevador para o último andar. Que decisão, meu Deus! Simplesmente foi seu jeito de se afastar o máximo possível de mim. Era para ter estudado no exterior – claro que não em Beirute –, mas se recusou. Saía sempre com suas canetas e seus papéis, escrevia poemas sobre árvores e relvas, sobre como amava este país. Um rapaz de 19 anos. Outros da sua idade queriam mostrar o quanto amavam este país: aliaram-se aos falangistas, à milícia Kata'ib, de Bashir Gemayel, tinham escritórios por toda parte, com filas de centenas de metros na frente. E o que fazia seu pai? Vai lá até os cedros e sonhava acordado. Sonhos nunca mudaram um país.

— Pensei que você não quisesse que ele entrasse para as milícias — digo.

— Não é verdade — seu tom é rude. — Queria tê-lo visto lutar. Deveríamos entregar o país aos drusos? Aos sunitas? Aos sírios? Aos palestinos? Os Kata'ib o queriam, tentaram praticamente tudo. Mas imagine seu pai na milícia! Ele não teria sobrevivido nem um dia. Teria atacado os drusos, o

Amal,* a OLP** e todo o Movimento Nacional Libanês apenas com versos. Salvei a vida dele.

Até pouco antes, a fachada esteve de pé. O estuque de autocontrole com o qual ela se protegia. Mas agora tudo se rompe: o sarcasmo, o escárnio e o desdém. Os cantos de sua boca se deformam em uma careta. Como se a barragem se rompesse diante de um vale, no qual nada cresce além de arbustos espinhosos e venenosos. A aversão com que pronuncia os nomes dos outros partidos da guerra civil me assusta. Como se o muro ao redor de sua propriedade fosse alto demais. Como se a notícia do final da guerra civil há mais de vinte anos não tivesse chegado ao seu jardim. Como se os vizinhos ainda fossem mortos a tiros diante de seu portão; como se ainda houvesse bloqueios nas estradas, vigiados por milicianos, e civis fossem arrancados dos carros caso os documentos registrassem a religião errada. Como se nas ruas ainda houvesse corpos com a garganta cortada e rostos desfigurados pelos tiros.

Só agora, ao semicerrar os olhos e assumir uma expressão desconcertada, é que vejo quanta maquiagem passou no rosto. O ruge na face apenas ressalta sua palidez, como se há séculos não visse o sol. É como se minha avó tivesse cessado há muitos anos de participar da vida. Como se tivesse fincado o pé em uma história que sempre contava a si mesma há vários anos, na solidão de suas paredes, enquanto a raiva germinava dentro dela. Tenho a impressão de que naqueles trinta anos ela fez de tudo para permanecer jovem: o batom, os cabelos tingidos, a espessa camada de maquiagem na face. Como se tivesse se agarrado com toda foça à ideia de que o tempo passaria menos depressa se ela conservasse a aparência de antes. Para que não envelhecesse em determinado momento nem percebesse como de fato era solitária. Para que seu filho, caso um dia voltasse para casa, pudesse encontrar a mãe de antes. Porque assim seria mais fácil recomeçar.

---

* Movimento fundado em 1975 que atuou como milícia muçulmana xiita durante a Guerra Civil Libanesa. (N. T.)

** Organização para a Libertação da Palestina. (N. T.)

Essa mulher e eu somos mais parecidos do que eu gostaria: ambos fomos abandonados. Pelo mesmo homem. O tempo foi maldoso conosco.

Sua mão treme quando ela pega o copo. Tem dificuldade para levá-lo aos lábios. Sobre a mesa, seus dedos se fecham, cerrando os punhos e ressaltando os nós brancos. Quero colocar minha mão sobre a sua, mas ela a retira, quase obstinada. Seus olhos estão fixos e me atravessam. Para ela, já não estou presente. Parece retornar a um tempo em que os sinais se mostravam mais favorável a ela. Perco-a nesse segundo.

Nada do que eu havia imaginado aconteceu. Até meu sobrenome é questionado. Inquieto, deslizo de um lado a outro da cadeira. Devo levantar-me e ir embora? Não posso. Ainda restam duas perguntas.

— *Teta*? — digo com cuidado, pegando novamente sua mão. Dessa vez, ela permite. — Você disse que ele amava o Líbano.

Demorou uma eternidade até ela reagir. Piscou com tristeza e concordou com a cabeça. Agora parece extremamente cansada, frágil e muito velha.

— Você acha que, quando ele nos deixou, voltou para cá? Por favor, preciso saber.

Ela soluçou baixinho, concedendo-se uma única lágrima.

— Não sei para onde mais ele poderia ter ido — responde.

E, no mesmo instante, parece dar-se conta: que supostamente faz mais de vinte anos que seu filho voltou a este país minúsculo e não a procurou. Acho que isso parte seu coração.

Aperto sua mão, e ela tem um sobressalto. Seus ossos são macios, quase maleáveis.

— Uma última pergunta — digo. — Existe alguém que poderia saber onde ele está? Outros parentes? Um velho amigo?

Ela não responde, apenas continua a olhar fixamente para a frente.

Permaneço sentado, sem saber o que fazer. Se eu não receber nenhuma resposta para essa pergunta, então realmente estará tudo acabado.

— *Teta*?

Ela não me vê. Empurro a cadeira para trás e tenho de reencontrar o equilíbrio. Em seguida, enfio a mão no bolso da calça, pego a foto que já lhe tinha mostrado, coloco-a sobre a mesa, à sua frente, e deixo a sala. Não preciso mais da imagem.

No corredor está May, de cabeça baixa. Juntos vamos em silêncio até a porta. A água sobre o mármore já evaporou faz tempo. O ar do lado de fora está frio, um céu estrelado me surpreende, claro demais para a obscuridade que sinto. Vejo Nabil dormindo debaixo da figueira. May acena com a cabeça para mim, em sinal de despedida e, quando estava para fechar a porta, ouço a voz da minha avó vindo de dentro da casa. Novamente estridente, como um latido. Como se a fragilidade de pouco antes tivesse sido apenas uma ilusão fugaz.

— May — chama. — Lembra-se daquele homem que esteve aqui há alguns anos? O gordo com nariz feio?

May olha para mim.

— Sim — responde em voz alta, mas sem desviar o olhar de mim.

— Vá buscar o cartão que ele deixou e entregue ao rapaz. Está na minha escrivaninha.

8

Nos anos 1990, o clima político e o mundo ao meu redor mudaram de maneira dramática. Porém, não o percebi com tanta precisão. Eu estava preso nessa década louca e colorida, na qual tudo era analógico pela última vez. Arrastado por uma geração que se recusava categoricamente a permitir que acabassem com a sua alegria, embora houvesse indicadores suficientes apontando para o futuro em tom de advertência. Não tínhamos nenhuma luta para lutar. A Guerra Fria tinha acabado, o Muro tinha caído; as Torres Gêmeas, ainda não. As únicas fronteiras que conhecíamos eram as que tínhamos imposto a nós mesmos.

Quando saí de casa, o mundo tinha gosto de chiclete Center-Shock, pirulito Chupa-Chups, bolo Nhá Benta e *drops* coloridos. Tudo comprado no quiosque da estação de trem, pago com moedas de cinquenta centavos a um homem gordo demais, que cheirava a gordura e *ketchup* e que chamávamos de *Jabba, o Hutt*. Cresci diante da televisão, com os Ursinhos Gummi, Darkwing Duck, Tico e Teco, depois MTV, Barrados no Baile, Baywatch: S. O. S. Malibu e, a certa altura, Arquivo X e *Pulp Fiction*. Nessa época, já fazia tempo que eu me barbeava. Minha aparência também mudou. Quando pequeno, eu lembrava mais o meu pai, com a cabeça redonda e os cabelos cacheados. Porém, à medida que crescia, ficava mais parecido com a minha mãe. O formato do meu crânio se tornou mais marcante, os cabelos ficaram mais lisos e passaram de preto intenso para castanho-escuro. Do meu pai, conservei apenas os olhos. Senti essa mudança como uma conspiração do tempo, que não apenas havia tirado meu pai de mim, mas também estava tratando de fazer com que quase nada em mim lembrasse que eu era seu filho.

Os anos voaram. No pátio da escola começaram a se formar grupos: *indies*, *skatistas*, *technos*, *hip-hoppers*. Eu era próximo de todos, mas não combinava direito com nenhum. Aos 14 anos, comecei a usar, às escondidas, o casaco de couro do meu pai, grande demais para mim, e a passar gel nos cabelos. Assim, eu era um "aborrecente" cheio de espinhas, que ficava diante de radiogravadores com volume no máximo, fumava cigarros tossindo e tomava muita bebida doce à base de cerveja. Já não trocávamos figurinhas de futebol, mas filmes pornôs. Não faço ideia de onde Sascha os conseguia. "Segredo profissional", dizia sempre. Seu apelido era "rei do pornô". Vestido com sua calça de botões nas laterais, ele sempre ficava no corredor da escola e parecia um traficante de drogas quando olhava freneticamente para os lados, a fim de se assegurar de que ninguém o veria tirar os CDs da mochila. Eu não tinha como vê-los em casa, mas de vez em quando assistia na casa dos outros meninos, quando ficávamos no porão, fumando e jogando *Ilha dos macacos 2* ou *Duke Nukem* em meio a migalhas de batata frita e o odor de óleo do aquecedor. Ali os anos 1990 tinham o som dos *videogames* estilo *shoot'em up*, do *dial-up* irritante de modems 36k e do carrilhão de inicialização na interface do usuário do Win95. Fora desses porões, os anos 1990 também tinham como trilha sonora *The Next Episode*, de Dr. Dre e Snoop Dog, *Give It Away*, de Red Hot Chili Peppers, e *Insomnia*, de Faithless, dependendo da festa por onde eu circulasse.

Aos 14 anos, em uma festa da espuma na pista de patinação no gelo da nossa cidade, beijei Hannah. Eu a conhecia da escola. Tinha emprestado a ela minhas luvas. De nossa boca saíram pequenas nuvens de respiração. O DJ havia reduzido a intensidade dos refletores, tons vermelhos determinavam a iluminação. Nossas roupas estavam molhadas por causa da espuma de sabão, e na pista de gelo os casais se aproximaram e colocaram os braços nos quadris do seu par quando o DJ anunciou "um pouco de música romântica". Como do nada, Hannah surgiu em meio à espuma. *I feel so unsure as I take your hand and lead you to the dance floor as the music dies*,* cantava George Michael, uma canção que na época eu já achava extremamente brega. Por um instante, giramos um ao redor do outro, meio atrapalhados, sorrimos sem jeito quando, sem querer, nos olhamos nos olhos e baixamos rapidamente nosso olhar, para os patins, só para não perdermos o equilíbrio. Com mãos suadas, segurei-a pela cintura, tomando muito cuidado para não as deslizar até seu traseiro nem as aproximar muito de seu busto. A certa altura, ela simplesmente se apertou contra mim. Nosso beijo foi longo e molhado. Não tenho ideia do que ela estava pretendendo com sua língua, mas tinha gosto de chiclete e causava uma boa sensação.

Yasmin também estava na festa. Dançou com um menino mais velho, colocou os braços em torno do pescoço dele e olhou profundamente em seus olhos. *I should have known better than to cheat a friend and waste a chance that I've been given*,** continuava a canção, enquanto eu sentia Hannah, doce e suave. Mais tarde, ainda caminhamos de mãos dadas até o estacionamento – quanta coragem não me custara pegar sua mão! –, onde logo se soltaram, pois sua mãe já estava esperando por ela no carro.

É claro que não consegui cumprir a decisão tomada aos 8 anos após a festa de aniversário da Laura. No entanto, também não dá para dizer que cheguei a fazer amigos de verdade. Eu me adaptava e encontrava meu caminho em diferentes grupos. Mas não houve ninguém com quem à noite eu conversasse por mais tempo ao telefone ou me confidenciasse. Beijei Hannah mais duas vezes. E beijei outras garotas. Isto também eram os anos 1990: amassos em sofás manchados, à meia-luz e ao som de contrabaixos a todo volume. Não sei o que as meninas viam em mim. Talvez não fossem capazes de me avaliar direito. Eu era muito diferente dos outros garotos, que se agitavam como galos afugentados quando as meninas apareciam de camiseta

---

* Eu me sinto muito inseguro ao pegar sua mão e levar você para a pista de dança quando a música termina. (N. T.)

** Eu deveria saber que não se trai um amigo nem se desperdiça a oportunidade recebida. (N. T.)

justa, amarrada na frente, e com a barriga de fora. Talvez eu fosse um esquisitão interessante para elas, que geralmente ficava observando, em um canto, usava um casaco de couro largo demais e falava pouco.

Aos 16 anos, dormi pela primeira vez com uma garota. Em uma dessas festas. Chamava-se Mathilda e era um ano mais velha. Usava uma camiseta fluorescente e tênis vermelhos com solado plataforma e, como eu, tinha bebido demais. Estávamos dançando quando, de repente, ela sumiu em meio a todos os outros corpos suados. Reapareceu em determinado momento, veio diretamente até mim e me puxou para dentro do quarto do dono da festa. Trancou a porta, beijou-me com furor, tirou primeiro a própria roupa, depois a minha, e, quando realmente entendi por que se fazia tanto estardalhaço em torno dessa sensação, ela já tinha acabado.

Isso aconteceu alguns dias depois do meu aniversário. Em 22 de novembro de 2000. Ainda me lembro muito bem não porque foi a noite em que dormi com uma garota pela primeira vez, mas porque foi o dia em que minha mãe morreu.

Nos últimos dois anos, minha mãe tinha mudado muito. Pode-se dizer: à medida que Alina crescia. Ao contrário de mim, a certa altura ela reconheceu que era possível prosseguir mesmo sem meu pai.

Eu estava escondendo a maconha que tinha comprado de um sujeito chamado Gregor quando ela apareceu na minha frente com um cesto de roupas, no qual reconheci algumas peças de meu pai. Quase de passagem, colocou-o no chão e disse:

— A maior parte ainda está em bom estado, não precisa ser jogada fora. Pegue o que quiser guardar com você; vou levar o restante para o ginásio de esportes.

Só não protestei porque sabia que meus pais também tinham vindo de lá. Obviamente, esse também foi o destino de muitos refugiados que chegaram à nossa cidade depois deles. Os jornais estavam repletos de casos assim. Nesse meio-tempo, chegaram pessoas vindas sobretudo do Kosovo. E, como eu tinha certeza de que meu pai acharia uma boa decisão, não disse nada, só escolhi três camisas que eu sabia que ele gostava de usar.

Minha mãe comprou uma cama nova para ela, e Hakim transformou a antiga em lenha miúda. A partir de então, ela passou a dormir com uma única coberta. Comprou roupas novas, costurou outras e ocupou todo o espaço do guarda-roupa, separando as peças por cores. De vez em quando eu também a via lendo, toda esticada no sofá da sala. Passou a abrir mais as janelas, comprou cortinas novas e até trocou o papel de parede e mandou colocar carpete. Encontrou uma cor para os cabelos que lembrava a anterior, na época em que as muitas madeixas grisalhas ainda não se tinham entrelaçado aos outros fios.

Minha mãe nos sustentava com o que costurava. Ia a feiras de artesanato, nas quais ela mesma vendia suas peças ou se deixava inspirar, e, quando as coisas melhoraram, pôde dar cursos de costura no centro de educação familiar, que eram sempre muito bem frequentados por mães tagarelas. Começou a encontrar pessoas. No começo eram clientes para as quais costurava e que vez por outra também atendia em particular. Essas clientes, por sua vez, a apresentavam para outras pessoas. Recebiam minha mãe em seu círculo itinerante de leitura, que ocorria toda terceira quinta-feira do mês em lugares diferentes e no qual sugeriam livros umas às outras. Desse modo, ela começou a ler literatura de língua alemã, *O Diário de Anne Frank* ou *A Metamorfose*, de Kafka. Ficava sentada no sofá, com a coberta sobre as pernas, e lia, sorrindo, franzindo a testa ou sonhando. Chegou a esforçar-se bravamente para ler *A Montanha Mágica*, mas preferia os contos de fadas dos Irmãos Grimm. Desabrochava. O que quer que encontrasse nesses contos parecia saltar sobre ela, pois logo era envolvida por algo mágico, uma maturidade delicada, como fui obrigado a reconhecer com inveja. Às vezes falava ao telefone e ria, feliz como uma garota. E se dava pequenos presentes: um colar que chamou sua atenção em algum lugar ou um tratamento em um centro de beleza e bem-estar na cidade. Quando eu voltava da escola, ela me contava que tinha passado a manhã sentada em um café e quem tinha encontrado ali, ou que, durante seu passeio, tinha conhecido um homem que achava que ela era sua filha. Em pouco tempo, foi tomada por uma energia gigantesca, dançava pela casa, como havia anos não fazia, pegando Alina pelas mãos, como antes pegava as minhas. O rubor suave voltou à sua face. Ia às apresentações escolares da minha irmã e às reuniões de pais. Chegou a comprar um violino infantil para ela e pagou uma estudante para que Alina tivesse aulas. Hakim ficou muito entusiasmado com isso. Ela me perguntou sobre o que eu mais gostava de fazer, se eu também queria me dedicar a um *hobby*, talvez a uma arte marcial no clube. Mas recusei.

Ela havia decidido começar uma vida nova, aos 41 anos, sem deixar que seu filho, que a observava com desconfiança, a desviasse de seu propósito. Talvez eu sentisse inveja por ela conseguir. Porém, acima de qualquer coisa, eu me perguntava se ela realmente tinha algum direito de voltar a ser tão feliz sem seu marido.

O maior corte foi realizado por ela no início de 1999, ao frequentar um curso de integração, necessário para obter a cidadania alemã. Preencheu todos os outros pré-requisitos sem nenhum problema. Já fazia dezesseis anos que estava no país. Seus dois filhos tinham nascido na Alemanha e frequentavam a escola. Para minha irmã, nascida em 1992, valia uma regra legal de transição, que permitiu à minha mãe naturalizá-la já dois anos depois. Do mesmo modo como Hakim já tinha conseguido solicitar muito tempo antes a nacionalidade para ele e Yasmin. Portanto, ela estava dando esse passo também para mim.

Eu não queria virar alemão de jeito nenhum. O que era ridículo, pois tinha nascido nesse país e nunca o deixara. Fazia muitos anos que eu ouvia música árabe. Celebrava uma cultura que, na verdade, eu mal conhecia. Sentia-me libanês. O que meu pai diria ao ver minha mãe querendo fazer de mim um alemão? Teria impedido? Eu queria ter a mesma cidadania que ele. Pouco me importava que fosse mera formalidade, uma pequena alteração na identidade, que mais tarde me traria vantagens, como me assegurava minha mãe. Eu sentia como minha obrigação rebelar-me contra isso, pois seria o que meu pai teria feito; disso eu tinha certeza. No entanto, minha mãe não me deu escolha. Comecei a odiá-la por isso, não apenas porque ela me obrigava a essa mudança, mas também porque eu sentia a obviedade em sua decisão como alta traição: ela sabia que, tornando-se alemã e renegando sua identidade nacional, distanciava-se o máximo possível de seu marido, pois isso era algo que ele nunca faria.

É claro que passou no teste e, quando voltou radiante para casa, com o certificado nas mãos, cujo efeito libertador que teria sobre ela eu só podia conjeturar, saí de casa batendo os pés.

Naquele 22 de novembro, brigamos. É muito doloroso porque foi por uma bobagem. Se pelo menos eu tivesse me mostrado mais compreensivo! O que teria acontecido? Era só uma festa, em uma quarta-feira! A apenas dois dias do fim de semana, no qual haveria a próxima festa. Todos estavam sempre comemorando em algum lugar e, de todo modo, as festas durante a semana não eram tão incríveis quanto as da sexta-feira. Mas depois de tudo o que ela me havia feito, com seu esforço solitário por causa da cidadania, achei que não tinha o direito de me proibir nada.

— Você não vai a essa festa — ela disse.

— Vou, sim, com toda a certeza.

— Samir — seus olhos demonstravam impaciência, mas estavam tranquilos —, você sabe que não posso adiar o curso de costura. E não posso levar Alina comigo.

— Por que não?

— Porque vai ficar tarde e amanhã ela precisa ir para a escola. Aliás, você também.

— E daí?

— Samir, ela é sua irmã. Qual o problema de você ficar aqui uma noite cuidando dela?

Olhei para Alina, que estava deitada de bruços no chão, folheando um livro.

— Por que não pede para Nicole?

— Liguei para ela, mas não pode.

— Então peça para Hakim.

Respirou fundo. Eu teria ficado feliz se ela tivesse explodido, mas falou em voz baixa.

— Você sabe que ele tem de trabalhar.

Sim, eu sabia. A oficina onde Hakim trabalhava tinha crescido ao longo dos anos e, nesse meio-tempo, também passou a aceitar grandes encomendas. Por isso, fazia algumas semanas que Hakim trabalhava no turno da noite com um tal de Hassan, que ele ajudava porque era novo. Naquela noite, Hakim também trabalharia no turno da noite.

— Samir — tentou sorrir. Não queria mostrar o quanto eu estava abusando da sua paciência, pois sabia que isso teria sido uma pequena vitória para mim. Era um dos nossos típicos joguinhos. — Alina ficaria muito feliz se você ficasse esta noite com ela. Você é seu irmão mais velho.

— Não posso — respondi. — Todos vão à festa — por um lado, eu queria me vingar dela; por outro, não gostava de ficar com Alina. Talvez por causa da diferença de idade e pelo fato de eu ter a sensação de não ter absolutamente nada em comum com ela. Era uma menina adorável, obediente, ajudava minha mãe com as tarefas domésticas, gostava muito da escola e sempre trazia amigos para casa. Depois que minha mãe lhe deu o violino de presente, treinava com afinco. Na verdade, não havia nenhuma razão para eu não idolatrar minha irmã. Mas, de alguma forma, ela me assustava. Às vezes eu a observava pintar seu caderno de tarefas com lápis de cor e tentava reconhecer em seu rosto vestígios do nosso pai. Achava que ela se parecia mais com ele do que eu. Tinha o mesmo cabelo preto que ele, e seu rosto era mais redondo e amigável. Era uma menina bonita, sobretudo quando ria. Eu achava ainda mais estranho o fato de não reconhecer em seu comportamento nenhum sinal de que sentia falta dele. Ela simplesmente não se lembrava de que ele a carregara no colo e entoara canções em seu ouvido, até ela adormecer em seus braços. Parecia não saber mais que um dia ele havia existido. Havia dias em que me puxava pela mão e me contava animada tudo o que havia aprendido na escola, que havia colhido castanhas para treinar fazer contas. Eu nunca conseguia acompanhá-la por muito tempo. Eu sempre me flagrava fazendo um enorme esforço para enxergar o mundo com seus olhos. E para ver se nele havia alguma coisa que refletisse a tristeza ou a decepção. Mas não via nada. Ela crescia totalmente serena, protegida por nossa mãe mudada e por Hakim, que a adorava e lhe profetizava um futuro como violinista.

O plano da minha mãe era o seguinte: às 17 horas tinha uma consulta médica para uma ressonância magnética. Algumas semanas antes, tivera uma leve paralisia no rosto. Por algumas horas, só conseguiu sentir parte de sua face esquerda. O médico a tranquilizou, dizendo que não era para se preocupar; talvez fosse apenas um nervo comprimido devido ao estresse ou alguma causa de fundo psicossomático, embora ela lhe tenha garantido que havia anos não se sentia tão bem. De fato, os sintomas desapareceram na mesma noite e não voltaram a se manifestar. Porém, estava tendo de enfrentar uma rigidez na nuca e havia algum tempo sentia dor de cabeça. "É melhor prevenir", dissera o médico, entregando-lhe o pedido de exame. A consulta seria naquele dia. Em seguida, queria ir direto ao curso de costura no centro de educação familiar. Como só voltaria tarde para casa, precisava de alguém que cuidasse de Alina e a colocasse para dormir na hora certa.

Minha mãe esfregou a nuca e recomeçou. Pude sentir o esforço que lhe custava continuar calma comigo.

— Não poderia fazer isso por mim?

— Por você?

— É tão difícil assim para você?

— É, sim, e esse não é seu argumento mais convincente.

Seu tom permaneceu calmo.

— Samir, eu sei que você não anda muito meu amigo, mas tem de reconhecer que tenho lhe dado muitas liberdades ultimamente. Suas notas estão péssimas, você só vai a festas, fuma maconha...

— Eu...

— Por favor... — esticou a palma da mão contra mim —, não pense que sou idiota. Você pode fazer o que quiser, é sua vida, mas seria bom se, excepcionalmente, me ajudasse, já que estou lhe pedindo.

— Então você acha normal eu fumar maconha?

— É normal se estiver testando seus limites.

— Que limites?

— Os limites de quem vive junto sob o mesmo teto, Samir.

— Vou à festa.

— E me deixaria muito feliz se ficasse com Alina.

— Vou à festa.

— Alina também ficaria muito feliz.

— Vou à festa.

— Se não me leva a sério, pelo menos se pergunte de vez em quando o que seu pai diria a respeito.

Era o meu ponto fraco. Ela sabia disso e afundava o dedo na ferida. Infelizmente, eu não tinha o mesmo autocontrole que ela.

— Meu pai? Você também pensou nele quando o traiu ao nos tornar alemães? E se ele voltar?

— Se ele voltar? — passou a falar mais alto, vi sua mão tremer. — Samir, Brahim desapareceu há oito anos.

— E daí?

— Nunca mais vamos vê-lo novamente, quando é que você vai começar a entender isso de uma vez por todas?

— Assim como você? — vociferei. — Por acaso também devo tingir os cabelos e ler esses malditos livros com essa gente de merda dessa escola de merda?

Ela arregalou os olhos.

— Já para o seu quarto! — disse com voz estridente.

Mas eu queria de todo jeito vê-la explodir, queria fazê-la infeliz; fazia tempo que me incomodava vê-la rindo e dançando entusiasmada, enquanto eu me esforçava ao máximo para preservar a memória do meu pai. Afinal, o que mais lembrava o fato de que éramos libaneses?

— Acha que pode pendurar cortinas novas, repintar a casa e se ver livre dele?

— Não faça isso — esfregou a nuca mais uma vez e fez uma expressão de dor.

— Estou pouco me lixando com o que você faz, *eu* é que não vou me esquecer dele só porque *você* quer! — exclamei, cuspindo todo o meu veneno.

— Tudo bem, Samir — disse ela, com os olhos pequenos, como se minhas palavras fizessem sua cabeça doer. Em sua voz não havia nada além de decepção. — Vou encontrar alguém para ficar com Alina.

Eu não queria que ela desistisse com tanta facilidade. Queria brigar com ela, jogar maldades na cara dela, feri-la.

— Não é de surpreender que ele tenha largado você — gritei. — Não é de surpreender que ele não tenha ficado aqui — eu falava com raiva, sabia que estava indo longe demais. Já não conseguia me segurar. Minhas palavras a atingiram como flechas no corpo inteiro. Pude ver como se curvou. — Queria que ele tivesse me levado com ele. Pouco importa onde está agora; queria estar com ele, não aqui. Antes tivesse sido *você* a ir embora, e não ele.

— Tudo bem — respondeu. — Tudo bem se pensa assim.

Mas pude ver que não era verdade. Se minhas palavras realmente fossem flechas, minha mãe teria sangrado até morrer. Ela já não conseguia suportar meu olhar; atônita, olhou para o chão, torcendo para que eu parasse logo de gritar com ela. Fiz uma breve pausa, para que a próxima frase não perdesse seu efeito.

— Ao contrário de mim, você nunca o amou!

O tapa foi estrondoso, acertou-me em cheio. Uma dor ofuscante, que o choque e a surpresa aumentaram ainda mais.

— É a minha vida — disse ela. Seus lábios tremiam, em seus olhos havia lágrimas, mas elas ainda não escorriam. — Tenho direito a ela — sussurrou.

Deixei-a ali parada, corri para o meu quarto, peguei a mochila, passei correndo por Alina, que me fitou com olhos arregalados, e bati a porta de casa atrás de mim.

Na festa, dormi com Mathilda, depois continuei a beber sem limites, e quando não aguentava mais simplesmente parei. Dancei, cambaleei sob os *flashes* estroboscópicos, esbarrando nos corpos que se contorciam, e sem nenhum controle bati os braços ao meu redor. Senti o odor do suor dos outros, o álcool em sua respiração. Dancei até cair e ficar estirado em um canto. A certa altura, acordei; meio tonto, procurei meu casaco e saí do apartamento trançando as pernas em uma noite de novembro, que veio ao meu encontro de maneira inesperada e com um frio de rachar. O motorista do ônibus olhou para mim quando lhe mostrei cambaleando meu bilhete mensal.

— Ai de você se vomitar no meu ônibus! — ameaçou, e eu me segurei na alça de apoio antes de cair no assento. A cidade passou por mim como uma imagem acelerada, um ser que dormia, quase sem luz, uma escuridão profunda, aqui e ali uma janela acesa e o cone branco dos faróis que vinham em direção contrária. Quase adormeci, e sempre me assustava quando minha cabeça pendia dolorosamente para a frente. Diante da nossa casa, vomitei em um arbusto. Somente então vi luz na janela da nossa sala e praguejei.

Quis entrar em casa sem fazer barulho, só para não deparar com a minha mãe, mas logo atrás da porta bati no porta-guarda-chuva e acabei derrubando o casaco da Alina do gancho. Passava pouco das quatro. Só queria ir para a cama, e quando me esgueirei pelo corredor notei Hakim no sofá da sala. Ao lado dele, um homem que eu nunca tinha visto.

Mais tarde, fiquei deitado na cama, olhando para o teto, que de vez em quando era atravessado pelas luzes dos carros que passavam, e tentei compreender o vazio que se alastrava em mim. Pensei em Alina, que dormia no quarto ao lado; faltavam poucas horas para eu lhe contar o que havia acontecido. Fitei o teto, com os braços cruzados atrás da cabeça, e me perguntei o que aconteceria em seguida, o que o Juizado da Infância e da Juventude faria conosco. E pensei em Mathilda, em como pegou minhas mãos e as passou em seu corpo enquanto mordia os lábios. Pensei em seus cabelos caindo no meu rosto quando ela se inclinou para a frente para me beijar.

Minha mãe não havia encontrado ninguém para ficar com Alina. Ligara para quase todo mundo que conhecia, pediu para amigas e até clientes e, por fim, para Hakim. Ele entrou em contato com seu chefe, arrumou alguém para substituí-lo no turno da noite e ficou com minha irmã enquanto minha mãe saiu para dar seu curso. A busca por uma babá tomou tanto do seu tempo que ela teve de cancelar a ressonância magnética. Se eu tivesse ficado em casa, nada disso teria acontecido. As imagens teriam mostrado as artérias comprometidas em sua cabeça, ela teria feito uma cirurgia de emergência e sido salva. Mas eu saí e, sentindo pena de mim mesmo, amaldiçoei o mundo quando minha mãe entrou no carro. "Aneurisma cerebral", disse o médico alguns dias depois. Não o disse a mim, mas para Hakim, só que ouvi.

Novembro inteiro foi frio e úmido. Choveu, caiu granizo, nevou. O único dia em que o sol brilhou foi no enterro da minha mãe. Como se o mundo quisesse escarnecer de mim. Eu estava usando um terno preto de Hakim, grande demais para mim. Alina estava ao lado de uma mulher do Juizado da Infância e da Juventude e chorava. Algumas pessoas vieram, apertaram minha mão, pessoas que gostavam dela. O homem que na noite de sua morte havia esperado por mim junto com Hakim em nossa sala também estava presente. Era muito alto, quase imponente, tinha cabelos grisalhos e algumas rugas, mas, no fundo, um rosto bem simpático. Parecia sem jeito em seu luto, mal ousou se aproximar de nosso círculo. Oscilou entre uma perna e outra enquanto o padre falava e depois me comunicou que eu podia ligar para ele sempre que precisasse.

— O senhor é policial? — perguntei naquela noite, depois que Hakim me contou o que havia acontecido.

— Eu... bem... não... — olhou para as mãos, como se nelas estivesse anotada a resposta.

— Sua mãe e eu... nós... nos conhecíamos.

Os médicos ligaram para ele porque o seu número era o único salvo no celular dela. Eu nem sabia que ela possuía um celular. E me senti envergonhado. Todas aquelas circunstâncias nos últimos meses, o rubor em sua face, a dança, a risada de menina ao telefone – em minha birra egocêntrica, não notei que estava apaixonada.

Hakim parecia muito velho e usava óculos de sol. Ao meu lado estava Yasmin. Tinha quase 19 anos. Usava meias-calças pretas, vestido preto e blazer. Segurou minha mão quase o tempo todo, sem que eu me opusesse.

Às vezes eu sentia falta da magia dos dias da nossa infância. Os segredos, os passeios juntos, os sussurros. Mas essa época tinha acabado, desde que entrei em luto pelo meu pai. Tornamo-nos vizinhos que se entendiam bem, iam à mesma escola e conversavam sobre tudo, menos sobre assuntos pessoais. Se algum dia Yasmin ficou chateada comigo por eu a ter magoado, quando na verdade ela só queria me ajudar, nunca deixou transparecer. Continuou sendo a menina inteligente e gentil de quem eu gostava tanto quando menino. Até essa barreira inefável erguer-se em nosso caminho quando se tratava de falar sobre nós. Sobre ela e mim e sobre como nos sentíamos. Frequentávamos diferentes círculos de amigos, principalmente mais tarde, quando ela iniciou o ensino médio. Eu me deixei influenciar por Sascha, o rei do pornô, enquanto Yasmin entrou em um mundo em que ia de Kombi com colegas da mesma idade para a Costa Amalfitana passar as férias. Até me mandou um cartão-postal.

Também estava namorando firme com um rapaz que vi algumas vezes na escada, quando ambos saíam ou entravam em casa. Quando Yasmin fez 19 anos, os dois já estavam havia quase dois anos juntos. Ele se chamava

Alex e era alemão. E, definitivamente, não era muçulmano. É algo importante de mencionar porque na nossa rua havia algumas moças muçulmanas da idade de Yasmin. Que eu soubesse, seus pais jamais permitiriam que saíssem com um rapaz não muçulmano. Mas Hakim era o pai mais tolerante do mundo. Apoiava Yasmin sempre que possível e não lhe proibia nada. Anos mais tarde, depois que li o diário do meu pai e fiquei sabendo como a mãe de Yasmin havia morrido, também entendi por quê: Hakim tinha abandonado a fé. Nunca mais quis saber de religião e, por isso, transferia à filha a total responsabilidade por sua própria vida. Yasmin nunca abusou dessa liberdade. Ia a festas e tinha muitas amigas alemãs, mas também era boa aluna, estava prestes a fazer o exame final do ensino médio, era determinada e pretendia fazer faculdade logo depois da escola. Vestia-se e maquiava-se como as outras garotas da sua idade, aproveitava os dias de sol na piscina pública ou junto da fogueira; nas férias, ia acampar com os amigos ou com Alex. Com frequência eu me surpreendia com a jovem mulher que tinha se tornado. Porém, às vezes ela me causava a mesma impressão que Alina: eu achava estranha a facilidade com que se adaptava e se integrava. Quando lhe perguntavam de onde vinha, sempre respondia: "Sou alemã, mas meu pai é do Líbano".

Sempre senti os anos 1990 na Alemanha como estranhamente apolíticos, embora tanta coisa estivesse acontecendo. É claro que me espantei quando o alojamento de refugiados foi incendiado em Rostock-Lichtenhagen. Todos em nossa rua ficaram impressionados com esse acontecimento. Por um período, as pessoas em nossa cidade também pareciam mais sensibilizadas do que antes com a situação dos refugiados, pois, quando eu passava pelo ginásio de esportes, via montanhas de sacolas com roupas e muita gente se inscrevendo voluntariamente para ajudar no local. Na verdade, eu mal acompanhava o que estava acontecendo na Alemanha. Pouco me importava que já fosse possível clonar ovelhas e que tivéssemos um novo chanceler, Gerhard Schröder, que sempre me pareceu um pouco embriagado. Tampouco conseguia entender por que estavam fazendo tanto estardalhaço em torno de uma princesa inglesa morta ou da pessoa com quem Bill Clinton tinha feito sexo oral no Salão Oval da Casa Branca. Meu olhar continuava voltado apenas para o Oriente. Quando Israel e a OLP assinaram o Acordo de Paz de Oslo, isso sim, eu percebi. Quando Bashar al-Assad herdou de seu pai Hafez a presidência da Síria, também. Que os sírios continuavam no Líbano e a política libanesa era essencialmente comandada a partir de Damasco. E que em Beirute guindastes se erguiam sobre arranha-céus, mudando vertiginosamente a cara da cidade. Fatos desse tipo me interessavam muito.

Rafiq Hariri – o primeiro-ministro libanês, que empregara grande parte de seu patrimônio para reconstruir o país devastado por quinze anos de guerra civil – era um ícone para mim. Eu o via como um ativista solitário, um orador carismático que impulsionava o país de meus antepassados. Com suas espessas sobrancelhas pretas, o bigode grisalho e os cabelos prateados, que ele sempre penteava para trás, incluindo a madeixa da testa, em combinação com o rosto redondo e sem contorno, que me lembrava um simpático dogue de Bordeaux, ele me parecia um avô que empolgava os netos com as histórias mais incríveis. Sozinho, ele era um movimento nacional, pois sabia compreender a alma de uma nação inteira. Todos na nossa rua amavam Hariri, e até mesmo Hakim, a certa altura, deixou de lado as reservas que tinha contra ele. Hariri abriu o Líbano, fomentou a reconstrução e minimizou a influência do Estado sobre os empresários. Um imposto único de 10 por cento sobre todas as receitas fez com que a riqueza se multiplicasse no país dos cedros. Como os resultados de sua política eram visíveis em toda parte – novas escolas, ruas e casas, coleta pontual de lixo etc. etc. etc. – não foi difícil perdoá-lo pelo aumento vertiginoso da dívida pública.

Em 22 de novembro de 1988 – exatamente dois anos antes da morte da minha mãe –, Émile Lahoud assumiu a presidência do Líbano no lugar de Elias Hraoui, titular do cargo até então, tornando-se chefe do primeiro-ministro Hariri.

— Esses malditos sírios — ouvi Hakim dizer. — Colocam esse cachorro como extensão do braço de Assad no Líbano. Um militar! Quanta falta de tato!

Acompanhei as notícias. A Síria conseguiu alterar a Constituição libanesa para abrir o caminho de Lahoud até a presidência. Na verdade, sua candidatura não teria sido possível: como ex-comandante em chefe do exército, ele só poderia se candidatar às eleições após três anos. Fazia tempo que Hakim xingava os sírios e o poder que tinham sobre o Líbano. Quando acompanhávamos as votações políticas na televisão, ele tentava me explicar qual exatamente era o problema.

— O Serviço Secreto Sírio controla tudo. Os sírios fazem com que o gabinete tome as decisões certas. Os ministros pró-Síria recebem as pautas com a ordem do dia. Em uma coluna estão os itens, em outra, o que devem dizer a respeito. É absurdo, frustrante!

A evolução da situação frustrou não apenas a ele, mas também Rafiq Hariri. Em 2 de dezembro de 1998, dez dias após Lahoud ter assumido o cargo, Hariri renunciou em protesto contra a ingerência dos sírios no Líbano.

Depois que minha mãe morreu, minha postura em relação a meu pai também mudou. Talvez isso tenha acontecido de maneira subconsciente, pois, do contrário, eu nunca teria conseguido processar a perda dos dois. Tive de tomar uma decisão e lhe atribuí a culpa. Por tudo o que aconteceu. Era mais fácil do que culpar a mim mesmo. Antes eu só pensava em honrá-lo, em manter sua reputação limpa e glorificar sua lembrança pelo maior tempo possível, até ele voltar. Eu acreditava incondicionalmente em seu amor por nós. Mas nesse momento comecei a criticá-lo. Sim, embora eu também fosse culpado pela morte da minha mãe: se na época ele não tivesse desaparecido, nada disso teria acontecido. E essa crítica logo se transformou em raiva. Eu não queria mais ser seu representante, reservar seu lugar e esperar seu retorno. Em vez disso, decidi, não, jurei a mim mesmo seguir até a menor pista dele, a fim de localizá-lo.

9

Furioso, olho fixamente para a parede. O dia passa em imagens inquietas. A cidade agitada de manhã, a floresta de cedros. A expressão desconcertada da minha avó. Sua voz ecoa em mim como alto-falantes metálicos. Está escuro no quarto do hotel. Fechei a janela, deixando a cidade do lado de fora. Pela parede fina ouço a televisão ligada no quarto vizinho. Um apresentador parece conversar com alguns convidados, e as falas são sempre interrompidas por aplausos. Meus cabelos ainda estão úmidos, são atravessados pelo vento frio que sai do ar-condicionado. Tomei um longo banho, lavando meu corpo daquele dia. Agora estou sentado no colchão macio, com os pés esticados à minha frente. Tento identificar figuras na parede. Animais e formas. Mas não consigo. É um quarto diferente do de ontem, no mesmo hotel. Dessa vez, terceiro andar, número 302. Outra recepcionista, o mesmo perfume. Viu no computador que fiz o *check-out* de manhã e me perguntou se havia ocorrido algum erro com a reserva, se desde o início eu pretendia ficar mais tempo. Respondi que não. Como eu poderia saber o que me esperava em Zahlé e para onde eu iria depois? Não imaginei que a pista pudesse me trazer de volta para cá.

— Senhor El-Hourani — chamou-me, colocando seu sorriso de recepcionista no rosto. Sorri de volta, feliz por uma desconhecida me chamar assim. Não *Bourguiba*. El-Hourani. Esse sou eu.

Chegamos a Beirute à noite. As torres de escritórios, erguidas até o céu, mostravam apenas poucas janelas iluminadas. A luz dos postes tingia de laranja as calçadas sob as palmeiras. Um aperto de mão ao me despedir de Nabil, um sorriso agradecido quando lhe entreguei o pagamento combinado para esse dia, um breve aceno de cabeça na direção do porteiro, depois desapareci no *hall* frio do hotel. Meus pensamentos esvoaçam em ziguezague como mariposas. Olho para minha mochila pendurada na parede. Dentro dela, o diário. Tenho de pensar nas consequências com calma. Tenho de levar em conta a possibilidade de ele não ser tão útil quanto esperado. Meu pai assumiu o nome da minha mãe – no diário não há nenhuma palavra a esse respeito. Isso significa que é possível que ele tenha se escondido ainda mais. E que mente.

Há tampões de ouvido sobre o criado-mudo. A direção do hotel parece estar ciente de que as paredes são permeáveis ao som. Coloco-os nos ouvidos e pronuncio os nomes tão alto, que chegam a ecoar em minha cabeça: Samir Bourguiba. Várias vezes. Mas seu som continua falso e estranho.

Pego o cartão que May pôs em minha mão antes de fechar a porta.

Sinan Aziz
Rhino Night Club
Al Sekkeh Street, Mar Mikhael,
Beirute
+961 1 701 463

— Nunca ouvi falar — disse Nabil quando lhe mostrei o cartão no carro. — Mas isso não quer dizer nada. Mar Mikhael é o bairro boêmio de Beirute. Muitos bares, boates, tudo bastante caro. Vamos encontrar.

O que eu estava esperando quando minha avó mandou May ir buscar o cartão? Certamente não uma boate.

— Você conhece esse Aziz? — perguntou Nabil.

Àquela hora, mal se viam as luzes de Zahlé; manchas que se apagavam como estrelas cadentes no retrovisor. Isso foi pouco antes de entrarmos em uma via expressa, cujas placas anunciavam: *Beirute 53 km*.

— Não, nunca ouvi falar.

Perguntou como tinha sido o encontro, e lhe contei tudo. Já fazia um tempo que percorríamos aos solavancos a rodovia mal asfaltada.

— Nabil, estou procurando meu pai — disse.

— Seu pai? Por isso está aqui?

— Sim. Faz mais de vinte anos que ele desapareceu de repente. Minha avó... eu tinha a esperança de que ela soubesse onde ele está.

— Mas ela não pôde te ajudar.

— Não. Infelizmente. Eu esperava encontrar a resposta aqui. Em vez disso, agora só tenho mais perguntas.

— Hm — fazia Nabil vez por outra, enquanto eu lhe relatava meu encontro. Ele pareceu surpreso com o fato de meus pais terem se casado no Chipre. — Bom — disse depois —, na época, certamente era incomum. Mas hoje é um grande negócio.

— Negócio?

— Há muitas agências de turismo que se especializaram em casamentos civis no Chipre. Viagem pela manhã, matrimônio no cartório, legalização na embaixada; à tarde, quarto do hotel; à noite, volta para casa.

— Mas por quê?

— Porque é um nicho de mercado. Não é possível se casar no civil aqui. E matrimônios religiosos só são permitidos dentro da mesma confissão.

— Quantos casais de confissões diferentes querem se casar?

— Cada vez mais. Um tema importante, sobretudo entre os jovens.

— E os líderes religiosos se sentem ameaçados com isso?

— É justamente esse o ponto: esse tema tem um grande poder de cisão. Se as igrejas não tiverem mais nada a dizer sobre a questão do casamento, sua autoridade estará comprometida. Em um país como o nosso? Esqueça!

— Por que não podem permitir as duas coisas? Religioso *e* civil?

— Porque seria um acordo. E essa gente não gosta de acordos. Tivemos aqui um caso que chamou a atenção da mídia. Há uma lei de 1936, um resquício do mandato francês, antes da independência, que permite o casamento civil no Líbano se os cônjuges não pertencerem a nenhuma confissão. Um casal retirou sua filiação religiosa do registro familiar para se casar no civil. Ele, sunita; ela, xiita. Foi um enorme alvoroço, o ministro do Interior teve de decidir se o casamento era legalmente válido.

Quando minha avó jogou na minha cara sua raiva e sua decepção com o casamento civil dos meus pais, parti do princípio de que na época havia sido um pequeno escândalo. Em tempos de guerra civil, quando a religião tinha uma importância especial. Sobretudo para uma mulher como ela, para a qual pesou o fato de que seu prestígio social poderia ser prejudicado. Mas o que Nabil contou me surpreendeu muito.

— Não se aprendeu nada com a guerra civil? Que superar fronteiras religiosas é a única coisa que pode unir o Líbano?

— Samir — disse ele, sorrindo para mim —, você é um sonhador.

— Por quê?

— Vou lhe dizer por quê. Não mudou muita coisa. Dá para reconhecer isso pelo fato de que até o grão-*mufti* do país se manifestou sobre o caso. O xeique Mohammad Rashid Qabbani. Ele decretou uma *fatwa*. Não sei reproduzir com palavras exatas, mas era mais ou menos assim: todos os muçulmanos pertencentes ao poder legislativo ou executivo no Líbano que apoiam a "bactéria do casamento civil" serão declarados renegados.

— Ele declarou que políticos seriam renegados?

— Sim, por exemplo, o primeiro-ministro. Você sabe: o presidente tem de ser maronita, o primeiro-ministro, sunita, e o presidente do parlamento, xiita. Portanto, se Qabbani diz algo assim, está se referindo, entre outros, a ele próprio e ao presidente do parlamento. Segundo ele, essas pessoas circulam fora do Islã, por isso, depois de mortas, não serão lavadas nem enroladas no sudário, tampouco enterradas em cemitério muçulmano.

— Um clérigo ameaça políticos?

— Digamos que ele lhes dá conselhos.

— O que dizem os outros funcionários ou os partidos sobre o assunto?

— Ninguém quer se manifestar de verdade, todos enrolam, como sempre. O Hezbollah é categoricamente contra o casamento civil. Nasrallah* le-

---

* Sayyid Hassan Nasrallah, político libanês e secretário-geral do Hezbollah desde 1992. (N.T.)

gitima toda a sua autoridade com a religião. O Hezbollah jamais concordaria com uma alteração na lei.

— E os outros partidos?

— Pouco provável que concordem.

— Mas... afinal, quantos grupos religiosos existem aqui? Dezessete?

— Dezoito.

— Dezoito. Por que não se entende isso como uma oportunidade e se permite matrimônios religiosos interconfessionais? Seria um passo muito importante. Imagine um Líbano onde crianças tivessem uma avó sunita e outra maronita, um avô xiita e outro druso.

— Sei aonde quer chegar...

— Desse modo, como uma criança poderia sentir ódio de parentes pertencentes a outras confissões? Uma lei como essa não teria o poder de finalmente rejeitar o grande número de minorias? Formar uma nação a partir delas? Não seria revolucionário?

— Sim — respondeu Nabil. — Revolucionário — o modo como pronunciou essa palavra soou quase um pouco nostálgico. — Mas é justamente disso que os políticos têm medo. Por isso, querem evitá-lo a todo custo. Aqui, política e religião são a mesma coisa. A paz com que você sonha é exatamente o que todos os líderes religiosos temem: apenas em um país dividido ainda são ouvidos...

Passamos o restante da viagem em silêncio. Em determinado momento, quando as luzes de Beirute foram se tornando visíveis no horizonte, Nabil ligou para seu irmão e disse que logo passaria na casa dele para pegar as crianças. Ouvi o barulho delas ao fundo.

— Então, Samir, a qual hotel devo te levar? De novo ao Best Western?

— Tem algum Carlton Hotel em Raouché? Perto das Rochas dos Pombos?

— Carlton Hotel? Hm. Acho que havia um antigamente. Mas, pelo que sei, não existe mais.

— Tem certeza?

— Não. Quer dizer, quase. Deve ser um pouco mais antigo, não?

— Sim, parece que foi construído nos anos 1960, talvez um pouco antes.

— Então tenho certeza de que não existe mais.

— Por quê?

— Os hotéis na Corniche e na Marina são arranha-céus modernos. Palácios de vidro. Mostro para você amanhã. Desde o fim da guerra, Beirute é um paraíso para os construtores e investidores, que vêm sobretudo dos países do Golfo: sauditas, catarianos e assim por diante. Para essas pessoas, Beirute é um projeto. O maior projeto de revitalização urbana do mundo. Compraram áreas gigantescas na cidade. O que não foi destruído acabou sendo demolido porque era velho. Por que está perguntando isso?

Era o hotel em que meu pai havia trabalhado. Só o conheço por causa do seu diário.

— Nada de especial — respondi. — Gostaria de ver as Rochas dos Pombos.

Desligo o ar-condicionado e ponho o cartão de visitas de lado. *Sinan Aziz. Rhino Night Club*. O relógio marca meia-noite e meia. Reprimo o impulso de me vestir, pegar um táxi e ir até lá. Simplesmente aparecer e perguntar por ele. Então, penso se não é melhor ligar. É uma boate – as chances de encontrar alguém lá agora devem ser maiores do que amanhã, ao longo do dia. Por outro lado: se meu pai não quiser ser encontrado, não seria inteligente eu me anunciar. Sinan Aziz poderia adverti-lo de que estou na cidade.

Enfio-me debaixo da coberta. Em algum momento vou sentir calor, mas, até lá, deixo o ar-condicionado desligado e a janela fechada. Já não ouço a televisão do quarto ao lado; em vez dela, uma torneira é aberta, e o barulho passa para as paredes. Ponho o cartão de visita no segundo travesseiro. Ao adormecer, penso na minha avó e em seu doloroso reconhecimento de que seu filho não vai reaparecer. Não espontaneamente.

Desta vez, coloquei o despertador. Nove horas. Levantar-me. Tomar banho. Salão do café da manhã no primeiro andar. Na entrada, jornais amarrotados, empilhados em cima de uma mesa. Sorriso do garçom do hotel. O café da manhã é europeu: torrada, pão integral, geleia, tábuas de queijos e frios, tomates, pepinos, ovo cozido, ovo frito, ovo mexido, leite, suco de laranja, mas não feito na hora. Os hóspedes: de terno. *Laptops* abertos e *tablets*, goles rápidos de café, tilintar de talheres nos pratos. Para minha surpresa, dormi a noite inteira, sem acordar.

Quando saio do hotel às 10, mal consigo acreditar no que vejo. Nabil está ali, encostado em seu carro, que brilha sob o sol da manhã. Ele acabou de lavá-lo. Nabil abre um largo sorriso e estica a palma das mãos.

— Dez horas, como combinado.

Eu adoraria lhe dar um tapinha na cabeça.

— Estou impressionado.

— Eu lhe disse: conheço muitos atalhos. Nabil é sempre pontual.

— E você lavou o carro.

— Sim. Pensei: agora que somos parceiros oficiais, seria melhor se nosso carro de detetive causasse uma impressão de seriedade.

— Parceiros?

— Sim. Como Watson e Holmes.

— Philip Marlowe não tem nenhum parceiro?

— Não. É solitário. Mas tem mais mulheres do que Holmes.

— Isso me tranquiliza — digo, acrescentando em voz baixa: — Não podemos aceitar nenhuma distração, meu caro.

É divertido brincar com ele. O bom humor de Nabil é contagiante. Abre a porta do passageiro para mim. E, enquanto dá a volta no carro, diz:

— As Rochas dos Pombos. Você disse que gostaria de vê-las.

— Isso mesmo.

— Então, vamos para lá. Vou mostrá-las a você. O endereço no cartão de visitas é ao norte daqui, e as Rochas dos Pombos, a Oeste, mas o desvio não é muito grande. Além do mais, são só dez horas. Vamos deixar as pessoas acordarem primeiro.

— Combinado.

— Aliás — pôs os óculos de sol e deu partida no motor —, descobri algumas coisas sobre o Carlton.

A costa pende abruptamente até o mar. É de tirar o fôlego. O brilho azul-celeste da água se eleva, pequenas ondas de espuma branca se comprimem junto ao paredão escarpado. Muitos metros abaixo de mim, *jet-skis* passam zunindo; pequenas canoas aproximam-se das duas Rochas dos Pombos, a cerca de cinquenta metros da terra firme, que se erguem da água, colossais, cinzentas e cobertas de líquens. Estou encostado em uma balaustrada, com os olhos fechados. O vento toca de leve meu rosto, causando uma sensação agradável. Todo o barulho do trânsito parece infinitamente distante. Não posso deixar de pensar no dia que já se encontra em um passado muito remoto: meu pai e eu na beira do lago. Nossos barquinhos de casca de noz. Sua voz: *Que naveguem por milênios!* Sei muito bem o que ele diria agora: *Você só precisa imaginar: navios fenícios que aqui são carregados com a madeira dos cedros antes de partirem para o Egito. A civilização mais avançada do mundo.* Nos últimos anos, tentei reprimir as lembranças mais belas. Em vez disso, quis ter raiva dele. Mas agora não consigo. Vejo toda uma frota de navios de madeira com velas vermelhas no mar e me lembro de uma anotação em seu diário:

Na verdade, eu não deveria estar aqui. Estou com a chave de Fariz, que hoje é encarregado do serviço de limpeza aqui em cima. O último andar é um tabu para nós. Perigoso demais por causa dos atiradores de elite. Perguntei a várias pessoas, todas tinham certeza de que hoje não havia nenhuma milícia. Adoro a vista daqui de cima. Quando se olha para o Leste, para dentro da cidade, os olhos têm de se esforçar para ver alguma coisa entre as nuvens de fumaça sobre os cânions urbanos. Porém, quando se olha para o Oeste, só existe o mar. Dá até para esquecer as explosões. E, virando o rosto ligeiramente para a direita, veem-se as Rochas dos Pombos, tão inabaláveis que eu gostaria de ser parte delas.

Deixo meu olhar vagar por cima dos hotéis e das coberturas do outro lado da rua. O mar e a costa se refletem nas fachadas de vidro. Meu olhar passeia para cima, e imagino meu pai no topo do Carlton, olhando para o Oeste. Atrás dele, uma cidade em chamas, e diante dele, nada além do mar e do infinito.

— O que descobriu sobre o Carlton? — pergunto a Nabil, que está encostado na balaustrada, ao meu lado, com os óculos de sol em meio aos cabelos e o queixo descontraidamente apoiado na palma das mãos.

— Vamos caminhar um pouco — diz.

A Corniche está cheia de gente que passeia. Pais empurram carrinhos de bebê; apaixonados se contorcem para fazer uma *selfie* com o mar ao fundo; e camelôs espalham suas mercadorias: bolsas Louis Vuitton falsificadas, filmes atuais de Hollywood em CDs piratas, relógios Rolex, câmeras descartáveis. A via é orlada por palmeiras; nos bancos estão sentados homens mais velhos, que leem o jornal ou descascam pistaches. Um menino segura um buquê de rosas. Corre descalço no asfalto quente, usa uma calça de moletom curta e desbotada e uma camisa do Messi.

— Sírios — diz Nabil. — Uma criança refugiada.

— Como sabe?

— A Corniche está cheia delas. Sobretudo nas ruas com bares e restaurantes — Nabil mostra um camelô que tenta vender óculos de sol. O homem põe seu exemplar no nariz, a namorada balança a cabeça, em dúvida. — São todas refugiadas. O menino está sozinho aqui ou com a mãe. A maioria dos refugiados sírios é de mulheres com crianças. Seus maridos estão lutando contra Assad, morreram ou fugiram para outro país, onde é mais fácil encontrar trabalho, para que possam enviar dinheiro para suas esposas. E as crianças têm de ajudar se quiserem sobreviver aqui.

Ouvi falar a respeito no noticiário. O Líbano recebeu mais de 1 milhão de refugiados. Para uma população de menos de 4 milhões.

— Ou ficam alojados nos velhos campos de refugiados, onde também há palestinos, você sabe, na periferia, ou encontram abrigos miseráveis em algum lugar da cidade, sem água nem luz.

— E como os libaneses os veem?

— Não existem *os* libaneses. Os alemães têm problemas com os refugiados no seu país?

— Alguns, sim.

Nabil olha para mim.

— Quantos habitantes tem a Alemanha?

— Cerca de 80 milhões.

Seus olhos se apertam, sua testa forma rugas.

— Então vocês deveriam receber 19 milhões de refugiados para terem uma proporção equivalente à nossa.

Concordo com a cabeça.

— Boa sorte — diz, sorrindo. — Mas, voltando à sua pergunta: claro que há libaneses que têm problemas com os refugiados. A presença de sírios no Líbano continua sendo um tema sensível. Não faz nem dez anos que o exército saiu do país, e agora sua população vem para cá. Os soldados sírios não eram muito bem vistos por aqui. Grande parte dos libaneses associa os sírios a anos de repressão e perseguição. Não se esqueça de que o fato de os sírios terem matado Hariri contribui para isso; até hoje essa história não foi esclarecida. Hariri era amado por todos. O governo libanês está dividido em dois campos: a fração sunita e a cristã, de um lado, e o Hezbollah xiita, de outro. Os sunitas fornecem armas e munições para a oposição na Síria, e o Hezbollah luta ao lado de Assad contra essa oposição. Entende? No fundo, a guerra civil libanesa se deslocou para a Síria. Todas as pessoas que você vê no noticiário, em campos, sobre cobertas e assim por diante, são uma parte. Mas também há muitos sírios ricos, que depois de fugirem para cá alugaram andares inteiros em hotéis e essas coberturas aí — aponta na direção dos prédios do outro lado da avenida. — São muitos, mas não aparecem nas estatísticas oficiais dos refugiados. Esses sírios são diferentes. Para eles, é fácil, como se estivessem voltando para casa.

— Para casa?

— Muitos sírios veem o Líbano como parte de uma grande Síria. Para eles, nunca nos tornamos independentes. Se você lhes perguntar, vão dizer: "Só mudamos para um pouco mais perto do mar".

Enquanto Nabil fala, examino seu rosto. Começa a falar mais rápido, suas mãos ganham vida própria, ele gesticula muito, e os olhos brilham com vivacidade. Lembra-me um pouco Hakim: no fundo de seu ser, um homem tranquilo e equilibrado, que de repente se transforma em um orador passional quando o assunto é política. Nesse sentido, Nabil é como a maioria dos libaneses. Pouco importa a quantos milhares de quilômetros estão da terra natal. É indispensável ter uma opinião sobre o que se passa em seu país. Sempre que Nabil fala assim, sinto-me como um menino que estudou com afinco para uma prova e, então, constata que as questões importantes são completamente diferentes. Em todos esses anos, também tentei manter-me informado. Li e assisti a muitas coisas sobre a guerra civil e os desenvolvimentos após o fim do conflito. Mas aqui percebo que nunca aprendi a observar o todo nem a relacionar as informações umas às outras. Apenas adquiri conhecimento e nunca questionei, nunca decifrei o significado. Conheço números, dados e fatos. Minha mania de colecionar tudo sobre o Líbano girava apenas em torno do país onde se encontram minhas raízes. Em torno do meu pai. Mas nunca relacionei esse conhecimento à atualidade. Apenas: como *ele* vivenciou esses bombardeios? Ou: quando isso ou aquilo aconteceu no Líbano, como *ele* se comportou em seu exílio na Alemanha?

Lembro-me de uma cena em nossa cidade: eu, diante do ginásio de esportes com outras pessoas. Quase todos da nossa rua estavam ali, mas também muitos alemães e kosovares. Bloqueamos a entrada para impedir que a polícia entrasse no local. Fizemos isso assim que descobrimos que alguém – às vezes também eram famílias inteiras – seria deportado. Na maioria das vezes, de volta para a Hungria, pois era de lá que a maioria dos refugiados partia rumo à Alemanha. Enganchamo-nos uns nos outros e formamos uma corrente. Teria sido fácil nos separar, mas acho que muitos agentes ficaram impressionados. Às vezes tínhamos sucesso, outras vezes, não. De todo modo, isso nos dava a sensação de que havíamos tentado alguma coisa.

Pergunto-me como essa pequena nação consegue controlar essa afluência de refugiados. E me envergonho de ser cidadão de um país em que muitas pessoas temem os que buscam asilo como se fossem um demônio. A cidadania de um país onde hoje mais alojamentos de refugiados são incendiados.

— Acredite em mim quando lhe digo — começa Nabil, depois de tomar fôlego rapidamente —, essa crise é única. Até agora, conseguimos lidar com ela. Por quê? Porque fazemos o que é a nossa especialidade: negar a realidade e nos mostrar prestativos. Só que uma hora tudo isso irá pelos ares. Não digo *entrar em colapso* nem *ruir*. Não é o que tenho em mente. Quero dizer *explodir*, todo esse maldito barril de pólvora.

— Por quê?

— Por um lado, por causa do conflito político. Mas, uma hora, também na população libanesa aqueles que não querem mais os sírios no país serão em maior número do que aqueles que os toleram. Por quê? Os sírios não têm autorização para trabalhar aqui; muitos trabalham na informalidade e, obviamente, recebem menos por isso. Para os empregadores, isso significa: deixo o sírio trabalhar, e o libanês perde seu emprego. Lembra-se do que eu te disse ontem sobre as oportunidades de formação? Dificilmente uma criança refugiada conseguirá frequentar a escola. Nunca entrarão em contato com crianças libanesas e, portanto, os dois lados não aprenderão a superar os preconceitos.

A visão sombria de Nabil não combina com esse dia ensolarado nem com a descontração na avenida costeira.

— Portanto, como antigamente, quando a certa altura os palestinos se fortaleceram muito no Líbano — digo. Isso é passado. Nele, volto a me sentir à vontade. A presença dos palestinos desde o fim dos anos 1940 foi uma das razões para a eclosão da guerra civil em 1975. Seus campos de refugiados eram um Estado dentro do Estado. A OLP usou esses campos como bases de apoio para seus ataques a Israel e, assim, transformou o país inteiro em alvo.

— Sim — responde Nabil, concordando com seriedade. — Os campos palestinos são quase tão antigos quanto o Líbano atual. Neles, os habitantes vivem sua própria vida e estão muito bem interligados. Mas os refugiados sírios hoje... Isso tem outra dimensão.

Continuamos a passear pela sinuosa avenida costeira. Todas as construções modernas do outro lado da via dão para o mar. Torres espiraladas, fachadas lisas, porteiros uniformizados, que retiram bagagens pesadas de sedãs caros e as colocam em carrinhos dourados. Do nosso lado, nada além de rostos descontraídos, camelôs e vendedores de frutas. A Beirute dos turistas. Um dia fantástico, nenhuma nuvem no céu, nem mesmo mais além, sobre o mar. Nesse meio-tempo, acostumei-me a ver Nabil não apenas como meu parceiro detetive, mas também como meu guia turístico. Uma distração bem-vinda para ele, algo diferente de conduzir, de um compromisso a outro, banqueiros que só ficam ao celular. Ele aproveita a ocasião. Para mim, é difícil aceitar que sou um turista na terra dos meus pais.

— Antigamente, aqui era cheio de barracas de madeira — diz ele. — Miniquiosques, se preferir. Sobretudo nos anos 1970. Exatamente aqui, onde estamos caminhando. Os turistas gostavam muito, porque só precisavam sair do hotel e atravessar a rua. Havia de tudo por uma fração do preço que os hotéis cobravam.

— Li sobre isso. Que fim levaram as barracas?

— Não sei se foram proibidas por influência dos donos dos hotéis ou se os comerciantes foram embora espontaneamente porque a certa altura não havia mais turistas. Em todo caso — diz Nabil, parando e apontando para um prédio do outro lado da avenida —, aqui ficava o Carlton.

A construção tem cerca de doze andares e se ergue em forma de caixa. Parece bem novo, mas não tem nada da ousadia arquitetônica de muitos outros edifícios na avenida costeira. Um prédio simples, de concreto cinza e sacadas uniformes.

— Agora é residencial. Não parece, mas os apartamentos aí dentro são impagáveis por causa da localização.

— Que fim levou o hotel? — pergunto.

— Foi demolido. Uma pena. Não era nenhuma pérola arquitetônica, mas um endereço de respeito, um hotel renomado. Antigamente, ali — Nabil aponta para uma área não muito bem definida diante do prédio — era a piscina. Ficava um pouco elevada, em um terraço; assim, da água dava para olhar confortavelmente para o mar. Também era possível alugar a área para festas particulares, como casamentos. Encontrei alguns dados, quer ouvir?

— Com prazer.

— Cento e quarenta quartos, todos de frente para o mar; dez andares; cinco estrelas. No restaurante, vista panorâmica, e havia até um *american bar*, com sofás *chesterfield* e uísque importado. Desde 2002 não era mais usado como hotel. Chegaram a pensar em restaurá-lo, mas Jamil Ibrahim, um renomado escritório de arquitetura, comprou o terreno e demoliu o prédio em 2008. Primeiro se planejou instalar um novo hotel, puro luxo, com torneiras de ouro, você sabe, como em Dubai.

— Mas?

— Mas alguém deve ter achado uma loucura e preferiu construir isso aí.

Posso imaginar muito bem. O hotel com a inscrição "Carlton" no topo. Brilho de luminárias douradas na recepção; um lustre de vários andares no *foyer*, diante de uma escadaria larga, forrada com tapete; funcionários que cumprimentam com deferência; despertar de manhã nos quartos com vista para o mar; um pianista no restaurante; o barulho da água na piscina; mulheres da alta sociedade, com coquetéis e de óculos escuros, conversando debaixo de um guarda-sol. Meu pai descreveu as cenas como um quadro em seu diário. Quase me sinto como se eu mesmo já tivesse entrado nesse hotel. Muita coisa aconteceu ali. Hakim e meu pai se conheceram. Em um casamento grandioso. A foto que o mostra de uniforme ao lado de outro homem foi tirada ali. E muitas coisas mais...

Dois homens invadiram o local e começaram a atirar para todos os lados na área da entrada. Junis, o rapaz que ficava na recepção, morreu. Fazia poucas semanas que começara a trabalhar ali.

— Você parece ter visto um fantasma — diz Nabil, batendo em meu ombro.

Um fantasma. Não é tão impossível como ele imagina.

— Não sei quanto a você... — diz, colocando os óculos. Parece um pouco ensaiado. — Mas agora estou ansioso para saber quem nos espera nessa boate.

10

A morte da minha mãe foi grande demais para ser compreendida. Tão abstrata quanto uma fórmula estranha, que eu não entendia e nunca decifraria. Depois do seu enterro, fui tomado por uma saudade ofuscante. À medida que o tempo passava, cada gesto, palavra e ação sua me pareciam mais brilhantes. E o aperto que eu sentia foi ficando cada vez mais insuportável. Um peso e uma escuridão tempestuosos que me envolviam por completo.

Em determinado momento vieram os vizinhos. Circunspetos, caminhavam em nosso apartamento como se estivessem visitando um museu ou túmulo e, quando percebiam que eu os fitava, olhavam desconcertados para o lado ou colocam a mão em meu ombro. Durante um dia inteiro, homens de botas entraram e saíram, munidos de fita métrica e parafusadeiras sem fio, e retiraram armários, cristaleiras e móveis. Os cômodos foram preenchidos pelo barulho das ferramentas e da desmontagem. A certa altura, nossa casa ficou vazia. Vi as marcas dos móveis no tapete e os contornos empoeirados no assoalho. As paredes irradiavam uma frieza feia; até as cortinas foram levadas. O quarto da minha mãe: vazio. A sala: vazia. A cozinha: completamente desmontada. Apenas no meu quarto ainda havia algumas caixas.

Passei os dias após o velório como em transe. Incapaz de tomar decisões, desorientado e com medo. Mais do que nunca, o futuro me pareceu um monstro arreganhando os dentes. Eu não fazia a menor ideia do que viria em seguida. A única certeza era que Alina e eu não poderíamos ficar ali.

Não sei o que a morte da minha mãe desencadeou em mim, mas o efeito que teve sobre minha irmã foi assustador. No início, ela era acometida sobretudo por intensas crises de choro. Recusava-se a dormir em seu quarto; em vez disso, deitava-se na cama da nossa mãe, que ainda trazia dolorosamente seu doce perfume. Depois, de uma hora para outra voltou a chupar o polegar e procurava ficar perto de mim. Não saía do meu lado, agarrava-se à minha perna ou à minha mão e queria até ser carregada, abraçando meu pescoço e apertando o rosto contra meu ombro. Cinco dias após o enterro, Alina saiu de pijama do seu quarto e começou a chamar nossa mãe. Enfiava a cabeça em todos os cômodos, procurando por ela, olhava ao redor e a chamava, como se tivesse acabado de acordar e ficasse surpresa por não encontrar nossa mãe, deitada ao seu lado. Era de cortar o coração e assustador. Eu a abraçava em silêncio e a segurava, não tinha palavras para ela, mas sentia que as coisas estavam evoluindo em uma direção na qual perdíamos o controle. Menos de duas semanas depois – nesse meio-tempo, Yasmin dormiu em nossa casa –, Alina teve uma forte dor abdominal, tão forte que ligamos para o médico do serviço de emergência, pois ela se contorcia de dor.

Pouco depois chegaram algumas pessoas do Juizado da Infância e da Juventude. Vinham com uma mulher, uma psicóloga infantil, que nos explicou o que era um trauma por perda. Estava sentada na pequena sala de Hakim, diante dele e de mim. Seus cabelos eram macios e prateados; seus olhos, verdes e claros, e sua voz, tranquila, mas muito determinada.

— Neste momento, é muito importante que Alina seja bem cuidada — disse ela, olhando para nós, como para se assegurar de que a estávamos acompanhando. — Crianças que perdem os pais também podem perder sua capacidade de ligação afetiva. Digamos que a natureza nos configurou assim. É uma autodefesa. O sistema de ligação afetiva tem de ser desligado para evitar uma reação exacerbada. Alina ainda não chegou a esse ponto, mas está mostrando os sintomas clássicos de um trauma por perda. Ansiedade excessiva, apego, busca do ente falecido. Algumas crianças acabam desenvolvendo uma tendência ao suicídio.

Hakim e eu nos olhamos. As palavras da mulher penderam como uma bola de demolição sob o teto.

— Agora é muito importante que passemos com tranquilidade para o próximo passo — continuou e olhou para os dois funcionários do Juizado da Infância e da Juventude, que concordaram com ela, meneando a cabeça. Pelo visto, a passagem para o próximo passo cabia a eles, mas a deixaram por conta da mulher, para não nos pressionarem. — Sei o quanto essa perda é difícil para vocês e que não é fácil olhar para a frente, mas, mesmo assim, sou obrigada a lhes perguntar se já pensaram no que vão fazer.

Eu ainda estava preso à expressão *trauma por perda* e me perguntava se também tinha sofrido algo parecido aos 8 anos, a mesma idade de Alina agora, quando perdi meu pai – e se a morte de nossa mãe me faria enlouquecer de vez. Estaria eu prestes a ser oficialmente reconhecido como maluco?

Hakim pigarreou. Parecia abatido. Porém, ao falar, sua voz era tão firme e decidida que estremeci.

— A senhora El-Hourani se precaveu — disse ele. — Talvez a senhora saiba que o senhor El-Hourani está ausente e não pode cumprir com suas obrigações de pai. Por isso, há alguns anos, a senhora El-Hourani deixou um testamento com a declaração de que, caso morresse prematuramente, eu assumisse a tutela de seus filhos.

A mulher olhou para ele surpresa, depois para mim. Esforcei-me para não desviar o olhar. No dia do enterro, Hakim tinha me falado a respeito do testamento. Eu apenas anuíra em silêncio, aliviado por não ter de pensar nisso. Ouvir de novo suas palavras, dentro de casa, em um ambiente familiar, doeu muito. Mostraram-me o quanto minha mãe e eu estávamos distantes um do outro. Em dado momento, ela se livrou do seu luto e conseguiu olhar para o futuro, ponderando sobre algo terrível como sua própria morte e suas consequências, enquanto eu continuava a me deixar arrastar pelo turbilhão do passado.

— Posso ver o testamento? — perguntou um dos funcionários do Juizado, que estava sentado atrás da psicóloga e, até o momento, mantivera-se em silêncio. — Não agora, é claro, mas o senhor entende que precisamos atestar sua autenticidade.

— Claro — respondeu Hakim.

A psicóloga olhou para mim.

— Samir — disse com serenidade —, em princípio, a vara da família é obrigada a aceitar o testamento da sua mãe. Você tem 16 anos. Para a lei, isso significa que tem capacidade civil. Pode rejeitar essa tutela se quiser.

Neguei com a cabeça. Nem em sonho pensaria em fazer uma coisa dessas. Morar com Hakim me pareceu um consolo – era o único lugar concebível.

— Essa me parece uma boa solução — disse a mulher. — Quando você termina a escola?

— No ano que vem.

— Ensino médio?

— Sim.

— Isso é bom — deu um sorriso encorajador. — A única questão é — disse a mulher, e em sua voz já se percebia o tom ácido de uma má notícia: — Como já expliquei, em princípio, a vara da família é obrigada a aceitar a decisão da senhora El-Hourani, desde que seja para o bem-estar da criança — fez uma pausa, para deixar que suas palavras agissem. — Com Samir, vejo que esse bem-estar está garantido — continuou. — O tempo necessário para superá-lo é relativamente curto. Depois de concluir a escola, certamente ele vai ter uma formação, ganhar o próprio dinheiro e querer se mudar.

Era inconcebível que essa mulher fizesse planos para mim. Eu mal conseguia pensar no dia seguinte.

— Já com Alina a situação é diferente. Ela vai precisar de acompanhamento psicológico. Vou ter de elaborar um parecer para a vara da família. É muito importante que vocês dois entendam o seguinte — mais uma vez, fez uma pausa. Ao dizer *muito importante*, bateu a lateral da mão na coxa, para enfatizar cada palavra. — Nós — virou-se para os dois funcionários do Juizado, depois novamente para nós — somos da opinião de que o ambiente estável de que Alina precisa não é aqui.

Hakim deslizou para a frente quando ela disse isso e quis intervir, porém, movendo rapidamente a mão, a mulher lhe pediu para que ele a deixasse terminar de falar.

— Com frequência, os próprios parentes diretos ou amigos da família ficam sobrecarregados. A morte de uma pessoa próxima é um acontecimento muito intenso, que causa enorme comoção. Isso faz com que essas pessoas não consigam lidar com essa tarefa.

Desamparado, Hakim olhou para mim e colocou a mão em minha coxa.

— Mas no testamento está escrito que devo assumir a tutela dos *dois* — disse.

— Eu sei — a psicóloga permaneceu tranquila. Perguntei-me quantas vezes ela já teria conduzido esse tipo de conversa. Sala, rostos tristes, rotina miserável. — Mas a decisão tem de servir ao bem-estar da criança. Para Alina, o mais importante agora é ficar em um ambiente estável, no qual possa crescer. Um ambiente voltado a garantir suas estruturas cotidianas. Trata-se não apenas do acompanhamento psicológico, mas também de que ela cresça em condições adequadas.

— Condições adequadas? — perguntou Hakim. Sua voz era firme, mas vi seu pé tremer debaixo do tampo da mesa. — Já criei uma filha sozinho — disse. — Na primavera ela fará o exame de conclusão do ensino médio e, no próximo ano, quer fazer universidade. Sou capaz de criá-la. Conheço Alina desde que ela nasceu... Sou como um pai para ela.

— E nós somos da opinião de que o ambiente estável para a menina não é aqui — disse a funcionária do Juizado. Até o momento, ela não tinha se manifestado, e desejei que continuasse em silêncio. Sua voz era formal, burocrática, sem sinal de compaixão.

— E que tipo de ambiente vocês têm em mente? — perguntou Hakim.

— Uma família adotiva — disse a mulher. Poderia muito bem ter dito *couve recheada*, pois soou como se tivesse respondido a uma pergunta sobre um almoço qualquer.

— Uma família adotiva?

O pé de Hakim tremeu ainda mais. Como ele conseguia falar com tanta calma?

— Somos da opinião de que é o melhor para a criança — disse a psicóloga e depois enfatizou: — *Eu* sou da opinião que é o melhor a ser feito.

Eu poderia ter feito milhares de perguntas, mas as vozes dos presentes já estavam infinitamente distantes, como em outro lugar, em outra época. Uma família adotiva. Uma nova casa. Um novo pai, uma nova mãe. Talvez também novos irmãos. Embora eu entendesse o que as pessoas estavam dizendo, pareceu-me monstruoso. Elas simplesmente queriam transplantar Alina. Pensei em seu rosto delicado, com os traços do nosso pai e longos cabelos lisos. Eu a perderia. Assim como tínhamos perdido nossos pais. Eu a perderia sem tê-la conhecido direito. Todos os momentos em que ela quisera passar mais tempo comigo. *Vem comigo ao parquinho, Samir? Você vai ficar para a minha festa de aniversário? Me conta uma história?* Nunca fui para a minha mãe o filho de que talvez ela precisasse, tampouco para Alina fui o irmão que ela desejara. Agora as duas tinham ido embora. Eram inacessíveis para mim. Da família que há oito anos se mudara para cá, nada mais restaria além de uma lembrança coberta pela sombra.

Nunca vou me esquecer do momento em que a levaram embora. Afundada no banco traseiro do carro, olhando fixamente para os próprios dedos. Um pequeno feixe de cabelos pretos. Desejei que ela martelasse os vidros com as mãos, gritasse, se opusesse e chorasse. Mas ela apenas ficou ali sentada, apática, atravessando-me com o olhar, sem nem sequer acenar quando Hakim, Yasmin e eu olhamos o carro partir de nossa rua.

Antes disso, fomos comer. Após infinitos telefonemas, chegou o momento de virem buscar Alina.

— Por que tão longe? — perguntei, quando fiquei sabendo onde a família adotiva vivia.

— Porque vai ser mais fácil para a sua irmã se recuperar e ser feliz em um ambiente totalmente novo — foi a justificativa.

Seus novos pais nos convidaram para ir a um restaurante. Ele era pastor em uma comunidade minúscula em algum lugar no Norte, "a apenas sessenta quilômetros do mar". Ela dava cursos de pintura, "mas só meio período". Os dois se esforçaram muito para disfarçar o desconforto. Falaram de sua casa espaçosa, que Alina adoraria, e do jardim, no qual tinham até uma colmeia. Na verdade, não eram tão ruins, eram até bastante simpáticos. Mesmo assim, não consegui comer e notei que Hakim e Yasmin também não. Apáticos, remexemos nossas saladas.

— Temos um filho — disseram —, um menino. Ele se chama Marcel e tem 8 anos, exatamente como Alina. E uma menina, que adotamos. Ela se chama Sulola e vem da Nigéria.

Até ver realmente Alina partindo com eles, não consegui conceber que os dois levariam minha irmã embora e a criariam.

No começo, era como se tivessem arrancado um pedaço de carne do meu corpo. Senti a falta de Alina com todas as minhas fibras. Sua risada descontraída; sua capacidade encantadora de se aprofundar em um livro; o modo como escrevia com a mão esquerda e, ao mesmo tempo, a curvava, para não borrar a escrita; os movimentos circulares com os quais escovava os dentes, como se seguisse um manual escolar; o modo como desatava a rir quando a pasta de dentes espumava tanto que ela parecia ter raiva. O modo como cantava e dançava. Havia tantas coisas que eu queria ter dito. E tantas outras que permaneceram em silêncio.

Após meio ano, escrevi-lhe a primeira de poucas cartas. Yasmin falava com ela às vezes pelo telefone, Hakim também. Eu não conseguia. Então, escrevi-lhe algumas linhas, dizendo que em breve terminaria a escola, mas, acima de tudo, queria saber dela. Como estava, se gostava da nova escola e o que achava do mar.

Ela até respondeu, mas eu nunca soube como estava. Sua caligrafia infantil contava apenas o que ela via:

A casa é bonita, os professores são simpáticos. Temos até um cachorro. Ele se chama Moses. É bonzinho, mas não pode dormir dentro de casa.

Tem sua própria casinha no jardim. Vi o mar, mas não deu para tomar banho porque a água é muito fria. Minha professora de violino se chama Viola. Tem dedos bem compridos. Se eu treinar muito, talvez logo possa tocar em um concerto. Se vier me visitar, toco alguma coisa para você.

Fiquei com o quarto de Hakim. Ele dormia no sofá da sala. Provisoriamente. Estava claro que Yasmin se mudaria no verão para estudar na universidade e que eu ficaria com o quarto dela, caso eu mesmo também não me mudasse logo.

Estar novamente tão perto de Yasmin era bom e estranho ao mesmo tempo. Estranho sobretudo porque Alex nunca saía de perto dela. Seu namorado era gentil comigo. Mas sempre tive a impressão de que ficava de olho em mim. De que suspeitava da nossa história em comum. Quando eu me encontrava sozinho em um cômodo com Yasmin e ele entrava, a primeira coisa que fazia era colocar ostensivamente o braço ao redor do quadril dela ou lhe dar casualmente um tapinha no traseiro. E, quando a chamava, nunca dizia apenas seu nome, mas sempre alguma coisa como: "Amor, pode vir aqui rapidinho?". Passávamos muitas noites na frente da televisão, na casa de Hakim. Pacotes de batata frita, sangria em garrafas Tetra Pak e filmes da locadora. Quando ficávamos sentados ali, Yasmin e Alex não se aconchegavam um no outro, não se tocavam ou se beijavam. Porém, mais tarde, quando eu já estava na cama e fitava a parede, atordoado pela solidão ofuscante, ouvia o ruído no quarto ao lado, o som abafado da respiração ofegante dos dois e, por fim, seus passos até o banheiro, esforçando-se para não fazer barulho.

Quando eu era criança, Yasmin nunca me fez sentir que ela era dois anos mais velha. Nossas excursões pelos corredores escuros, as escaladas nas árvores, os saltos nas poças de água ou as tardes chuvosas de primavera que passávamos juntos – em minha lembrança, tudo se congela em uma grande imagem desfocada. Nós dois juntos, cúmplices, unidos e inseparáveis.

Porém, nesse momento, oito anos depois, era difícil não notar a diferença de idade. Eu era refém da puberdade, que de repente, como em um passe de mágica, colocou umas espinhas enormes na minha testa e fez minha voz desafinar. Ela havia se tornado uma jovem mulher. Tudo nela era feminilidade, seu perfume, o modo como caminhava, como falava e se vestia. Eu adorava ficar perto dela, mesmo que, em sua presença, eu sempre tivesse a impressão de ser jovem, pequeno e inexperiente demais.

Enquanto eu estudava sem muita convicção para minhas provas – nada tinha se tornado mais indiferente para mim do que a escola, meus colegas e sua conversa banal –, Yasmin passava as tardes na biblioteca ou em grupos de estudo, preparando-se de maneira conscienciosa para o exame de conclusão do ensino médio. Queria até me levar junto com ela, pois pouco importava onde eu estudava, mas eu evitava acompanhá-la; não queria olhar para ela o tempo todo, porque ela afastava os cabelos do rosto como fazia quando era pequena. Eu simplesmente não conseguia entender como o tempo a havia deixado tão fascinante. E, olhando melhor, seus olhos ainda continham um pouco do brilho selvagem da sua sede de aventura, que me lembrava o modo desinibido como caminhava à minha frente pelo mato, em meio aos arbustos. Contudo, nesse momento, uma atenção inspiradora dominava a expressão de seus olhos; ela parecia sempre desperta, curiosa e sinceramente interessada. Com Yasmin eu podia falar das coisas mais banais. O modo como ela me ouvia, concordava comigo e me indagava sempre fazia com que eu me sentisse interessante e me lembrava as tardes luminosas nos degraus da escada da nossa casa, quando eu lhe contava as histórias do meu pai, enquanto os mundos que ela criava em sua mente se refletiam em suas pupilas. Às vezes ainda era um pouco como antigamente, como se nossa intimidade tivesse sobrevivido ao tempo. Quando bastava nos olharmos para saber o que o outro estava pensando ou começávamos, ao mesmo tempo, a dizer uma frase com as mesmas palavras.

Nunca entrava com ela na biblioteca, mas ia buscá-la. Depois da escola, eu estudava no refeitório, onde tinha de passar a metade do tempo olhando para o relógio em cima da máquina de refrigerante, até dar a hora de sair. Então, punha-me a caminho da biblioteca, um imponente edifício de pedra com colunas adornadas. Diante da entrada, duas estátuas de homens barbudos que se olhavam: Platão e Sócrates. Sob seus olhos, eu aguardava na escadaria, até Yasmin sair com uma sacola plástica transparente, cheia de livros e anotações, e me presentear com seu sorriso animado.

Certo dia, passeamos pela cidade. O ar estava quente e úmido sobre as ruas ainda cristalinas depois da chuva de maio. As pessoas lotavam as calçadas, tinham fechado os guarda-chuvas, mas pareciam desconfiadas, como se já esperassem o próximo aguaceiro. Faltavam poucos dias para as nossas provas. Em silêncio e sem rumo, caminhávamos lado a lado. Isto é uma coisa que, na companhia de Yasmin, sinto de maneira diferente do que com outras pessoas: o silêncio em sua presença nunca foi desconfortável.

— Acha que está bem preparado? — perguntou-me a certa altura. O ar úmido fez com que seus cabelos ficassem ligeiramente encaracolados.

— Ah — respondi dando de ombros —, de algum modo vai dar certo. E você?

— Igual — disse, sorrindo. — Você consegue; quanto a isso, não estou preocupada.

Eu também não estava preocupado. No fundo, pouco me importava qual nota ia tirar.

— Está ansiosa com o que vem depois? — perguntei, sem pensar muito a respeito. — Quero dizer, com a universidade?

— Sim — Yasmin sorriu. — Acha que Psicologia tem a ver comigo?

Fiquei surpreso por ela me fazer essa pergunta. Normalmente, era tão determinada e segura de si que não precisava de nenhuma confirmação.

— Com certeza — respondi rapidamente, e estava falando sério. Podia muito bem imaginá-la nessa profissão; era uma excelente ouvinte, e todo o seu modo de ser despertava confiança.

— Ou melhor, Psicoterapia. Portanto, primeiro cinco anos de estudo, depois uma formação complementar. Mais três a cinco anos.

— Bem longo — disse eu. Cinco anos me pareciam uma eternidade; oito a dez era algo inconcebível. — E onde? Aqui, na universidade?

— Não sei — sua voz tinha ficado um pouco séria, umedecida por um peso melancólico, que normalmente não lhe era comum. — Não é fácil conseguir uma vaga. Vou me candidatar em todos os lugares e depois ver o que a Central de Atribuição de Vagas diz.

Concordei lentamente com a cabeça.

— Com certeza vai conseguir.

— Vamos ver.

Yasmin olhava para o chão enquanto caminhávamos. Parecia triste, como se o seu estado de espírito controlasse o céu: nuvens escuras que se juntavam e se fundiam ao horizonte. Nesse momento, não tive dúvida de que choveria se Yasmin começasse a chorar.

— Estou ansiosa para começar algo novo. Conhecer novas pessoas, ir a festas dos estudantes e tudo mais; enfim, ver coisas diferentes.

— Mas?

— Mas pensar em ir embora é difícil para mim. Nunca morei em outro lugar.

Difícil. Pensar que Yasmin iria embora não era difícil. Era insuportável. Eu não sabia como teria aguentado os últimos meses sem ela e imaginar um futuro no qual ela não estivesse perto de mim fazia meu estômago se contrair.

— Encare como uma aventura — disse eu, e sorri com a esperança de não ter parecido muito angustiado. — Enquanto isso, cuido do Hakim.

Ela não respondeu. Pegou minha mão e a apertou. Não a soltou; ao contrário, entrelaçou seus dedos nos meus e continuou a caminhar ao meu lado. Era um gesto inocente, entre amigos que se reencontravam após uma longa separação, reunidos por um destino violento, e que agora se davam conta de que simplesmente não poderiam continuar assim para sempre. Não obstante, meu coração disparou, um tremor quente subiu por minha espinha, e torci para não enrubescer.

Seguimos em frente. De novo em silêncio. Nossos ombros se tocavam; estávamos unidos por nossas mãos e pela consciência de que valia a pena aproveitar ao máximo esse momento, pois tão cedo não voltaria a acontecer. Fazia tempo que a zona de pedestres tinha ficado para trás; atravessamos conjuntos habitacionais, passamos por casas com pequenos jardins e flores protegidas da chuva. Simplesmente caminhávamos, sem um destino concreto.

— E como vai ser com Alex? — perguntei em dado momento, segurando sua mão com mais firmeza, pois tive medo de ela perceber a intimidade do momento e a retirar ao pensar no namorado. Mas ela não a retirou.

— Vai para a mesma universidade que eu for. Alex quer fazer Educação Física, que tem em quase todos os lugares — disse, acrescentando um "pelo menos".

— Que bom — disse eu. — Então você não vai ficar sozinha.

Mas minhas palavras não soaram bem. Soaram falsas, injustas e insidiosas, e me surpreendi com a mágoa que senti ao imaginar: eles morariam juntos, partilhariam uma vida. Ele estaria ao seu lado quando ela precisasse de alguém para conversar. Alex, não eu.

— Sim. Vai ser mais fácil não precisar manter um relacionamento a distância. Imagine só: ter de ligar todas as noites, pegar a estrada na sexta-feira à tarde; na sexta à noite, descobrir o que nossos períodos de adaptação têm em comum; no sábado, pensar no que vamos fazer no domingo; depois, de novo a estrada. Eu não daria para isso.

— Então, o que os olhos não veem o coração não sente?

— Não é isso. Mas acho muito, muito difícil manter sentimentos profundos quando a gente não se vê. Bom, pouco importa, ele vem comigo.

Pareceu aliviada. Abaixei a cabeça. Se ela realmente se mudasse, o que acabara de dizer também valeria para nós.

— E você? — perguntou.

— Ainda não sei. Não pensei a respeito. Vou encontrar alguma coisa.

— Tenho certeza.

Mais uma vez, apertou minha mão.

Nesse meio-tempo, as casas se transformaram em edifícios residenciais. Acabamos indo parar na periferia. Campos desolados, postes de energia, contêineres para coleta de vidro. Eu já estava me perguntando quanto tempo levaríamos para chegar em casa quando Yasmin parou de repente. Em seu rosto, vi um sorriso radiante. Diante de nós erguiam-se prédios de apartamentos, gigantes de cimento, cinza como o céu. Um velho muro, úmido e coberto de musgo, impedia que se visse o pátio interno.

Estava como antes. Apenas com mais grafites e rabiscos, mais cacos de vidro na beira da rua, mais heras e teias de aranha no portão de entrada. Como uma ruína que emergia do solo, paralisada diante de uma infinitude; um elísio encantado, nossa Atlântida.

Yasmin soltou minha mão e olhou para mim. Seus olhos estavam diferentes, como se alguém tivesse puxado uma cortina para o lado e liberado a visão para um palco iluminado. Não precisou dizer nada. Senti o que estava pensando. Fomos até o portão enferrujado, que se abriu com um chiado. Em seguida, estávamos no pátio. Nele havia o mesmo balanço de antes. Só a pintura estava descascada, e as correntes enferrujadas pareciam poder romper-se a qualquer segundo. Os mesmos garotos de antigamente, com as cabeças próximas umas das outras e fumando. Como me pareciam grandes antes, os reis do nosso conjunto habitacional. Mas agora eram apenas crianças, reunidas pelo tédio, últimos guardiões de um templo perdido, esquecido pelo mundo. Sentimo-nos como espíritos, invisíveis em um curso cintilante do tempo, viajando pelo passado.

— Venha — sussurrou Yasmin. Suas bochechas estavam vermelhas de excitação quando subiu a escadaria com cuidado, como se cada próximo passo seu pudesse nos despertar de um belo sonho. Era algo intenso e avassalador sentir no próprio corpo como os anos tinham passado. Esgueiramo-nos pelos corredores, sob lâmpadas quebradas, passamos as mãos nas paredes e ouvimos os barulhos atrás das portas: som de televisores, conversas em voz baixa em línguas exóticas, compassos tristes de música estrangeira. Como antes. No começo, não notei que Yasmin já não caminhava ao meu lado e, quando me virei para ela, meus olhos tiveram de procurá-la até eu me dar conta de que estava ajoelhada, com o nariz diante da fenda de uma porta. Chamou-me com o indicador e bateu a palma da mão no chão, ao seu lado. Então, fiz como ela, coloquei o nariz diante da porta e aspirei o odor estranho.

— Africano — sussurrou.

— Tem certeza?

— Tenho. Que cheiro está sentindo?

Farejei de novo. Yasmin sempre foi melhor nessa brincadeira.

— Cebola? — sussurrei de volta.

— Com certeza. E chili. Um pouco de cardamomo. Uma pitada de pimenta, acho que pimenta-do-reino. Milho doce também, se não me engano. Talvez um pouco de amendoim; de todo modo, um punhado de folhas de baobá, mandioca e sementes moídas de feno-grego.

Fitei-a.

Ela me fitou de volta com expressão muito séria, mas não conseguiu mantê-la por muito tempo. Em seguida, desatou a rir e teve de colocar a mão na boca para não rir alto demais. E ri com ela, uma imagem absurda: nós, duas crianças já bem crescidas, ajoelhando-nos no corredor sujo, diante de uma porta desconhecida, farejando pela fenda de uma porta. Como antigamente. Yasmin sorriu para mim. De maneira radiante e despreocupada. Estávamos ali, no nosso *habitat*. Nesse momento, pouco importava para onde ela se mudaria; estávamos tão próximos um do outro que nenhuma distância poderia nos separar. Sorri de volta. Senti o perfume da sua pele, da sua loção, uma mistura suave de mel e almíscar. Nossas faces quase se tocaram. Então, ouvimos passos atrás da porta e nos levantamos de um salto. Yasmin me puxou rindo, e dobramos a esquina em tempo quando a porta se abriu.

Coração disparado, falta de ar, pele arrepiada. Apoiamo-nos de costas contra a parede, ombro a ombro, e rimos. Depois, repetimos a brincadeira. Ajoelhamo-nos, sentimos o odor e adivinhamos. Levantamo-nos e seguimos adiante. E, em dado momento, chegamos ao número 37. Um capacho úmido no chão, uma maçaneta sem brilho, a plaquinha da porta sem nome. Olhamo-nos. Se Yasmin se sentia como eu, milhares de imagens passaram voando por ela: minha mãe penteando-a, olhares de cumplicidade trocados à mesa de jantar, noites de leitura com meu pai na sala minúscula, enrolados na coberta e deitados no sofá. Como que por si só, meus dedos passaram pela antiga madeira da moldura da porta. Como se eu pudesse tocar esses momentos. Imagens de um mundo que ainda não era grande demais para nos perdermos nele. Yasmin pôs sua mão sobre a minha, segurou-a e me deu um beijo rápido e furtivo na boca. Durou mais do que um piscar de olhos, mas muito pouco para mergulhar nele e sentir todo o calor de seus lábios.

Era tarde quando chegamos em casa. Voltamos passeando sob um céu levemente iluminado. Comemos com Hakim, mas não falamos muito. Ele nos examinou com curiosidade, mas foi sensível o bastante para não indagar sobre a razão de nosso silêncio. Mais tarde chegou Alex. Estendeu a mão para que eu batesse nela. Yasmin o abraçou, e eles se beijaram. Já não me lembro do filme que vimos. Ficamos sentados no sofá, ela no centro, com a cabeça no ombro e a mão no colo dele. Os dedos dele a acariciavam, ausentes. Tomei um gole de cerveja em lata e não consegui me concentrar no filme, pois meu pé estava embaixo da mesa de centro, onde Yasmin o tocava com seu dedo mínimo.

Nós dois passamos nos nossos exames. Yasmin com nota máxima, e eu, com um pouco menos do que o satisfatório. Não que me importasse; ao contrário, quando pensava na prova, nos números e nas palavras que se dissolviam em formas vagas em minha folha, ficava surpreso com o fato de eu ter mais adivinhado do que sabido as respostas. Isso foi em julho de 2001. A escola tinha terminado. Mandei uma carta para Alina com uma foto, na qual apresentava, sorrindo, meu certificado de conclusão do ensino médio. Ela escreveu de volta, algumas semanas depois.

Oi, Samir,
seu terno parece bonito. Aos domingos, Marcel também veste terno quando vamos à igreja. Gosto de lá porque todos cantam. Pintei um quadro para Moses e o dependurei em sua casinha. Aqui em casa há quadros por

toda parte, mas ele não pode entrar. Todos são gentis comigo. Também na escola. Gosto de lá e estou feliz por ainda não a ter terminado como você. Nas férias de agosto, vamos viajar de avião. Estou ansiosa porque nunca voei. O lugar para onde vamos também tem mar, mas é mais quente e talvez finalmente eu consiga entrar na água. Também estou lhe mandando uma foto. A menina ao meu lado se chama Louisa. Estamos na mesma classe. Talvez um dia você venha me visitar, e eu a apresento para você.

Alina usava um vestido que eu ainda não tinha visto. Seus cabelos longos estavam presos em duas tranças, e o sorriso de criança com o qual olhava para a câmera quase me fez chorar. Talvez eu tivesse mesmo chorado, se nesse momento Hakim não tivesse batido à porta. Duas sacolas esportivas cheias balançam em suas mãos. Ele vestia um casaco e estava com a chave do carro presa entre os dedos.

— Você vem?

Enfiei a foto e a carta no envelope, fiz que sim e peguei uma das sacolas de sua mão enquanto saíamos. Yasmin e Alex já estavam no carro.

Cronometrei: levamos cinco horas, 13 minutos e 24 segundos até o estacionamento da residência na universidade de Yasmin. Atravessamos quase a metade do país. Pelo caminho: restaurantes malcheirosos, o odor de gasolina nos postos de abastecimento e mudança de paisagem: menos montanhas, mais florestas. Lembro-me do momento depois que Yasmin abriu e leu a carta, enquanto seus olhos se arregalavam e ela me abraçou, exultante, para depois sair correndo do quarto e ir contar a Hakim.

Carregamos a bagagem dos dois pelo caminho estreito até seu apartamento. Era uma residência administrada pelos próprios estudantes: dois quartos mobiliados, cozinha comum e dois banheiros por unidade, máquina de lavar e secar no subsolo, bicicletário. Os dois iam à frente, de mãos dadas, olhavam animados ao redor e se mostravam apaixonados. Diante de algumas portas pendiam roupas em varais provisórios; estudantes esparramavam-se em cobertas na grama e liam ou fumavam. O apartamento era pequeno, impessoal e limpo apenas superficialmente, mas não era difícil imaginar como Yasmin o arrumaria e decoraria em pouco tempo, para que pudessem sentir-se bem.

Na despedida, Hakim abraçou Alex e lhe desejou muito sucesso, segurou Yasmin por uma eternidade nos braços e apertou-a contra si, enquanto Alex e eu ficamos em pé, ao lado dos dois, já quase constrangidos, pois parecia que ele nunca mais a soltaria. Ao me despedir dela, senti um nó na garganta. Tentei dar um sorriso e a abracei. Não por muito tempo; foi só um abraço curto, de amigo. Imaginei esse momento diversas vezes. Na verdade, a partir do dia em que ela recebeu a confirmação e eu senti essa escuridão agridoce, a contradição de ficar feliz por ela enquanto o chão se abria aos meus pés. Eu tinha até preparado um discurso de despedida, no qual agradecia tudo o que ela fizera por mim nos últimos meses e prometia que lhe escreveria e a visitaria. Mas nesse momento, no estacionamento, quando Alex e Hakim estavam ao nosso lado, fiquei muito envergonhado.

— Tudo de bom — disse eu apenas —, cuide-se!

Ela fez que sim, seus olhos brilharam. Era um dia de final de verão, abafado e quente, o final de mais um agosto e o começo de algo totalmente novo, sem nuvens e claro demais para o momento.

— Você também.

Quando Hakim e eu partimos de carro do estacionamento, os dois acenaram atrás de nós. Ergui brevemente a mão, depois olhei para a rua à frente, onde o ar quente vibrava. Não senti tristeza nem confiança. Apenas o vazio. Talvez tivesse me virado se na época já soubesse que levaria anos para vê-la novamente.

11

A luz entra ofuscante e inclinada pelas lâminas das venezianas. Alcança mesas altas e um balcão. Fragmentos de poeira dançam nos estreitos feixes de luz. Nas paredes estão dependurados cartazes de festas passadas e futuras. As paredes são escurecidas com sombras em formato de animais. Há um odor de suor, álcool e fumo no ar. O chão é grudento, por toda parte há pontas de cigarro e copos de plástico. Uma bola de espelhos prateada gira uniformemente sobre tudo.

— Fechamos há quatro horas — diz o homem. Usa uma camiseta preta apertada, tem o dobro do meu tamanho e é musculoso. Olhos castanho-escuros, lábios carnudos e uma cabeça redonda e calva que se une a um pescoço de touro. — Normalmente, ninguém consegue ver a boate assim.

Poucos minutos antes, ainda estávamos do lado de fora. Apesar das calçadas já vazias, foi fácil reconhecer que Mar Mikhael era um bairro boêmio: boates e bares dos dois lados da rua, casas coloridas, grafites, guirlandas dependuradas. Todos ali parecem artistas, de rua ou não, músicos, bailarinos ou engolidores de fogo. As boates têm nomes em inglês ou francês: Studio 43, Behind the Green Door, Floyd the Dog, Electro Mechanique, L'humeur du chef. Não foi fácil encontrar o Rhino Night Club. Por fora, parecia mais um centro decadente de atividades para jovens, coberto por heras, reboco esfarelado e uma inscrição simples sobre a porta.

Toquei a campainha três vezes, até o homem aparecer. Acenou apontando o relógio em seu pulso: já fechamos.

Quando se virou, toquei de novo.

Porta de vidro aberta, bíceps ameaçadores, voz irritada:

— O que é?

— Estou procurando Sinan Aziz.

— Quem é você?
— Samir El-Hourani. Este é meu amigo Nabil.
— Só reabriremos à noite.
— Mas preciso falar com ele urgentemente.
— E eu preciso dormir urgentemente. Volte à noite.
— O senhor é Sinan Aziz?
— Não.
— Ele está?
— Ele não recebe visitas. Muito menos a essa hora.
— Não poderia lhe dizer que estou aqui? Talvez ele abra uma exceção.
Sobrancelhas erguidas, olhar cético.
— Por que deveria?
— Tenho este cartão.
A risada ecoa como uma trovoada.
— Isso é uma piada?
— Por quê?
— É o cartão de visita da boate. Tem em qualquer lugar.
— Eu o recebi em Zahlé.
— É bem possível.
— Da minha avó. Sinan Aziz lhe entregou o cartão pessoalmente.
Breve pausa.
— O que devo dizer a ele?
— Diga-lhe que o filho de Brahim Bourguiba gostaria de vê-lo.

A boate é maior do que parece por fora. Não muito larga, mas funda como um túnel de metrô. O homem nos conduz por uma pista de dança, passando por um pequeno palco. Há cabos e outros equipamentos técnicos pelo chão.
— Às sextas-feiras tem música ao vivo — diz.
Viramos em um corredor estreito, passando pelos banheiros. Na porta do masculino está escrito *Rhinos*, na outra, *Rhinas*. No final do corredor há uma escada, no topo da qual se vê outra porta.

— Podem subir — diz o homem. — Aquele é o escritório dele.

Quando entramos, o ambiente está na penumbra. As cortinas estão fechadas, uma pequena luminária mergulha a mesa em uma luz em tom de sépia. Meus olhos precisam de um tempo em meio à escuridão. Atrás da mesa, no brilho crepuscular da luminária, encontra-se sentado um vulto escuro e maciço. Ouço-o respirar.

— Sinan Aziz? — pergunto.

— Entre — diz o vulto. Sua voz ressoa como se viesse de um abismo, artificialmente profunda e retumbante.

Enquanto me encaminho até a mesa, ele se levanta lentamente da cadeira. Não é possível ver seu rosto. A respiração se transforma em um sopro quando o gigante contorna o móvel. Deve ter, pelo menos, dois metros de altura. Seus passos são pesados e grosseiros. Ele parece ocupar toda a sala.

Quando seu rosto sai da escuridão e aparece à minha frente, vejo primeiro seus olhos. Têm a forma de fendas estreitas e me examinam com curiosidade. Suas bochechas parecem feitas de massa de pão, seus lábios finos são envolvidos por um sorriso insidioso, como em um truque de cartas, no qual o adversário só pode perder. Preciso erguer a cabeça para olhá-lo, de tão alto que é. Seu sorriso não consegue esconder certa tensão. Parece um animal que se mostra desajeitado, mas tem todas as condições de tensionar cada músculo de repente, a fim de derrubar paredes.

Ouço mais uma vez a voz de minha avó: *O gordo com nariz feio.*

Sinan Aziz teria uma aparência aceitável sem seu nariz. É um homem exageradamente alto e maciço, não resta dúvida, mas seu rosto comprido, projetado para a frente, nada teria de extraordinário em si, não fosse pelo nariz. Suas narinas parecem as de um cavalo, imensas. Esse nariz sobressai com uma ponta surpreendente, como uma presa ou um chifre. Agora que o vejo claramente diante de mim, sou tomado por um pressentimento turbulento.

— Meu nome é Samir — digo.

Ele me estende sua "pata".

— Sinan Aziz.

Por um momento, olhamo-nos fixamente. Em seguida, ele solta minha mão e aponta para as duas cadeiras diante de sua mesa.

— Sentem-se.

— Devo esperar lá fora? — me pergunta Nabil.

— Não — respondo. E me dirigindo a Aziz: — Ele é um amigo.

Aziz encolhe os ombros e volta bufando para trás de sua mesa. Explico-lhe brevemente por que estou ali. Que estou procurando meu pai e que a indicação da minha avó me conduziu até esse lugar. Ele ouve em silêncio, sua pele brilha à luz escassa.

— E agora você está aqui porque acredita que posso ajudá-lo. — com um sorriso empolado, Aziz expõe uma série de dentes tortos. — Vamos ver.

— Onde conheceu meu pai? Já o conhecia?

Lentamente, Aziz confirma com a cabeça, como se se tratasse de algo evidente, de uma pergunta desnecessária. Todo o seu modo de falar e se movimentar me transmite a mesma sensação que tive ontem, quando estive no jardim da minha avó. Um vago *déjà-vu*. É a primeira vez que estou sentado diante desse homem, mas tenho a impressão de que já o conheço.

— Seu pai e eu éramos colegas de trabalho.

— Em uma boate?

Aziz dá uma gargalhada. Sua barriga balança como gelatina.

— Este negócio só existe há oito anos. Antes, eu não tinha nada a ver com boates. Éramos colegas no hotel. Seu pai e eu trabalhamos no Carlton.

— O Carlton da Corniche?

— Havia apenas um Carlton no Líbano.

— Eram colegas?

— É o que acabei de dizer.

O pressentimento turbulento de antes torna-se cada vez mais uma certeza. Surpreso, olho para ele.

— Ele e eu — Aziz abre uma caixinha de metal, pega um charuto, corta a ponta inferior e o acende — não tínhamos muito a ver. Brahim costumava ser escalado para os lugares onde ficavam os hóspedes: no restaurante, na piscina, nos casamentos, sempre na linha de frente.

Projeta os lábios e solta a fumaça do charuto em pequenos círculos.

— E o senhor?

Ele bufa.

— Eu, não. Na maioria das vezes, eu ajudava na cozinha ou na limpeza dos quartos, quando os hóspedes estavam fora. Já na época eu não era absolutamente o mais bonito, e nosso gerente era... digamos... especial.

— Em que sentido?

Aziz acena.

— Faz uma eternidade. Há muito tempo não penso mais nessas coisas.

— Eu gostaria de ouvir, se não for incomodá-lo.

Ele me examina com desconfiança. Seus olhos diminuem ainda mais.

— Seu sobrenome era Abdallah. Para um gerente de hotel, era totalmente atípico.

— Por quê?

— Alguma vez você já foi cumprimentado em um hotel pelo próprio gerente?

Fiz que não.

— Em muitos hotéis, isso é comum. O gerente recebe uma ligação da recepção, com o aviso de que novos hóspedes chegaram. Em seguida, desce ao *foyer* para cumprimentá-los pessoalmente com um aperto de mão e desejar-lhes uma boa estadia. Na maioria das vezes, são sujeitos muito hábeis, capazes de fazer o sol sorrir do céu. São eloquentes, elegantes, os mais puros bajuladores.

— E Abdallah?

— Abdallah era diferente. Do pescoço para cima, todo o lado esquerdo do seu rosto era queimado. Não sei como isso aconteceu. Talvez tenha estado no momento errado ao lado de uma granada. Antigamente, isso acontecia com frequência. Seja como for, quase nunca saía da sua toca e, quando o fazia, era só para nos ameaçar. Costumava dizer que éramos lentos demais, sujos demais, gordos demais, que não dávamos duro o bastante; chegava a cortar nosso salário quando lhe dava na telha. Nesses casos, sempre dizia que os hóspedes tinham se queixado da comida ou da limpeza dos quartos, mesmo quando isso não era verdade. "Vocês não valem mais do que a sujeira que limpam", era uma de suas frases favoritas. Via-nos como escravos. Seu pai — Aziz olha intensamente em meus olhos — era o único que nunca era prejudicado. Quando chegavam novos hóspedes, era ele quem os cumprimentava com um aperto de mão. "Nosso gerente, o senhor Abdallah, pede desculpas. Gostaria de recebê-los pessoalmente, mas está em uma reunião importante no momento. Caso precisem de alguma coisa, é só me chamar." Era um rapaz bonito, o seu pai. As pessoas gostavam dele. Como eu disse, não tínhamos muito a ver. Turnos de trabalho diferentes, interesses diferentes. Mas Brahim era um cara para quem tudo era fácil. Para ele, tudo era um jogo. Ninguém ganhava mais gorjetas do que ele. Era encantador e articulado, sabia o que os hóspedes queriam, antes que eles próprios soubessem. Quando o copo deles ficava vazio e eles olhavam ao redor, à procura de um garçom, lá estava Brahim, já com o vinho certo atrás deles. Ele sabia exatamente como levá-los na conversa; seu pai tinha um excelente tino para os negócios.

— Meu pai? — nunca o vi como homem de negócios. Os únicos momentos em que ele revelava algo parecido com tino comercial se davam na feira ou durante as compras, quando tentava baixar o preço.

— Seu pai e você. Vocês não se conheceram muito bem, não é?

— Não sei se alguém chegou a conhecê-lo de fato — respondo.

— Os hóspedes do Carlton eram figurões com muita grana — diz Aziz. — Geralmente, políticos do Golfo, sujeitos para os quais o dinheiro não fazia diferença. Mas também havia aquele tipo de pessoa que se sentia extremamente entediada com a própria riqueza. E Brahim se aproveitava disso.

— Como?

— Dando a elas a impressão de que eram parte de uma aventura. Os protagonistas de uma história incrível, sortudos escolhidos pelo destino. Bastava uma delas ficar sozinha por um segundo no corredor para ele a rodear no mesmo instante, perguntando se podia fazer alguma coisa, se ela precisava de algo e assim por diante. "O senhor está com cara de que gostaria de um uísque", dizia, então. E o sujeito geralmente respondia: "Rapaz, são 11 da manhã. Por acaso tenho cara de alcoólatra?", tentando se desvencilhar dele. E Brahim emendava: "Não quis dizer agora". Então, aproximava-se como se quisesse sussurrar alguma coisa em seu ouvido — Aziz curvou o corpo maciço, avançando o rosto em minha direção. — "Quero dizer, de maneira geral. O senhor parecer ser alguém que sabe apreciar um bom uísque. Os preços aqui no hotel são excessivos, nós dois sabemos disso. Uísques como os habituais Copper Fox, Baker's ou Blanton's são bons, mas não exclusivos. Sei para que o senhor isso não tem importância, mas, vamos ser francos: também não gosta que lhe passem a perna, certo? Um homem distinto como o senhor?" No mais tardar nesse momento, as pessoas ficavam alertas. De certo modo, Brahim sabia como tinha de conversar com elas. "Mas posso providenciar para o senhor o melhor uísque da cidade. Um como esse, com certeza o senhor nunca bebeu. Uma raridade, na verdade, impagável. Arranjo para o senhor uma garrafa inteira por 500 dólares." Geralmente, nessa hora os sujeitos olhavam para ele com desconfiança, temendo que ele fosse levá-los no bico. E o que seu pai fazia? Acabava com todas as suspeitas deles contando-lhes uma história. Uma história tão absurda que só mesmo em uma cidade maluca como Beirute naquela época poderia ser verossímil: "No Oriente", dizia ele, então, e sua voz soava extremamente enigmática, "existe um antigo porão. Embutido na muralha fenícia. Uma grade de ferro discreta bloqueia a entrada; quem não o conhece, mal o percebe. Atrás dessa grade há uma longa passagem, um labirinto de antigas rotas de fuga, construído há milhares de anos. São caminhos que o senhor não encontra em nenhum mapa da cidade. Um labirinto esquecido. Ninguém sabe ao certo onde essas passagens vão dar; são muitas. Quem não conhece bem o lugar lá embaixo não tem nenhuma chance de encontrar a saída. Por acaso já ouviu falar na família Oxford?". É claro que os hóspedes negavam com a cabeça, e Brahim continuava: "Os Oxfords vieram para Beirute no fim dos anos 1930, ainda antes da independência. O avô era um renomado arqueólogo americano, tinha desenterrado ossos de dinossauro na Argentina; por isso, ficou rico e famoso. Veio para Beirute para pesquisar os sítios arqueológicos fenícios. Em uma de suas expedições no labirinto subterrâneo, ele encontrou no fim de uma galeria uma espécie de abóbada, uma sala grande, repleta de barris antigos. Deviam ser centenas. Suas pesquisas mostraram que não haviam sido estocados ali pelos fenícios. Afinal, nesse caso, teriam mais de mil anos. Não, ele descobriu – e há métodos especiais para determinar isso – que os barris estavam ali havia cerca de cem anos. E isso levava a apenas uma conclusão: os otomanos os tinham escondido ali quando ocuparam Beirute. Como o senhor deve saber, até 1860 o Líbano esteve sob o domínio otomano. E quando o velho *mister* Oxford averiguou o que havia nos barris, mal pôde acreditar no que via". Nesse momento, Brahim fazia uma pausa, aproximava-se do hóspede e sussurrava: "Uísque. Mais de cem anos".

Sinan Aziz dá uma gargalhada. Sua barriga bate na mesa, que oscila de maneira preocupante.

— Dá para imaginar? — pergunta, enquanto sua risada se torna mais alta, e ele bate a palma da mão na mesa. — Uísque otomano! Qualquer pessoa minimamente sensata teria arrastado seu pai pela orelha até o escritório do *mister* Abdallah. Mas esses caras se sentiam tão entediados e, ao mesmo tempo, ficavam tão fascinados só de imaginar que receberiam algo raro e especial que acabavam acreditando nessa baboseira toda.

Não posso deixar de dar razão a esses homens. Sei como meu pai era um bom narrador. Provavelmente teria levado todos eles a se jogarem do décimo andar se esse fosse o único final concedido por sua história.

— O que aconteceu depois?

— Depois chegou o momento em que Brahim precisou de um cúmplice. Dizia aos caras que eles tinham de lhe dar cobertura quando fosse para Beirute Ocidental, a fim de encontrar o intermediário que lhe entregaria o uísque. Então, punha um binóculo e um aparelho de rádio nas mãos deles e dizia que deveriam adverti-lo se avistassem alguma barricada ou um atirador de elite em um dos telhados. "Mas como?", perguntavam-lhe os caras, "como vai ser?". Brahim os mandava comigo ou com outro colega para a cobertura e fazia com que olhassem para o Leste, para dentro da cidade. Obviamente só dava para fazer isso quando podíamos ter certeza de que no topo do nosso próprio prédio não havia nenhum atirador de elite. E o que fazia seu pai? Saía pela lateral, atravessava a rua até a Corniche, onde antigamente se enfileiravam as barracas de madeira, e comprava um uísque por três dólares. Imagine os caras em seus elegantes ternos brancos. Achavam que estavam participando de uma conspiração secreta, ficavam com o aparelho de rádio lá em cima, enquanto suas mulheres enchiam a cara na beira da piscina, e chamavam Brahim pelo rádio: "Tudo tranquilo, não estou vendo nenhuma barricada", e ele respondia: "Ótimo, fique alerta, já estou quase chegando na linha verde", enquanto estava bem na frente do hotel, tomando um sorvete.

— E ninguém percebeu nada?

Aziz nega com a cabeça.

— O uísque era uma porcaria. Brahim o vertia em garrafas velhas e marrons, sem etiqueta ou qualquer coisa parecida. Não sei se algum dia os hóspedes chegaram a beber seu uísque otomano, pois, para eles, era valioso demais. E, se bebessem, certamente deveriam pensar que se tratava de uma característica especial otomana, que tornava a bebida única.

Não pude deixar de sorrir. Se algum dia eu tivesse de definir um talento especial do meu pai, seria *contador de histórias*. É uma maneira dolorosamente bela de saber que essa arte sempre o distinguiu.

— Se alguém ficasse sabendo disso, todos nós estaríamos no olho da rua — diz Aziz. — Abdallah nos mataria. Nos colocaria contra a parede e nos fuzilaria. Mas ninguém descobriu. Até porque Brahim nunca saía de imediato para comprar o uísque. Sempre esperava dois ou três dias, dependendo da reserva dos hóspedes. Dizia a eles que demorava porque seus intermediários não conseguiam descer com facilidade nas passagens secretas e tinham de esperar até a área estar limpa. Essa demora só aumentava a sensação dos ricaços de que estavam para adquirir algo realmente exclusivo.

— O que ele fazia com o dinheiro?

Aziz sorri de novo, e noto um dente de ouro em sua boca.

— Gastava com a gente. Não sei se era calculado: Brahim era o único que se dava bem com Abdallah. Nós sempre ficávamos um pouco com o pé atrás. Nunca sabíamos o que podíamos contar ao seu pai. Seja como for, desconfiança é uma palavra que eu geralmente ligo à guerra civil. Você sabe como são os libaneses. Somos abertos, cordiais uns com os outros. Mas durante a guerra não era assim. Nunca dava para saber a quem contar o quê; todos éramos cautelosos. A religião não tinha muita importância no hotel. Entre os colegas, quero dizer. Era o álibi das milícias para se massacrarem mutuamente. Mesmo na população, entre civis, cristãos, muçulmanos e drusos se davam bem como antes. Mas a gente sempre tinha a sensação de que essa situação poderia mudar de uma hora para outra. Uma palavra errada, um pequeno acidente de automóvel, uma briga, e você já não era o vizinho, e sim o muçulmano, o cristão, o druso, e apontavam o dedo para você. Mas Brahim não fazia nenhuma diferença. Ele nos convidava, era generoso; acho que adorava festas.

Ouvir isso também é consolador: o homem em minha lembrança não era diferente. Meu pai não era do tipo que fingia ser quem não era ou que tentava nos iludir.

— Ainda me lembro bem de uma noite — diz Aziz, coçando a nuca, enquanto me atravessa com o olhar, como se em algum lugar da parede se abrisse um buraco pelo qual ele pudesse voltar a essa determinada noite. — Ainda me lembro bem porque, ao todo, saí apenas duas vezes com o seu pai. Raramente nossos turnos coincidiam; na maioria das vezes, apenas me contavam a respeito dele. Mas, desta vez, fomos a uma discoteca, Brahim pagou bebida para todo mundo, e rimos do saudita de quem ele havia acabado de tirar 500 dólares com o truque do uísque. Fomos ao teatro. A peça a que assistimos era comentada não apenas em Beirute. Por isso, o Líbano inteiro estava em polvorosa. Mais tarde, ficou conhecida em toda a Arábia, e em Beirute passou vários anos em cartaz. Uma apresentação ao meio-dia, e outra, à noite. Ingressos sempre esgotados. Foi em 1980, no Cinéma Jeanne d'Arc. Na verdade, um cinema em Beirute Ocidental, em Hamra, mas ali também se apresentavam peças teatrais. No fundo, era impossível conseguir ingressos. O tempo de espera era em torno de seis a oito meses. Mas queríamos assistir de todo jeito.

— O que tinha de tão especial?

— A peça era de Ziad Rahbani, que na época já era uma celebridade. Ele é filho de Fairuz, a cantora, você deve saber quem ela é. Mas não só por isso ele era conhecido. Rahbani tinha muitos talentos, era autor, pianista, colunista, o cara fazia de tudo. E superou a si mesmo com *Film Ameriki Tawil*.

Com o canto dos olhos, vejo Nabil concordar, pensativo. Viro-me para ele e pergunto:

— Você também viu a peça?

— Ah, sim — responde. — Todos viram *Film Ameriki Tawil*. Quem não via não conseguia participar das conversas, e como todo mundo falava a respeito todos tinham de vê-la.

Aziz aponta o dedo para Nabil, mas olha para mim. *Não falei?*, é o que seu gesto parece exprimir.

— E por que todos falavam tanto a respeito?

— A peça se passava em um manicômio — continua Aziz. — É um pouco inspirada em *Um Estranho no Ninho*.* Pode-se dizer que é uma metáfora da guerra civil. Paranoicos e neuróticos religiosos por toda parte. Uma comédia incrível, que zombava de tudo e de todos. Todo o absurdo da guerra apresentado diante dos nossos olhos. Imagine: as pessoas atravessam Beirute, muitas casas são incendiadas, em algumas ruas há tiroteios e, em outras, é como se nada estivesse acontecendo. É arriscado sair, mas ninguém quer ser proibido. Todos vão em massa ao Cinéma Jeanne d'Arc para ver uma peça que fala da guerra civil que estão atravessando naquele momento.

---

* Título original: *One Flew Over the Cuckoo's Nest* (EUA, 1975). Longa-metragem de Miloš Forman, adaptado do romance homônimo de Ken Kesey. (N.T.)

— Os personagens eram o que havia de especial — acrescenta Nabil. — Eram como nós. Um personagem chamado Hani sempre tem medo de ser controlado pelas milícias. Atravessa a estação, mostrando a todos sua identidade, e só vai embora quando lhe dão a autorização. Outro... como ele se chamava mesmo?

— Abed? — completa Aziz.

— Abed, isso mesmo! Abed é escritor e quer escrever um livro sobre a guerra civil, contando toda a verdade sobre a guerra e a conspiração libanesa, mas ainda não descobriu a verdade e não tem como começar.

— A peça é repleta desses personagens, que todos conheciam, de uma maneira ou de outra — Aziz sorri. — Outro tem pânico de muçulmanos e se recusa a falar com estranhos sem antes saber qual a sua religião. As pessoas realmente gostaram. E, como eu já disse, na verdade era impossível conseguir ingressos, mas Brahim conseguiu. Éramos quatro, ele, eu e dois colegas. Em nossos melhores ternos. Rimos até não poder mais; foi a melhor noite de que tenho lembrança! Em seguida, ficamos muito animados, primeiro na discoteca, depois no táxi para o hotel. Falávamos sem parar sobre a peça, mas Brahim... Não sei... Estava estranhamente quieto e pensativo.

— Por quê?

— Não sei. Eu quis fazê-lo participar, então perguntei a ele: "Brahim, de que trecho você gostou mais?". Ele olhou para mim e respondeu: "Do começo". Perguntei: "Do começo? Está querendo dizer do primeiro diálogo?". E ele disse: "Não, estou querendo dizer do começou. Quando o narrador aparece". Olhei para ele e perguntei: "Por que essa foi a melhor cena para você?". E ele respondeu: "A peça tem muitas verdades, mas o começo é a parte mais verdadeira de todas". Às vezes Brahim falava de maneira enigmática. Não sei, de alguma forma esse começo o deixou pensativo.

— O que acontecia nele?

— Não muita coisa — diz Nabil. — A peça começa com barulho de explosões, depois vem nosso hino. Um narrador aparece e diz: "É o ano de 1980 ou 1979. Mas também poderia ser 1978". Mais nada. Mas também não era preciso, todos entenderam logo o que isso significava: a guerra estava estagnada, e essa cena foi interpretada como uma previsão de Rahbani de que o conflito ainda duraria pelo menos mais dez anos. E foi o que acabou se confirmando depois.

— É claro que a peça mexeu com todos nós — diz Aziz —, mas, de certo modo, afetou mais Brahim. Ele passou o restante da noite calado, sentado em um canto. No carteado, só perdeu.

Tive um sobressalto.

— No carteado?

— É. Nessa noite, ainda jogamos uma rodada no meu quarto. Essas rodadas sempre aconteciam, mas seu pai só participou dessa vez. Não era de admirar que ele tenha perdido; de certo modo, eu era imbatível — Aziz sorri de novo. — Faz oito anos que esta boate é meu trabalho — diz. — Trabalho honesto. Antes eu era jogador profissional, passava cinco dias por semana no cassino. Há oito anos ganhei uma fortuna em um único dia. Na manhã seguinte, pensei: chega. No fundo, nunca mais teria de trabalhar. Mas ficar sem fazer nada não é para mim. Então, abri a boate e, desde essa época — mostra a sala com os dois braços —, estou sentado aqui.

Meu olhar pousa na série de fotos na parede atrás da cabeça de Aziz. Uma delas o mostra com duas louras lindas nos braços, na frente do balcão. Ele diz mais alguma coisa, mas quase não ouço. Na penumbra do seu escritório, aos poucos começo a entender o que está acontecendo.

Rhino Night Club.

Essas rodadas sempre aconteciam... De certo modo, eu era imbatível.

Olho fixamente para ele, que continua a falar. Minhas têmporas latejam. A voz de Aziz está distante, quase inaudível. Sinto-me como se estivesse flutuando. O reconhecimento é tão intenso que me arrasta para a minha infância. Tantas imagens que relampejam ao mesmo tempo: meu pai na beira da cama, os olhos brilhantes e a voz agradável com a qual ele narra as histórias.

— O rinoceronte... é o senhor! — Exclamo de repente.

Aziz se enrijece.

— O que você disse?

— Conheço o senhor — digo. — O senhor é o rinoceronte, imbatível no jogo de cartas.

Ele franze a testa e olha para Nabil, como para se assegurar de que eu não tinha enlouquecido.

— Meu pai falou do senhor — digo —, quer dizer, não diretamente do senhor, mas de um rinoceronte que jogava cartas e nunca perdia.

O olhar de Aziz, que ainda há pouco estava surpreso e paralisado, torna-se mais brando.

— Rinoceronte — diz. — Faz uma eternidade que ninguém mais me chama assim — curva-se sobre a mesa, seu corpo maciço lança uma sombra. — Começou no Carlton. Mas eu disse aos colegas que esse apelido me incomodava, e depois disso passaram a me chamar de Rhino. Gostei, soava meio americano. Mantive o nome até hoje.

Nesse momento, é como se os personagens das histórias do meu pai tivessem despertado. Como se saíssem da minha imaginação e entrassem na realidade, onde agora conduzem uma vida própria. É ainda mais intenso e eletrizante porque, no diário, meu pai não menciona nem uma sílaba sequer sobre Sinan Aziz ou o rinoceronte. Até esse momento, parti do princípio de que havia inventado essa parte da história para mim. De que o Rinoceronte e o Dromedário, salvos por Abu Youssef, tinham sido inventados. Ao pensar que são pessoas reais, que posso encontrar, sinto pequenos choques na barriga. Eu sempre soube que meu pai usava a realidade como modelo. Ele já havia feito isso no ginásio de esportes, quando contava histórias para as crianças. Mas estar sentado diante de Sinan Aziz e saber que ele é o Rinoceronte, um personagem de uma das últimas histórias, cria uma proximidade realmente impressionante, que eleva Aziz a um personagem quase surreal e lhe confere uma aura de conto de fadas.

— Você disse que ele falou de mim?

— Não diretamente — respondo. — Eu não sabia que o senhor era colega dele. Vamos dizer que ele o utilizou como modelo para um personagem de uma de suas histórias.

Aziz olha como se não soubesse se essa informação deveria alegrá-lo ou confundi-lo.

A próxima pergunta já está queimando meus lábios; a sensação de estar no encalço do meu pai é muito forte.

— Sinan — digo. — Por que o senhor foi até a casa da minha avó alguns anos atrás? Entregou seu cartão a ela. Por quê?

O gigante recosta-se na cadeira, seu rosto torna a desaparecer na penumbra.

— Eu já estava estranhando o fato de essa não ter sido sua primeira pergunta — nota. — O que devo dizer? Tinha a esperança de encontrar Brahim.

Levanto-me de um salto.

— Por quê?

— Calma. Já lhe disse que mal conheci seu pai. É verdade. Desde 1982 não o vi mais, ele simplesmente sumiu. Mas não era algo incomum, ninguém parava no hotel.

— E depois de quase trinta anos o senhor decide de repente que seria bom vê-lo?

Sua voz permanece tranquila.

— Você está enganado. Brahim é totalmente indiferente para mim. Nunca o conheci de verdade, tampouco senti a necessidade de mudar isso — seu olhar pousa em mim, como se refletisse rapidamente se deve pronunciar a próxima frase: — Fique sabendo que você não é o único que está atrás do seu pai.

— O que quer dizer?

— Brahim e eu — olha para mim — temos um amigo em comum.

— Um amigo em comum? Quem?

Aziz confirma com a cabeça.

— Isso eu não posso lhe dizer. Ele leva uma vida extremamente reservada. Até esse dia, fazia alguns anos que eu não o via. Desapareceu do hotel pouco antes do seu pai. Mas, de repente, apareceu aqui, me perguntando se eu sabia onde estava Brahim. Claro que eu não sabia, mas não foi difícil encontrar a mãe dele. Então, fui até lá e lhe pedi para me ligar, caso seu filho aparecesse na casa dela.

— Esse amigo. O que ele quer com meu pai?

Aziz se cala. Olha para mim e, com um gesto de cabeça, manda-me me sentar. Obedeço-lhe, e ele respira lentamente. Suas narinas estremecem como borboletas.

— Quer perdoá-lo — diz, então.

Nabil olha para mim. O desenrolar da conversa parece desagradá-lo. Durante todo o tempo, manteve as mãos unidas; vejo o suor reluzir sobre elas.

Esforço-me para falar com voz firme.

— Perdoá-lo pelo quê?

— Isso você só vai poder saber dele mesmo — diz Aziz, entrelaçando as mãos diante da barriga. — Desde que ele queria te dizer. Algumas histórias não merecem ser contadas uma segunda vez.

Quando saímos da boate à luz do sol, está tão claro que tenho de fechar os olhos e, por um instante, vejo círculos alaranjados. A cidade acordou. Motocicletas voltam a crepitar no asfalto; diante dos cafés, nas calçadas, agora há cadeiras e mesas, quase todas ocupadas; garçonetes equilibram chá e sucos de fruta em bandejas. Jovens passam por nós, um mímico não muito distante postou-se sobre um balde e permanece imóvel sob o sol da manhã. No chão, à sua frente, um chapéu.

A porta acabou de se fechar atrás de nós, mas o encontro com Aziz me parece um sonho.

Aziz ligaria para ele. E, quando estivesse pronto para me encontrar, com certeza me avisaria, disse Aziz antes de abrir a porta do escritório para nós e nos indicar a saída. Ele prometeu.

Voltamos para o carro, que havíamos estacionado junto da calçada.

— Como está se sentindo? — pergunta Nabil. — Tudo bem?

— Sim — respondo. — Conhece aquela sensação de não saber se está dormindo ou se está acordado?

— Claro.

— É assim que estou me sentindo.

— Se estivesse dormindo, isso significaria que também está sonhando comigo — diz Nabil, rindo. — Fico lisonjeado.

No carro, pego o diário na mochila. Lembrei-me de uma passagem que já tinha quase esquecido. Com pressa, folheio até encontrar a página certa:

Beirute, 4 de setembro de 1980.
20h30

Hoje fui promovido. Não foi bem uma promoção, mas agora tenho mais uma tarefa importante. Abdallah me chamou em sua sala. Pensei que fosse por causa do casamento do dia seguinte. Para saber se eu já tinha falado com o músico, se estava tudo certo com a disposição das mesas, se estávamos dando conta lá embaixo. Sei o quanto os casamentos são importantes. Para a reputação do hotel e, é claro, porque trazem muito dinheiro.

— Feche a porta — disse quando entrei.

O senhor Abdallah mantém as cortinas sempre fechadas. Prefere a luz de uma pequena luminária sobre sua mesa. Seria por causa da pele queimada?

— Queria falar comigo?

— Isso mesmo. Ouvi dizer que você faz um bom trabalho. É confiável, e os hóspedes gostam de você.

— Eu me esforço.

— Não seja tão modesto. Tenho uma tarefa para você. Sabe que tenho muitas coisas para fazer.

Apontou para uma pilha de envelopes em cima da mesa.

— Se tiver de me levantar e descer correndo a cada meia hora para cumprimentar os hóspedes, não conseguirei dar conta nem da metade.

— Claro — digo.

— Por isso, gostaria que você assumisse essa função no futuro.

— Claro, se assim deseja.

— Não desejo nada. Estou lhe dizendo que, a partir de agora, essa é sua função. Alguma objeção?

— Não, senhor Abdallah.

— Ótimo. Então, pode ir!

Sob essa luz, seus olhos são quase brancos. Ele me olha com impaciência.

— Obrigado, senhor Abdallah — respondo.

Quando já estou quase perto da porta, ele chama novamente meu nome.

— Brahim!

Viro-me. Um sorriso estranho repousa em seus lábios. Da porta vejo a metade esquerda de seu rosto, iluminada pela luminária. A pele queimada cintila esverdeada à luz, brilha como uma armadura de escamas.

— Brahim — diz, então —, já faz mais de seis meses que está conosco. A partir de hoje vou chamá-lo pelo nome. Não faço isso com todo mundo.

Sei que não faz com todos. Às vezes, quando xinga os colegas, compara-os com animais.

— Quero que você também me chame pelo meu nome — diz, e seus olhos cintilam.

Tem algo sinistro, ameaçador, típico de um lagarto. Estremeço e concordo com a cabeça.

— Ótimo — disse, por fim, e seu sorriso ganhou um ar sarcástico. — Então, a partir de hoje, me chame de Ishaq.

12

— *E*ncontrei na letra "J" — disse Chris, olhando-me com ar de repreensão, enquanto balançava o livro diante do meu rosto. Seus óculos de armação preta tinham escorregado até a ponta do nariz, e ele parecia um Harry Potter fora de época. — Aquela senhora ali atrás me seguiu por todos os corredores, até eu encontrá-lo para ela.

Olhei por cima de seus ombros. Junto do balcão de empréstimo havia uma senhora de idade, de cabelos grisalhos debaixo de um chapéu preto e redondo. Vestia um blazer escuro, e a mão coberta por uma luva branca segurava um guarda-chuva preto. Com o indicador, batia com impaciência no balcão.

— É a Mary Poppins? — sussurrei.

— Poderia ser, só que com 40 anos a mais. Você guardou o livro no lugar errado. Deveria estar na estante da letra "A", aqui, está vendo? *Assoalho* começa com *a*.

Meu olhar pousou no volume, em cuja capa uma mulher de meia-idade sorria: *Assoalho Pélvico Forte – Satisfação Sexual Garantida*.

Chris deu de ombros.

— Disse que é para a sobrinha dela.

— Desculpe — respondi. — Eu devia estar com a cabeça em outro lugar.

— Tudo bem. Mas você tem de prestar atenção. Se guardar os livros no lugar errado — com o polegar, apontou por cima do ombro, onde as estantes formavam corredores infinitos —, nunca mais os encontramos. Foi puro acaso eu ter achado este aqui.

— Obrigado — respondi, pois sabia que, no fundo, era o que ele queria ouvir, e acrescentei, ainda que me custasse muito: — Você é demais.

Chris tinha quase 40 anos, mas parecia ter 80. Falava alto demais e sempre caminhava um pouco inclinado para a frente, o que eu atribuía ao fato de ele passar horas debruçado sobre os livros. Eu estava quase certo de que um dia ele teria artrose no indicador se continuasse a empurrar os óculos nariz acima a cada dez segundos. Chris era meu chefe. O tipo de chefe que nos faz perguntar qual indignidade deve ter cometido para alguém se compadecer dele e promovê-lo a essa posição, pois ele não tinha a menor autoridade. Isso se percebia não apenas pelo fato de ele se deixar perseguir por velhas senhoras nos corredores, mas também porque todos o chamavam pelo primeiro nome. Dar-me bem com Chris era importante para mim. Ele não podia ter nenhuma suspeita a meu respeito, pois, se descobrisse o que eu aprontava às escondidas lá embaixo, no arquivo, ou no computador do seu escritório, seria o meu fim.

— O que vai fazer esta noite? — perguntou-me de passagem, depois de entregar o livro sobre assoalho pélvico à senhora.

— Acho que Aurea está esperando que eu a leve para comer fora.

Ele ergueu as sobrancelhas, como se pensasse em que dia era.

— Ah — disse, então. — E o que vai levar para ela? Flores?

Eu não tinha providenciado nada. Na verdade, não pensava em lhe dar nada de presente.

— Sim, flores.

— Muito bem, à moda antiga, tenho orgulho de você — Chris riu. O modo como disse isso foi involuntariamente estranho. Como se ele fosse o grande conquistador de inúmeros corações femininos, que dava ao neto algumas dicas de como seduzir uma mulher.

Pensar em sair à noite com Aurea me deixava bastante preocupado. Não estava nem um pouco nos meus planos, que giravam muito mais em torno do que eu tinha para fazer no arquivo. Quando ela me perguntou, como quem não quer nada, o que faríamos no dia dos namorados, levei um susto, mas depois respondi sorrindo: "O que você quiser".

— Quantos anos você tem, Samir? — perguntou Chris. Estávamos empilhando livros devolvidos em um carrinho.

— Vinte.

— Vinte. Nessa idade ainda se festeja o dia dos namorados como se deve —, comentou, dando um soco de brincadeira na lateral do meu corpo. — Pode sair um pouco mais cedo. Nas últimas semanas você fez muitas horas extras.

— Ah, não é necessário. Só vamos nos encontrar à noite.

— Samir, você precisa de tempo para se arrumar. Depois, vai buscá-la e sair com ela, como se faz em uma ocasião como essa.

— Obrigado, mas consigo do mesmo jeito.

Ele me olhou por cima da borda de seus óculos.

— E se for uma ordem?

Que absurdo ouvi-lo dizer isso. Até uma criança de 2 anos mostraria o dedo médio a Chris Poliak, se ele lhe ordenasse alguma coisa.

— Só vou guardar os livros — respondi, tentando acalmá-lo —, quem sabe eu até termine mesmo mais cedo.

— Ótimo — Chris empurrou os óculos com o dedo —, mas preste atenção para guardá-los no lugar certo.

Pelas janelas altas da biblioteca, a luz incidia com intensidade nas estantes de madeira. O carrinho deslizava pelo chão de mármore; ao meu redor, o sussurro abafado dos frequentadores, que eu tanto adorava. Mais do que o sussurro, eu adorava o odor que os livros exalavam. Tinha algo de reconfortante e maravilhoso. Representava inúmeras histórias que dormitam entre as capas dos livros e esperam serem lidas. Como uma isca, um feromônio secreto, que serve para reunir o leitor certo ao livro certo. Quanto mais antigos eram os livros, mais intenso era seu odor. Sempre que possível, eu desviava pela seção com obras do século XIX – volumes espessos, com capa de couro e páginas amareladas – e, em meu romantismo, não me deixava enganar pelo conhecimento de que aquele odor nada mais era do que um sinal de envelhecimento e degradação. A direção da biblioteca reconhecera os sinais do tempo e começara a digitalizar os livros antigos, a fim de conservá-los. Fazia algumas semanas que se podiam ver dúzias de estagiários atravessarem o salão principal, cambaleando sob o peso de livros empilhados, e desaparecerem ao passarem por uma porta, na qual se lia *Apenas equipe autorizada*. Atrás dela se encontrava uma escada que conduzia ao arquivo, no andar de baixo, que era quase duas vezes maior do que o andar de cima, acessível aos frequentadores. Ali, escaneavam página por página.

Essa atividade não tinha nada a ver comigo. As copiadoras e os *scanners* funcionavam a todo vapor; eu sempre deparava com uma carinha de bebê no corredor; alguém aparecia em uma esquina; outro alguém chamava o técnico, porque uma das copiadoras tinha parado de funcionar. Ou então logo se formava uma fila em mim quando eu mesmo estava usando a copiadora. Eu não gostava nem um pouco dessa movimentação. Quanto mais pessoas circulassem lá embaixo, maior seria o risco de eu ser pego. E o arquivo era apenas uma das coisas. O que eu fazia no computador do andar de cima seria motivo suficiente para ser posto no olho da rua.

Agora me lembro do momento em que entrei na biblioteca pela primeira vez. Admirado, parei no gigantesco *hall* de entrada, entre as colunas de pedra que sustentavam o mezanino, e olhei para as estantes repletas de livros. A atmosfera desse silêncio respeitoso me atraiu como um encanto, não pude resistir e me deixei tragar.

No início, eu ia à biblioteca por uma única razão: sentia falta de Yasmin. Assim, era um consolo buscar os lugares em que ela havia estado. Eu tinha me acostumado, uma vez por semana, a tomar café da manhã no café onde costumava vê-la sentada. De vez em quando, ia à piscina coberta, mesmo sem gostar muito de nadar, mas sabia que ela gostava de ir lá. Eu tentava ver esses lugares com os olhos dela, imaginar o que teria sentido ao ouvir o barulho da máquina de café ou inalado o odor de cloro da piscina. E quando eu ia ao cinema escolhia filmes que achava que ela também teria escolhido. Com a biblioteca foi parecido. Queria conhecer o lugar onde ela passara tanto tempo em nossos últimos dias juntos. Queria me sentar onde ela havia se sentado e ler o que ela havia lido. Eu seguia seus rastros como se fossem um perfume que se apagava aos poucos, com a esperança de que não desaparecesse por completo.

Escrevíamos e ligávamos um para o outro de vez em quando. No começo, com mais frequência; depois, menos. Nossas conversas giravam em torno da faculdade dela, das pessoas que ela havia conhecido ou se receberia uma bolsa de estudos. No primeiro semestre, não voltou para casa. Estava com Alex, e o novo mundo da universidade a tomou por completo. Nas férias semestrais, viajou, e no segundo semestre também ficou longe. Hakim a visitava de vez em quando, mas nunca fui com ele. Eu não aguentaria vê-la por algumas horas e passar o tempo todo pensando que logo já teria de deixá-la novamente. Em seu segundo ano, foi para os Estados Unidos. Um semestre no exterior, na San Diego State University. Chegou a me mandar uma foto que a mostrava de costas em uma baía pitoresca, olhando para o Pacífico. A foto era bonita, mas me interessava muito mais saber quem estava com ela ali e havia tirado a foto, pois, pelo que soube, Alex ficara na Alemanha. Nesse momento, eu já estava na metade do meu curso de formação. *Especialista em serviços de mídia e informação*, era a designação profissional, que eu achava ridícula – gostava muito mais de *bibliotecário*. Os três anos de formação eram divididos em uma parte prática e outra teórica. Fiz a primeira na biblioteca, e a segunda, na escola. Nesse meio-tempo, tive um emprego fixo por seis meses.

Já da primeira vez entre as colunas do saguão de entrada, senti que aquele seria meu lugar, um dos poucos nos quais eu conseguia me sentir bem. A biblioteca era perfeita em muitos sentidos: um lugar das histórias, que reunia a imaginação inesgotável dos grandes narradores do mundo. Estar perto de seus livros significava estar perto do meu pai. Eu sabia que ele teria gostado desse lugar. E o fato de Yasmin ter se sentido bem ali era um aspecto que me aliviava ainda mais.

Porém, no final das contas, outro fator foi decisivo: fascinado e quase reverente, eu examinava as fileiras infinitas de livros, passando por romances, biografias e enciclopédias até as obras de não ficção. Intimidado pela mera quantidade de livros, eu tentava calcular por cima quantos seriam, até que – como se o destino tivesse me conduzido – parei diante de uma estante identificada como Oriente Médio. Perplexo, passei os dedos pelos volumes e segui a inscrição dos títulos:

Líbano Antigo

Beirute: Entre a Cruz e o Alcorão

Síria e Líbano

A Guerra Profana – Focos de Crise no Oriente Médio

Por Que Aconteceu? A Receita de uma Guerra Civil

Essa profusão de livros sobre o Líbano e sua história era perturbadora. Até aquele momento, eu achava que ninguém, exceto as pessoas na nossa rua, se interessasse seriamente por esse país. Que engano! E que sorte! Ali na biblioteca eu poderia não apenas estar mais próximo das pessoas que significavam muito para mim. Aquele também era o lugar onde eu finalmente poderia aplacar minha sede incontrolável de conhecimento. Eu não tinha escolha: tinha de me candidatar.

A razão pela qual eu estava com medo da noite com Aurea era a mesma pela qual eu sempre sentia um pouco de medo quando nos encontrávamos em outro lugar que não fosse seu apartamento: eu queria evitar que ela me perguntasse se não poderíamos ir para o meu. Eu gostava dela. Gostava de verdade. Seus pais eram portugueses, mas, como eu, ela havia nascido na Alemanha. Tinha 23 anos, olhos escuros e alegres e ganhava a vida como professora de dança durante o dia, enquanto à noite fazia supletivo na escola. Fazia seis meses que dormíamos juntos, o que supostamente era tempo suficiente para chamar tudo isso de *relacionamento*. Seis meses era um recorde para mim. Ao longo dos anos, dormi com algumas garotas, certa vez até com duas paralelamente, sem que uma soubesse da outra. Mas nunca tive um relacionamento de verdade. Sempre que eu percebia que estava ficando mais sério para elas do que para mim, ou quando tinha a sensação de que poderiam terminar antes, preferia dar no pé. Ainda hoje, a ideia de ser abandonado me leva a fazer coisas pelas quais me odeio.

Nenhuma das mulheres chegou a entrar no meu apartamento. Nem mesmo Hakim pôs os pés nele depois que me mudei. Iniciei o curso de formação no final de 2001, poucos meses depois que Yasmin iniciara a faculdade. No verão seguinte, saí da casa de Hakim. Já estávamos em 14 de fevereiro de 2005. Fazia três anos que eu evitava toda visita com desculpas, pois, naturalmente, sabia que qualquer pessoa sensata ficaria muito assustada.

— Samir!

Chris acenou do fim do corredor. Coloquei o último livro de volta na estante e fui até ele. Por seu sorriso, percebi que não me esperava coisa boa.

— Você tem visita — disse, batendo no meu ombro. — Acho que é melhor você encerrar o expediente agora.

— Mas não dá — protestei —, ainda tenho de terminar umas coisas.

— Sei, sei — Chris deu um tapinha no meu ombro, enquanto me empurrava para a frente. — Amanhã é outro dia.

Aurea estava diante do balcão de empréstimo. Usava um cachecol. Seus olhos estavam cristalinos devido ao frio do lado de fora, e suas bochechas, bem vermelhas. Sorriu ao me ver.

— Pensei em vir te buscar — disse ela.

— Que bom! — menti e lhe dei um rápido beijo. — Que surpresa!

— Vamos dar uma volta antes de comer? Está bem frio, mas o céu está lindo.

— Não sei se já posso sair.

Não percebi que Chris estava a apenas poucos metros, fingindo folhear uma revista. Nesse momento, ele se virou para nós.

— Claro que pode, Samir. Aproveitem o resto do dia, pombinhos — disse, empurrando os óculos para cima e dirigindo-se a Aurea. — Ótima ideia ter vindo. Ar puro é perfeito para os jovens.

Eu queria tê-lo esganado.

Aurea sorriu ainda mais. Pelo visto, estava insegura, e a bênção oficial do chefe pareceu aliviá-la.

— Bom, então, vamos — disse, alegre.

Esforcei-me para sorrir, enquanto o suor brotava dos meus poros.

— Tudo bem. Só vou pegar meu casaco rapidinho — eu tinha de ir ao arquivo com urgência.

— Seu casaco está aqui, Samir — disse Chris com benevolência, e o segurou de tal modo que eu só precisava vesti-lo.

Babaca, pensei. Esforcei-me para reprimir o pânico crescente.

— Não quer ir na frente? — perguntei, então, a Aurea. — Acho que deixei meu celular lá embaixo. Vou buscá-lo rapidinho e já volto.

Que desculpa ridícula! No mesmo instante, porém, percebi que meu celular não estava de fato no bolso do casaco. Onde eu o tinha deixado? Meus pensamentos se aceleraram. E se eu não tivesse nenhuma oportunidade de descer?

— Será que vou ter de chamar o segurança para tirá-lo daqui? — disse Chris, rindo e olhando para Aurea, para ver se ela havia gostado da sua piada. Mas ela só me olhou com desconfiança.

Nesse segundo, meu celular começou a tocar de maneira inconfundível. Indignados, alguns frequentadores olharam para a placa na parede, com o desenho de um celular barrado. Comecei a tatear os bolsos da calça. Estavam vazios. Vasculhei os bolsos do casaco. Nada. Várias cabeças se viraram para nós.

Chris ergueu a mão em sua direção, como para acalmá-las, enquanto sibilava com o canto da boca:

— É o seu celular?

Contornei o balcão de empréstimo. O celular tocava onde eu havia estado antes e empilhado livros no carrinho.

— Deve ser — respondi, de maneira um tanto histérica —, está aqui, não no arquivo!

Aurea acompanhou a cena com olhar curioso. Quando peguei o telefone, ele silenciou no mesmo instante. Verifiquei o *display*.

— Quem era?

— Hakim — respondi. — Que estranho! Pelo visto ele tentou falar comigo o dia todo.

— Agora para fora, vocês dois — disse Chris.

Aurea pegou minha mão e me puxou para a saída, enquanto eu enfiava o celular distraidamente no bolso.

O ar frio do lado de fora me despertou no mesmo instante. Era final de tarde, pouco antes de anoitecer. As pessoas caminhavam bem agasalhadas pela cidade – rostos gelados, circundados por capuzes e gorros –, seguindo as nuvenzinhas de frio que soltavam pela boca.

Aurea me deu o braço e se apertou contra mim, quando ainda estávamos na escadaria diante do edifício da biblioteca.

— Lindo, não? — perguntou.

— Sim, você teve uma boa ideia.

Minhas têmporas pulsavam. Tentei me convencer de que Chris não desceria mais naquele dia. Também, por quê? Normalmente, ia pouco ao arquivo. O que também me deixava pensativo era o fato de Hakim ter tentado falar comigo várias vezes.

— Segure isso aqui, por favor — disse e lhe entreguei minhas luvas.

Liguei para Hakim, mas ele não atendeu.

— Talvez tenha planejado alguma coisa para hoje e só queria te informar, caso você passasse na casa dele?

— Pouco provável — respondi.

Descemos a escadaria e atravessamos a praça. Quanto mais nos afastávamos da biblioteca, mais eu sentia o mal-estar crescer dentro de mim. Tentei encontrar uma desculpa para voltar, mas, com toda certeza, Chris me interceptaria e me colocaria para fora.

— ... ir comer hoje? — ouvi Aurea dizer.

— Ahn?

— Aonde você quer ir comer hoje?

— Eu, é... não sei, sugira alguma coisa.

— Está com vontade do quê?

— Nada de especial — eu estava muito inquieto. Muitas questões em aberto. Odiava não ter o controle das coisas; a situação estava saindo dos eixos.

— Pensei em talvez comer alguma coisa aqui perto e depois ir para o seu apartamento — sugeriu com timidez.

De fato, meu apartamento era mais central que o dela. Ou, para ser mais exato: Aurea morava tão fora de mão que seria mesmo um absurdo insistir em dormir na casa dela.

Eu não estava com cabeça para inventar uma desculpa. Estava encrencado, e havia alguma coisa errada com Hakim.

— Sim, por que não? Parece boa ideia.

— Ótimo! Não trouxe pijama — disse e acrescentou: — mas talvez nem precise — deu uma risada marota e se pôs na ponta dos pés para me beijar. Seus lábios estavam frios, mas seu beijo foi quente e afetuoso.

— Ouça — disse eu —, estou preocupado com Hakim. Tudo bem se eu der uma passada rápida na casa dele?

Aurea pareceu confusa.

— Sim — respondeu. — Tudo bem. Na verdade, tanto faz o quanto vamos caminhar; o importante é ficarmos juntos, não?

Eu não queria ir com ela. Era algo bastante raro Hakim me ligar. E o fato de ter tentado falar comigo cinco vezes nunca tinha acontecido. Devia ter acontecido alguma coisa.

— Acho que sei por que ele ligou! — exclamei de repente, quase eufórico com minha ideia. — Eu, imbecil, deixei sua surpresa na casa dele ontem. Com certeza era o que queria me dizer!

— Minha surpresa?

— Sim, do dia dos namorados! Pensou que eu não te daria nada?

Ela parou. Não imaginei que essa frase fosse comovê-la tanto. De fato, tinha lágrimas nos olhos.

— Por que está chorando? — perguntei.

Envergonhada, enxugou o rosto.

— Bom, é que pensei... que a gente... não sabia o que você pensa a respeito, nunca conversamos se agora...

— Estamos juntos?

Ela fez que sim.

— Claro que estamos! — declarei contra a minha vontade. De todo modo, eu já tinha me arriscado demais; pouco importava o que ainda diria. — Por isso, quero que a gente tenha uma linda noite...

— Eu também quero — suspirou e me abraçou.

— Mas não sem a sua surpresa! Ouça: vou correndo até a casa do Hakim para buscá-la. Por favor, é importante para mim que você a receba hoje. Enquanto isso, você pode procurar um restaurante bem legal. Então te ligo, você me diz onde está, nos divertimos, depois...

Ai, meu Deus, o que eu estava fazendo?

— Sim — ela sorriu, e eu lhe dei um beijo apressado na boca, antes que tivéssemos de dizer mais alguma coisa; peguei sua cabeça com as duas mãos, enxuguei suas lágrimas com o polegar.

— Vinte minutos — disse eu, então, enquanto já me soltava dela. — Em vinte minutos estou de volta.

— Até mais — respondeu, acenando para mim. Senti-me miserável por ela estar tão comovida.

Quando cheguei à nossa antiga rua, estava banhado em suor. Mais tarde pensaria em como sairia daquele apuro com Aurea. Nesse momento, tratava-se de Hakim. E se constatasse que estava tudo bem com ele, talvez ainda tivesse tempo de dar um pulo na biblioteca.

Tropecei ao passar pela porta na direção da escada. Como sempre, a casa de Hakim não estava trancada.

A televisão estava ligada quando entrei.

— Hakim?

Não recebi resposta e percorri o caminho habitual pelo corredor e à direita para a sala.

— Hakim?

Ele estava sentado diante da televisão e não disse nenhuma palavra. Seu rosto estava petrificado; seus olhos, inexpressivos e hipnotizados.

— Hakim, o que está acontecendo?

Ouvi sirenes, olhei para a imagem na televisão e levei um susto. Como se fosse conduzida por um estranho, minha mão deslizou para o bolso do casaco. Liguei para Aurea, sem conseguir desviar o olhar.

— Estou no Lemar — disse, rindo, assim que atendeu. Ao fundo, ouvi vozes e tilintar de talheres. Comida afegã? Tudo bem?

— Não vou poder — ouvi-me dizer.

— Samir! Como assim?

— Não vou poder ir — disse com um fio de voz.

— Mas... o quê... por que não?

— Preciso desligar.

— Samir? Me diga...

Desliguei. Nesse momento, pouco me importava como Aurea reagiria ao meu fora. Também me era indiferente se descobriram meus rastros no arquivo. Simplesmente fiquei parado ali, olhando as imagens que piscavam na tela. Filmagens que oscilavam freneticamente, tentando capturar o ocorrido: vidros estilhaçados, fachadas pretas de fuligem, fogo e fumaça densa, feridos por toda parte, com curativos de emergência sujos e encharcados de sangue. A explosão abriu uma cratera profunda na rua, da qual saía uma fumaça densa; equipes de resgate tentavam se aproximar das chamas, passando por esqueletos de automóveis queimados e pessoas que gritavam atordoadas e batiam as mãos na cabeça.

— Beirute — disse eu, deixando o celular cair.

Hakim continuava sem reação.

— O que aconteceu? — perguntei, mas já intuí a resposta. Hakim falou sem olhar para mim.

— Hariri — disse — foi assassinado.

13

Desligo. Agora que a tensão diminuiu, estou extremamente cansado. Não me barbeio desde que cheguei aqui, minha face está coberta por uma barba rala, os cabelos estão grudados na minha cabeça banhada em suor. Faz duas noites que não durmo. Também não saí do hotel. Nem desci para o café da manhã. Em vez disso, pratos estão empilhados em cima da mesa. Conheço cada centímetro do quarto. Esperei por seu telefonema com uma impaciência febril. Só ousei ligar uma vez, à noite, período em que o risco de não o encontrar me pareceu menor. Ela pareceu bastante assustada, mas lhe contei sobre a pista quente que estava seguindo. E que estava sendo bom para mim. E para nós.

Ele ligou há poucos minutos.

— Alô?

— Samir?

— Sim.

— Sinan Aziz.

— Demorou uma eternidade.

— Não posso fazer mágica. Não é fácil encontrar nosso amigo. Se você soubesse como ele vive, me elogiaria por eu tê-lo encontrado tão rápido.

— Ele quer me encontrar?

— Não sei se ele *quer*, mas está disposto a isso.

— Quando?

— Amanhã.

— Onde?

— Ele mora em Brih, uma aldeia nas montanhas de Chouf.

— Como ele se chama?

— Isso eu não posso te dizer.

— Por que não?

— Porque não sei se ele gostaria.

— E como vou encontrá-lo, então?

— Acredite, assim que você chegar em Brih, já vai encontrá-lo.

— Qual o seu endereço?

— Não sei.

— Está fazendo isso de propósito?

— Não, tenho mais o que fazer do que dificultar sua vida. Em Brih, as ruas não têm nome.

— Quer dizer então que vou ter de bater de porta em porta e dizer: "Olá, estou procurando um homem, mas não sei como ele se chama nem como é"?.

— Talvez seja suficiente você bater à primeira porta e dizer que está à procura de um homem que é cristão.

— Cristão.

— Confie em mim: quando estiver lá, vai encontrá-lo.

14

Ouvimos a explosão até em nossa rua. A onda de choque fez tremer nossas casas. Mesmo aqui, a milhares de quilômetros de distância, logo ficou claro para nós que essa cratera aberta pela bomba em plena Beirute era mais do que um buraco na rua. Era um abismo que se abria, um precipício ardente, preto de fumaça, para dentro do qual olhava um mundo amedrontado, parado em sua borda, pois temia que a cratera pudesse formar fendas que engoliriam primeiro Beirute, depois todo o Oriente Médio.

Nossa rua estava repleta de pessoas. Ninguém aguentou ficar dentro de casa. Todos sentiram a necessidade de conversar com alguém, ninguém queria ficar sozinho nesse momento. Uma névoa fria encobria a luz dos postes e conferia à cena a atmosfera de um fantasmagórico cortejo fúnebre. Fiquei com as mãos nos bolsos do casaco, entre as pessoas paralisadas, que falavam umas com as outras com um misto de tristeza, horror e indignação. Alguém colocou uma imagem emoldurada de Hariri junto de uma árvore; acendemos velas e as colocamos ao lado. Alguns enfatizaram várias vezes em voz alta o quanto o amaram. Outros sempre souberam que Hariri morreria dessa forma – afinal, ele havia reclamado alto demais da Síria, e Bashar Al-Assad não tolera inimigos. E havia aqueles que profetizavam com olhar sombrio e em voz baixa o que de fato aconteceria nas próximas semanas.

Ouvi pela primeira vez a expressão *Revolução dos Cedros* em um noticiário. Mostrava milhares de pessoas reunidas na Praça dos Mártires, em Beirute, lenços vermelhos e brancos sendo agitados e imagens de Hariri sendo erguidas. Falava-se em mais de 50 mil pessoas. Gritavam *horriyeh, siyadeh, istiqlal* – liberdade, soberania, independência – e *haqiqa, horriyeh, wahdeh wataniyeh* – verdade, liberdade, unidade nacional. Os manifestantes eram compostos pela oposição anti-Síria e por seus defensores, bem como pelo Movimento Pró-Hariri, que agitava bandeiras azuis. Também nos anos 1990 já houvera manifestações anti-Síria, que foram reprimidas com violência. Porém, dessa vez, de repente cristãos, sunitas e drusos ficaram lado a lado, e ninguém conseguiu detê-los. Todos tinham o mesmo objetivo: a retirada completa do exército sírio e a renúncia do governo pró-Síria sob Omar Karami, que havia sido nomeado primeiro-ministro para suceder Hariri. À dor pelo assassinato de Hariri misturava-se um clima de otimismo que tomava todo o país. Um sopro quente de primavera, que anunciava grandes mudanças. Uma leve promessa de futuro, um sussurro de democracia e paz, a dissolução de um Estado aparente, o fim de um pós-guerra, sim, a rescisão de um pacto do diabo. Não havia nenhuma prova concreta de que os sírios estavam por trás do atentado. Contudo, a pressão internacional foi enorme, e o apelo para sua retirada do Líbano se deu em alto e bom som. E como os manifestantes se defenderam do país superpoderoso, que havia décadas determinava seu destino? Derrubando o próprio governo, que servia a esse país. Depois de renunciar em 1998, Hariri voltou em 2000 para o cargo de primeiro-ministro. Émile Lahoud, instalado no poder pelos sírios, fez de tudo para isolá-lo politicamente. Em 2004, Hariri renunciou mais uma vez, e o pró-Síria Omar Karami o substituiu. No entanto, a morte violenta de Hariri ameaçava não apenas o presidente Lahoud pessoalmente, mas também, sobretudo, seus patrocinadores – o exército sírio.

A profunda divisão que ainda atravessava o Líbano revelou-se ao mundo inteiro nessas turbulentas semanas após o atentado. O desejo de uma mudança fundamental era enorme. Porém, poucos dias depois do início da Revolução dos Cedros e do apelo cada vez mais clamoroso por uma retirada imediata dos sírios, centenas de milhares de pessoas saíram às ruas para pedir que ficassem. Durante muitos anos, os xiitas no Líbano pertenceram a uma classe social, econômica e politicamente inferior. Embora formassem o maior grupo religioso, conduziam uma existência marginalizada nos subúrbios de Beirute e no sul do país, onde o problema não eram os sírios, mas Israel. Entretanto, desde que havia o Hezbollah, essa milícia fundada na guerra civil, que no final da guerra se transformou em partido, o poder dos xiitas tinha crescido. Eles passaram a entender como provocação o fato de se protestar contra o governo libanês e o poder sírio que o protegia. Uma retirada síria trazia à baila uma possibilidade até então tácita, que ameaçava a influência crescente dos xiitas: o desarmamento do Hezbollah – a única ex-milícia da guerra civil que ainda se recusava a entregar seu arsenal bélico.

Em 2000, o Hezbollah expulsou os israelenses do sul do Líbano, o que foi comemorado em toda parte como uma libertação. Muitos pareciam ter esquecido que havia sido sobretudo o próprio Hezbollah a fazer com que os israelenses invadissem novamente o sul do Líbano em 1996, porque a milícia tinha disparado foguetes contra o norte de Israel. O papel do Hezbollah na libertação do sul do Líbano foi reconhecido por todos. Até mesmo pela maioria dos partidos cristãos e das antigas milícias da guerra civil. No entanto, o número gigantesco de até 800 mil manifestantes, em sua maioria xiitas pró-Síria que haviam seguido o apelo do chefe do Hezbollah, Hassan Nasrallah, causava nos outros grupos religiosos a sensação desagradável de estarem diante de um poder ameaçador e instrumentalizado que, além de tudo, era o único armado.

Por fim, a Revolução dos Cedros foi bem-sucedida. Em 26 de abril de 2005 – cerca de dois meses após o atentado contra Hariri – as tropas sírias deixaram o país. Os manifestantes anti-Síria foram celebrados como heróis da democracia. Porém, outras bombas explodiram até então. A evolução das agitações foi acompanhada por atentados – a maioria dirigida contra apoiadores da oposição anti-Síria. Responsabilizaram-se grupos terroristas pró-Síria, que tentavam impedir a retirada dos sírios. Em 2 de junho, uma bomba instalada em um automóvel matou Samir Kassir, jornalista de relevo, conhecido por sua posição anti-Síria. O Líbano não apenas estrepitava, mas também tremia. E, contra todas as afirmações do governo sob pressão, o perigo de uma guerra civil voltou a ser repentinamente tão real como não ocorria desde o fim da guerra.

Fascinado e hipnotizado, acompanhei a evolução dos acontecimentos, sempre pensando em meu pai. Perguntava-me como ele reagiria se estivesse aqui conosco, diante da televisão. E me perguntava como ele estaria reagindo se realmente estivesse no Líbano. Era impossível não pensar nele. Pois, quando o governo renunciou de fato, as eleições parlamentares mais importantes desde 1992 estavam para acontecer – as primeiras que eu havia presenciado de maneira consciente e que iniciaram as estranhas semanas que terminaram com o desaparecimento do meu pai.

Morar com Hakim não foi nenhum consolo pelas perdas que eu havia sofrido. Minha mãe, Alina e Yasmin, todas me faziam muita falta. Porém, também faziam falta a Hakim, e isso formou um elemento de união que, de certo modo, nos ligava. Muitas noites ficávamos sentados em sua sala, jogando damas em um tabuleiro de madeira decorado ou fumando narguilé. Em meio a seu aroma, lembrávamo-nos dos dias felizes, quando éramos seis.

Hakim nascera em 1943, portanto era quinze anos mais velho do que meu pai. Para mim, sempre fora velho, pois seu modo de se movimentar me fazia pensar em um avô excêntrico. A lentidão com que arrastava os pés e as mãos cruzadas atrás das costas faziam com que parecesse um grande pensador, ao qual a qualquer momento ocorreria uma fórmula inovadora. Sua pele era muito enrugada. Como se os acontecimentos de sua vida movimentada tivessem desenhado seu rosto como os traços feitos por um prisioneiro na parede da cela. Hakim nunca falava muito alto. Sua voz era permeada por uma bondade uniforme. Mesmo quando praguejava ou falava sobre política e parecia impulsivo, nunca dava a impressão de ser imponderado. Apesar da aparência um tanto frágil, foi um pilar de sustentação para nós nos anos depois do desaparecimento do meu pai, e disso eu nunca me esqueci. Ele apoiou minha mãe em tudo: no comparecimento nos órgãos públicos, nas compras, no cuidado com Alina. Sempre foi a âncora que nos segurou em meio às ondas espumantes desses anos. Nunca tentou substituir nosso pai. Talvez soubesse que isso era impossível. Hakim não nos contava histórias.

Tampouco nos colocava na cama, deixava essa tarefa para nossa mãe. Simplesmente era presente, irradiava tranquilidade e confiança e, quando a antena parabólica no telhado parou de funcionar, comprou uma nova e pediu para Khalil instalá-la para nós – 26,0° a Leste.

Quanto a mim, no começo sempre havia esse medo. O medo de olhá-lo nos olhos. Perguntar-lhe se sabia mais sobre o desaparecimento do nosso pai do que nós. O medo da resposta de que nada sabia. E o medo de que pudesse confessar que sabia de tudo, mas se recusava a me dar alguma informação. Eu simplesmente não ousava. Rodeava e o observava em silêncio e às vezes ouvia às escondidas quando ele conversava com minha mãe. Mas ele não revelava nada. Precisei de muito tempo para deixá-lo reaproximar-se de mim. Contudo, nossa antiga proximidade nunca mais voltaria a existir. A cena de despedida que observei, escondido na escada, estava profundamente enterrada em minha memória, e em pouco tempo eu já não tinha certeza se não havia sonhado com tudo aquilo.

Depois que me mudei para sua casa, precisamos de um tempo para nos acostumarmos um com o outro. E quando Yasmin foi embora, deixou um grande silêncio, que tínhamos de preencher. Não éramos como pai e filho. Mas Hakim era o único que parecia compreender a dimensão do meu luto e saber como lidar melhor comigo. Como meu tutor oficial, não me ditava nenhuma regra. Quando eu me levantava de manhã, encontrava a mesa posta para mim – Hakim já tinha saído muito antes para o trabalho na oficina. À noite, quando voltava, tirava a camisa, que cheirava a madeira e serragem, contava como havia sido seu dia e perguntava discretamente sobre o que eu tinha feito.

— Várias coisas — respondia eu, geralmente de maneira sucinta, o que parecia lhe satisfazer como resposta. Nunca me perguntava por onde eu tinha andado o dia todo, e eu não lhe contava que seguia o rastro de sua filha. Talvez ele imaginasse. Não me forçava a procurar um estágio, tampouco me passava sermão sobre a importância de tudo isso para o meu futuro. Talvez fosse um pouco negligente comigo, mas eu era grato a ele por me aceitar como eu era.

Quando lhe contei sobre meus planos de frequentar o curso de formação para me tornar bibliotecário, abraçou-me com alegria e disse que eu estava fazendo a coisa certa. Hakim ficava feliz com minha presença. Feliz porque a casa não estava vazia. Desde que fugira com Yasmin e meus pais para a Alemanha, sempre esteve perto de nós. Esteve presente quando eu e Alina nascemos, era parte da nossa família. Ele sentia muita falta de Yasmin. Não falava muito a respeito, mas muitas vezes o surpreendi na sala, diante da estante, observando os porta-retratos como se fossem pinturas preciosas. Também sentia falta de minha mãe e de Alina. Sem elas, a casa ficava muito silenciosa, pois as escadas quase já não rangiam e faltava sua risada alegre, que normalmente já se ouvia antes de elas dobrarem a esquina. Esforçava-se ainda mais por mim: eu era o único que lhe havia sobrado.

— Você não precisa se mudar — disse com tristeza, quando lhe contei, algum tempo depois de iniciar o curso, a respeito da minha intenção. — Aqui tem lugar suficiente para nós dois, e nos damos bem.

No fundo, ele tinha razão, mas, para mim, tinha começado uma nova etapa da vida, e parecia correto partir para essa aventura com as próprias pernas.

Certo dia, pouco antes de eu me mudar para o pequeno apartamento que encontramos para mim, eu estava saindo de casa e vi Hakim parado na pequena faixa de grama diante da cerejeira e, com ar desconfiado, passar os dedos pelo tronco.

— Câncer de árvore — disse ao notar minha presença e torceu a boca.
— Venha aqui, dê uma olhada.

Apontou para a casca, que quase em toda parte havia adquirido um tom marrom-escuro e, em alguns pontos, um laranja profundo. O tronco estava seco e rachado. Aqui e ali havia protuberâncias ulcerosas.

— Eu não sabia que árvores podiam ter câncer — disse eu.

Passei por ela inúmeras vezes, mas nunca notei suas alterações. Não pude deixar de me lembrar do meu pai ali, com os caroços de cereja na mão, explicando-me a trajetória dos satélites. De Alina sentada na grama, olhando para nós.

— Não é exatamente câncer — disse Hakim. — As células não se multiplicam de maneira descontrolada. É mais uma infecção da madeira por fungo.

— E como acontece isso?

— Através de pequenas feridas na casca, que podem surgir com a geada. Temo que vamos ter de derrubá-la. Embora ainda floresça neste ano, pode acontecer de os fungos apodrecerem as cerejas.

Pensar que essa árvore poderia morrer me entristeceu. Por um lado, era lógico e, de certo modo, coerente, como eu percebia com amargura, pois aparentemente tudo o que pertencia a essa casa estava fadado a perecer. Por outro, não apenas minhas lembranças pendiam como frutos desbotados desses galhos. A caixinha de cedro com o *slide* também estava enterrada entre suas raízes. Eu havia considerado o esconderijo um local seguro.

Portanto, antes de a árvore ser derrubada, desenterrei-a. Eu a tinha envolvido em uma folha de jornal, mas a umidade penetrara e descolorira o cedro. A caixinha também já não tinha o mesmo perfume de antes. O aroma acre tinha se volatilizado, a terra o absorvera, a chuva o lavara.

Vi o fim da cerejeira como um sinal: o *slide* era uma parte de mim e tinha de permanecer ao meu lado. E, como estava indissociavelmente ligado aos acontecimentos do passado, achei que já era hora de perguntar a Hakim o que meu pai quisera dele na noite do seu desaparecimento.

Ele não pareceu surpreso. Estávamos sentados na sala, um na frente do outro; no corredor, as caixas de papelão com a minha mudança. À noite eu receberia as chaves do meu primeiro apartamento. Tínhamos nos servido de chá, o vapor quente subia das xícaras, e Hakim olhou para mim, sem sinal de cansaço.

— Então você nos observou?

— Sim, eu o segui. Você se lembra, não? De como ele voltou para casa naquela noite? Molhado e angustiado, e o quanto nos assustou. Fiquei preocupado, quis ficar de olho nele.

Hakim sempre usava óculos dentro de casa. O vapor quente do chá embaçou as lentes quando ele levou a xícara à boca.

— Ele foi buscar um objeto no porão. Entrou na sua casa com ele e tornou a sair de mãos vazias. O que ele te deu?

Hakim me examinou, pensativo. Então, levantou-se em silêncio e foi até seu quarto. Pouco depois, voltou com um álbum de fotos e o colocou à minha frente, sobre a mesa.

— Isto aqui — disse ele.

O álbum continha muitas das fotos que eu já conhecia. Fotos do casamento dos meus pais, registros que meu pai nos mostrou naquela noite. No entanto, também continha imagens que eu ainda não conhecia: fotos de Hakim fazendo música, sua cabeça inclinada, com ar sonhador, enquanto dedilhava as cordas do alaúde; Yasmin pequena, no Líbano, brincando em uma caixa de areia.

Aquela noite era tão remota. Eu vira o objeto quadrado apenas vagamente; um pano o encobria. É possível que tivesse o mesmo tamanho desse álbum. Mesmo assim, havia algo estranho.

— Se também havia esse álbum — comecei —, por que ele mostrou os *slides* desses registros?

Hakim sorriu e observou como eu virava folha por folha e estudava as imagens coladas.

— Também disse a ele que seria desnecessário: "Vamos mostrar o álbum para as crianças", eu disse. Mas ele insistiu em fazer o *show* para vocês. Você sabe como ele adorava uma grande entrada em cena. Brahim queira colocar uma Leitz-Prado no meio da mesa da sala de vocês!

— Mas por que ele te deu este álbum?

— Não faço ideia — disse Hakim, suspirando. — Você sabe que seu pai era como um irmão para mim. Éramos amigos. Essas fotos e essas lembranças da nossa amizade. São as únicas imagens que me mostram tocando, e ele adorava minha música. Só nos conhecemos porque na época eu era músico. Acho que foi por isso que me deu o álbum — pareceu triste nesse momento, desamparado; não me olhou nos olhos. — Sim, seu pai veio até mim naquela noite. Yasmin já estava dormindo. Eu lhe perguntei o que tinha acontecido. Também fiquei assustado com o modo como ele apareceu de repente na casa de vocês. Yasmin e eu também ficamos preocupados. Mas ele não me deu nenhuma explicação. Tudo o que disse foi: "Preciso ir, Hakim". Não me disse que seria para sempre. Achei que partisse apenas por algumas semanas. Durante todo o tempo contei com o fato de que ele poderia aparecer a qualquer momento. Não sei por quais dificuldades estava passando.

— E você não lhe perguntou para onde tinha de ir?

— Claro que perguntei. — Hakim suspirou de novo. A lembrança parecia ser dolorosa para ele. — Ele não pôde me dizer. Eu estava sentado exatamente aí onde você está agora, e ele andava de um lado para outro, e o tempo todo dizia apenas: "Não tenho escolha, entende?". Dizia sempre isso, como se tivesse de convencer não a mim, mas primeiro a ele próprio. Implorei para que ele me dissesse em que encrenca estava metido. Eu queria ajudá-lo, mas ele rejeitou com um gesto. Não consegui saber nada dele, você precisa acreditar em mim. Ele me pegou totalmente de surpresa. No dia seguinte, quando ele tinha partido, eu mesmo não conseguia acreditar. Éramos amigos, Samir, eu o amava.

De repente, foi como se Hakim tivesse temido esse momento durante anos.

— Quando ele deixou sua casa, ouvi quando ele te pediu para fazer uma promessa.

Tentei olhar diretamente para Hakim, lembrando-me de como os dois homens choraram

— Que promessa era essa?

O velho abaixou a cabeça.

— Ele me pediu para cuidar de vocês — uma respiração profunda, como um lamento. — Disse que, enquanto ele estivesse fora, eu teria a responsabilidade de cuidar de vocês e não deixar que nada lhes acontecesse — Hakim pareceu atormentado e inseguro. — Levando-se em conta tudo o que aconteceu desde aquela época, acho que não me saí muito bem, não é?

Um dia depois do atentado contra Rafiq Hariri, levantei-me muito cedo e fui para a biblioteca. Eu tinha de garantir que ninguém chegaria antes de mim. Era 15 de fevereiro de 2005 – três anos após essa conversa. Passei a noite na casa de Hakim; não queria voltar para a solidão do meu apartamento. Nesse momento, nossa antiga rua me pareceu o único lugar seguro. Uma barreira de proteção feita de comunhão. Pela primeira vez pude entender por quê, após as catástrofes, as pessoas se reúnem em igrejas ou praças públicas para acender velas, depositar flores e refletir em silêncio. A certa altura, a multidão de luto nas ruas se dispersou, e as pessoas desapareceram em suas casas. Na escuridão da noite, era possível ver as telas dos televisores continuarem a cintilar. A imagem de Hariri ainda estava junto da árvore, coberta pela geada noturna. Em determinado momento, Hakim dormiu diante da televisão, e eu o cobri. Seu tórax subia e descia com regularidade; seus pés pendiam para fora da ponta do sofá; sua cabeça estava deitada sobre uma almofada. Parecia não apenas cansado, mas realmente exausto. Fiquei sentado, fitando a repetição infinita das imagens de Beirute, vi a fumaça, o fogo, os estilhaços de vidro, a expressão preocupada dos comentaristas. Não ouvia o que diziam. Tinha desligado o som da televisão, bem como o do meu telefone, uma vez que Aurea não parava de me ligar.

Na biblioteca, meus passos ecoaram nas paredes de modo estranho. Normalmente, eu nunca era o primeiro a chegar. Às vezes, Chris usava as mesmas roupas da véspera; por isso, acho que ocasionalmente passava a noite na biblioteca. Mas ele também ainda não tinha chegado. Desci até o arquivo e, aliviado, constatei que tudo ainda estava como eu havia deixado: folhas de jornal espalhadas no chão, artigos muito antigos em papel amarelado. Como pude ser tão imprudente? Comecei, então, a apagar os vestígios que tinha deixado, dobrei os jornais e os coloquei de volta na estante.

De manhã não aconteceu nada. Chris tinha uma reunião fora e só chegou ao meio-dia à biblioteca. Como sempre, de manhã os visitantes eram sobretudo aposentados, que se curvavam com seus óculos de leitura sobre os jornais. O assassinato de Hariri era manchete, e a profunda cratera ocasionada pelas bombas no centro de Beirute era vista em toda parte. Por volta das onze, uma classe de alunos desanimados veio para a visita guiada. Eu os conduzi pela instituição, expliquei como consultar o catálogo com o auxílio do computador para visitantes e solicitar o empréstimo de livros, o que eram a biblioteca de referência e o empréstimo a distância e que havia até mesmo uma coleção de DVDs. Essa foi a parte que acharam mais interessante. Chris chegou às 13 horas. Das lentes de seus óculos pingavam gotas de chuva, seu casaco e seus cabelos estavam encharcados.

— Esqueci o guarda-chuva — disse, encolhendo os ombros.

— Como foi a reunião? — perguntei de passagem.

— Tranquila. De todo modo, vamos ser o espaço de leitura da Virada Literária de maio, já está decidido. Só não ficou claro ainda quem virá fazer as leituras. E como foi a noite de vocês?

— Boa — menti.

Ele me examinou rapidamente e acenou com a cabeça.

— Foi horrível o que aconteceu com Hariri. Ouvi no noticiário. Você deve ter ficado abalado.

— Sim. Quem não ficou?

— Não acompanhei muito sua trajetória — disse Chris —, mas o achava simpático. Fez muito pelo país, não é?

— Sim. Ele foi muito importante depois da guerra.

— Tomara que não ocorra nada pior. Sempre está acontecendo alguma coisa por aquelas bandas — tirou o casaco molhado e pendurou-o na cadeira. — No rádio disseram que podem ter sido os sírios. O que você acha?

— É bem possível — respondi.

— Ainda me lembro dos anos 1980, quando tinha a mesma idade que você. A guerra civil no Líbano. Quando Bashir Gemayel foi assassinado. Acho que a repercussão foi parecida. Na época também logo disseram: "Foram os sírios!".

Concordei com a cabeça. Depois, disse de maneira desajeitada:

— A história se repete.

Eu não queria falar sobre o Líbano com Chris. Nem sobre o assassinato de Hariri, tampouco sobre o atentado contra Gemayel, a respeito do qual eu havia lido muito. Ou melhor: *especialmente não* sobre o atentado contra Gemayel. Eu me lembrava muito bem do momento em que, pouco depois do início da minha formação, estava folheando um livro sobre a guerra civil e abri nessa página. Foi o choque da minha vida. Nada é capaz de descrever minha perturbação na época, o arrepio e o espanto: incrédulo, olhei fixamente para a foto no artigo, na qual se via o presidente do Líbano na época, o homem que antes fora líder das milícias falangistas e fundador das Forças Libanesas. Na foto, um rapaz bonito, de cabelos bastos e pretos, olhos escuros e sorriso simpático, acena para uma multidão. Bashir Gemayel. O mesmo homem que no meu *slide* usava uniforme e estava ao lado do meu pai.

À noite, voltei caminhando lentamente para casa, sob nuvens pesadas. A cidade estava presa no cinza opaco de fevereiro. A maioria das janelas estava fechada, das chaminés saía fumaça, na calçava se formavam pequenas poças. As únicas manchas coloridas eram os guarda-chuvas abertos das pessoas que corriam apressadas para casa, atravessando os véus molhados.

Apesar da atmosfera opressora nas ruas e dos acontecimentos terríveis da véspera, eu me sentia tranquilo e surpreendentemente confiante. Ninguém na biblioteca parecia desconfiar de qualquer ação minha. Tranquilidade e confiança. Pela última vez por um bom tempo. Mas eu ainda não sabia disso. Apesar da chuva que gotejava dos toldos cobertos de musgo das bancas de frutas, talvez eu tivesse caminhado ainda mais devagar, respirado o ar puro e ficado feliz por mais tempo porque tudo tinha dado certo. Porém, não suspeitava que o atentado contra Hariri desencadearia uma série de acontecimentos que teria graves consequências também para minha situação pessoal.

Uma dessas consequências foi o fato de Aurea ter se separado de mim. Quando cheguei em casa, ela estava sentada, encolhida, nos degraus diante da entrada.

— Você não ligou de volta — soluçou. Seus cabelos eram madeixas que pingavam, suas mãos tremiam, mas não tive coragem de abraçá-la. — Não quer pelo menos me explicar o que está acontecendo?

A chuva tamborilava nos degraus e nas balaustradas.

— Não — respondi. — Não posso.

Aurea não conseguia tomar uma decisão, era visível. Doía. Eu queria ter feito mais por ela. Mais por nós. Ela já poderia ter me abordado na biblioteca. O fato de estar ali significava que estava me colocando à prova: seu eu finalmente a deixasse entrar em meu apartamento, talvez fosse um sinal de que estava ao seu lado, como antes. Mas eu não podia fazer isso. Não agora que ela estava toda ensopada, sentada bem na minha frente. Nosso namoro tinha de terminar ali, naquele instante. Ela não me deixava escolha.

— Você não pode — era mais uma repetição em voz baixa da minha resposta do que uma pergunta. — Você me prometeu uma surpresa qualquer e depois me deixou plantada em um restaurante. No dia dos namorados. E acha que não me deve uma explicação?

— Não posso — repeti simplesmente.

— E suponho que também não vá me convidar para entrar, não é?

— Não.

— Você tem outra — disse. — Mora aqui com ela? — apontou para a porta do prédio atrás dela. Havia oito plaquinhas com nomes ao lado das campainhas. — É por isso que nunca quis que eu viesse à sua casa?

Calei-me. Era melhor que ela pensasse isso. Faria de mim um babaca tão grande que talvez fosse mais fácil para ela me esquecer. Eu realmente queria tê-la convidado para entrar, mas não dava.

Aurea balançou a cabeça, consternada, ao ver que eu não dava nenhuma resposta.

— Quantos anos você tem, Samir? Dezesseis? Cresça de uma vez por todas!

— Sinto muito — disse.

— Eu, não!

Um último olhar decepcionado. Depois, passou por mim, enfiou as mãos nos bolsos do casaco, deu de ombros e partiu a passos pesados em meio à chuva.

Essa foi a primeira consequência que o assassinato de Hariri teve em minha vida. A segunda foi ainda maior e mais destrutiva em seu alcance – uma reviravolta quase romanesca. Pois, no mesmo momento em que eu abria a porta do prédio totalmente molhado e subia as escadas até meu apartamento, Chris, que tinha ficado na biblioteca, teve uma ideia que me contou posteriormente, ao me chamar em seu escritório: em seu modo característico de sempre querer saber tudo em detalhes, desceu ao arquivo e procurou em uma estante empoeirada, bem no fundo da biblioteca de referência, um jornal antigo, datado de 15 de setembro de 1982. Queria ler o que tinha acontecido exatamente quando Bashir Gemayel foi assassinado. E se havia algum paralelo com o atentado contra Hariri. Encontrou o jornal. Mas não o que estava procurando. E, assim, acabou descobrindo o que eu andava fazendo.

15

O motor do Volvo se esforça para superar a subida. Nas paredes das rochas íngremes há cascalho, a estrada sobe em curvas sinuosas. A região de Chouf exibe uma paisagem paradoxal. Uma escassez rochosa, interrompida por campos verdejantes, nos quais cabras pastam ao lado de romãzeiras curvadas. Durante a maior parte do tempo, passamos por arbustos de zimbro e pinheiros. Das encostas vem o canto dos grilos.

Sempre recapitulo o que descobri até o momento: Ishaq, o pastor com cara de lagarto, que mantinha muitos animais com dons extraordinários, era na verdade Ishaq Abdallah, o gerente do Carlton Hotel. O único ponto fraco desse personagem, que meu pai inseriu nas histórias que me contava antes de eu dormir, era seu medo do fogo. Não era de surpreender, pois metade do rosto de Abdallah era a cicatriz escamosa de uma queimadura. O rinoceronte, imbatível no carteado, eu havia conhecido pessoalmente: Sinan Aziz. Desde que partimos de Beirute, eu estava inquieto, deslizando de um lado para outro do assento do passageiro. Se minha suposição se confirmasse, eu já sabia o nome do homem ao qual estávamos nos dirigindo.

— As pessoas aqui em cima são muito pobres — diz Nabil. Enquanto o carro segue pela estrada fazendo barulho, ele engata uma marcha mais lenta, o motor ronca, e o cascalho crepita sob os pneus. — Há uma porção de aldeias pequenas. No inverno, os habitantes não têm condições de comprar diesel nem gás para o aquecimento e acabam derrubando árvores ilegalmente para cortar lenha.

Mostra os tocos de árvores na beira do caminho. Acabamos de passar por um homem que tentava subir a estrada com uma bicicleta caindo aos pedaços, sob o sol abrasador. Vestia uma roupa cinza e um chapéu branco em forma de cone sem ponta.

— Chouf é a terra dos drusos — diz Nabil. — Já há muitos séculos. Sua área vai até a fronteira com a Síria.

Não sei muita coisa sobre os drusos. Apenas alguns fatos que ouvi em algum lugar. Uma religião fascinante, assim imagino.

— Quantos drusos há nestas montanhas?

— Cerca de 200 mil. É claro que também há drusos em Beirute e em outras cidades, mas a maioria deles está distribuída pelas aldeias de Chouf.

Uma das minhas fontes disse que os drusos no Líbano têm direito ao autogoverno. Até mesmo com legislação própria. Pergunto a Nabil se isso é verdade.

Ele faz que sim.

— É claro que estão vinculados à lei libanesa, mas para questões internas os drusos têm sua própria jurisdição. Eles se veem como árabes, mas não como muçulmanos.

Li que descendem dos fatímidas, um ramo dos muçulmanos xiitas do século XI, no Egito. Porém, sua doutrina também contém elementos da filosofia grega, do hinduísmo e do cristianismo. Acreditam, por exemplo, na reencarnação e no fato de que quando um druso morre de maneira violenta, é capaz de se lembrar até mesmo de seus pais da vida anterior.

— Por que a maioria vive aqui? A área foi cedida a eles?

— Em parte, sim. Antigamente, aqui em cima também havia muitos cristãos.

Nabil faz uma pausa significativa.

— Mas hoje, não mais.

Penso nas palavras de Sinan Aziz. *Talvez seja o bastante dizer que está à procura de um homem que é cristão.*

— É um capítulo sombrio da história. — Nabil passa a mão na barba enquanto, com a outra, vira o carro em uma curva estreita. Eu só precisaria esticar a mão para fora da janela para quebrar um galho do arbusto de zimbro. — Houve um intenso esforço por parte do governo para trazer os cristãos de volta aqui para o alto de Chouf.

— Com que finalidade?

— Para que voltassem para casa — responde Nabil. — Os exilados.

As cabras pastam à beira do caminho. Mastigam e nos olham entediadas quando passamos por elas fazendo barulho. À direita, o terreno é um barranco íngreme. Colinas e encostas de montanhas se erguem ao redor. Bem distante, lá embaixo, Beirute cintila como um colar de pérolas, com o mar atrás.

— Tudo isso faz parte de um programa de repovoamento. Imposto pelo Estado. Uma reconciliação forçada, se preferir. — Nabil olha para mim. — Em Brih, por exemplo, antigamente as famílias cristãs viviam lado a lado com os drusos. Em quase todas as aldeias era assim. Mas, na guerra civil, quase 250 mil cristãos fugiram da região...

De novo o tema da guerra civil. Está por toda parte. Como uma teia de aranha, seus efeitos conduzem até o presente. Nem sempre é possível notá-los à primeira vista. Encobertos por guindastes, betoneiras e pelo barulho dos canteiros de obras, que sugerem o despertar em um novo tempo.

— Drusos e cristãos. Essa história começou já em meados do século XIX — explica Nabil. — Nessa época, houve um terrível massacre de cristãos em Damasco. Depois, houve também um massacre de drusos no Líbano, cometido pelos cristãos. Ambos os lados travaram uma intensa luta. E, na guerra civil, cristãos e drusos disputaram controle da região. Em Brih também houve um massacre. Foi em 1977. Homens com metralhadoras mataram cristãos que rezavam. Aos poucos, cada vez mais famílias fugiram de Chouf, a maioria para Beirute.

— E agora o programa de repovoamento deve trazer os cristãos de volta?

— Isso mesmo. Brih é um dos últimos lugares em que essa *reconciliação* — com os dedos, Nabil desenha aspas no ar — ainda tem de ser realizada. Até agora, quase nenhum cristão voltou para cá. Até porque, nesse meio-tempo, a maioria das famílias reconstruiu a vida em outros lugares.

— Como os cristãos veem isso? Querem voltar?

— Estão divididos. Você precisa considerar o seguinte: a região de Chouf também era sua terra natal. Com certeza, os mais velhos ainda se lembram de uma infância feliz, das comemorações familiares no terraço, ao lado das casas de seus vizinhos drusos, que iam comer com eles. E vice-versa. Quem não gostaria de voltar para sua terra natal?

— Mas?

— Mas há uma lei que isenta os exilados de terem de pagar aluguel por suas moradias atuais. Isso deixaria de valer se fossem transferidos e não tivessem a sorte de ver suas antigas casas ainda de pé.

À nossa frente, uma cabra está parada no meio da estrada. Nabil a contorna com o automóvel, e ela nem ergue o olhar quando desviamos dela e prosseguimos alguns metros por cima da relva.

— Seja como for, o assunto é complicado. Em Brih iam fazer uma igreja para tornar sua vinda mais fácil. Mas talvez uma escola fizesse mais sentido. Chegamos.

Nabil conduz o carro por uma última curva. Diante de nós, a aldeia encontra-se inserida em um pequeno vale. Ao redor, nas encostas da montanha, os vinhedos elevam-se em terraços. O azul do céu, o verde-escuro das vertentes e o branco da cal das casas, distribuídas nas pequenas superfícies, mergulham o ambiente em um intenso jogo de cores.

Meu pulso se acelera quando estacionamos o carro e passamos pelas primeiras casas. O cascalho crepita sob nossos pés. Quase não se vê ninguém. Uma mulher idosa, com avental florido, pendura roupas em um varal. Dois cães estão deitados, indolentes, ao sol; moscas zumbem ao redor de seus corpos. Um menino pequeno, só de fraldas, está sentado ao lado deles no chão e bebe água de uma garrafa que é quase do seu tamanho. Metade da água vai parar em sua barriga. Quando passamos por ele, sorri e acena. Respondo com outro aceno. Da entrada, a aldeia parece idílica e intocada. No entanto, de perto se veem muitas casas inacabadas. Terraços em ruínas, corroídos pelo tempo. Fachadas sem reboco, poeira trazida pelo vento. Pintura azul e amarela descolando dos muros. Brih é uma aldeia esquecida. Uma miniatura adormecida de Beirute. Desabrochada, mas incompleta, com andares inacabados em alvenaria antiga.

— Vocês são da companhia telefônica? — a mulher que pendura as roupas olha para nós.

— Perdão?

— São da companhia telefônica?

— Não.

— Ah. Eu ficaria surpresa.

Olho para Nabil, que encolhe os ombros.

— Deviam ter vindo há duas semanas — continua a mulher. Tira uma blusa branca do cesto de roupas e a pendura, sem olhar para nós. — "Três meses", disseram. "Em três meses a senhora vai ter linhas novas aqui." Foi o que disseram. Até agora, nada.

— Não sabemos de nada, sinto muito.

— Tudo bem — diz a mulher, voltando para suas roupas. — Seja como for, não temos telefone, mas seria bom se dissessem a verdade. É sempre assim: prometem ou anunciam alguma coisa, depois, nada acontece... Ah, olá! — olha por cima de nossas cabeças.

— Olá! — responde uma voz masculina antes de nos virarmos.

— Eles não são da companhia telefônica — diz a mulher para o homem atrás de nós. — Já perguntei.

Não consigo ver seu rosto de imediato, pois o homem está olhando para o chão. Por isso, vejo apenas sua cabeça, coberta por cabelos finos e grisalhos. Tem as costas bem curvadas, uma corcova sobressai sob sua camisa. Ele ergue a cabeça e olha para mim.

— Não tem problema — diz. — Então, você deve ser Samir.

Não fico surpreso, mas encantado. Um vendaval de imagens sopra ao meu redor. O suave redemoinho da infância se transforma em turbilhão. Vejo-me à sombra da cerejeira, pegando a mão de Yasmin e a conduzindo até as escadas da nossa casa. Nós dois, com 6 e 8 anos, descendo apressados pelos degraus e rindo. *Pronta?*, pergunto a Yasmin, que me responde animada, com um aceno de cabeça, enquanto se senta no patamar de cima, e eu fico mais embaixo, como o apresentador de uma peça de teatro. Yasmin é meu público; seus olhos são milhares de luzes. Lembro-me exatamente da sensação: um medo paralisante do palco, que transforma tudo em natureza morta; uma alegria febril; uma história anunciada. *Hoje*, digo sorrindo para Yasmin, *quero lhe apresentar uma pessoa. Um amigo. Seu nome é Amir, e com Abu Youssef ele viverá muitas aventuras.* Estou abaixo dela e narro com a voz do meu pai sobre Amir, o dromedário, fiel amigo de Abu Youssef. Vejo a alegria de Yasmin, saboreio seu aplauso. O vendaval de imagens segue adiante. Como em um cinema onde a cortina é aberta, Brih retorna ao primeiro plano como cenário real.

— Amir — sussurro. Na verdade, não quero sussurrar, mas minha voz falha.

Ele sorri. Um sorriso bondoso, guardado para esse momento especial.

Eu gostaria de dar um passo até ele. Passar a mão em sua cabeça, na pele enrugada de seu rosto, tocar sua corcova, que o curva pesadamente para baixo. Quero sentir se é real. Mas não consigo me mexer; estou como que enraizado no chão.

Ele resiste ao meu olhar e continua a sorrir até eu ser capaz de me mover.

— Venha — diz. — Você deve ter mil perguntas.

Sua casa é uma das poucas na aldeia que não se assemelha a um canteiro de obras. Pelo menos por fora parece acabada e habitada. A fachada é amarela e quente, o chão de pedra do terraço brilha ao sol, no parapeito das janelas há vasos com ervas, manjericão e hortelã. Estamos sentados do lado de fora. Uma lagartixa passa correndo sob uma pedra, o vento sopra sobre as áreas abertas, trazendo aroma de lavanda. Diante de mim, sobre a mesa, um copo de limonada, com uma rodela de limão e cubos de gelo boiando nele. A algumas centenas de metros, vejo Nabil desaparecer atrás de um muro. Vai passear pela aldeia.

Amir está sentado à minha frente. Toda a sua postura lembra a de um ancião. Ao servir a limonada, seu braço tremeu e suas pálpebras estremeceram nervosamente. Porém, sua voz é tranquila. Quem apenas o ouvisse poderia ter a impressão de que tem 35 anos. Uma voz firme e agradável. Tenho dificuldade em olhar para ele sem pensar no dromedário divertido. Ainda tenho a sensação de ter entrado em um armário ou túnel secreto de um mundo paralelo, no qual os personagens favoritos da minha infância são pessoas de verdade. Se isso for um sonho, não sei se algum dia quero acordar.

— Nabil me falou sobre o projeto de repovoamento — digo. — Quando você voltou? — não combinamos de nos tratar por "você", mas não posso chamar Amir de "senhor". Ele é como um velho amigo para mim, daqueles que não vejo há muitos anos.

— Nunca fui embora — diz, sorrindo. — Exceto pelo curto período no hotel. Foram dezesseis meses. Chouf é minha terra natal. Nasci nesta casa. Aqui vivi com meus pais. Em março de 1981 fui trabalhar no Carlton. E em setembro de 1982 voltei para cá.

— Durante a guerra ficou aqui em cima?

— Sim. Minha família e eu, a certa altura éramos os últimos cristãos em Brih. Hoje sou o único.

— Onde está sua família?

— Não vive mais. Não tive irmãos, éramos três, meus pais e eu. Quando me mudei para Beirute, ele foram comigo. Não se sentiam seguros, sozinhos aqui em cima. O que é um paradoxo, pois ser cristão em Beirute Ocidental também não era nada fácil. Mas a cidade é maior do que a aldeia, mais anônima. Tínhamos um apartamento no Oeste; deram-me um quarto no hotel, e o dinheiro que eu ganhava dava aos meus pais para o aluguel. Quando parei de trabalhar no hotel, faltou dinheiro, então, voltamos para Brih. Nessa época, já havia bem menos cristãos por aqui.

— Então, desde 1982 você vive aqui?

— Sim. Desde essa época deixei Brih apenas uma vez.

— Quando esteve em Beirute para se informar com Sinan Aziz sobre meu pai.

— Isso mesmo.

— Por que saiu do Carlton, se isso significava que teria de voltar para cá?

— Não foi por dinheiro — diz. — Foi por outra coisa.

Dirige-me seu olhar caloroso, embora dê a impressão de esforçar-se para manter a cabeça erguida. Parece reconhecer o jovem Brahim em mim, é o que creio ver em seus olhos.

— Aziz me contou que você queria perdoar meu pai e, por isso, queria encontrá-lo — digo. — O que aconteceu entre vocês?

Amir pega seu copo e dá um gole.

— Assim como você, fazia alguns anos que eu tinha ouvido falar no projeto de repovoamento. Na época, os funcionários do governo e os ministros subiram aqui e falaram a respeito. Achavam que mais de 3 mil cristãos voltariam em dois ou três anos, que era chegada a hora de drusos e cristãos fazerem as pazes aqui em cima. Foi quando pensei em Brahim. Pensei em uma reconciliação tardia. Todas as casas que estão sendo reformadas ou reconstruídas pertenceram um dia aos cristãos. Querem construir uma igreja, instalar novas linhas telefônicas, modernizar o hospital e assim por diante. Brih deve voltar a ser como antes. Sei que vai ser difícil. Sei que, acima de tudo, é um projeto de prestígio, com o qual os políticos se destacam, pois para as próprias pessoas há uma série de problemas ligados a essa questão. Mas gosto da ideia de que as pessoas podem voltar. Brih é sua terra natal. Talvez entre elas haja antigos amigos, com os quais eu cresci e ia para a escola. Nunca é tarde para perdoar o próximo.

— Mas o que exatamente meu pai te fez? — pergunto de novo.

— Isso não é importante, Samir — diz com brandura. — Não encontrei Brahim. Nem mesmo a mãe dele sabe onde ele está. Quando Sinan a visitou há alguns anos porque lhe pedi, ela partiu do princípio de que ele estaria vivendo na Alemanha. Mas o fato de você estar aqui me diz outra coisa. O que aconteceu entre nós foi uma nuvem escura, que já se dissipou.

— Acho que ele está aqui — digo.

Amir concordou lentamente com a cabeça.

— Também acho.

— Por quê?

— Porque não consigo imaginar como algum dia ele poderia suportar viver muito tempo longe do Líbano. Ele amava cada pedra e cada árvore deste país — a voz de Amir é suave, quase nostálgica. Como se estivesse se lembrando de momentos passados com meu pai.

— Vocês eram amigos?

— Não sei se fui um amigo para ele — responde. — Mas gostávamos muito um do outro. Costumávamos ir aos cedros nos nossos dias de folga. Brahim adorava esse lugar. Chegou a me mostrar seus poemas. Não sou entendido no assunto, mas acho que eram bons.

O tema me interessa muito, então tento mais uma vez:

— Seja o que for que ele tenha feito a você, deve ter sido algo importante para você não ter esquecido depois de mais de trinta anos.

Amir me observa em silêncio.

— Posso entender seu desejo — diz. — Mas não vou lhe dizer, Samir. Seu pai era um homem bom; não vou sujar a lembrança que você tem dele só por causa de um erro. Prefiro que você me diga: desde quando não o vê?

— Desde 1992.

— Você nasceu na Alemanha?

Faço que sim.

— Em 1984.

— Quando seus pais partiram daqui?

— Fugiram no final de 1982.

— E é a primeira vez que você vem aqui?

— Sim.

— O que tem achado?

— Não sei. É bem diferente da imagem com a qual cresci.

Amir ri. Coloca a mão nas costelas, como se sentisse dor, mas o riso soa sincero.

— Quando o viu pela última vez? — pergunto.

— Brahim? Meados de setembro de 1982. Ele ainda estava no hotel quando fui embora. Pouco depois, ele quis se casar.

— Na época, ele também te mostrou histórias? Histórias que foram escritas por ele?

Amir reflete.

— Lembro-me apenas dos poemas. Mas não me espantaria se entre eles também houvesse histórias. Brahim era um narrador muito talentoso. Era capaz de vender aos turistas um uísque de três dólares por quinhentos.

Não consigo reprimir o sorriso.

— Aziz me contou a respeito.

— Por que está perguntando isso?

Amir parece desperto e atento, seus olhos irradiam uma grande amizade e um profundo equilíbrio.

— Porque te conheço — digo em voz baixa. Temo que minha voz falhe, porque a lembrança é muito forte. — Te conheço há muito, muito tempo. Ele falou de você.

Amir pisca.

— Falou de mim?

— De você e de Sinan Aziz. Vocês eram personagens nas histórias dele.

— É mesmo?

Nesse momento, seus olhos brilham. Ele parece sinceramente surpreso; seu rosto envelhecido tem um ar animado e juvenil.

— Nunca poderia imaginar isso — diz, perplexo, passando a mão pela cabeça e coçando a testa. — Quero dizer, que ele não me esqueceu.

Neguei com a cabeça.

— Com toda a certeza, não.

— Que personagem era esse? — Amir ainda parece espantado.

Agora que está sentado à minha frente, com a corcova elevando-se atrás da cabeça como uma montanha atrás de uma árvore, parece-me uma maldade meu pai tê-lo comparado a um dromedário. Mas ele tem o direito de saber.

— Você era Amir, o dromedário. O melhor amigo e assistente de Abu Youssef, protagonista de suas histórias.

Temi que ele ficasse decepcionado, magoado e talvez até indignado. Porém, mal acabo a frase, e seus traços se iluminam ainda mais.

Amir bate a palma da mão na mesa e começa a rir.

— Fantástico! — exclama. — Maravilhoso! Eram histórias que ele te contava antes de você dormir?

— Sim — digo.

— Magnífico. Ele as escreveu? Você ainda as tem?

— Ele apenas as contou.

Fico aliviado por ele ter ficado tão feliz.

— É realmente extraordinário. E então? Sou como você me imaginou?

— Eu não sabia que vocês existiam de verdade — digo.

Sinto-me como um menino que, de repente, conversa com um dos bonequinhos em sua estante.

— Achava que vocês só existissem nas histórias.

— Como vê, estou aqui — diz e ri. — E as aventuras? De que tipo eram?

— Bem diferentes. Mas você e Abu Youssef eram conhecidos no país inteiro. Reis, xeiques, princesas, o povo simples, todos chamavam vocês, queriam autógrafos.

Seu rosto inteiro sorri.

— Fico muito feliz em saber disso. Obrigado por ter me contado — diz com alegria. — É surpreendente. Com o tempo, esquecemos tantas coisas, mas as histórias que ouvimos quando crianças, lembramos a vida inteira, não é verdade?

— É, sim — respondo. — Eram algo especial.

Dou um rápido gole na limonada antes de o cubo de gelo derreter por completo. Nabil está fora do alcance da visão; talvez tenha ido fazer a sesta embaixo de alguma árvore.

— Amir — digo. — Tem uma coisa que preciso te perguntar.

— Então, pergunte — sua voz soa alegre, ele ainda parece feliz.

Não tenho certeza de como formular a pergunta. Desde o encontro no Rhino Night Club, ela não sai da minha cabeça. Essa sensação é tão intensa que, desde aquele momento, não consigo me livrar dela.

— Sinan Aziz era um rinoceronte imbatível no carteado — começo. — Você era um dromedário e fiel assistente do protagonista. Ishaq também apareceu em uma história. Como traficante de escravos que podia se transformar em lagarto.

De repente, a alegria se afasta do rosto de Amir.

— Ishaq — sussurra.

— Sim.

— Você disse que era um traficante de escravos?

— Isso mesmo.

— E que podia se transformar em lagarto?

— Sim, em noite de lua cheia.

— Bem pensado — diz Amir, olhando para baixo.

— Aziz também achou. Você deixou o Carlton por causa de Ishaq?

— Também, sim — Amir concorda com a cabeça, consternado. — Mas isso é passado. Não vamos mais falar disso.

— O que eu queria te dizer é que Ishaq estava nessa história... — falo devagar para ter certeza de que ele está me acompanhando. — Sinan estava nessa história. Você estava em muitas de suas histórias... — faço uma breve pausa. — Amir — olho em seus olhos, quero que ele esteja inteiramente comigo nesse momento. — Todos esses personagens são pessoas que existiram de fato.

— Sim — ele parece inseguro —, eu sei.

— Então — digo e respiro fundo. — Quem é Abu Youssef?

O canto dos grilos aumentou. Se não falarmos e nos concentrarmos nele, perceberemos que está em toda parte, um concerto na diagonal, que ecoa das encostas. Os cães, que antes dormiam em um terraço, trotam cansados pela rua; um homem sai da casa da frente, olha para o sol e acena para mim com a cabeça, antes de partir na direção da entrada da aldeia. Pouco depois, Amir vem com uma jarra de limonada fresca. Fui ao banheiro rapidamente e tornei a me sentar, esperando por ele. O interior da casa me surpreendeu. Sem móveis, todos os cômodos vazios, apenas em um deles se encontra um colchão. Não vi televisor nem telefone, tampouco computador. Relembrei as palavras de Sinan Aziz: *Se você soubesse como ele vive, me elogiaria por eu tê-lo encontrado tão rápido.*

Dói saber que Amir é tão solitário aqui em cima. Ele não parece infeliz com isso, mas esse isolamento não combina muito com o dromedário alegre, que ama as multidões, gosta de dar autógrafos e ser celebrado. Como se a realidade o tivesse abandonado quando já não havia nenhuma história sobre ele.

— Estava pensando — diz agora, enquanto coloca a jarra de limonada na mesa. — Havia um Youssef no hotel. Eu não o conhecia direito, mas talvez Brahim fosse amigo dele. Talvez ele tenha transformado tudo em uma história. É uma possibilidade. Mas nunca vi os dois juntos, e esse Youssef ficou pouco lá. Por isso, talvez haja uma segunda explicação...

— Que seria?

— Youssef não é um nome incomum. Muitos homens libaneses se chamavam assim antigamente, e mesmo hoje esse nome é muito apreciado. Se você quiser contar uma história sobre a França e que seu personagem principal represente o povo francês, o francês típico, então vai chamá-lo de "François". François e Youssef são homens comuns. Figuras simbólicas. É bem possível que Brahim tenha escolhido intencionalmente esse nome para seu herói. Um libanês clássico, entende? O arquétipo libanês, se assim preferir: hospitaleiro, amante de boas festas, um aventureiro na tradição de seus antepassados, os fenícios. E com certeza também há muito dele próprio nesse personagem.

Amir sorri para mim. Sua segunda explicação parece muito plausível. Sei o quanto meu pai amava o Líbano. Escolher um personagem simbólico para suas histórias, que pelo nome já era reconhecido como um compatriota, fazia muito o seu estilo.

— Acho que combina muito com um sonhador como ele — diz Amir, que pelo visto reconheceu o que eu estava pensando.

— Eu também.

Ele concordou, satisfeito.

— Nem toda pergunta contém um enigma complicado, não é verdade?

— Com certeza — respondo e ergo o copo. Ele brinda comigo.

— Pode me falar mais sobre ele?

— Mas claro — enquanto fala, massageia a nuca com a mão. — Quando cheguei ao hotel, em março de 1981, Brahim e Sinan Aziz já estavam lá. Trabalhei muito com Sinan. Não sei o que ele te contou sobre Ishaq, mas na época Sinan não era exatamente magro, e eu tinha essa corcova. Seja como for, era muito importante para Ishaq que os hóspedes, se possível, não nos vissem. Éramos funcionários bons e esforçados, e não havia muitos candidatos nos hotéis, de modo que não era fácil para ele nos substituir. Para trabalhos inferiores éramos bons o suficiente, mas nossa aparência não combinava com o brilho do hotel. Afinal, tratava-se do Carlton, um endereço conhecido em Beirute. Ishaq era muito rude conosco. Punha-nos para fazer as piores coisas durante vários dias. Certa vez, gritou para mim: "Você pode se dar por feliz por essa maldita guerra ser na cidade. Antigamente, aqui na esquina havia um *Cirque du Soleil*. Eles adorariam ter um camelo falante como você". Mais tarde, seu pai me animou, dizendo: "O camelo tem duas corcovas. Você só tem uma. Então, você teria de ser um dromedário falante". Disse isso de um modo que me fez rir. Nunca me tratou de maneira diferente por causa da minha aparência, e nos aproximamos porque nós dois éramos cristãos.

— A religião era um problema para vocês, funcionários?

— Não. Mas tínhamos medo de que pudesse se tornar um. A guerra em Beirute não era daquelas nas quais sempre caíam bombas por todo lado.

As pessoas não tinham de sair correndo para os porões quando as sirenes tocavam. Muitas vezes, os conflitos se limitavam a algumas ruas, e mal ficávamos sabendo. Também havia semanas em que nenhum tiro era dado. Mas então, de repente, as explosões voltavam. Tratava-se em grande parte de controlar todo o distrito. Não eram apenas cristãos contra muçulmanos e contra drusos. Todos lutavam contra todos, esperando levar alguma vantagem. Para nós, era mais uma guerra do medo. Com frequência, ouvíamos falar de barricadas nas ruas e de que as milícias detinham pessoas aleatoriamente, sequestravam-nas ou atiravam nelas de imediato, depois as jogavam no mar. Nosso maior medo era que um parente pudesse ser sequestrado ou assassinado. Por exemplo, o primo de um colega muçulmano foi morto por milícias cristãs. A situação poderia mudar. Nesse caso, não seríamos mais apenas *os colegas*, mas *os colegas cristãos*. De repente, a religião se tornou importante, embora no convívio cotidiano não desempenhasse nenhum papel. Brahim compreendeu muito bem que o que acontecia do lado de fora tinha de ser deixado do lado de fora, uma vez que tratava todos do mesmo modo. Mesmo que estivesse em uma posição especial. Graças às histórias que inventava para os turistas ricos, sempre tinha dinheiro e o dividia conosco. Às vezes, quando Ishaq retinha parte do nosso salário, Brahim chegava a nos dar a maior parte. E como sempre estava nos lugares onde se dava mais gorjeta, sempre tinha alguma coisa para compartilhar. Seu pai era muito querido. Quando comecei a trabalhar no hotel em 1981, ele já era uma pequena celebridade. Era quem representava a gerência e cumprimentava os hóspedes especiais com um aperto de mão. Era o interlocutor de noivos que queriam fazer sua festa de casamento no Carlton. Resolvia todos os detalhes: o número de convidados, o tipo de comida, de vinho, o tocador de alaúde para animar a festa, um pouco de fogos de artifício na piscina. De fato, era indispensável.

— Você disse que ele também era muito querido entre os colegas. Isso porque ele dividia o dinheiro com todos?

Amir nega decididamente com a cabeça.

— Não, não. Era por seu modo de ser. Aquela sua natureza despreocupada, que era rara. Na época, não se via muito isso em Beirute, era algo especial. O fato de ele dividir o dinheiro conosco também tinha importância. Mas não era o principal.

— O que era, então?

— A certa altura, é claro que correu o boato de que a mãe de Brahim era muito rica. Na verdade, seu pai não precisava trabalhar no Carlton. Poderia ter deixado o Líbano e ido estudar em qualquer lugar. Mas estava no hotel conosco e não ligava para o dinheiro. Qualquer um de nós teria aproveitado essa oportunidade. Teríamos fugido e esperado o fim da guerra. Um curso no exterior seria um presente para nós. Mas ele não era assim. Talvez fosse leviano da parte dele. Mas seu pai tinha algo rebelde que admirávamos.

Rebelde. Essa era a palavra que me faltava. Nesse momento, torno a me lembrar do *slide*. Tiro a cópia do bolso da calça e a empurro para ele sobre a mesa.

— Você pode me dizer alguma coisa sobre esse registro?

Os dedos de Amir puxam a imagem. Por um instante, ele a observa em silêncio. Em seguida, pergunta em voz baixa:

— Onde conseguiu isso?

— É de um antigo *slide* — respondo. — Faz tempo que o tenho. Há alguns anos, mandei fazer uma cópia. Acho que está relacionado ao desaparecimento dele.

— É mesmo? — Amir ergue as sobrancelhas.

— Sim. Acho que eu nunca deveria ter visto essa imagem. Na época, ele nos mostrou sem querer. À noite, meus pais brigaram por causa dela. Minha mãe o acusou de ter quebrado uma promessa. Aparentemente, partia do princípio de que ele deveria ter jogado o *slide* fora muitos anos antes. Ela ficou fora de si quando constatou que ele ainda o possuía. Coloquei-o em local seguro e o preservei.

Ergo a cabeça para ver se Amir demonstra alguma emoção. No entanto, ele apenas me olha com ansiedade, como se esperasse pelo desfecho.

— Durante essa briga, meu pai disse a ela alguma coisa do tipo: "Essa imagem tem importância para mim". Acho que esse registro desencadeou alguma coisa nele, pôs algo em movimento. A partir dessa noite, ele começou a se comportar de modo estranho e, poucas semanas depois, foi embora.

Amir move os dedos ossudos por cima da mesa e os coloca sobre a minha mão. Sua pele é quente, e seu toque, tão firme que ergo o olhar, surpreso.

— Sinto muito, Samir — diz. — Sinto muito mesmo que vocês tenham tido de passar por isso.

Tento sorrir com gratidão, mas não sei se consigo.

— Sabe alguma coisa sobre essa foto?

A mão de Amir se solta lentamente da minha. Ele pega a imagem com as duas mãos e volta a observá-la por um longo instante.

— Só conheço essa foto a partir de outra perspectiva — diz, franzindo a testa. — É a primeira vez que vejo esta aqui. Está vendo o fotógrafo à esquerda, na margem? Conheço a foto que ele fez.

— Existe outra imagem? — pergunto, agitado.

— Sabe quem é esse homem ao lado do seu pai? — pergunta Amir.

— Bashir Gemayel.

Ele concorda com a cabeça.

— Brahim tinha muito orgulho da foto. Da original, quero dizer. Estava até dependurada no seu quarto, em cima da cama.

— Sabe quando foi tirada?

Amir franze a testa.

— Deve ter sido em abril ou maio de 1982 — olha para a foto como se pudesse saber a data exata. — Mas sabe por que sua suposição me deixa tão confuso?

— Qual suposição?

— De que a visão dessa foto poderia ter desencadeado nele algo tão sério que ele decidiu deixar vocês.

— Por que não pode ter sido isso?

— Não estou dizendo que não seja possível, mas me surpreenderia.

— Por quê?

— Você nunca se perguntou por que na sua foto há tantas pessoas em segundo plano assistindo à cena?

Na verdade, eu me fiz essa pergunta e, em algum momento, a respondi com o fato de que Bashir era uma celebridade.

— A cena é toda montada!

Olhei para ele.

— Montada? Como assim?

— Como eu disse, isso foi em abril ou maio de 1982. Acho que em uma quarta-feira. No fundo, um dia bem normal no hotel. Muitos hóspedes estavam na piscina; alguns funcionários, na entrada dos fundos, pois os fornecedores entregavam alimentos frescos, sabão e tudo mais. Como em toda segunda, quarta e sexta-feira. E meus colegas ajudavam a descarregar a mercadoria. Eu havia sido escalado para a lavanderia e só posso lhe dizer o que me contaram.

— Por favor — digo —, talvez me ajude a avançar.

— Nessa manhã, Brahim recebeu uma ligação da recepção. Disseram-lhe que um hóspede especial havia chegado. Então, ele desceu para cumprimentá-lo em nome da gerência, como sempre fazia. Só que, quando chegou ao *lobby*, levou um susto ao ver Bashir Gemayel em pessoa. Afinal, estávamos em Beirute Ocidental. E Bashir era o fundador e líder das Forças Libanesas cristãs; portanto, pelo menos para as milícias que que tinham o comando em Beirute Ocidental, ele era um inimigo. Talvez o fato de ele ter aparecido no Carlton naquela manhã não fosse nenhuma maravilha, principalmente porque estava bem protegido, mas não deixava de ser incomum. Seu pai cumprimentou Bashir, que olhou ao redor. "O senhor é o gerente?", perguntou. E Brahim lhe explicou que o senhor Abdallah mandava pedir desculpas devido a um compromisso. "Vamos fazer aqui", teria dito Bashir aos seus acompanhantes. "Deem o uniforme ao rapaz", e apontou para Brahim. Um de seus colaboradores deu a Brahim o uniforme das Forças Libanesas, com o cedro dentro de um círculo vermelho no peito, e seu pai o vestiu. Enfiaram até uma pistola no cinturão. Em seguida, colocaram os dois debaixo do lustre diante da escada, no *foyer*, e um fotógrafo tirou fotos. Por fim, Bashir pegou apenas a pistola de volta do seu pai, que pôde ficar com o uniforme. Tudo durou talvez quinze minutos. Depois, a delegação saiu do hotel e partiu.

— Mas isso não faz o menor sentido — digo.

— Faz, sim — Amir sorri, sabendo o que diz. — Nós também ficamos surpresos, mas, três dias depois, alguém levou a revista das Forças Libanesas para o hotel e a abriu diante de nós sobre a mesa. Logo na terceira página estava impressa a foto. Embaixo dela, lia-se: *Nosso líder Bashir Gemayel cumprimenta pessoalmente o 25.000º combatente das Forças Libanesas*. Ainda inventaram um nome qualquer para o seu pai. Entende? Era uma foto de propaganda. Não sei, mas talvez tenham passado por acaso pelo hotel naquele dia e tido essa ideia repentina. Afinal, o *foyer* era muito luxuoso e representava um belo cenário. Brahim simplesmente estava no momento certo, no lugar certo; assim foi feita a foto, e essa cena — Amir mostra a cópia à nossa frente — provavelmente foi tirada por um dos colegas que também estava no *foyer*. Como você vê, havia muitas pessoas.

O que Amir diz soa plausível. Mesmo assim, tenho a sensação de que falta uma peça no quebra-cabeça dessa história. A reação do meu pai ao ver essa imagem foi muito incomum. É difícil imaginar que um episódio casual como esse tenha desencadeado tudo aquilo nele.

— Não me admira que sua mãe tenha pedido para ele jogar o *slide* fora — continua Amir. — Seu pai usa o uniforme das Forças Libanesas e está ao lado de Bashir Gemayel. Tem até uma pistola no cinturão. Se seus pais deparassem com um bloqueio das milícias muçulmanas na rua e Brahim estivesse com essa foto, com certeza seriam detidos ou mortos — Amir percebe que hesito. — Trinta anos — diz ele. — O tempo nos leva a nos questionarmos. Projetamos mistérios até onde a resposta é evidente. Não queremos aceitar que, muitas vezes, a solução é bem mais simples. Desejamos que ela seja complicada. Desejamos ter de superar o maior número possível de obstáculos para chegar à solução. E sabe por quê? Porque superar esses obstáculos nos dá tempo. Tempo e uma desculpa para continuarmos a nos ocupar dessas perguntas, embora na verdade já tenhamos reconhecido há muito tempo que não há mais nada por trás delas. E a maldição é que nos ocorrem cada vez mais incongruências e perguntas, quanto mais pensamos a respeito. E, no final da vida, constatamos que só encontramos mistérios e nenhuma nova resposta, a não ser aquela simples, que no começo nos pareceu fácil demais.

— Talvez seja assim — digo.

— Com toda a certeza — responde Amir e me devolve a foto sorrindo.

— Meu pai admirava Bashir? Me pergunto isso porque quero saber por que essa imagem era tão importante para ele, como você diz. Deve haver uma razão para ele a ter guardado em segredo.

— Não acho que ele o admirasse — diz Amir. — Mas ainda me lembro de que, certa vez, ele disse algo estranho a respeito, quando lhe perguntei. Ele disse: "A peculiaridade dessa foto está no que a cerca".

— E o que isso poderia significar?

— Tudo — ri Amir —, mas também nada. Brahim era um poeta, e poetas têm o talento de exprimir as coisas mais simples de maneira complicada.

— Ele não poderia estar se referindo ao que Bashir representava? Uma nova esperança?

Amir infla as bochechas e solta o ar fazendo barulho.

— É preciso ter cuidado nesse caso — diz, inclinando a cabeça. Nessa posição, a semelhança com um dromedário é bem próxima. — Bashir Gemayel era uma esperança para quase todos os cristãos. E, de fato, mesmo entre os muçulmanos havia quem pudesse conviver com ele como presidente. Muitos também o odiavam. Não se pode esquecer de onde esse homem vinha: era filho do fundador do Partido Kata'ib, do qual provinha a milícia falangista. Eram radicais de direita ou, pelo menos, cristãos conservadores da direita. Bashir fundou em seguida as Forças Libanesas. Uma milícia que deveria unir todas as milícias cristãs, ou seja, os falangistas do seu pai, a milícia Ahrar, os Guardiões dos Cedros e algumas outras sob seu teto. O homem não tinha escrúpulos. Para reunir todas essas organizações debaixo do mesmo guarda-chuva, ele mandou matar os membros de alto escalão dos outros partidos e das outras milícias, entre os quais Tony Frangieh, filho do ex-presidente Suleiman Frangieh. Somente depois da guerra civil é que as Forças Libanesas foram transformadas em organização partidária. Bashir foi um dos protagonistas em todo esse derramamento de sangue, pelo menos até 1982.

— Conheço a história — digo. Sei de todos esses fatos porque pesquisei. No final, vinte e três anos mais tarde, a Revolução dos Cedros também se serviu das Forças Libanesas, que se opunham abertamente aos sírios. Até então, sua influência havia sido muito limitada pelos partidos pró-Síria. Li muito sobre Bashir Gemayel. Sobretudo depois que soube que ele era o homem na foto. Na época, muitos libaneses nutriam a esperança de que ele teria condições de libertar o Líbano de todas as influências estrangeiras, principalmente do exército sírio. Em seus discursos, ele evocava um Estado em que cristãos e muçulmanos viveriam em paz, lado a lado. Sua linguagem era simples, mas ele discursava com paixão, era carismático e claro em suas declarações. Aqueles que queriam impedir que ele se tornasse presidente viam um perigo em sua proximidade com os combatentes cristãos, de cujas fileiras ele provinha. E o acusavam de ter vendido o país a Israel. Teria sido ele a pedir a Ariel Sharon para invadir o Líbano, a fim de expulsar a OLP de Beirute de uma vez por todas, pois essa organização continuava a atuar no Líbano contra Israel e a se servir dos campos de refugiados palestinos como central de comando. Em 6 de junho de 1982, os israelenses entraram no sul do Líbano e, mais tarde, também ocuparam Beirute Ocidental, a fim de tirar a OLP definitivamente do país. Além disso, em 20 de agosto, uma tropa multinacional, composta de paraquedistas franceses, soldados italianos, ingleses e americanos, desembarcou em Beirute para ajudar a garantir a retirada da OLP, sobre a qual se havia firmado um acordo conjunto. Nos dias que se seguiram, mais de 10 mil combatentes palestinos deixaram os campos de refugiados no sul da cidade e no Líbano, entre os quais seu líder, Yasser Arafat. Contudo, a tropa multinacional permaneceu para também garantir a controversa eleição de Bashir Gemayel para a presidência libanesa, que ocorreu em 23 de agosto.

— Você ainda se lembra do atentado contra Bashir? — pergunto.

Amir faz lentamente que sim.

— Claro. De certo modo, havia sido anunciado. Logo depois da sua eleição, comemoraram em Beirute Oriental, passaram buzinando pelas ruas e disparando no ar. Já em Beirute Ocidental, incendiaram-se as casas de deputados muçulmanos que haviam votado em Bashir. Estava claro que nem todos apoiavam sua eleição, ainda que Israel e os americanos quisessem se convencer do contrário. Quase ninguém ficou realmente surpreso com o que aconteceu em 14 de setembro de 1982. Ele teria sido o presidente mais jovem da história do país, mas nem chegou a fazer o juramento. Brahim e eu estávamos de serviço nesse dia. Eu estava na cozinha, e seu pai trabalhava na piscina. Bashir estava a caminho do quartel-general da Falange, em Ashrafiya, um distrito em Beirute Oriental. Era uma terça-feira e, como sempre ocorria nesse dia, haveria um encontro entre as lideranças às 16 horas, no quartel-general. Seus homens insistiram para que ele faltasse a esse encontro. Estavam preocupados com sua segurança, pois todos podiam contar com o fato de que ele compareceria. Mas Bashir fez questão de ir. Como presidente eleito, tinha de renunciar ao cargo de líder da Falange, e nada no mundo o faria desistir de se despedir pessoalmente dos homens das Forças Libanesas, aos quais ele devia sua ascensão política. Às 16 horas em ponto, começou seu discurso no quartel-general. Dez minutos depois, ouvimos uma explosão tão violenta que os copos na piscina e na cozinha tremeram. Até o lustre no *foyer* teria balançado. Logo em seguida, estávamos todos na rua. Sobre Ashrafiya subia uma densa nuvem de fumaça até o céu. A cidade foi tomada pelo ruído das sirenes das ambulâncias, que passavam a toda velocidade na direção da nuvem. Não demorou nem quinze minutos até o boato do atentado contra Bashir se espalhar por toda a cidade. Primeiro disseram que ele tinha sobrevivido. Alguns achavam ter ouvido que o levaram para um hospital porque sua perna esquerda estava ferida. Outros afirmavam que ele tinha saído completamente ileso dos escombros, mas, no fundo, ninguém acreditava nisso. No apartamento sobre o quartel-general, alguém acendeu cinquenta quilos de TNT. O prédio inteiro foi pelos ares antes de desmoronar. É difícil imaginar que alguém tenha conseguido sair com vida. Em Beirute Oriental, os sinos das igrejas soaram para comemorar a salvação de Bashir, e o programa de rádio *The Voice of Lebanon* anunciou a ressurreição do país, mas a confusão era grande. Ninguém sabia onde estava Bashir. Ninguém conseguia encontrá-lo. Algumas horas mais tarde, a emissora de rádio parou de emitir notícias, ouvia-se apenas um chiado. Voltamos para o trabalho, mas alguém sempre estava com o ouvido em algum lugar para nos manter informados. Na manhã seguinte, logo cedo, o primeiro-ministro Wazzan anunciou que Bashir estava morto. Ainda conseguiram levá-lo para o hospital, mas seu rosto estava desfigurado, e ninguém pôde identificá-lo. A identificação ocorreu posteriormente, graças à sua aliança. Beirute sempre foi um caldeirão de boatos, no qual as notícias ferviam. Você não faz ideia de como foi o dia seguinte. Era impossível passar por um quiosque, um supermercado ou uma pessoa sem ouvir sempre os mesmos trechos de conversa: quem eram os assassinos? Quem podia ter interesse na morte de Bashir? As pessoas especulavam como loucas. A resposta era: muitos. Entre os cristãos, muitos não tinham esquecido os sangrentos conflitos de poder durante a fase de fundação das Forças Libanesas. Quanto às milícias muçulmanas, nem se fale. Bashir foi tão ofensivo ao exigir uma solução sobre a questão palestina, ou seja, a expulsão completa da OLP e dos refugiados do Líbano, que tinha inúmeros inimigos provenientes desse campo. E os sírios também estavam irritados com ele. Dois dias depois, Habib Tanous Chartouni foi preso e confessou. Declarou que tinha recebido a bomba e o acionador remoto de um homem chamado Nabil El Alam. Era o homem perfeito para o atentado, pois o apartamento acima do quartel-general da Falange pertencia a seus avós. Assim, pôde entrar e sair prédio, que estava sob forte vigilância, sem ser incomodado. El Alam tinha ótimas conexões com o serviço secreto sírio e, logo após o atentado, fugiu para o país vizinho. Chartouni nunca foi indiciado, embora tenha confessado. Nem mesmo mais tarde, quando Amin, irmão de Bashir, foi eleito presidente. Acho que ele não queria comprometer a condição de mártir de Bashir.

— Como meu pai recebeu a notícia?

— É claro que Brahim ficou abalado, mas todos nós ficamos. Depois da eleição de Bashir, as tropas multinacionais se retiraram novamente; Beirute tornou-se um vácuo de segurança, totalmente fora de controle e entregue à própria sorte. Seu pai andava o tempo todo de um lado para o outro, inquieto. Peguei-o pelo braço e disse: "Brahim, vai ficar tudo bem". Mas ele respondeu: "Você sabe que não é verdade. Vão querer vingá-lo. Vai acontecer algo terrível".

— E ele tinha razão — digo.

Amir concorda com a cabeça. Seus olhos brilham, como se os acontecimentos passados produzissem um filme em sua cabeça.

— Sabra e Chatila — sussurrou. — Os israelenses também sabiam que aconteceria alguma coisa. Decidiram prosseguir com a entrada em Beirute. Oficialmente, para proteger os muçulmanos da vingança da Falange.

— Oficialmente?

Amir encolhe os ombros.

— Quem é que sabe? Mas uma coisa é certa: os israelenses não ficaram felizes com o assassinato de Bashir. No que se referia à questão palestina, tinham perseguido os mesmos objetivos. Ambos os partidos queriam os palestinos fora do Líbano e, se possível, bem distantes da fronteira com Israel. No final de agosto, embora a OLP tenha se retirado com grande alarde de Beirute, os israelenses afirmavam que ainda havia terroristas nos campos. Portanto, avançaram e cercaram o campo de refugiados dos palestinos. O que aconteceu depois é o que já sabemos.

Em 16 de setembro de 1982, os soldados israelenses nada fizeram para impedir que os combatentes da Falange invadissem Sabra e Chatila. Mataram mulheres, crianças, idosos, massacraram todos que cruzaram seu caminho. Dois dias depois, atravessaram os campos com sede de sangue.

— Pode me falar mais sobre meu pai? Como ele se comportou no período entre maio e setembro?

— Obviamente ficou preocupado com sua mãe — diz Amir. — Mil novecentos e noventa e dois foi um ano ruim para Beirute, pior até do que os anos anteriores. O casamento dos seus pais foi planejado para o começo de outubro. Não em Beirute, mas em Zahlé. Só que, nesse meio-tempo, Beirute se tornou um caos, e sua mãe morava na cidade.

— Você a conheceu?

Amir sorri. Parece quase tímido.

— Nunca a vi, mas às vezes tinha a sensação de conhecê-la bem.

— Como assim?

— Brahim a visitava já antes da cerimônia. O casamento dos dois havia sido arranjado por sua avó, mas ele deve ter gostado da sua mãe. Ia com frequência à casa dela. Geralmente à noite, depois do trabalho. E de manhã estava de volta ao hotel, antes de o seu turno começar.

— Como sabe disso?

— Porque às vezes eu o acompanhava — diz Samir.

— Você o acompanhava?

— Sim, até a casa dela. Muitas vezes eu também tinha de ir à noite até aquela área, porque meus pais viviam ali, e era mais seguro andar em dois em Beirute Ocidental.

— E depois vocês voltavam sozinhos para o hotel?

— Isso mesmo — Amir concorda com a cabeça. — Dava para ver que Brahim estava muito apaixonado. Embora não tivesse escolhido sua mãe, não conseguia esconder o quanto estava feliz. Era bonito vê-lo assim. Quase flutuava por cima da calçada, cantava e tinha os olhos brilhantes.

Imaginar isso é doloroso e belo ao mesmo tempo. Acrescenta uma pequena peça reconfortante ao quebra-cabeça que tenho da vida dos meus pais. Beirute tremia, estrepitava, ardia, mas nada impedia meu pai de visitar minha mãe em segredo. Com minha avó, reclamava do casamento forçado.

Um pretexto? Supostamente, fazia parte de sua rebeldia criticar toda decisão de sua mãe. Não lhe concederia esse triunfo.

— E você realmente nunca esteve com a minha mãe?

— Não — Amir balança a cabeça. — Mas Brahim dizia que era linda.

— Sim, era mesmo.

— Cheguei a acompanhá-lo algumas vezes até diante da casa, e o maluco do seu pai escalava a calha até a sacada dela. Então, a porta se abria, e ele desaparecia dentro do quarto. Sentimental até não poder mais — Amir ri, pensativo. — Era bonito observá-lo quando ele sabia que a visitaria à noite. Assobiava, uma vez até dançou com o aspirador de pó. Tive inveja dele por essa paixão.

Tentei imaginar Amir moço. Tenho certeza de que era simpático.

— É um milagre que nunca tenha sido pego — diz. — Brahim não apenas subia pela calha. Descia por ela também. Só uma vez as coisas devem ter dado errado. Ele caiu e quebrou o pé. Não me pergunte como conseguiu voltar sozinho para o hotel ao amanhecer. Trabalhou o dia inteiro com o pé quebrado, até que alguém o encontrou no fim da escadaria. Contou a todos que tinha rolado escada abaixo; só eu sabia a verdade. Não se recuperou direito da fratura e, depois desse dia, passou a mancar um pouco.

Essa era a história por trás de seu caminhar claudicante. Conforta-me saber que vai mantê-lo pela vida inteira. Não importa onde esteja vivendo; cada passo sempre irá lembrá-lo da noite que passou com minha mãe.

— Por que você não foi ao casamento deles? — pergunto.

— Não vamos falar sobre isso — responde Amir com simpatia. — Os dois se casaram na primeira semana de outubro. Em Zahlé, na casa da sua avó. Eu saíra do Carlton algumas semanas antes. Vamos parar por aqui.

Ao contrário do início da nossa conversa, agora já não tenho certeza se quero mesmo saber o que separou os dois. O que ouvi aqui sobre meu pai o coloca sob uma luz mais favorável e suave. Imagino-o escalando a calha, protegido pela escuridão, e esticando o braço até a sacada. Imagino minha mãe esperando por ele em seu quarto. Com elegância, ele se lança para cima.

Depois, para Amir que está embaixo, faz sinal de positivo antes de desaparecer, e o amigo volta furtivamente para a sombra. Vejo Beirute na escuridão. Amir e meu pai, esgueirando-se pelas ruas. Dois aliados que não podem ser descobertos. Vejo meu pai acariciando o rosto da minha mãe e beijando-a. Os dois falando do casamento, planejando o futuro, imaginando ter filhos um dia. Abraçando-se enquanto a cidade treme e oscila. E vejo-o esgueirar-se para a sacada ao amanhecer, antes que alguém os descubra.

De repente, sinto que o objetivo da minha viagem não é encontrar meu pai. Tenho de saber mais sobre ele, preencher lacunas, libertá-lo da masmorra dos meus pensamentos. E, mesmo sabendo que talvez eu nunca o encontre, sou atravessado por uma sensação quente e verdadeira, como há muito tempo não me acontecia. Deve ser felicidade, uma leveza impressionante, que sopra todo peso para longe. Amir fechou o círculo para mim. As histórias da minha infância ganharam vida aqui. Ele me levou para o lugar onde se passou a última história de boa-noite. Até a sacada dourada existiu. A última história do meu pai era dedicada a nós.

Sinto sua mão na minha, nossos olhares se encontram. Você era meu acompanhante preferido, meu melhor amigo, penso. Fomos separados quando eu era pequeno, mas o tempo nos reuniu.

Amir tem razão. Já não existem mais mistérios para mim. Minha busca termina aqui. Quando parti da Alemanha, nem em sonho pensei que conseguiria tanto. Se as horas sombrias voltarem, vou me lembrar de hoje. Se à noite vierem as dúvidas para me arranhar com suas garras e sussurrar no meu ouvido que talvez eu tenha deixado passar alguma coisa, vou pensar em Amir, meu velho amigo. Vou me virar para o lado e cheirar os cabelos da minha mulher. Vou beijar sua nuca e ouvi-la respirar. Vou abraçá-la, sentir seu calor e sempre dizer a mim mesmo: estou aqui. Com você. Tudo terminou bem. Quem poderia imaginar?

— Eu gostaria de poder te dizer onde o encontrar — diz Amir. — Eu mesmo ficaria muito feliz em revê-lo. Mas acho que ele não quer ser encontrado. Não há nenhuma pista que leve até ele. Você pode continuar buscando outras estradas, e tenho certeza de que vai encontrá-las. Pode até percorrer essas estradas, mas, sempre que chegar ao final delas, vai perceber que está de novo no mesmo cruzamento do qual partiu. Assim, vai passar a vida com a sensação de estar olhando para a frente, mas, na verdade, só estará olhando para trás. Nenhuma estrada leva até ele. Todas reconduzem apenas ao começo. E lá está você. Sempre sozinho. E somente você pode decidir como prosseguir — sua mão aperta a minha. — Posso te dar um conselho? — pergunta.

Faço que sim.

— Volte para casa, Samir. Leve com você tudo o que houver de positivo, todos os pensamentos belos e novos. Deixe os medos aqui. Diga sempre a você mesmo que não é o único que se lembra do seu pai. Há muitas pessoas lá fora que o conheceram. De um modo ou de outro, ele as influenciou. Elas sabem seu nome. Sabem quem foi; por isso, ele continua vivo. Pense sempre que ele era um bom homem e, acima de tudo, permita a você mesmo este pensamento: pouco importa o que o afastou de você. Não foi culpa sua.

16

— *D*esculpe, pode encadernar isto aqui para mim? — ouvi uma voz feminina dizer.

Como sempre, na monotonia do trabalho sempre igual, no começo eu quase nunca erguia a cabeça. Estava trabalhando naquela copiadora desde o início de 2008. Já fazia três anos que eu tinha sido demitido da biblioteca e que Hariri havia sido assassinado. Era outono. Folhas douradas mergulhavam a cidade em uma rara luz encantadora; o verão chuvoso tinha chegado ao fim. A copiadora não ficava distante da escola técnica que frequentei durante minha formação. Uma rua estreita entre a estação central e o cinema, ao lado de uma pizzaria, na qual todos os dias, por volta da hora do almoço, até trinta adolescentes formavam fila para não perder a promoção para estudantes: minipizza e refrigerante. A biblioteca ficava bem perto dali. Às vezes, da janela eu via Chris passar, mergulhado em pensamentos, a caminho do trabalho, com a pasta de couro debaixo do braço. Os principais clientes da loja eram alunos da escola técnica, mas também estudantes universitários, que de vez em quando apareciam para encadernar seus trabalhos ou fazer cópias de relatórios. Eu usava um boné preto e uma camiseta preta. Em ambos se lia *Copycenter* em letras verdes. Nas costas da camiseta, a frase promocional da loja: *Vamos fazer uma cópia?* Antigamente, eu sentia pena das pessoas atrás dos caixas do supermercado, que passavam o dia inteiro dizendo apenas: "O senhor junta os pontos de fidelidade? Quer o tíquete? Tenha um bom dia!". Nesse meio-tempo, não consegui coisa melhor. Para minha decadência, precisei apenas de três anos e algumas decisões erradas.

Na época, depois que Aurea me deixou plantado na rua, abri a porta do prédio e entrei no *hall* onde ficava a escada. Como sempre, olhei primeiro na caixa de correio, embora nunca recebesse correspondências, a não ser os contracheques da biblioteca e folhetos publicitários desagradáveis, pois Alina também me escrevia raramente. Porém, nesse fim de tarde frio e cinzento, havia um cartão-postal na caixa de correio. Mostrava um antigo centro histórico em algum lugar no norte da Alemanha. Muitas construções em enxaimel e vitrines coloridas. Uma foto, tirada em um dia de verão, um idílio promissor de cidade pequena, uma torre de igreja com brilho esverdeado despontava acima dos telhados ao fundo.

Samir,
hoje visitei um apartamento aqui. A partir do outono, este será meu novo lar. Gostou? :) Vou começar aqui minha formação terapêutica complementar; a clínica é especializada em terapia do trauma. Vou sentir falta da universidade (menos de Estatística), mas estou ansiosa para começar o trabalho prático. Infelizmente, não vou poder voltar para casa no verão. Ainda vou terminar de escrever o trabalho de conclusão de curso, depois vem a mudança. Pelo menos acho que nós dois vamos passar um bom tempo em alguma biblioteca. ;) Espero que você ainda goste dela como antes. Vem me visitar algum dia?
Sua Yasmin.

Sua caligrafia era limpa e simples. Determinada como ela própria. A caneta havia deixado sulcos no cartão, que eu seguia com os dedos. Portanto, mais três anos. Mais três anos nos quais ela permanecia inalcançável para mim. Yasmin era grande demais para a nossa cidade. Também era grande demais para mim. E quanto mais tempo eu passava sem vê-la, mais ela crescia. Uma obra de arte feita de lembranças que brilhava com mais intensidade quanto mais a saudade aumentava.

Somente à noite eu ainda a encontrava – quando no sono eu rolava de um lado para o outro. Então, passeávamos em meio a uma luz azul de sonho e caminhávamos sobre a água. Em meus sonhos, era muito comum eu andar sobre a água. Em noites muito agitadas, o céu acima de mim escurecia, e ao meu redor as ondas se erguiam, transformando-se em paredes altas como montanhas. Eram sonhos vertiginosos, dos quais geralmente eu acordava banhado em suor e ofegante na escuridão do meu quarto, com medo de morrer afogado. Quando Yasmin aparecia nos sonhos, eles eram mais suportáveis, pois ela pegava minha mão e me puxava para ela. Usava um vestido branco, cuja bainha roçava a umidade. Sua mão era macia e tranquilizadora; seu caminhar, decidido e confiável. Eu sempre acordava antes de chegarmos a algum lugar. No entanto, os sonhos em que Yasmin aparecia para mim eram os únicos dos quais eu despertava com a sensação de que havia uma margem em algum lugar.

Noites agitadas, o silêncio escurecido pela chuva em meu apartamento e eu – serpenteando como um rio lento, de atividade em atividade, até vir parar nessa copiadora. E assim se passaram três anos.

— Desculpe, pode encadernar isto aqui para mim? — ouvi, então, a voz feminina dizer.

Meu olhar pousou na pilha espessa de papel em embalagem de papelão, que suas mãos me estendiam.

— Claro — respondi, ainda sem levantar o olhar. — Temos capa flexível ou dura em encadernação colada. Outra possibilidade é a brochura ou encadernação em espiral, que...

— Eu gostaria de fazer com capa dura — disse a voz. — De preferência, de alta qualidade; é um presente.

— Tudo bem, sem problemas — disse eu, enquanto recebia a embalagem de suas mãos e lia na capa do trabalho de conclusão de curso: *Trauma e Identidade – Construções do Sujeito de Filhos de Refugiados na Alemanha*.

Levantei o olhar. Ela estava olhando para meu rosto.

É difícil descrever o que senti nesse momento. Porém, foi algo profundo, verdadeiro. Os anos a tornaram encantadora. Ela emitia um brilho que era quente e único. Usava os cabelos mais curtos. Seu rosto tinha ficado mais marcante, mais seguro de si, ainda mais bonito. Em algum momento entre graduação, trabalho de conclusão de curso, mudança e formação prática, tornara-se uma mulher. Vinte e seis anos, uma visão onírica, mais do que eu podia suportar. Sem palavras, fiquei parado, tomado pelo medo de que pudesse ser apenas uma ilusão e de que Yasmin desapareceria assim que eu esticasse a mão em sua direção. Em meu uniforme ridículo, fiquei parado diante dela, que estava mais alta e magra do que antes. Só percebi isso aos poucos, enquanto nossos olhares se encontravam.

— Samir?

O carinho com o qual pronunciou meu nome causou uma dor e um bem enormes. Fechei os olhos. Sua voz soou tão surpresa, tão suave. Seus olhos cintilavam, como se ela estivesse tentando adivinhar como eu tinha ido parar ali. Então, acariciou minha face lentamente, como uma cega.

Senti vergonha e abaixei o olhar, embora cada milésimo de segundo que eu ficava sem olhar para ela fosse tempo de vida perdido. Quanto tempo esperei por esse momento? Quantas horas observei seu cartão postal na parede em cima da minha cama, enquanto suas cores desbotavam com o passar dos anos?

De manhã, só me levantava porque me lembrava de que lá fora me esperava um mundo no qual ela deixava seus rastros. E agora ela havia sido trazida pelo vento, em seu casaco amarelo e quente, como uma folha de outono transformada em gente.

— Samir — suas pálpebras tremiam.

Não consegui responder e me engasguei.

Oito anos. Oito anos desde que me despedi dela no estacionamento. Oito anos desde que mergulhamos no condomínio deteriorado da nossa infância. Oito anos depois do beijo furtivo, diante da porta da nossa antiga morada.

— Yasmin.

Quase sufoquei. Ela estava ali e me abraçava com força. Após anos de exaustão e falta de objetivo, uma onda me jogava para a margem. E como que com minhas últimas forças, abracei-a e afundei minha cabeça em seu ombro. Ela era minha ilha.

Sob um céu inchado de outono, orlado por nuvens escuras como hachuras feitas a lápis, caminhamos pela cidade. Yasmin estava de braço dado comigo, meu ombro tocava o seu, e eu a observava de lado, discretamente. Ela ainda tinha o hábito de afastar uma madeixa do rosto com uma casualidade adorável. A cidade: ruas e vielas sinuosas, vitrines com decoração de outono, um zumbido metálico de movimento e inquietação, que ecoava do calçamento de paralelepípedos. Minha sensação: luzes explodindo, o coração batendo como um trovão, mãos molhadas de suor.

Yasmin deixou o olhar vagar e sempre se surpreendia com o quanto tudo havia mudado. Para ela, devia ser como um salto gigantesco. Sempre parava, admirada, diante de um prédio que antes não existia ou tinha um aspecto completamente diferente. Para Yasmin, a cidade exalava o odor nostálgico do passado, enquanto eu sentia apenas o cheiro de bolor há séculos. Ainda me parecia irreal o fato de ela estar ali.

— Antigamente, Aimée morava aqui — disse, apontando para uma cerca que isolava uma grande escavação. — Lembra-se dela? Aimée, da escola primária?

— Sim. Agora vai ser um lava-rápido aí.

Eu me lembrava vagamente de Aimée e de que sua família havia se mudado anos antes.

— Acho que fiquei longe por uma eternidade.

Por um oceano de distância, pensei, ficou longe por todo um oceano.

Antes de sairmos para caminhar, encadernei seu trabalho final. Os cantos superiores do papelão preto despontavam de sua bolsa.

— Quando você chegou?

— Aqui? Hoje de manhã.

Fiz que sim e me esforcei para soar o mais casual possível e menos nervoso do que me sentia.

— Quanto tempo vai ficar?

Ao nosso lado, a porta de um ônibus se abriu, sibilante; um homem ajudou uma mulher a entrar com o carrinho de bebê, e o ônibus seguiu viagem.

— Ainda não sei — respondeu. — Existe a possibilidade de eu ser admitida na clínica onde trabalhei. Na verdade, foi loucura eu ter aceitado logo de cara. Fiz muitas amizades lá, tenho colegas legais e me apeguei aos pacientes. A clínica é incrível e oferece excelentes oportunidades de carreira.

— Mas?

Olhou para mim. Uma folha caída da árvore estava presa em seu capuz.

— Mas meu pai passou tanto tempo sozinho. Acho que seria bom ficar perto dele por um tempo. Talvez eu também me candidate para um trabalho aqui — não pareceu muito satisfeita com a alternativa. Dava a impressão de que, com essa decisão, estaria ouvindo o coração, não a cabeça.

— Filhos de refugiados — disse eu e, como ela me olhou rapidamente sem entender, acenei na direção da sua bolsa.

— Ah! — sorriu. — Sim.

— Do que se trata exatamente?

— Do ambiente em que vivem refugiados de diferentes gerações — atravessamos a rua, pois a calçada terminava em um canteiro de obras. — Também sobre a questão da formação de sua identidade na infância e até que ponto o trauma sofrido com a fuga influi nisso. São crianças que, de um dia para o outro, foram catapultadas para outra vida. Viveram experiências ruins em seus países de origem. Geralmente também durante a fuga. Essas crianças crescem em um ambiente no qual são confrontadas com as histórias de vida e as experiências de fuga de gerações anteriores; portanto, aprendem a conhecer diferentes memórias culturais. Eu me interessei sobretudo pela questão de como essas crianças assumem posições subjetivas individuais. Mas... ah, desculpe, quando a gente estuda isso por tanto tempo, a certa altura tem a sensação de que precisa, de preferência, falar como um acadêmico — riu rapidamente. — O que me interessava era saber o que faz essas crianças serem o que são e o quanto do que incorporam talvez sejam comportamentos e visões assumidos inconscientemente.

— Nossa! — exclamo de maneira desajeitada, mas era exatamente o que eu estava sentindo.

— Pois é. Não é uma loucura tudo isso? Essas pessoas atravessaram o inferno e aqui encontram outras que adorariam mandá-las de volta para lá. É claro que isso as sobrecarrega ainda mais.

— Sim, infelizmente não é diferente aqui.

O ginásio de esportes ainda servia como campo de acolhimento de refugiados. Sempre eram vistos na cidade; querendo ou não, sobressaíam. E o que também se via eram os olhares depreciativos, com os quais muitos os evitavam. Pouco tempo antes, dois sírios que estavam no ginásio de esportes foram mandados de volta à Hungria, onde tinham deixado suas impressões digitais durante a fuga. Eu me perguntava até que ponto o histórico pessoal de Yasmin tinha contribuído para ela se dedicar a esse tema.

— Já esteve com ele? — perguntei.

— Com meu pai? Ainda não. Quero ir hoje na hora do almoço.

— Ele vai explodir de alegria.

— Acho que já está contando com a minha vinda. Afinal, amanhã é aniversário dele.

Hakim ia fazer 65 anos. Nos últimos três anos, ainda o visitei com frequência, mas era verdade que ele parecia sozinho e um pouco frágil, sobretudo depois que se aposentou, dois anos antes. Nesse meio-tempo, ocupava-se bastante no barracão e fazia longos passeios, nos quais juntava madeira para esculpir figuras. Era visível que a oficina e uma rotina fixa de trabalho lhe faziam falta. Pensar que Yasmin voltaria por alguns dias para seu antigo lar tinha algo de infinitamente reconfortante.

— Seu quarto ainda está como você deixou — disse eu, coçando o nariz. — Quer dizer, quase. Joguei fora seu pôster de *Boyband*.

— Nunca tive pôster de nenhuma *Boyband* no meu quarto — respondeu, rindo alto e me cutucando com o cotovelo. — Eu tinha 19 anos quando saí de casa.

Ainda usava o mesmo perfume, e tive de me concentrar para não ser arrebatado pela tempestade de imagens que esse odor produzia.

— Eu sei — olhei-a de lado. Seus passos lembravam os de um equilibrista, tinham uma leveza surpreendente, que era contagiante. — Talvez fosse o de um surfista sem camiseta.

— Você não devia ter feito isso — disse-me com indignação fingida. — Eu queria levar o pôster para meu próximo apartamento.

— Acho que ainda está em um cesto.

— Espero que sim, para o seu bem.

Ao nosso redor: pais fazendo *jogging* e empurrando carrinhos de bebê; dois sem-teto disputando uma garrafa de cerveja retirada do lixo; mulheres idosas de costas curvadas carregando sacolas, das quais despontavam folhas de alface e de rabanete; uma despedida de solteiro com um noivo lastimável, que tentava desesperadamente parar os passantes.

O braço de Yasmin estava enganchado no meu. Nossos ombros ainda se tocavam. Uma brincadeira informal, o teste para saber se ainda éramos as mesmas crianças em corpos de adulto. Em seguida, alguns passos em silêncio.

— Já faz muito tempo, não? — disse ela após um instante, com voz pensativa. Seu sorriso era tímido, como se somente nesse segundo ela tivesse percebido que havíamos ficado mais velhos.

Não respondi nada.

— É muito bom ver você — disse ela. Tinha o olhar voltado para a ponta dos sapatos, pois estava se equilibrando no meio-fio, enquanto continuava a segurar meu braço.

— É, também acho — eu estava com os joelhos bambos.

A viela pela qual seguíamos estava repleta de guirlandas, era quase medieval com as construções em enxaimel, último bastião dos pequenos varejistas, com oficinas de costura, bombons caseiros, brinquedos artesanais, cada qual um exemplar único.

— Nunca acreditei no ditado "o que os olhos não veem o coração não sente" — nesse momento, olhou para mim. — Pensava sempre em você e me perguntava o que estaria fazendo — soltou o braço do meu, parou e comprou um saquinho de bombons. Enquanto guardava o *souvenir* na bolsa, perguntou: — Por que ficamos tanto tempo sem nos ver?

Porque pensar que não poderia ficar sempre ao seu lado era algo doloroso demais para ser suportado, pensei.

O que eu disse: — não sei.

— Meu pai sempre ia me visitar; você poderia ter ido junto.

Haveria um tom de crítica em sua voz? Talvez de decepção? Ela tinha razão. Hakim realmente ia visitá-la com frequência. E sempre me perguntava se eu não queria ir junto. Mas nunca tive coragem, porque a ideia de revê-la estava sempre ligada à consciência da despedida.

— Eu sei, queria ter ido com ele — disse eu. Deixei vazio o lugar onde caberia um "mas". — Por que você nunca veio para cá?

A folha em seu capuz estremeceu; um breve golpe de vento a soprou para longe.

— Era tudo tão novo e empolgante para mim — respondeu. — Tinha medo de deixar passar alguma coisa. Quando fui embora daqui, tinha medo principalmente do que me esperava. Mas não demorou nem uma semana, e eu não conseguia mais imaginar que tinha aguentado ficar tanto tempo aqui sem nunca ter saído. Era um mundo totalmente diferente; achei incrível. A carga horária era intensa, com seminários desde de manhã até o final da tarde, mais os estudos, a preparação das palestras... E nos finais de semana acontecia tanta coisa. Costumávamos sair para acampar, viajar a algumas cidades; conheci quase a Alemanha inteira. Além disso, havia as aulas, as provas. E quando me mudei em 2005, Alex não pôde ir comigo. Perdeu dois semestres inteiros porque rompeu o ligamento. Quando me mudei, ele teve de recuperar os semestres, então eu tinha uma nova cidade, um novo trabalho e um relacionamento a distância.

— Puxa — disse eu. Não sabia disso.

— Pois é. Eu. Um relacionamento a distância — chutou uma pedra, que dançou sobre o paralelepípedo.

— Se bem me lembro, na época você não podia nem imaginar uma coisa dessas.

— É verdade — nesse momento, pareceu triste. — Mas às vezes não dá para escolher.

Fazia uma eternidade que eu não pensava em Alex. Quando pensava em Yasmin, ele nunca aparecia.

— Como ele está? — não perguntei porque me interessava, mas porque, de certo modo, era o que o desenrolar da conversa prescrevia.

Ela balançou a cabeça.

— Não deu certo.

— Sinto muito — menti, enviando um obrigado secreto ao universo.

Por um breve momento, pareceu que ela não queria falar a respeito. Mas depois falou, sem que eu tenha dito mais nada.

— A certa altura, tive a sensação de que nada mais nos unia, entende? Eu estava nessa clínica e todos os dias tinha de lidar com casos ruins, e nos finais de semana de repente me via em meio à agitação dos estudantes, às festas na república, aos amassos nos corredores, à louça embolorada na cozinha. Talvez seja injusto, mas eu me sentia velha demais para isso. E Alex simplesmente não queria crescer, preferia permanecer estudante para sempre, organizar noitadas de pôquer no seu quarto, coisas do tipo — deu de ombros. — E você? Tem namorada?

— Não — breve pausa. — Não deu certo.

O vento soprou seu cabelo no rosto, Yasmin me olhou por entre as madeixas. Nesse momento, estava uma cabeça mais baixa do que eu.

— Quer falar sobre isso? — perguntou-me.

— Sobre a garota? Bom, não tínhamos muito...

— Não, não — segurou em meu braço. — Estou me referindo ao seu trabalho. Por que não está mais na biblioteca?

Não demorou muito para voltarmos a ser como antes. Perguntei-me se isso seria um sinal. Se oito anos não faziam diferença para nós, não nos faziam parecer nem um pouco estranhos um ao outro, não seria porque éramos feitos um para o outro? A qualquer outra pessoa que me tivesse feito essa pergunta eu teria inventado uma desculpa. Teria alegado que aquele talvez não fosse o emprego certo para mim e que essa era uma fase em que eu estava me reorientando. Mas Yasmin não era qualquer pessoa. Mesmo que ela não visse as coisas desse modo, era minha alma gêmea, a parte mais forte de mim.

— Porque fiz besteira — respondi. — Fiz besteira e fui demitido.

Comprimiu os lábios. Fiquei feliz por ela não ter feito mais perguntas.

— Hakim não sabe nada a respeito — acrescentei, envergonhado.

Suas sobrancelhas estremeceram de maneira quase imperceptível.

— Pretende contar a ele?

Respirei fundo.

— Não contei porque não queria decepcioná-lo — disse eu. — Ele se esforçou tanto por mim; não queria deixá-lo triste.

— Não acredito que algum dia você conseguiria decepcioná-lo — disse Yasmin, e em sua voz soou ao mesmo tempo a pergunta de como eu podia ter uma ideia tola como essa. — Ele ama você. Foi o que sempre me disse: "Sinto sua falta", dizia, "mas estou feliz que Samir esteja aqui. Ele é como um filho, se parece comigo, é esforçado, está seguindo o caminho dele, como você".

Como um filho.

— Não precisa contar no dia do aniversário dele, mas talvez na semana que vem?

— Não posso.

— Por que não? Tenho certeza de que ele prefere a verdade a descobrir isso sozinho em algum momento.

— Vai contar a ele?

Ela negou com a cabeça, mas, de repente, seu olhar pareceu mal-humorado, uma ínfima tempestade em seu rosto, porque indiretamente eu a obrigava a esconder algo de seu pai.

— Não, mas não entendo por que você... — desacelerou o passo e olhou para mim. — Há quanto tempo foi demitido, Samir?

— Há algum tempo — respondi em voz baixa. Não conseguia mentir para ela. Não para ela.

— Há quanto tempo? Alguns meses?

Neguei com a cabeça.

— Três anos.

Yasmin parou com um sobressalto e me examinou.

— Três anos? O que fez todo esse tempo?

— Várias coisas.

Era verdade. Ainda que não inteira.

Das nuvens densas caía uma chuva leve. Gotas esparsas em grandes intervalos. Não nos atingiram, mas Yasmin pareceu sentir-se incomodada de repente. Acelerou o passo e dirigiu-se ao café onde costumava sentar-se antigamente.

— Vamos beber alguma coisa — disse, acenando para que eu a seguisse.

Pouco depois, duas xícaras de chocolate quente fumegavam à nossa frente. Feito o pedido, ficamos calados. Como se esperássemos um terceiro convidado à nossa mesa, antes que pudéssemos continuar a falar. Ali, percebi que uma pequena coisa havia mudado. Antigamente, o silêncio entre nós era algo que não me incomodava. Nunca fora desagradável. Mas, nesse momento, ele de fato me deixava um pouco nervoso, porque ao mesmo tempo eu me perguntava o que Yasmin estaria pensando de mim. Mesmo assim, eu me sentia feliz por estar sentado na frente dela, poder olhá-la, sem ter de virar a cabeça. Mas a leveza do seu olhar cedeu lugar a uma seriedade inconfundível.

— Como você está, Samir? — perguntou, por fim, em voz baixa.

— Bem.

Yasmin me olhou em silêncio.

— Está me analisando, agora? — perguntei, incomodado.

Ela negou com a cabeça.

— Não, estou preocupada com você.

— Não precisa.

— Você não tem sonhos? Quero dizer, nesses três anos, Samir.

Manteve três dedos no ar, como para evidenciá-los para mim.

— Três anos? Não quer progredir? Alcançar alguma coisa? Ganhar dinheiro honestamente e, em algum momento, ir embora daqui, ver algo novo, talvez se estabelecer em outro lugar?

Normalmente, eu me sentiria pressionado contra a parede e forçado a me defender. Mas eu sabia que ela tinha razão; então, dei de ombros e abaixei o olhar.

— Não faça isso — disse ela, pegando minha mão.

— O quê?

— Não se feche para mim. Por favor. Passei muito tempo longe, mas não sou uma estranha, Samir. Nos conhecemos a vida inteira. Você é importante para mim — em outra situação, essas últimas cinco palavras desencadeariam uma explosão de alegria. No entanto, sua voz era quase de súplica. Yasmim se preocupava comigo, e isso me deixava com medo.

— É difícil para mim — disse eu, incomodado. Ergui a cabeça, mas só consegui resistir ao seu olhar por alguns segundos. De onde vinha esse repentino aperto na garganta, que me obrigava a pigarrear?

— Então, converse comigo.

Essa pinta minúscula sobre seu lábio já existia? Enquanto do lado de fora a chuva se intensificava e o céu escurecia, todo o ambiente estava iluminado. As lâmpadas acesas eram refletidas pelos porta-revistas de metal e pelo cabo da minha colher. No canto do olho, o cintilar da máquina de café e os olhos de Yasmin, um mar de expectativa.

— Acordo de manhã, e tudo parece vazio — comecei, nervoso. — Sou muito sozinho. O caminho até o trabalho me cansa demais. Já não atravesso o parque. Não suporto ver famílias.

Seus dedos tocam os meus. Sinto que é como seu eu estivesse usando luvas. Seu corpo está ali, mas, de certo modo, muito distante.

— Não consigo andar pela cidade sem parar para olhar a rua à minha frente. Em toda loja por onde passo, penso: aqui tomei um sorvete com meu pai. Ou então: aqui, nesta esquina, ele me levantou e me sentou em seus ombros. Vou até a um supermercado bem mais longe porque não quero entrar no antigo, onde antigamente fazíamos as compras juntos. Não tenho amigos. Quero dizer, não saio. Tive uns casos, mas não suporto a ideia de ser deixado. Tenho dificuldade em pensar no amanhã. Depois de amanhã está muito distante. E a semana que vem praticamente não existe — de onde vinha isso? Passei anos sem falar de mim. Com ninguém. Nesse momento, as palavras rolavam pela minha língua como pedras pesadas. — Não consigo dormir direito, sempre acordo por volta das três ou quatro da manhã, banhado em suor. Tenho sonhos nos quais não há terra firme — *só uma ideia dela, quando você aparece.* — Vejo meus pais em toda parte. Minha mãe é toda mãe que acena para o filho junto do portão da escola, que limpa o mingau da boca do bebê em um banco, que na rua o cobre no carrinho. E meu pai — encabulado, mexo a colher na xícara; os dedos de Yasmin ainda estão sobre os meus —, meu pai é todo pai que anima o filho na partida de futebol, que lê histórias para ele, que o leva à festa de encerramento da escola e lhe diz que ele pode se embriagar com tranquilidade porque a vida é curta demais para não ser festejada. Vejo os dois com *muita frequência*, quero dizer, *vejo-os* em vitrines, cartazes publicitários, no ônibus, no caixa do supermercado, no quiosque. E a cidade — minha mão com a colher começa a tremer —, a cidade me parece muito apertada, muito pequena. Vejo sempre as mesmas pessoas, tudo é uniforme, e mesmo assim, mesmo assim tenho a sensação de que não vou conseguir sair daqui. Não vejo saída, não posso nem imaginar para onde iria. Eu me sinto tão... tão...

— Sozinho?

Concordei em silêncio. Na mesa ao lado, um homem recebia a conta; moedas tilintaram em um prato; atrás de mim, o ruído de um jornal.

— Em algum momento, toda pessoa que amei desapareceu. Não tenho mais contato com Alina. Gostaria de assumir a responsabilidade por ela, mas nem sei o que ela faz, como está. Nesse meio-tempo, ela completou 17 anos. Dezessete! Sei o que isso parece — disse eu, suspirando, cansado. — Como se eu tivesse medo da vida. Também é um pouco verdade. Mas não é só medo.

— É o que mais?

Ela não soltou minha mão.

— Sinto raiva. Tento não ser assim, mas não consigo. Sinto raiva de mim porque sempre me pergunto o que poderia ter feito de diferente. Mas, quando volto ainda mais no tempo – e pouco importa o quanto analiso a questão –, sempre acabo chegando a ele. Ao meu pai. Sinto raiva por ele ter feito isso comigo. E o pior é que sei que ele ainda está vivo em algum lugar, um lugar bem longe.

Ela deu um gole no seu chocolate.

— Você sabe disso? Ele entrou em contato com você?

— Não — balancei novamente a cabeça. — Sinto de alguma forma. Sabe quando você pensa em uma pessoa, de repente o telefone toca e é essa pessoa que está te ligando? É parecido. É como se ele estivesse pensando em mim o tempo todo. Eu penso o tempo todo nele, mas o telefone nunca toca. Não sou religioso, mas às vezes me pergunto se isso não é uma provação. E se for, qual seria minha missão?

— Por que você acha que o desaparecimento dele significa que você tem uma missão?

— Porque tenho a sensação de ter deixado passar alguma coisa. Como se eu pudesse ter evitado. Ou como se já pudesse tê-lo encontrado há muito tempo. E ainda estou aqui.

— Quer encontrá-lo?

A chuva tamborilava contra o vidro. Alguém abriu a porta com ímpeto e se precipitou no café. Um vento gelado soprou rapidamente, jornais e guardanapos esvoaçaram até a porta se fechar.

— Não há um único dia em que eu não pense em encontrá-lo. Um único dia.

A voz de Yasmin era clara, em sua pergunta não havia nenhum julgamento sobre o que eu dissera:

— Se um dia você o encontrasse, o que lhe diria?

Olhei para ela.

— Eu lhe perguntaria por quê. Por que foi embora daquele jeito. Por que fez isso comigo. Conosco. Por que fez isso conosco.

Yasmin pegou o biscoito no pires e mergulhou-o no chocolate. Olhou-me nos olhos e disse em voz baixa:

— Já falou sobre isso com alguém como está falando comigo agora?

— Não — respondi, envergonhado. Na verdade, alguns anos antes, pensei em procurar ajuda. No entanto, minha concepção de uma sessão de psicoterapia era um único clichê: uma sala iluminada, com grandes vasos de plantas nos cantos, uma estante de livros até o teto, uma poltrona de couro, na qual alguém ficava sentado à minha frente, fazendo anotações, enquanto eu, deitado em um sofá, falava da minha vida. Dos meus pais. Do meu pai. Do fato de ele me ter feito prometer que não o trairia. Porém, isso já teria sido uma traição.

— Já tentou escrever?

— Escrever? — olhei para ela, surpreso.

Yasmin faz que sim. Seu biscoito mordido pingava na porcelana branca.

— As cartas que você me escreveu eram lindas — disse.

Engoli em seco.

— Sua linguagem é linda. Suas imagens são muito vivas. Eu as li inúmeras vezes.

— É mesmo?

— Claro. Gostaria que você nunca tivesse parado de me escrever — disse ela, encabulada.

Nunca parei. Mas ela não sabia disso. Em casa, em uma gaveta, havia talvez centenas de cartas para ela, que nunca enviei.

— Você tem talento para escrever. Para contar histórias. Acho que te ajudaria — olhou-me diretamente nos olhos. — O que acha?

— Não sei. Quero dizer, eu não saberia sobre o que escrever.

— Por que não sobre você? É só uma ideia, mas sempre pensava nisso quando lia algo seu. Acho até que você é melhor contador de histórias do que seu pai.

Seu sorriso tinha um rubor tímido. Ela havia lido minhas cartas muitas vezes. Por que nunca mandei as outras? Teria sido uma possibilidade de estar mais perto dela.

Um dia você vai colocar seus próprios filhos na cama e lhes contar histórias. Dissera meu pai.

— Acho que Alina ficaria imensamente feliz com uma história sua — disse Yasmin. — Uma história do seu irmão mais velho. Sei que ela acharia bonito.

— Alina? Mas nem sequer nos falamos.

— E daí? Ela sempre fala de você.

De nervoso, rasguei meu guardanapo. Nesse instante, alguém abriu a porta, o vento entrou e fez um redemoinho com os pedaços de papel.

— Vocês mantêm contato?

— Ele nunca foi interrompido — disse Yasmin, como se fosse a coisa mais natural do mundo. — Nos escrevemos, nos telefonamos, sim.

— Como ela está?

Como sempre, pensar em Alina me fez sentir um nó na garganta. Ela era a única parente que eu sabia onde vivia, e mesmo assim me parecia inalcançável.

— A família dela é maravilhosa. Ela se sente muito bem com eles. Talvez nesse meio-tempo tenha ficado um pouco, como vou dizer, carola, provavelmente porque o pai adotivo é pastor. Em todo caso, vai sempre à igreja, faz excursões com grupos de jovens religiosos, mas não é daquelas que aborrece os outros com isso, se entende o que quero dizer — Yasmin riu. — Muitas vezes me perguntou de você. Queria saber como você está, o que anda fazendo. Se está pensando que ela não quer contato com você, isso não é verdade. Alina precisou de muitos anos para se recuperar. Inúmeras horas de terapia.

Achava que você também fizesse terapia. Me disse que ficaria feliz em revê-lo um dia, fazer alguma coisa com você, ver quem você se tornou. Se... — Yasmin olhou para mim e desta vez apertou minha mão com firmeza enquanto falava. — Se você estiver melhor.

Talvez Yasmin fosse realmente a salvação que eu via nela havia tantos anos. Pelo menos me trouxe a primeira boa notícia depois de séculos.

— Alina — murmurei, como se esse fosse o nome de uma fada. — E ela está bem? Quero dizer, o que anda fazendo? Tem uma matéria preferida na escola? Algum namorado?

— Acho que está apaixonada — disse Yasmin, sorrindo.

— É mesmo?

— Acho que sim. Em todo caso, me pediu umas dicas sobre o que fazer no primeiro encontro.

Isso também me fez sorrir. No máximo desde o dia em que minha mãe morreu, cada dia me parecia uma luta árdua e infinita. No entanto, nesse momento eu constatava com surpresa que, pelo visto, os anos tinham voado. E minha irmã mais nova tinha se tornado uma jovem mulher, que desabrochava e começava a viver.

— Então, ela te considera uma irmã mais velha?

— Não sei. Talvez.

— Seria bom.

Yasmin sorriu, em silêncio.

— E ficaria feliz de saber de mim?

— Com toda a certeza.

— Achei que me condenasse.

Yasmin estava levando a xícara à boca, mas a pousou novamente.

— Samir, ninguém te condena! Condenar pelo quê?

— Minha mãe... — foi só um sussurro.

— Samir, Rana estava doente. Nenhum de nós teria conseguido salvá-la. Alina também sabe disso.

Calei-me. Então, perguntei:

— E ela quer me ver?

— Vocês não precisam se encontrar imediatamente. Mas, que tal uma carta? Talvez uma história? Depois um telefonema? Essas coisas precisam de tempo, Samir. Mas em alguns meses você vai fazer 24 anos. Vinte e quatro! Não quero parecer uma velha ao dizer isso, mas você tem a vida inteira pela frente. Ninguém duvida do que você sofreu — ela se inclinou e colocou as duas mãos sobre as minhas. — *Eu* não duvido do que você sofreu. E sei como você se sente. Também cresci sem mãe. Nunca a conheci, não tive a mesma ligação com ela como você teve com seu pai. Mesmo assim, não foi fácil não ter uma mulher perto de mim quando cresci. Meu pai foi maravilhoso, fez mais por mim do que deveria ter feito. O que quero dizer é que posso sentir o que você sente. Mas também sei de uma coisa que você ainda precisa aprender: a vida segue em frente. Pode até ser uma imagem batida, mas sempre há uma luz onde você só enxerga escuridão.

Eu queria que ela continuasse a falar para sempre e nunca mais largasse minha mão. De todo modo, eu poderia ficar ali sentado eternamente, um pouco afundado em minha cadeira, com o aroma do chocolate quente sobre a mesa, o rosto de Yasmin à minha frente, a única coisa que contava. Contudo, ela fez uma pausa e olhou para mim, e eu sabia que tinha de dizer alguma coisa.

— E se eu não enxergar essa luz?

Seu olhar ergueu-se das minhas mãos e me fitou.

— Então, você vai precisar de alguém para te mostrar onde ela está.

O tamborilar da chuva se transformou em chicotadas que descem pelo vidro. Do lado de fora, a cidade se afastava a nado, como em um sonho.

— Que horas são? — perguntou Yasmin.

Como que de maneira automática, olhei para o relógio atrás da máquina de café. — Quase três.

— Queria estar na casa do meu pai no máximo às quatro. Venha comigo — disse ela.

De todo modo, eu tinha planejado visitá-lo ainda naquele dia. Queria lhe perguntar se ele precisava de ajuda para o seu aniversário, que teria uma grande comemoração, mesmo que ele não quisesse, pois os vizinhos já tinham anunciado semanas antes que dariam uma festa.

— Tudo bem, só preciso me trocar — respondi. Ainda estava com o uniforme da copiadora.

— Mora aqui perto?

Fiz que sim.

— Entre a biblioteca e a nossa rua. Talvez a dez minutos daqui.

Yasmin acenou para o garçom e vasculhou sua bolsa à procura da carteira.

— Bom, então vamos — disse ela. — Acompanho você.

Quando abri a porta do meu apartamento, o ar abafado veio de encontro a mim. O caminho até lá: o mundo inteiro era um filme desfocado, com ruídos e vozes distorcidos. O rumor dos carros passando, um estrondo alto demais; o sinal sonoro para cegos nos semáforos, um apito estridente; toda luz, um brilho fragmentado de várias formas; o eco dos nossos sapatos no asfalto chegava a mim como vindo de um mundo estranho. E o barulho mais forte era o das batidas do meu coração. Senti o braço de Yasmin, novamente enganchado no meu, debaixo do guarda-chuva, mas estava distante. Enquanto íamos até meu apartamento sob a chuva que aos poucos diminuía, eu me senti como se olhasse para nós a partir de cima. E, a cada passo que nos aproximávamos, tentava me acalmar. Tentava me convencer de que não haveria problema levar Yasmin até lá.

Ela era a única pessoa que havia me deixado e voltado para mim. Como ela poderia me libertar da minha masmorra se eu não a deixasse entrar nela?

Eu percebia tudo como se estivesse anestesiado, como através dos olhos dela. O apartamento: uma escuridão úmida e fria; um aperto opressor, sem ventilação; uma desordem que explodia todo sentido da visão. Eu havia fechado as venezianas. Pelas fendas estreitas entrava uma luz difusa. Yasmin foi à minha frente, seus olhos tentavam habituar-se à escuridão. Meu coração bateu como um martelo quando notei que ela desacelerou o passo e olhou ao redor, perplexa. Eu a via apenas de costas, mas senti o quanto se assustou.

A luz fraca caía nas minhas paredes e iluminava manchas isoladas com manchetes, que se destacavam em páginas amareladas de jornais:

O LÍBANO NÃO ENCONTRA PAZ
GUERRA FRATRICIDA
INVESTIDORES DEIXAM BEIRUTE
BASHIR GEMAYEL MORTO EM ATENTADO
O QUE ACONTECEU EM SABRA E CHATILA?
O PAÍS DOS CEDROS VACILA DE ENCONTRO AO ABISMO

Nas paredes e a partir delas, havia fios presos com tachinhas – como uma gigantesca teia de aranha –, que se esticavam até determinados artigos de jornal. Anos, nomes de lugares, de pessoas importantes, tudo circulado, marcado com sinais de exclamação. A partir deles, outros fios se esticavam pelo cômodo até outros artigos, nos quais o mesmo nome aparecia. Para onde quer que se olhasse, viam-se palavras, fotos, recortes de jornal. Havia anúncios colados até mesmo nos móveis, no encosto das cadeiras, nas portas do armário, no tampo da mesa e no teto, como se estivéssemos presos em um jornal imenso ou em uma câmara escondida atrás de uma estante, na qual sociedades secretas suspeitas tramavam uma conspiração. Era como uma cena clássica de filme: o apartamento de um policial desesperado, que, abandonado por mulher e filhos, toda noite fita os resultados da investigação presos à parede, com um copo de uísque pela metade e vestindo uma regata suja, enquanto do lado de fora uma tempestade se enfurece. Ele sabe que alguma coisa lhe passou despercebida, talvez a pista esteja dependurada bem diante do seu nariz. Embriagado, caminha de um lado para o outro. O policial perdeu tudo, desistiu de tudo, porque há muito tempo persegue esse assassino em série, pelo qual está realmente obcecado.

Na parede maior – no ponto onde convergem todos os fios – está dependurada a foto do meu pai com olhar sonhador, ao lado de Bashir Gemayel. E, acima de sua cabeça, uma folha branca com um grande ponto de interrogação. Mais uma vez ouvi a voz decepcionada de Chris: *Por que você simplesmente não copiou as páginas?* Minha resposta, cabisbaixo: *Não seria a mesma coisa.* Sem original. Sem veracidade.

— Pensei que tivesse direito a isso — sussurrei e estremeci ao pensar nos anos em que me arrastei ali.

Yasmin ainda estava de costas para mim, mas pude ver que, chocada, pressionava a mão contra a boca.

— Ninguém se interessou realmente por isso — continuei a sussurrar. Era a mesma desculpa que eu usara para justificar tudo aquilo para mim mesmo. — Rastreei pelo computador.

O rosto de Yasmin estava pálido. Horrorizada, ela olhou para mim. Buscou palavras, mas não as encontrou.

Ficou ali, comovida, confusa, assustada. Quando coloquei minha mão em seu ombro, ela teve um sobressalto. Seu olhar voltou para a parede.

— O que você fez com você? — perguntou com voz trêmula.

Engoli em seco, busquei uma explicação.

— É... tão doloroso ver isso — Yasmin esticou a mão até um dos fios que atravessava a sala, e ele tremeu quando ela o tocou. — Como conseguiu viver desse jeito?

— Eu esperava encontrar uma pista.

Então, ela virou o rosto para mim. Suas pupilas estavam dilatadas por causa da escuridão; nelas cintilava compaixão.

— Você respira, Samir — disse com amargura —, mas não vive.

Concordei em silêncio. O que eu poderia lhe dizer? Ela havia revelado para mim o que aquilo era: uma alucinação, um delírio. Ficamos ali parados. Ao nosso redor, as fotos que antigamente nos exibiram na parede da sala, como marcos em uma cronologia tridimensional. De maneira brutal, eu havia arrastado Yasmin comigo para um passado nefasto. Ela não aguentou.

— Sinto muito — disse, colocando rapidamente o braço sobre meu ombro, enquanto se virava. — Não consigo.

Então, fugiu do apartamento e me deixou parado. Alguns segundos depois, ouvi-a descer apressadamente as escadas.

Atordoado, fiquei paralisado. Depois, o susto que me fez sobressaltar: embaixo, a porta do prédio se fechou.

— Yasmin!

Saí correndo do apartamento, desci dois lances de escada de uma só vez, abri bruscamente a porta do prédio. O ar do lado de fora estava limpo, o céu, claro, o asfalto úmido cintilava. À direita - nada; à esquerda - o casaco amarelo de Yasmin, o barulho dos seus passos.

— Espere! — gritei. Minha pulsação, um fluxo único. — Você se lembra do segredo? — eu não podia perdê-la nesse momento. — Lembra?

Ela parou, virou-se.

— O tesouro dele — disse eu, ofegante. — O segredo do qual todos falavam? Ainda se lembra? — haveria um sorriso em seus lábios? — Você se lembra — disse eu —, se lembra, sim!

Metade dela voltou-se para mim, outra metade estava para ir embora.

— O que tem o segredo? — era a menina de antigamente que perguntava.

— Sei qual é — respondi, agitado. — Sei qual é.

O vento soprava as folhas de outono e as imagens do passado. Então, ela se virou completamente para mim.

Olhei para ela.

— Do Sul até o Norte, de Chouf até o mar, de Beirute até Damasco... — disse eu, ofegante.

— ... corriam boatos — completou Yasmin.

Fiz que sim.

— De Tiro a Trípoli, atrás dos muros e das venezianas fechadas...

— ... atrás das caixas de fruta dos vendedores na feira e diante das colunas dos palácios...

— ... falava-se do seu segredo...

— ... de um tesouro, que ele guardava e protegia...

Nesse momento, parou diante de mim.

— ... Até mesmo de Amir, seu melhor amigo...

— ... E as pessoas tentavam adivinhar e se perguntavam o que poderia ser...

— ... aquilo que Abu Youssef escondia lá em cima, em sua casinha — sussurrei.

Nos olhos de Yasmin se via o antigo encanto. Ao fundo, a cortina de um teatro, completamente aberta: um palco largo, luz, cenário.

— Você conhece o segredo?

Fiz que sim.

— Tive medo de te contar antes.

— Eu não sabia que ele tinha te contado.

— Na sua última noite.

Sua face enrubesceu, seus cabelos se encresparam levemente por causa do ar úmido.

— Não precisa me dizer.

Preciso, sim, pensei. Já nos afastamos uma vez porque o escondi de você.

Sua mão estava fria quando a peguei e puxei Yasmin para a entrada do prédio, onde ela se sentou no degrau seco do topo da escada. Fiquei embaixo, elevei e abaixei a voz, narrei e gesticulei. Eu sabia a história de cor. Cada palavra. As frases e as imagens saíam dançando da minha boca para os seus ouvidos, onde punham em movimento um fluxo de tempo; pude ver isso em seus olhos. Vinha de lá do fundo esse brilho quente.

Não era nossa antiga casa. Não era nossa antiga rua. Menos ainda nossa antiga vida. Mas estávamos ali. Partilhávamos o que tínhamos em comum. Tínhamos 8 e 10 anos, e eu a levei comigo para aquela noite em que tudo esteve bem pela última vez.

17

Tenho cerca de 3 anos e sou alto como nunca. Da minha posição elevada sobre seus ombros, olho para um mundo povoado por pequenos adultos e crianças menores ainda. Sou gigantesco. O maior de todos. Posso até olhar para o teto dos automóveis, nos quais as nuvens se refletem. Sou leve, voo. Quando estico a mão, tenho a impressão de que posso tocar a copa das árvores, talvez até o céu. Então, duas mãos fortes me pegam, me erguem e me colocam no chão. Sinto novamente a terra firme sob meus pés e olho para cima. Meu pai olha para mim. Está usando um boné vermelho para se proteger do sol. Seus cabelos pretos e encaracolados despontam sobre suas orelhas. Afaga minha cabeça, acaricia minhas bochechas. Olho para ele e me pergunto como se sente quem é tão alto como ele. Como deve ser ter apenas de esticar a mão para tocar o céu. E, enquanto olho para ele, ele me sorri misteriosamente. Essa é a primeira lembrança que tenho dele.

Na rua sob a minha janela, os automóveis serpenteiam como formigas. Miniaturas de gente, carros de brinquedo. As cortinas esvoaçam com a brisa, meus cabelos ainda estão úmidos do banho. Para a última noite, pedi um quarto no último andar; queria olhar tudo de cima mais uma vez. Os prédios no centro são como que empurrados um para dentro do outro, fachadas de vidro que se refletem mutuamente. Olhando para a direita, por cima das cúpulas azuladas da mesquita Al-Amin, é possível intuir o porto ao fundo. À minha frente, vejo no topo de prédios geminados varais, antenas parabólicas, galões de água e vasos de plantas. Entre eles, mesquitas e torres de igrejas como guias.

A primeira manhã aqui foi determinada por uma onda de impressões que me sobrecarregaram: barulho, fumaça e calor. Agora sei: vou sentir falta de Beirute. Essa cidade barulhenta, nostálgica e louca ao despertar, esse cadinho de culturas, religiões e línguas que se sobrepõem. Beirute é pura alegria e pura tristeza ao mesmo tempo. Beirute é perdão. Beirute cambaleia, é desorientada, tem cicatrizes e, mesmo assim, dança. Beirute é como eu.

Já após nosso retorno de Brih, ontem à noite, a cidade estava como que transformada. Recebeu-me de braços abertos. Nas calçadas orladas de palmeiras, rapazes e moças de camisas claras e vestidos elegantes caminhavam em bando, até serem engolidos pelos bares com luzes intermitentes à beira da praia e pelas boates. Música e risos por toda parte.

Pego a mochila pronta na cama e deixo o quarto. No espelho do elevador, meu rosto: olheiras escuras, pupilas pequenas. Olhar cansado, mas satisfeito. Vou dormir no avião.

A recepcionista quer saber se estava tudo em ordem, se gostei do novo quarto e se pretendo voltar. Funcionários do hotel empurram carrinhos de bagagem pelo *foyer*; pessoas estão aninhadas nas poltronas de couro, atrás de seus *laptops*. Uma cena familiar. No *lobby*, busco seu rosto. O relógio marca oito e trinta. Estou atrasado. Ele não está.

— Oito horas, sem problemas — disse ontem ao se despedir. Era entre três e quatro da manhã em uma ruela lateral e escura. Embriagados, encostamo-nos em uma parede um pouco fora do bar. — Vou levar você pontualmente ao aeroporto — peguei um táxi para o hotel, e Nabil foi embora cambaleando, em meio ao zumbido da escuridão. Apesar da minha dor de cabeça, não pude deixar de sorrir. Que noite louca!

— Deveríamos comemorar! — dissera Nabil, dirigindo o carro montanha abaixo, pela estrada esburacada. Depois da primeira curva, Brih já tinha desaparecido do meu campo de visão, aprisionada entre os flancos da montanha de seu vale. Desfrutei da ausência do peso que me oprimira por tanto tempo. Minha respiração era tranquila, pensei em Amir e no que ele me dissera.

Leve tudo o que você aprendeu de positivo. Pouco importa o que afastou seu pai de você. Não foi culpa sua.

Senti-me firme.

— O caso está resolvido! — disse Nabil com ênfase, porque eu não reagia. Eu havia lhe contado a respeito da foto, da cena montada com Bashir Gemayel. Das visitas secretas do meu pai à minha mãe, das escaladas dele pela calha. De Amir, que havia despertado para a vida.

— É a melhor história que ouço depois de muito tempo! — exclamou Nabil, batendo a palma da mão no volante. — Samir, você deveria se mudar para Beirute. Há tanta coisa para descobrir com você! Você vai se casar! Traga sua mulher, vamos abrir uma agência de detetive no centro... Precisamos de um logotipo. O que você acha de uma lupa? Muito clichê?... Já tem de voltar para casa amanhã? Que pena! Então precisamos comemorar ainda hoje!

— Como se comemora um caso resolvido? — perguntei, tomando um gole da garrafa de água muito quente que estava embaixo do meu assento.

— Não faço ideia — deu de ombros, mas estava cheio de energia. — Foi meu primeiro caso. Temos um índice de solução de cem por cento; nada mal para iniciantes, não é?

— Com certeza. Queria ver alguém fazer igual! — disse eu, guardando a garrafa.

— Eu também! Bom... — coçou a cabeça — na verdade, você resolveu o caso sozinho. Foi você quem fez as perguntas certas. Isso também corresponde à dramaturgia da nossa história.

— Dramaturgia?

— Sim. Afinal, é o detetive quem tem de resolver o caso, não seu assistente.

— Mas Nabil, você é Philip Marlowe, não qualquer assistente.

— Sim, talvez, mas você é Sherlock Holmes. É sempre um pouco mais lendário.

— Então foi por isso que você dormiu debaixo da árvore. Queria que eu resolvesse o caso.

Nabil riu.

— Isso mesmo. Eu sabia que esta noite haveria algo para ser comemorado, então, preferi já dormir antes.

Mais tarde: murmúrio descontraído de vozes, música dos bares; o ar estava mais fresco, agradavelmente quente; vielas estreitas, ombros que roçavam outros ombros; aroma de loção pós-barba e perfume; inscrições em neon; terraços a céu aberto, fachadas elegantes, com iluminação dourada.

— Sugiro que a gente comece do começo e vá bebendo de bar em bar, até o fim da rua. Seria mais fácil — Nabil deu um largo sorriso, ao ver minha cara de espanto. Centro de Beirute. Uruguay Street. Lugar pelo qual os notívagos se sentiam atraídos como mariposas pela luz. Todos os lugares ao ar livre estavam ocupados. Encontramos uma mesa dentro de um bar, onde o ar quente e o murmúrio denso dos clientes se misturavam ao tilintar junto ao balcão e à música que saía dos alto-falantes. Nabil fez o pedido para nós. Quando o garçom acenou com a cabeça e partiu, ele fechou o cardápio de bebidas e disse:

— Aliás, a resposta é "não".

— Resposta a quê?

— Você me perguntou se bebo vinho. A resposta é: não.

— Tudo bem — disse eu. — Mas você acabou de pedir aguardente para nós. É sem álcool aqui?

— É diferente — disse Nabil, parecendo um menino que pela primeira vez compra bebida alcoólica no posto de gasolina. — Áraque. É mais discreto.

— Mais discreto?

— É. Parece água — Nabil apontou com o indicador para o teto. — Allah está lá em cima, bem longe. E aqui há muita gente. Caso ele olhe para o meu copo lá do alto, não vai ter problema; está acima de qualquer suspeita.

— Entendo — não pude deixar de sorrir.

Eu também ia sentir falta de Nabil. Seu rosto amigável, associado ao modo como estava sentado à minha frente, tamborilando o tampo da mesa como um teclado, conferia-lhe um ar bonachão de controlador de tráfego aéreo, que passava o dia realizando seu trabalho de maneira conscienciosa, para à noite reduzir a tensão deslocando-se atrevidamente em meio a todo alvoroço que a vida lhe oferecia. De novo ele me levara para um dos lugares mais turísticos da cidade. Porém, desta vez, não senti nenhum incômodo. Apenas equilíbrio.

— O que vai fazer daqui para a frente? — perguntei.

— Eu? — esticou a palma das mãos para cima. — Até você se mudar para Beirute, vou procurar um escritório. Algum lugar no centro, no vigésimo quinto andar ou algo parecido, com uma bela vista para nós e para os clientes, chafariz no *foyer*, torneiras de ouro — piscou para mim. — Não, vou fazer o que sempre faço. Dirigir. Paralelamente, vou continuar a resolver alguns casos se tiverem algo emocionante. E, em algum momento, vou comprar o carro do Philip Marlowe no filme *O Sono Eterno*. Você viu?

— Não.

— Robert Mitchum. Extraordinário.

— Que carro é?

— Um Chrysler dos anos 1930. Pode ser que eu tenha de roubar um museu — riu. — Por outro lado, do jeito que as pessoas dirigem em Beirute, não dá para colocar uma beleza dessas na rua.

Nas caixas de som martelava música eletrônica; a atmosfera lembrava mais uma discoteca do que um bar, mas estávamos sentados junto da parede, e os alto-falantes ecoavam para longe de nós. Ao contrário dos outros clientes, não precisávamos gritar para nos entendermos.

Vi o olhar de Nabil vagar pelo bar. A maioria dos turistas era claramente de países do Golfo, mas também se viam ingleses e russos em uma mesa em um canto, nos fundos, que apostavam para saber quem bebia mais, em uma confraternização que ultrapassava fronteiras. Era difícil dizer se a face deles estava vermelha por causa do álcool ou do sol.

— Que bom que os turistas voltaram! — disse ele, talvez por ter notado que eu observava essas pessoas. — Em 2006, depois que Israel nos bombardeou, pensamos que fosse demorar uma eternidade até alguns retornarem.

A cidade, o aeroporto, tudo ficou destruído, tudo o que havíamos construído após 1990 estava ameaçado. Mas acabou dando tudo certo — ele sorriu. — Como sempre. De um jeito ou de outro, sempre dá certo.

— Vamos beber a isso — disse eu.

Nabil procurou pelo garçom.

— Se a aguardente voltar ainda hoje.

— Mais turistas também significam mais clientes para nós — disse eu.

— Está vendo? — riu. — É disso que gosto em você. Gosto da sua maneira de pensar. Que bom que nos conhecemos! Você é uma pessoa legal, como um irmão para mim, *habibi*.

Colocou a mão em meu braço, e eu estava de novo em nossa rua. Um menino. Homens que eu mal conhecia me abraçavam, chamavam-me de *habibi*, e era algo totalmente normal e em ordem.

— Vou te dizer uma coisa, Samir — continuou Nabil. — Desde os 30 anos não tiro férias. Trinta anos. Meus filhos nunca deixaram este país. Minha mulher e eu, só uma vez. Estivemos na Síria, quando em Damasco e Alepo ainda havia mais bazares e mercados do que buracos de bala. Já te contei que estou guardando dinheiro para os estudos de Jamel. Mas sua história me fez tomar uma decisão.

— É mesmo? Como assim?

— Passo o dia inteiro na rua. Não me entenda mal, não estou me referindo a esta noite nem à semana que passei com você; estou dizendo de modo geral. Trabalho como um louco. Mal vejo meus filhos. Trabalho para que mais tarde eles fiquem bem. Jamel tem de ir para a universidade. Para isso trabalho como motorista 14 horas por dia, conduzindo estrangeiros pela região, e à noite muitas vezes ainda vou para o aeroporto, a fim de trazer as pessoas para a cidade. Quando volto para casa, as crianças já estão dormindo ou estão saindo de casa. Sempre as vejo às pressas. Espero não estar tomando liberdade demais com você — hesitou por um instante —, mas não quero que em determinado momento meus filhos cheguem à sua idade, Samir, e precisem procurar gente estranha para saber que tipo de pessoa eu fui. Entende?

Fiz que sim.

— Parece errado isso?

— De jeito nenhum.

— Por isso, talvez umas férias fossem a melhor solução. Pegar a família toda e partir. Passarmos um tempo juntos. Talvez eu leia umas histórias para eles? — sorriu, mas foi um sorriso perdido em pensamentos. O garçom trouxe nossa aguardente, e erguemos os copos.

— A tempos cada vez melhores? — pergunta Nabil.

— Não — digo. — Aos pais.

— Então, aos pais. Aqui... — ele limpa os lábios com o dorso da mão e tira um prospecto amassado do bolso da calça. — Pensei nisto aqui. Turquia. Não muito longe, mas um lugar diferente.

A foto estava tão desbotada que devia fazer uma eternidade que ele a carregava consigo. Como um mapa do tesouro. Mostrava um complexo hoteleiro. Sem dúvida o fotógrafo havia escolhido um ângulo favorável, mas dava para ver muito bem que a piscina era minúscula, e o hotel, um caixote de concreto. Duas estrelas, sem acesso próprio à praia e distante pelo menos trinta quilômetros de todos os pontos turísticos relevantes. Porém, pelo modo como Nabil colocou o prospecto à minha frente e o apontou com o dedo, percebi que, para ele, aquele era um lugar auspicioso, a solução de todos os problemas.

— Parece bom — disse eu. — Você deveria fazer isso, Nabil.

— Vou fazer. Brincar na água com as crianças, relaxar, ler, tempo — disse, batendo o dedo no prospecto —, simplesmente passar o tempo juntos. — então, olhou para mim. — As histórias dele significaram muito para você, não é?

— As histórias do meu pai? Ah, sim — respondi. — Eram tudo para mim.

— Na guerra, meu pai também sempre nos contava algumas. Era bonito, porque nesses momentos a gente podia esquecer todo o resto. Sei bem como é. Você conhece *Kilun 'indūn sīyārat wa ǧidī 'indu hmār*?

— A canção infantil? Conheço, claro! — *Kilun 'indūn sīyārat wa ǧidī 'indu hmār*. Todos têm um carro, e o vovô tem um burro — meus pais costumavam cantar conosco.

— Nós também cantamos com as crianças — disse Nabil. — Eu gostaria de voltar a cantar canções infantis. Não sou muito bom para contar histórias, mas sei inventar canções infantis.

Imaginei-o nas próximas noites, reunindo sua família em torno de si para cantar com ela. A melancolia nostálgica estava quase voltando, mas Nabil saiu sozinho desse estado de ânimo e bateu as mãos.

— E você? Depois que voltar para casa, quando vai ser o casamento?

— Ainda não tem data marcada — respondi. E acrescentei com confiança: — mas vai acontecer.

O restante foi diversão. E aguardente. Pedimos várias rodadas e fomos ficando cada vez mais soltos e falantes. A certa altura, mudamos de bar e passamos para a cerveja, que Nabil pediu em um copo de suco. Levou o dedo aos lábios e disse:

— Que fique entre nós.

Em dado momento, alguns turistas americanos – todos vestindo camisetas vermelhas com o logotipo de uma universidade – decidiram que seria uma boa ideia afastar as mesas, a fim de abrir espaço para a dança. Ficamos observando por um tempo, depois nos unimos a eles, em meio ao som do contrabaixo e da melodia, balançamos braços e pernas, cantamos alto demais, desafinando demais; ri bastante e feliz, como havia muito tempo não me sentia. Oscilando em algum lugar entre a sensação calorosa de ter chegado aqui e a alegria prévia de voltar para casa, colocar a mochila em um canto e dizer com orgulho que eu tinha conseguido. Que minha viagem havia sido bem-sucedida.

Mais tarde, sentamo-nos em uma mureta, sob uma lua alaranjada – a antiga muralha fenícia, conforme explicou Nabil –, balançamos as pernas, bebemos cerveja em lata e cantamos canções infantis sob um céu sem nuvens, como se esse fosse o último verão da nossa juventude e soubéssemos disso.

Tenho certeza de que esse é o dia mais quente da minha vida. É cedo, e o termômetro já marca 35 graus. Deixo o *foyer* fresco para ir novamente de encontro a um pano úmido de ar quente. O rapaz com o uniforme do hotel segura a porta para mim e sorri bravamente, embora esteja com pérolas de suor na testa. Nove horas. Nenhum sinal de Nabil. Talvez tenha perdido a hora. Seja como for, provavelmente ainda não pegou o carro, mas imagino que isso não interesse a muitos aqui. No entanto, aos poucos fico inquieto. Posso até embarcar com a mochila como bagagem de mão, mas a viagem até o aeroporto e o controle de segurança demandam tempo. Para piorar, o trânsito diante do hotel está parado. Há carros por todo lado, como que congelados em um movimento caótico. Neles estão sentados homens de bigode ou em ternos impecáveis. Muitos falam freneticamente ao telefone, ouvem-se buzinas esporádicas, embora não se consiga avançar nem um metro sequer. Tento descobrir se o Volvo de Nabil está em meio a esse caos indolente, mas não o vejo. Não é de admirar que leve tanto tempo. A Béchara el-Khoury Street está completamente congestionada.

— Quer que chamemos um táxi para o senhor? — pergunta o porteiro.

— Não, obrigado. Estou esperando alguém.

Contudo, não posso ficar por mais tempo. E ainda gostaria de ver Nabil antes de partir. Ontem nos despedimos de maneira muito rápida.

— Talvez seja melhor ligar para a pessoa que está esperando e marcar em outro lugar, aonde o senhor possa ir a pé — acenou na direção da rua. — Daqui o senhor não vai conseguir sair tão cedo.

Será que eu ainda tinha o cartão de Nabil? Talvez na carteira.

— Qual seria um bom ponto de encontro? — pergunto, procurando o cartão na minha carteira.

O porteiro reflete.

— Se seguir nessa direção, rumo ao Sul, entre na segunda à esquerda. Vai encontrar a Saint Joseph University. Deve dar uns quinze minutos a pé. Lá há um grande estacionamento, e o senhor vai estar bem perto da via expressa. Quer ir para o aeroporto?

— Sim.

Digito o número de Nabil no celular. Toca por um instante e cai na caixa postal.

— Hm — digo. — Muito obrigado.

Na universidade, consigo parar um táxi. O motorista conta algo sobre o vazamento de um duto de gás, um canteiro de obras e o maior congestionamento depois de meses, enquanto pegamos a rampa para a via expressa. Ouço com um ouvido, enquanto pressiono o outro contra o telefone. Toca, mas Nabil não atende. Depois, novamente a caixa postal.

Acordei com uma serenidade e uma euforia que fazia tempo que eu desaprendera a sentir. Esse caminho do qual Amir havia falado me parecia apontar apenas para a frente. Contudo, é estranho tomá-lo sem me despedir de Nabil. Parece incompleto, e seria um mau começo. Não quero deixar o Líbano com uma sensação ruim.

Tento de novo. Ele não atende.

Uma sensação conhecida e odiosa se instala – o desejo de ter feito diferente o que já passou. Estivemos tão próximos na noite anterior, tão íntimos como velhos amigos. O momento perfeito para se despedir. Com a alegria de uma viagem bem-sucedida, de uma noite fantástica. Cercado pela intimidade da noite. Um abraço caloroso, um "muito obrigado", um "boa-noite!". Em vez disso, um simples "até amanhã!", um táxi que para à minha frente, e Nabil desaparece na escuridão.

As placas já anunciam o aeroporto, assim como os aviões que voam baixo e surgem atrás de um prédio. O pensamento de que nesse momento Nabil pode estar chegando ao hotel e perguntando por mim é insuportável. Talvez ele até venha atrás de mim no aeroporto e me perca por pouco. Mas talvez também esteja em casa, passando mal.

Era mais seguro andar em dois em Beirute Ocidental – eis as palavras de Amir. O amigo que acompanhava meu pai pela Beirute bombardeada. Será que fui negligente? Deveria ter feito Nabil ir de táxi, para ter certeza de que ele chegaria são e salvo em casa? Nabil é meu amigo. Nunca tive amigos, por isso posso dizer isso com tanta certeza – é um sentimento novo e belo. Porém, há mais uma coisa: uma intuição sombria, sem nome, que se torna cada vez mais intensa.

Certeza é tudo. Sem ela, não dá para viver. É possível que minha preocupação seja infundada. Contudo, agora é mais forte do que eu. Sei o que aconteceria se eu voltasse para casa com um novo mistério. Se eu não tivesse certeza de que ele está bem. Meu pai abandonou Amir. Não posso cometer o mesmo erro.

— Desculpe... — digo ao motorista e, tremendo, entrego-lhe o cartão de visitas de Nabil, enquanto perco o aeroporto de vista e repito a mim mesmo: não se abandona um amigo.

O prédio: sacadas uniformes, cinza em cinza. Na escadaria está represado o calor do dia. O longo do corredor no primeiro andar se parece com o de um hotel decadente: uma porta ao lado da outra, madeira rachada, elevador quebrado. Toquei a campainha embaixo e, quando chego em cima, um homem estranho espia do apartamento e pisca para mim.

— Olá — digo com voz fraca. — Gostaria de ver Nabil.

O homem me examina por um instante. Não pergunta quem sou, mas apenas balança a cabeça e engole em seco.

— Nabil — repito. — Ele está?

Ele parece não conseguir me encarar por mais tempo, olha para o chão e respira fundo.

De uma maneira perturbadora, esse gesto me parece conhecido. Lembro-me muito bem: nossa sala, luz crepuscular, minha cabeça obscurecida pelo álcool quando eu estava sentado na frente de Hakim, que não conseguia olhar em meus olhos ao me contar o que havia acontecido com minha mãe.

— A polícia disse que ele dirigiu embriagado — sussurrou o homem —; um acidente horrível.

Leva o dedo aos lábios e pede para que eu entre em silêncio. O corredor está escuro. O local é mal ventilado e abafado, um odor de comida paira no ar: *mjadra** e cebolas caramelizadas. Com um aceno, o homem me pede para segui-lo, mas não diz nenhuma palavra e esgueira-se à minha frente. Seria um irmão? Na cristaleira do corredor há fotos de Nabil, seus filhos e sua mulher, retratos típicos de família, desfocados e calorosos diante do fundo azul. Ele percorre o corredor estreito e abre a porta de um quarto. Quando entro, vejo um homem de barba longa em uma cadeira. Três meninos e quatro homens adultos, sentados aos seus pés. Aquele que me conduziu aponta em silêncio para o chão. *Sente-se, por favor.* Todos, exceto o homem na cadeira, erguem brevemente a cabeça e acenam quando entro. Em seguida, desviam o olhar sem dizer nada. O silêncio é reverente e acompanhado apenas por um murmúrio profundo e constante: o homem de barba recita o Alcorão. Sussurra os versos em voz baixa, e os outros o ouvem.

Sinto-me um intruso, alguém que perturba o silêncio. Sinto também o impulso de me levantar e ir embora. Essa é a casa de estranhos. Ali mora sua família. Os três meninos são, evidentemente, Majid, Ilias e Jamel, seus filhos. O último tem grandes olhos castanhos e uma pele impecável. O belo, como o pai orgulhoso o descreveu. Quando nossos olhares se encontram, creio ver em algum lugar por trás de sua profunda tristeza que ele também me reconhece. Os irmãos de Jamel também me olham, e por uma mísera fração de segundo acredito ver em seus olhos todo o seu futuro: um futuro cheio de perguntas sem respostas.

---

* Arroz com lentilhas. (N. T.)

As palavras murmuradas pelo homem barbudo passam pairando por mim. Apoio as costas e a cabeça na parede. Os filhos de Nabil se voltam novamente para o velho. Ninguém parece se interessar mais por mim. Todos os olhos estão dirigidos ao homem que está recitando a 36ª sura do Alcorão. Yā sīn.

Não posso deixar de pensar no dia da morte de Shahid Al-Nur. Um velho Libanês da nossa rua. Na época, eu tinha 6 ou 7 anos. Meu pai me levou pela mão até o apartamento dele.

— Precisamos falar em voz baixa e demonstrar nosso respeito — disse para mim. — Agora seu apartamento será um local de luto por três dias. A família de Shahid mandou vir o xeique. Nesses três dias, ele vai ler o Alcorão do começo ao fim, enquanto os outros vão ouvi-lo.

— Mas nós somos cristãos — disse eu na época.

Meu pai concordou com a cabeça.

— Isso não tem importância. Um amigo morreu.

A atmosfera ali era semelhante. O apartamento estava repleto de amigos, parentes e vizinhos. Um silêncio maciço. Homens e mulheres em cômodos diferentes. Como antes, fiquei segurando a mão do meu pai enquanto espiava o xeique, que vestia uma *jalabiya** e, por cima, um caftan marrom. Sua cabeça era coberta por um turbante. Suas palavras eram claras, e dele parecia emanar uma aura brilhante, cujo efeito não era triste, mas muito sublime.

— Famílias mais pobres não podem dispor de um xeique que leia o Alcorão para elas quando um de seus membros morre — meu pai se agachara e sussurrava em meu ouvido. — Nesse caso, são os vizinhos ou amigos que fazem a leitura.

Somente agora noto a cortina de miçangas que separa essa sala do apartamento de Nabil de outra. A janela está entreaberta, a tarde manda uma brisa para dentro, que faz as miçangas tilintarem. Atrás delas, percebo sombras.

---

* Espécie de túnica masculina. (N. T.)

Uma mulher parece estar sentada na cama, de *abaya* e *hijab** pretos. No chão parecem estar sentadas quatro mulheres. Além do murmúrio do homem, ouço vir do outro lado a voz baixa de uma mulher, que também lê o Alcorão.

É estranho, mas de repente me sinto seguro. Nabil morreu, e minha queda é amortecida. Na verdade, eu deveria ser sacudido por um choro convulsivo diante de sua família, ajoelhar-me e implorar perdão, pois não o protegi; no entanto, estou tranquilo. Em seu círculo de parentes, sinto-me acolhido. Meu batimento cardíaco desacelera, minha respiração se torna uniforme, e ouço os versos sagrados. Eles não significam nada para mim, mas produzem uma proteção, uma sensação de ser conduzido, de não ter de me preocupar.

— *'Innā Naĥnu Nuĥyi Al-Mawtá Wa Naktubu Mā Qaddamū Wa 'Āthārahum Wa Kulla Shay'in 'Ĥṣaynāhu Fī 'Imāmin Mubīnin* — murmura o homem na cadeira. *Na verdade, somos Nós que damos vida aos mortos. E Nós escrevemos o que eles fizeram antes, e os vestígios que eles deixaram. Colocamos tudo em um registro.*

Os filhos de Nabil estão sentados lado a lado, com as pernas cruzadas e de costas para mim. Os homens adultos, não barbeados e vestidos com calças sociais azul-marinho, estão sentados ao redor deles, como guarda-costas.

Amigos e parentes, penso. Não estão sozinhos. Têm apoio, alguém que os ajudará.

O irmão de Nabil olha para mim. Aqui, à luz pálida da sala, a semelhança entre ambos não passa despercebida. Seus lábios formam meu nome. *Samir?*

Faço que sim, lentamente.

Ele une as mãos, fecha os olhos e inclina-se brevemente: *obrigado*.

Com a cabeça, aponto para a cortina de miçangas e, com os lábios, formo as palavras: *Umm Jamel?* Mãe de Jamel?

Ele faz que sim.

---

* Respectivamente, vestido comprido e lenço para cobrir os cabelos e o pescoço. (N. T.)

Ponho a mão direita sobre o coração e olho para ele. Não sei de que outro modo demonstrar que sinto muito.

As palavras do homem barbudo preenchem a sala. Sopram pelo cômodo e, de alguma forma, parecem lembrar-me de como meu pai nos reunia antigamente ao seu redor e nos contava histórias.

Permaneço sentado por mais algum tempo. Quando finalmente me levanto, ninguém se vira para mim. Vejo apenas os ombros estreitos e pendentes, as cabeças de Jamel, Majid e Ilias voltadas para a frente. O tio deles também permanece sentado e sorri brevemente para se despedir. Abro lentamente a porta e saio no corredor escuro. As últimas palavras que ouço dizem: *Wa 'In Nasha Nughriqhum Falā Ṣarīkha Lahum Wa Lā Hum Yunqadhūna. Se quisermos, deixamos que se afoguem. Então, não haverá para eles nenhuma possibilidade de pedir ajuda, e não encontrarão salvação.*

18

Minha garganta estava como que apertada bem na altura do pomo de adão. Eu sentia calor e tontura, não conseguia respirar. Pela pequena janela do quarto, mal entrava luz; as paredes, a mesa, tudo girava. Do lado de fora, ouvi o murmúrio das pessoas reunidas.

— Espere — disse Yasmin —, vou abrir o botão.

Ela se aproximou, afrouxou a gravata-borboleta com poucos gestos e abriu o primeiro botão da minha camisa. Em seguida, pôs-se na ponta dos pés e beijou minha testa.

— Melhor? — perguntou com tranquilidade.

Fiz que sim. Deu um passo para trás e me examinou, sorrindo.

— Você deveria usar terno mais vezes.

Tinha os cabelos trançados atrás da cabeça e usava um vestido amarelo-claro, que ia até pouco acima do joelho. Em seu pescoço reluzia uma corrente prateada, e em seu peito estava presa uma flor. Yasmin parecia a primavera.

— Está com a aliança? — perguntou.

Bati nos bolsos do paletó, minhas abotoaduras prateadas brilhavam no pulso.

— Sim, está aqui — respondi ao sentir a caixinha no bolso interno. Então, olhei para ela: — Você está linda!

— Você também — ela pareceu notar o quão nervoso eu estava: — Estou realmente orgulhosa de você.

— Obrigado — sorri, encabulado.

Yasmin se aproximou e, com a mão, afastou um fiapo do meu ombro.

— Você não tem motivo para estar nervoso. Aproveite esse dia. Aproveite cada segundo. Fique feliz por estarmos aqui. Você conseguiu. Vocês dois mais do que merecem esse momento.

Justamente quando eu ia abraçá-la, Marcel abriu a porta e enfiou a cabeça para dentro.

— Está pronto? — perguntou.

Lembro-me de tudo: a luz inundava o ambiente pelas altas janelas da igreja, o altar estava com uma decoração festiva, os bancos de madeira rangiam sob o peso dos convidados que esperavam. Alina estava com um vestido branco de cauda longa. Diante de seu rosto pendia um véu, através do qual cintilavam seus ansiosos olhos cinza-esverdeados. Também me lembro do murmúrio dos convidados, que se viraram quando o órgão começou a ser tocado e olharam para a noiva pela primeira vez. Ela estava comigo junto ao portão da igreja, a luz do dia atrás de nós, lançando nossa sombra ao chão. Vejo à minha frente os rostos emocionados e radiantes. A mãe adotiva de Alina, que nos acena brevemente ao passarmos por ela. Hakim, aos 70 anos, que enxuga disfarçadamente as lágrimas no canto dos olhos. Marcel e Sulola, irmãos de Alina, que estão sentados ao lado de Yasmin na primeira fileira e sorriem com orgulho; o pai adotivo de Alina, que celebra o matrimônio pessoalmente.

A jovem ao meu lado era linda. Sua beleza era tão discreta quanto a de nossa mãe no passado; eu não me cansava de olhar para ela. Não era uma beleza que vi crescer aos poucos, mas que me surpreendeu de imediato porque não havia sido prevista. A partir de então, tentei várias vezes reconhecer a menina de antes em seus traços, e em algumas ocasiões, quando Alina falava com animação ou ria alto de repente, ela resplandecia timidamente. Ainda me lembro muito bem de que ela tremia um pouco quando pegou minha mão e me deu o braço e de que vi pequenas ilhas de luz no chão da igreja quando a conduzi ao altar. E ainda me lembro de como meu coração batia e de que nesse momento senti uma felicidade que era grande e livre de qualquer dúvida.

Durante o banquete, Alina ficou sentada entre mim e seu marido Hendrik. Fazia três anos que estavam juntos. Alina tinha 22 anos. Nossas conversas giravam em torno da lua-de-mel iminente, da boa comida e do discurso emocionante de Hakim, que fez questão de falar na igreja e exaltar as competências musicais de Alina desde criança, enquanto sua voz falhava de vez em quando por conta da emoção. Mais tarde, um coro acompanhou os violinos, e ele verteu mais algumas lágrimas. Senti sobretudo orgulho nesse momento. Eu era seu irmão. Ela era minha irmã. Alina Elbrink – não mais El-Hourani. Mas éramos uma família.

Mais tarde, quando os noivos, apaixonados e abraçados, dançaram cercados pelos convidados, fiquei ao lado de Yasmin e apertei sua mão, grato por ela nunca ter me deixado sozinho nesse caminho.

Para a dança com o pai da noiva, Alina veio sorrindo até mim e me puxou. Coloquei um braço em sua cintura e a conduzi com o outro, enquanto girávamos aos olhos dos convidados e o ambiente ao nosso redor perdia o foco e parecia passar quase tão depressa quanto os últimos cinco anos.

A inquietação continuava ali, mas em meus momentos de lucidez me parecia mais controlável do que antigamente. Como antes, eu pensava muito em meu pai. Eu o condenava, amaldiçoava sua ausência, desejava que ele pudesse ver o quanto eu me esforçava para reunir os fragmentos da nossa família. Em minha parede já não havia artigos de jornal nem fios, nenhuma imagem. Eu nem morava mais no mesmo apartamento. Porém, ainda era movido pela ideia de encontrá-lo. Partir em busca dele. Pedir-lhe explicações. Ardia em mim o desejo de ver o país de onde provínhamos, de viajar pelo Líbano à sua procura. Eu, Samir, capitão fenício de um navio feito de casca de noz, em busca do desconhecido. Nada havia mudado nisso. Nem mesmo o fato de Yasmin estar comigo.

O encanto da narrativa fizera com que nos reencontrássemos. Não de imediato. Não no mesmo dia em que – com quinze anos de atraso – lhe revelei o segredo de Abu Youssef na escada. Ocorreu de maneira furtiva. Contudo, foram as minhas histórias que a fizeram apaixonar-se por mim também.

Ela me levou a escrever e, assim que comecei, encorajou-me a continuar. Logo percebi que só é possível escrever quando se admite uma vida com histórias. E, para viver experiências, precisei sair de casa. Andar pelo mundo prestando mais atenção, em vez de girar em torno sobretudo de mim mesmo e do passado.

Pela primeira vez entrei de maneira mais consciente nesse mundo fora do antigo conjunto habitacional, vi muitos lugares misteriosos além da nossa cidade. Yasmin fazia excursões comigo. Saíamos da cidade de bicicleta, beirando a margem do rio, deitávamo-nos em algum lugar, sobre uma coberta no gramado, e eu tentava descrever o que víamos, da forma mais detalhada e minuciosa possível. Em seguida: uma folha de grama arrancada, girando em torno do seu umbigo e subindo até o canto da sua boca, onde acompanhava seu sorriso. À noite, lançávamo-nos em meio ao tumulto de uma feira: jogos de luzes temerários nas barracas de tiro ao alvo e no trem fantasma; vozes roucas saindo das bilheterias ao lado dos carrosséis; o aroma do algodão doce e das bananas cobertas com chocolate; ursinhos de pelúcia, oferecidos nas barracas da sorte; olhos brilhantes de crianças.

Minha primeira história falava de um rapaz que se apaixonara por uma moça. Ele sofria de uma grave doença, cujos sintomas desapareciam quando ela permanecia perto dele. Portanto, para sobreviver, ele precisava fazer com que ela se apaixonasse por ele. A história não era muito boa, tinha uma porção de imagens distorcidas, e nos inseri nela de maneira muito grosseira. Mas Yasmin gostou, e foi assim que tudo começou. Às vezes, quando eu visitava Hakim, enfiava as páginas de uma nova história por baixo da porta do quarto dela. Isso foi antes de ela encontrar seu próprio apartamento, para o qual mais tarde me mudei. E, alguns dias depois, quando lhe perguntei o que tinha achado da história, ela disse:

— Não toquei nas páginas. Quero que você a leia para mim.

Então, era como se a beleza de antigamente tivesse sobrevivido a todas as épocas. Voltávamos a ser crianças, que conseguiam passar horas mergulhados em mundos estranhos, e não havia nada que pudesse nos unir mais do que isso. Éramos dois espíritos carinhosos, que pairavam um em direção ao outro, e mesmo que houvesse histórias tristes, que eu nunca mostrava para ela, Yasmin e a escrita logo se tornaram as duas partes mais importantes da minha vida.

Nesse meio-tempo, Yasmin começou a trabalhar em um consultório para terapia do trauma, a uma distância de vinte minutos de carro da nossa cidade. Tinha seus próprios pacientes, uma sala só dela e, às vezes, quando o tempo lhe permitia, oferecia-se como interlocutora dos refugiados em nosso ginásio de esportes.

Até hoje, não entendi por que Chris não prestou queixa ao me demitir da biblioteca. Em todo caso, sua indulgência – ou teria sido negligência? – me deu a possibilidade de recomeçar a trabalhar em outro lugar sem nenhum tipo de constrangimento.

A biblioteca ficava em outra cidade, à qual eu ia diariamente, viajando meia hora de trem. Era menor por isso, eu tinha uma área de atividades mais abrangente.

Os dois primeiros anos do nosso relacionamento foram marcados pela leveza que envolve os recém-apaixonados, por aquele entusiasmo fervilhante, pelo encanto do novo, pelo estado antes de o sentimento se transformar em algo ainda mais profundo e maior, mas às vezes talvez menos emocionante. Depois de Alex, Yasmin teve outros relacionamentos superficiais, que nunca resultaram em algo estável. Porém, para nós dois, era uma experiência inteiramente nova estar com alguém que já conhecíamos desde sempre e, ao mesmo tempo, aprender que havia muita coisa que não sabíamos um do outro. Na maioria das vezes, pequenas coisas: o fato de Yasmin cantarolar enquanto escovava os dentes, sentada na borda da banheira, e depois do banho circular pelo apartamento enrolada na toalha, para se vestir apenas no quarto, enquanto eu já carregava todas as roupas antes para o banheiro. Ela observou que, de manhã, eu sempre me levantava da cama com a perna esquerda, vestia primeiro a meia esquerda e a perna esquerda da calça, e eu achava engraçado que, no segundo antes de ela adormecer, tinha um leve sobressalto, como se se assustasse. Geralmente eram caprichos, coisas pequenas, sem importância, mas que sempre nos faziam rir.

No entanto, também havia aquela maldição. A maldição de nunca confiar na minha felicidade, de não me conceder fases muito longas de alegria. Minha mania de logo imaginar uma catástrofe escondida atrás de todo dia bonito, de todo momento encantador. O paradoxo era o seguinte: quanto mais eu recuava na minha vida particular, maior era meu desejo de saber, de uma vez por todas, por que meu pai havia me abandonado. Havia mais de vinte anos.

Um dia, caminhávamos pela cidade e passamos pela vitrine de uma agência de turismo, que atraiu nossa atenção com ofertas de último minuto e imagens de praias com palmeiras.

— Você não sente vontade de um dia conhecer o Líbano? — perguntei a Yasmin quando paramos. — Ver de onde viemos? Conhecer a terra natal?

— Nossa terra natal é aqui — respondeu, enfiando as mãos nos bolsos do casaco e com o olhar voltado para o mar azul-turquesa de um cartaz.

Falar em viajar ao Líbano era complicado. Enquanto para mim esse era o país de onde vinha meu pai e onde eu supunha que ele estivesse, o país das histórias de Abu Youssef, para Yasmin o Líbano era o lugar onde sua mãe tinha morrido.

— Não tenho nada lá — era o que ela sempre dizia. Não sei se minha nostalgia a feria, justamente porque ela lutava tanto para me curar dessa obsessão. Se ela a sentia como um retrocesso. Em todo caso, formulava claramente seu ponto de vista: — quando nossos pais fugiram para a Alemanha, não tinham nada. Fugiram com a esperança de que nós, seus filhos, tivéssemos uma vida melhor do que eles. Graças à sua decisão de deixar tudo para trás e vir para cá, eles nos deram um lar. Possibilitaram a nós uma vida que, do contrário, jamais poderíamos ter — fazia uma pausa, na qual afastava os cabelos do rosto, e continuava em voz baixa: — Não tenho nada no Líbano esperando por mim. Minha casa é aqui. Quero que meu pai tenha orgulho de mim. Quero mostrar a ele que não foi em vão ele ter aberto mão da sua antiga vida por mim. Que lhe sou grata por todas as coisas boas e ruins.

Era apenas uma questão de tempo até eu voltar ao antigo padrão. Quando se tem um vício, ele permanece por toda a vida. Começou com o fato de eu permanecer no trabalho até mais tarde, debruçado sobre os livros. Depois, voltei a sentir aquele prazer repugnante, que eu sabia que só me satisfaria por pouco tempo. E, como na biblioteca eu também era responsável pela aquisição de mídia, fiz com que a quantidade de literatura sobre o Líbano aumentasse aos poucos, mas de maneira constante. Embora eu sentisse o quanto isso era errado, não conseguia resistir. Não roubava mais nada, mas lia. Lia o máximo que podia. Assim, multiplicavam-se as noites em que eu perdia a noção do tempo, devaneando sobre os livros, e somente muito mais tarde abria a porta do nosso apartamento e constatava que Yasmin tinha saído e que um prato de comida fria me aguardava em cima da mesa da cozinha. Pela manhã, no caminho até a estação, eu me sujeitava a um desvio exagerado só para ouvir o chamado do muezim na mesquita e, quando fazia compras na feira com os comerciantes árabes, não perdia a oportunidade de falar em sua língua.

Yasmin tinha um grande círculo de amigos. No entanto, não era fácil integrar-me a ele. Antigamente, íamos a discotecas e bares, mas nesse momento estávamos em uma fase da vida em que a maioria dos amigos se casava, engravidava e organizava festas no jardim de casa, nas quais o assunto eram os vizinhos estranhos, o trabalho, o melhor acendedor de churrasqueira ou os cursos pré-parto – temas e problemas que me pareciam totalmente irrelevantes, se comparados àquele que me ocupava. Assim, na maioria das vezes, eu era mais um acompanhante passivo do que uma verdadeira companhia;

normalmente só ficava parado nas rodas de conversa, balançando meu copo, chupando cubos de gelo e sorrindo com gentileza até o final.

Havia indícios menores e maiores de que eu estava me movendo novamente na direção errada. Eram prenúncios de algo inevitável. Nós dois sentíamos isso.

— Você parece de novo inquieto nos últimos tempos — disse Yasmin certa vez. Estávamos na cama, fitando o teto escuro.

Inquieto. Essa era a palavra que ela havia encontrado para descrever meu estado de maneira pertinente. Virou-se para o lado, e eu deslizei para perto dela, abracei-a e inspirei o perfume da sua pele e dos seus cabelos. No entanto, eu não estava inteiramente com ela, mas pensando em viajar.

"Vamos percorrer esse caminho até o fim, assumir essa responsabilidade e aceitar todos os sacrifícios e as consequências que estão por vir", ouvi Hassan Nasrallah, líder do Hezbollah, dizer na televisão. Pelas ruas de Beirute, carregava-se um caixão envolvido em uma bandeira amarela. Nas calçadas, centenas de pessoas esticavam os braços para tocá-lo. Nele estava o corpo de um combatente do Hezbollah, morto na Síria. Fazia semanas que os homens voltavam para a casa em caixões, e fazia semanas que eu acompanhava o noticiário. Nesse momento, o Hezbollah libanês lutava ao lado de Assad em uma guerra civil que não dizia respeito ao Líbano. Um passo que revelava de forma inédita sua farsa grosseira, na qual desde sempre fundamentavam sua existência e suas armas com a luta contra Israel, que nada tinha a ver com a guerra civil na Síria.

— Eles não têm escolha — disse Hakim diante da televisão em sua sala. — Sem Assad no poder na Síria, o Hezbollah tem um problema sério.

Yasmin estava sentada no sofá, folheando um prospecto.

— Por causa do apoio direto que Assad faz chegar a eles — disse eu.

Hakim concordou com a cabeça e tomou um gole de água de sua caneca de barro. Em seguida, enxugou os lábios com o dorso da mão.

— Mas principalmente por causa do Irã. A Síria é o elo entre o Líbano e o Irã. Ninguém apoia mais os xiitas no Líbano do que esses dois países. Se a Síria cair nas mãos dos rebeldes, as rotas de entrega estarão cortadas.

Nesse meio-tempo, lutava-se em toda parte na Síria. Centenas de milhares de civis fugiam para o Líbano; as imagens televisivas mostravam crianças passando frio e mulheres na região de fronteira, surpreendidas pela nevasca repentina. Equipes de filmagem eram conduzidas por sírios em fuga em meio a seus alojamentos miseráveis em Beirute, passando por canos de água que pingavam e por cabos provisórios de eletricidade. O norte do país se transformou no quintal dos opositores de Assad, que ali formavam combatentes e se organizavam para a guerra contra o regime. Desse modo, os incidentes sangrentos se tornaram cada vez mais frequentes na fronteira.

Nada disso me desencorajava. A sensação de que o país – assim como eu – andava em uma arriscada corda bamba intensificava ainda mais meu desejo de ir até lá. Para milhões de pessoas, o Líbano era um refúgio. Por que não para mim também?

O que também se intensificou foi o fervor com que Yasmin e eu brigávamos de vez em quando. Nunca a diferente evolução que havíamos tomado desde a infância se revelou tão intensa como nesses momentos.

— Você tem *baba* — o pai dela —, Alina e a mim, Samir. E ainda assim te falta alguma coisa? — disse já algumas semanas depois do casamento de Alina.

— Sinto muito — dei como resposta. Porém, como na verdade eu sempre dizia isso, Yasmin ficou mais brava do que calma.

— Se você realmente sentisse muito, se esforçaria para melhorar — disse. — Mas eu mal te vejo. Você volta sei lá que horas para casa e não me conta o que ficou fazendo por tanto tempo. Eu gostaria de vez em quando de passar uma noite sozinha com você, aqui no sofá, vendo um filme, mas você não desliga do noticiário. Você deveria ver seus olhos, seu olhar, Samir, só de ouvir a palavra *Líbano*. Não entendo por que ainda é assim. Me explique, por favor! Por que tudo isso é mais importante para você do que nós?

Eu não conseguia explicar. Mas o que eu sentia era que tudo isso só iria piorar se eu não partisse em busca do meu pai. Nada mudaria se pelo menos eu não tentasse obter respostas para as perguntas que me torturavam. E Yasmin também sabia disso.

O que eu também sentia era que não queria perdê-la. Ainda que nem sempre conseguisse demonstrar isso a ela: eu a amava com todas as fibras do meu corpo. Ela havia me puxado para a terra firme, mas eu ainda não estava inteiramente nela. Tinha de percorrer sozinho o restante do caminho. Sozinho, se ela esperasse por mim no destino. Se eu pudesse ter a certeza de que estaria ali quando eu alcançasse a margem.

Quase um ano depois do dia em que conduzi Alina ao altar, fui até Hakim para pedir a mão de sua filha em casamento. É claro que Yasmin decidia sozinha sobre a própria vida, mas achei que fosse o correto a fazer. Mesmo com toda a sua capacidade de tocar a vida em frente, toda a sua tranquilidade em relação ao estilo de vida e aos costumes alemães, no fundo ele continuava sendo um libanês orgulhoso.

Desde que Yasmin havia retornado para perto dele, Hakim havia desabrochado. Voltou a rir com mais frequência, estava mais ágil, e de vez em quando eu o via diante da bancada de carpinteiro, no barracão, prendendo uma tábua simples entre as pinças. Nesse meio-tempo, seus cabelos grisalhos tinham ficado brancos e mais despenteados do que nunca. Quando lhe manifestei meu desejo, ele se levantou de sua cadeira estalando as juntas, veio até mim e me beijou na testa. Em seguida, parou e me olhou em silêncio.

— Nós dois, Samir... — disse após um instante — muitas vezes desejei que tivéssemos sido mais próximos — eu quis dizer algo, mas ele evitou com a mão. — Infelizmente não cumpri a promessa que fiz ao seu pai. Tentei salvar você. Sei o que os anos fizeram com você e sei que falhei. Mas Yasmin... — pegou meu rosto com as duas mãos e olhou em meus olhos — Yasmin é a luz que você sempre procurou. Se ela não puder te salvar, ninguém mais poderá — não desviou os olhos, mas passou a falar mais baixo e devagar: — *Ana fachur fik ya ibne*. *Tenho orgulho de você, meu filho*. Não existe outra posição da qual eu teria o direito de te pedir uma promessa, depois que eu mesmo não mantive a minha. Mas você está pedindo a mão da minha filha. Ela é a estrela mais iluminada na minha vida. Por isso, digo a você: se quer se casar com Yasmin, tem de me prometer que vai amá-la como ela merece, ou seja, incondicionalmente. De maneira autêntica. Em cada segundo até o fim da sua vida. E você não poderá ser um peso para ela.

— Eu a amo — respondi, olhando em seus olhos. — Sempre a amei.

O velho Hakim tirou as mãos do meu rosto e as colocou em meus ombros.

— Eu sei — disse ele e sorriu suspirando. — Sempre soube.

Yasmin seguiu as indicações que encontrou nas histórias. Era uma caça ao tesouro. Conduzi-a de volta aos lugares que marcaram sua juventude e, de certo modo, também eram nossos. A primeira história se passava no café de que ela tanto gostava antigamente. Nele, encontrou a segunda no cardápio que o garçom lhe estendeu. Essa história tratava de uma sereia que deixara as águas havia muitos anos, mas sentia falta delas. Então, Yasmin foi à antiga piscina coberta da cidade. Ali, sorrindo misteriosamente, o homem da bilheteria colocou em sua mão a chave de um armário, no qual a terceira história a esperava. Era sobre uma moça que estudava em uma biblioteca para uma prova difícil, quando de repente um espírito solitário saiu das páginas de um livro e lhe propôs escrever a prova em seu lugar se em troca ela fosse visitá-lo regularmente para conversar com ele. Quando Yasmin atravessou o grande salão, foi diretamente ao lugar onde antes estudara. Ali encontrou um bilhete com a inscrição FELH 2008. O F representava as obras de ficção; por isso, ela se dirigiu a essa seção e procurou na estante da letra E até encontrar, entre as sequências numéricas 2007 e 2009, a pequena pasta na qual se lia *El-Hourani*. Nela estava a última história com o título *A Flor Artificial*. Era narrada a partir da perspectiva de uma flor que cresceu no asfalto cinzento de um conjunto habitacional decadente e que se sentia solitária, embora fosse muito amada. Era a única mancha colorida em meio à pobreza desoladora, e por isso os moradores a amavam muito. Quando a flor ficou mais velha, suas cores desbotaram, e as pessoas ficaram tristes, pois temiam que ela murchasse. Porém, a flor ficou feliz, pois isso parecia menos ruim do que a solidão. Desesperados, os moradores chamaram o mago, que sugeriu à criatura que esmaecia ser transformada em uma flor artificial. Ela perderia a consciência, mas, em compensação, desabrocharia para sempre e traria alegria e luz aos moradores que, do contrário, ficariam sem nada. Ela concordou.

Portanto, Yasmin pegou o ônibus até o antigo conjunto habitacional. Os blocos cinzentos despontavam como esqueletos de dinossauros no céu. Era como se a degradação tivesse se acelerado. O velho muro que cercava o condomínio tinha mais buracos do que em nossa última visita e estava totalmente coberto com rabiscos. O balanço no meio do *playground* havia sido corroído pela ferrugem. Quando Yasmin entrou no pátio interno, os pequenos reis do conjunto habitacional olharam para ela em silêncio. Em seguida, aproximaram-se uns dos outros e começaram a cochichar. Pouco depois, uma menina correu até ela e, com os olhos arregalados, colocou uma flor vermelha de papel em sua mão. Yasmin a pegou e a desdobrou. *Venha até o rio*, estava escrito.

Eu a esperava na margem quando ela apareceu entre as árvores e desceu até mim por entre pedras e galhos. Atrás dela, a tela da nossa infância sob um céu cinza, enquanto o casaco e os olhos de Yasmin brilhavam como aquelas flores. A emoção da pequena aventura tinha desenhado um rubor encantador em suas bochechas. Ela sorriu para mim.

Minhas mãos tremiam quando coloquei a aliança em seu dedo e olhei para ela com olhos úmidos. Ela fez que sim, sem dizer nada, e nos abraçamos em silêncio, enquanto o rio passava murmurando por nós. Ao recuar um passo, olhou sua mão na luz que incidia pela copa das árvores.

— É muito bonita — disse, referindo-se à aliança. — E eu quero ser sua esposa, Samir... — seguiu-se uma breve pausa, na qual olhou ao redor desse lugar familiar. — Mas não posso — completou. Em seguida, tirou a aliança do dedo, pegou minha mão dormente e a colocou nela.

Olhei para ela.

Seu olhar era carinhoso, um tanto triste, um tanto belo.

— Amo você, Samir — disse. — Você é tudo para mim. Mas nós dois sabemos que você ainda não está pronto para se casar.

Em algum lugar, algo se rompeu e caiu com um som abafado.

— Mas sempre vou amar você — disse eu em voz baixa.

— Eu sei — ela acariciou minha face. — Eu sei. Mas estou pensando no futuro — levou a mão até meu ombro e tirou uma folha que estava presa a ele. — E se tivermos filhos, Samir? É capaz de assumir tamanha responsabilidade? Vai conseguir ser um bom pai para eles? Ou sempre sentirá medo de cometer um erro por querer tanto ser o pai do qual você sente falta? Você ainda está com ele na maior parte do tempo, é o que sinto. Vejo isso em seus olhos quando você assiste ao noticiário e encontra homens na rua que se parecem com ele. Você o procura em toda parte.

Abaixei o olhar e me senti novamente desolado como o conjunto habitacional atrás de nós.

Ela suspirou.

— Você precisa fazer essa viagem, nós dois sabemos disso. Não consigo imaginar nada mais lindo do que ter você ao meu lado pelo resto da vida. Mas primeiro você tem de colocar sua vida nos eixos, Samir. Achei que pudesse te ajudar, dar a você o que te falta. Mas não posso. Só *ele* pode. Não sei o que vai encontrar lá e se realmente sabe o que está procurando, mas se é disso que precisa para mudar, então vá.

Concordei em silêncio. Por um lado, era o que eu queria. No entanto, a chance de encontrar meu pai era bem pequena. O fato de a viagem ter adquirido nesse momento uma importância fatídica, da qual dependeria minha felicidade futura com Yasmin, dava um aperto em meu peito.

— Não quer vir comigo? — perguntei em meio ao murmúrio das águas, e obviamente sabia a resposta.

— Não — pausa. — Não tenho nada lá.

Voltaríamos algum dia a esse local, junto ao rio? Ou em algum momento nos lembraríamos desse dia e nos perguntaríamos como fomos parar em sua margem?

Quis pegar sua mão, mas ela estava com os dedos entrelaçados.

— Ainda vai estar aqui quando eu voltar?

Yasmin olhou para mim. Seus olhos mostravam uma grande insegurança, mas sua voz era firme:

— Vou esperar por você e, se lá para onde você for precisar da minha ajuda, estarei com você da melhor forma que conseguir — então, pegou minha mão e a apertou. — Quando você vai voltar não tem importância — disse Yasmin. — A questão é *como*.

19

Se eu nunca tivesse vindo, ele ainda estaria vivo. Como um bêbado, cambaleio em meio aos cânions urbanos. Ele morreu por minha causa. Não sei onde estou. É tarde, estou cansado, mas não posso fechar os olhos. A camiseta está colada em meu corpo, meus olhos estão secos por causa do calor, minha língua parece inchada. Qual foi a última vez que bebi alguma coisa?

O peso da mochila me comprime para baixo, meu olhar cai nos sapatos cobertos de poeira. Enfio a mão no bolso da calça, pego a aliança. *Yasmin.* O anel parece pesado na palma da minha mão; seu pequeno diamante cintila em tom laranja à luz dos postes.

Meu SMS de pouco antes, não pude ligar. Como eu explicaria isso para ela? *Ainda estou em Beirute, dou notícias. S.* Provavelmente ela já estaria no aeroporto para me buscar.

Os veículos passam fazendo barulho. Entro em uma rua lateral, encosto-me na parede, respiro fundo. Coloco a aliança de volta no bolso. Como vim parar nesse caos?

Meu mantra da culpa: eu não deveria tê-lo deixado sozinho. Deveria ter tirado a chave do carro da mão dele. *Ele morreu por minha causa.* Caio em um buraco escuro. Nada me segura, e eu, quando chegar ao fundo, estarei de novo na Alemanha, sentado na cama, mais quebrado do que antes, olhando Yasmin fazer as malas. Porque vou decepcioná-la mais uma vez.

Uma eternidade depois, sem nenhuma orientação, afundo na cadeira de um bar qualquer e coloco a mochila ao meu lado. Ouço canções árabes, nenhuma música eletrônica, e ainda não sei onde estou. Somente o murmúrio do mar me orienta. Portanto, a Corniche não deve estar muito longe. Não há turistas aqui, chamo a atenção, sinto os olhares dos outros clientes. Estão arrumados para a noite. Nas mesas, o vapor dos narguilés. Peço uma cerveja.

Quando a recebo, ela está morna. Confuso, abro a mochila e vasculho-a em busca do diário. Só quero segurá-lo um pouco, sentir seu peso. Talvez ele possa me devolver a segurança que ainda senti no velório, antes do colapso, quando saí e fiquei novamente sozinho.

Sempre o considerei um mapa do tesouro, que me indicaria o caminho. Um livro secreto cheio de códigos a serem decifrados. Frases que me levariam até meu pai. No entanto, sobrestimei a importância do diário. Ou não? Como antes, sinto que é mais do que uma simples compilação de anedotas. Não sei explicar. Porém, agora está aqui e não me diz nada quando o folheio e passo o olhar pela caligrafia inquieta do meu pai. Tudo o que ouço é a voz de Amir:

Nenhuma estrada leva até ele. Todas reconduzem apenas ao começo. E lá está você. Sempre sozinho. E somente você pode decidir como prosseguir. Só que sua voz está muito distante e é abafada pelo sussurro de Hakim: *Se ele deixou alguma pista que possa te revelar onde está ou por que teve de partir, você vai encontrá-la em seu diário.*

Dois homens me fitam. Quando olho para eles, erguem os copos e brindam em minha direção. Brindo de volta, e eles viram a cabeça. Esvazio o copo de cerveja de uma só vez. O calor e o álcool me deixam entorpecido; tenho a sensação de que os dois sujeitos estão falando de mim. Volta e meia olham em minha direção. Quando conto o dinheiro e o coloco sobre a mesa, um cutuca o outro com o cotovelo, e eles também esvaziam seus copos com pressa.

Enfio a carteira e o diário na mochila. A foto do meu pai com Bashir está no bolso interno. Quando levanto o olhar, os homens desapareceram sem que eu os tenha visto sair. Sinto os olhares dos outros clientes nas minhas costas quando piso na rua.

O mar realmente deve estar muito perto, consigo ouvi-lo e sentir seu odor. O ar está úmido e salgado, assim o imaginei quando criança. Acima de mim erguem-se prédios, suas luzes ofuscam as estrelas sob um céu infinitamente preto.

Meu celular vibra, um SMS de Yasmin:
Estou preocupada. Por favor, mande notícias!
Em algum lugar atrás de mim, ouço passos.

20

Tenho um sobressalto, como se tivesse sido atingido por um raio. Pouco antes eu ainda estava sentado ali, perdido em pensamentos; a luz cintilava através das cortinas fechadas. Logo senti que algo importante estava acontecendo. Hakim não olhou para mim. Baixou a cabeça ao entrar e sentou-se em sua poltrona sem dizer nenhuma palavra. Hesitou por um momento, depois colocou o objeto que carregava sobre a mesa. Nós dois olhamos fixamente para o pano preto que o envolvia. No olhar de Hakim havia vergonha.

Tinha sido um dia ensolarado, e ele estava trabalhando no barracão quando chegamos. Hakim acenou para nós, tirou o avental rústico e bateu as aparas de madeira da roupa antes de nos abraçar.

— Parabéns! — exclamou ao beijar Yasmin. — Fico feliz por vocês!

Depois, seguiu-se um momento desconfortável. Yasmin e eu nos olhamos envergonhados enquanto tentávamos explicar para ele em poucas palavras. Confuso, Hakim deixou seu olhar pairar na mão dela, na qual faltava a aliança de noivado.

— Não vai haver casamento? — deixou escapar. A cada segundo que passava, parecia mais decepcionado. Depois, olhou para mim: — Quer ir para o Líbano? — disse isso como se a possibilidade de que eu pudesse partir um dia e procurar meu pai nunca tivesse passado por sua cabeça.

— Eu preciso — disse eu.

Hakim concordou em silêncio e se sentou no toco da cerejeira.

— Não é mais o país que seu pai exaltava — disse em voz baixa. — E provavelmente nunca mais vai ser.

— Eu sei — respondi. — Mesmo assim, preciso ir.

— E por onde quer começar? O Líbano pode ser pequeno, mas, sem um ponto de referência, você vai passar muito tempo procurando.

— Em Zahlé — disse eu, pois era a única certeza que eu tinha. — Talvez encontre a minha avó, se ainda estiver viva.

Hakim não olhava para nós. Do modo como estava ali sentado, olhando fixamente para suas mãos, parecia um menino no corpo de um homem muito velho.

— Zahlé — repetiu em voz baixa. — Muitas vezes eu também me perguntei se Brahim ainda estaria vivo. E onde poderia estar — Hakim fez uma pausa. — Houve até uma época em que quis procurá-lo... — sorriu timidamente. Então, olhou para Yasmin. — E você não vai acompanhar o Samir?

— Não — disse ela, olhando de Hakim para mim. — É uma coisa que ele precisa fazer sozinho.

Dias depois, eu estava no apartamento de Hakim. Ele havia me ligado e pedido para eu ir sozinho. Quando me sentei na sala, ele desapareceu e voltou com o objeto embrulhado, que colocou sobre a mesa, diante de nós. Dava literalmente para tocar o silêncio, o cansaço e o frio, quando na época resisti na escada. A última noite. Por muito tempo, a imagem permaneceu vaga na minha mente, desbotada como uma antiga pintura. Mas, nesse momento, eu a via claramente de novo. O objeto que meu pai foi buscar no porão e com o qual desapareceu na casa de Hakim.

Hakim pigarreou.

— Menti para você... — disse ele com voz trêmula. — Na época, quando você me perguntou o que Brahim tinha me dado naquela noite, não consegui te dizer. Eu ainda não estava pronto — o objeto embrulhado parecia tão estranho e imutável nessa sala como um monólito caído do céu. — Ele me deu isto e disse para guardá-lo com cuidado — a voz de Hakim era muito baixa. Estava mesmo envergonhado. — Perguntei a ele por que não queria dar isso à sua mãe ou a vocês. Brahim respondeu: "Dou a você. Se um dia você sentir que Samir precisa dele, entregue-o a ele". E depois tive de prometer que o guardaria com cuidado.

Hakim lutava consigo mesmo. Pude ver isso. Eu sabia exatamente como ele se sentia: meu pai o fizera prometer. Ninguém melhor do que eu para entender o que isso significava.

— Não é o álbum de fotografias que você me mostrou na época — sussurrei.

Balançou a cabeça, confirmando. Então, sem dizer nenhuma palavra, esticou a mão e afastou o pano preto. Sobre a mesa havia um diário.

Foi difícil conter as lágrimas quando o abri. Ver a caligrafia do meu pai depois de tantos anos produziu em mim uma dor infinita e doce. Não pude deixar de pensar nos bilhetes que ele deixava sobre a mesa da cozinha quando saía às pressas de casa. Para que não nos preocupássemos. Também me lembrei muito bem do quanto procurei um bilhete como esse na manhã após aquela noite, quando ele já não estava lá. Folheei as páginas, datas e nomes saltaram-me aos olhos: *Rana, Hakim, Beirute.*

— Acho que agora você precisa disso — disse Hakim. — Talvez seu pai tenha previsto este momento. Talvez ele soubesse que um dia você o procuraria. E é melhor começar a busca sabendo mais sobre ele — fez uma breve pausa. — Talvez te ajude a entender melhor algumas coisas. E, quando você voltar, talvez Yasmin te diga "sim".

Continuei olhando para a caligrafia do meu pai.

— Você chegou a ler?

Hakim não disse nada.

— Existe aqui alguma indicação do que aconteceu?

Forcei-me a erguer brevemente o olhar e fitá-lo. Mas ele também só olhava para as páginas.

— É só uma sensação. Mas acho que se ele deixou alguma pista que possa te revelar onde está ou por que teve de partir — Hakim respirou fundo antes de concluir a frase —, você vai encontrá-la em seu diário.

21

Tudo pulsa, tudo brilha. Beirute à noite, essa beleza fulgurante, um diadema de luzes cintilantes, uma esteira em ritmo acelerado. Quando criança eu adorava imaginar estar aqui. Só que agora estou com essa faca entre as costelas, e a dor no meu tórax é tão lancinante que não consigo nem gritar. *Mas nós somos irmãos*, quero berrar, enquanto eles arrancam a mochila das minhas costas e me chutam, até eu cair de joelhos. O asfalto está quente. O vento sopra vindo da Corniche, ouço o mar bater na margem e a música dos restaurantes da rua. Sinto o cheiro do sal no ar, da poeira e do calor. Sinto gosto de sangue nos lábios, um regato metálico na pele seca. Sinto o medo crescer dentro de mim. E a raiva. *Não sou um estranho aqui*, quero gritar atrás deles. *Tenho raízes aqui*, quero berrar, mas só sai um gargarejo.

Vejo o rosto do meu pai. Sua silhueta no vão da porta do meu quarto de criança, antes que meus olhos se fechem, nosso último momento juntos. Pergunto-me se o tempo e o arrependimento o corroeram.

Penso nos versos murmurados pouco antes pelo homem barbudo: *Então, não haverá para eles nenhuma possibilidade de pedir ajuda, e não encontrarão salvação.*

Penso na mochila, mas não no dinheiro nem no passaporte, que agora estão perdidos. Penso na foto que está no seu bolso da frente. E no diário dele. Tudo perdido. A dor quase toma minha consciência.

Sou responsável pela morte de um homem, penso.

Depois, enquanto o sangue escorre da ferida: reaja, isso deve significar alguma coisa. Um sinal.

Os passos dos homens ecoam, estou sozinho, ouço apenas as batidas do meu coração.

Se você sobreviver a isto aqui, penso e sinto de repente uma estranha paz, vai ser por alguma razão. Sua viagem não terá terminado. E você fará uma última tentativa de encontrá-lo.

III

"Quem não reconhece os sinais deve ser cego:
algo terrível vai acontecer."

1

A primeira coisa a chamar minha atenção é a ausência de barulho. Pela primeira vez depois de muito tempo, estou cercado de ar puro – há um aroma de orquídeas, e o cheiro da terra é tão presente que quase posso sentir seu gosto. Esse lugar irradia uma ordenação especial. Aqui, algumas oliveiras; ali, uma fileira de ciprestes e pinheiros. Em suas sombras encontram-se bancos para o descanso. Tudo está voltado para o mar. Na quadra de esportes treina um time de *rugby*. À esquerda, onde o mar e a costa se convertem um no outro sem interrupção, ergue-se uma torre iluminada. Caminhos sinuosos formam uma rede de artérias, conduzem por campos verdes e passam por sebes aparadas. Um oásis bem escondido atrás de muros em tom ocre, protegido por um vigia sonolento junto ao portão. De sua guarita, um caminho margeado por canteiros de flores passa por edifícios de pedra e conduz a uma grande praça, onde jovens estão sentados sob folhas de palmeiras, com os rostos enterrados em livros.

Estou sentado na escada, pisco à luz do sol e acompanho o passeio das manchas alaranjadas atrás das minhas pálpebras.

Acordei há quatro dias, em uma cama estranha. Assustado pela exaltação distante, que o vento da noite trazia pela janela. Dos apartamentos da frente incidia uma luz que tingia meus dedos de prateado quando eu os passava pela faixa ao redor do meu tórax. A dor ao respirar me fazia sobressaltar. No quarto, uma grande escrivaninha com pilhas de livros ao lado de um *laptop*, bilhetes presos à parede, um pôster: o Homem Vitruviano. Acomodei o travesseiro mais embaixo, nas costas, até ficar sentado em posição quase ereta, e tentei me lembrar de como tinha ido parar ali.

Agora ouço passos atrás de mim e sinto uma mão em meu ombro.

— Samir, o que o médico disse? — pergunta Wissam. Usa uma bermuda e uma camiseta Abercrombie. Tinha empurrado os óculos descontraidamente nos cabelos.

— O ferimento parece ter melhorado — respondo. — Ele te elogiou muito.

Wissam acena.

— Você teve sorte. Alguns centímetros para o lado, e eles teriam atingido o pulmão — estende-me a mão e me ergue dos degraus. Quando ficou em pé na sua frente, sua cabeça cobre o sol. Tento me lembrar dele curvando-se sobre mim na rua. De sua cabeça diante do poste, antes de eu afundar na escuridão. — Vamos?

Faço que sim e viro-me mais uma vez para o edifício, em cuja escadaria nos encontramos: *American University of Beirut – Medical Center* é o que se lê em cima das portas de correr envidraçadas. Wissam está no quarto semestre de Medicina. Vai saber o que teria sido de mim sem ele. Ainda na rua, ele conseguiu estancar o sangramento, depois me levou para a casa dele, onde desinfetou e costurou o ferimento. Só recobrei a consciência na noite seguinte.

Perguntei-lhe por que não me levou para o hospital. Sua resposta:

— Você estava sem documentos, e eu não tinha dinheiro suficiente. Eles nos teriam mandado embora — foi ele quem marcou a consulta no Hospital Universitário. — Melhor se alguém der uma olhada em você. Você pode ficar aqui até tudo se resolver — disse, fazendo um gesto na sala do seu apartamento. — Fique o tempo que precisar, *ahlan wa sahlan*.

Seu apartamento é grande: dois dormitórios, uma cozinha moderna; no banheiro, a água sai da torneira com uma pressão bem maior do que no Best Western Hotel. No *hall* de entrada, um vigia controla os visitantes. Wissam mora no centro de Hamra, em Beirute Ocidental, um complexo de vidro cintilante, a poucos minutos de caminhada da American University.

Passeamos pelo campus. Perto da entrada principal, a torre do relógio do College Hall estica seu longo pescoço no céu. Arcos de lanceta pontiagudos formam a entrada: estilo mourisco, elegante e sofisticado. Tudo irradia uma aura de tradição e autoconfiança.

— Conseguimos bloquear seu cartão de crédito — diz Wissam. Pegou um papel, uma lista de afazeres, na qual alguns itens já haviam sido ticados. — Quanto ao seu celular, não tenho certeza. Você tem algum plano?

— Não — digo —, é pré-pago.

— Tudo bem — Wissam também tica esse item. — Liguei na embaixada. Precisam de uma foto sua para o passaporte. Aqui tem uma máquina automática; podemos fazer isso mais tarde. Levamos a foto amanhã, você assina, depois são cerca de dez dias para receber seu passaporte substituto. Sua noiva tem de enviar diretamente à embaixada um fax com uma cópia da sua identidade e da sua certidão de nascimento.

— Muito obrigado, Wissam.

Ele acena. Sempre acena quando agradeço.

— Isso vai te dar tempo para encontrar seu pai, não? — pergunta, em vez disso.

— Sim — respondo e penso: dez dias. O novo prazo.

Wissam diz que, na primeira noite, chamei meu pai durante o sono. Por isso, contei a ele tudo sobre a busca. Sobre a razão da minha viagem. Ele cuida de mim com abnegação, e é desagradável para mim sentir-me tão desamparado. Carteira, passaporte, identidade, tudo roubado. Até a camiseta que estou usando é dele.

— Para onde vamos? — pergunto. No edifício à nossa direita, portas se abrem, e estudantes saem em grupo ao ar livre.

Wissam enfia o papel com as anotações no bolso da calça.

— Rassan está esperando na entrada principal.

Até o momento, só vi Rassan uma vez. Ontem à noite, no apartamento de Wissam. Ele foi me ver. E porque havia algo importante que os dois queriam me dizer. Rassan também estuda ali, está no quarto semestre de Sociologia. Seus pais vivem nos EUA, o pai é arquiteto. Esses dois rapazes me socorreram logo após o ataque. Rassan ajudou Wissam a me levar para o apartamento.

— Fico feliz que esteja melhor — diz Wissam, pondo a mão em meu ombro. Seu alívio é perceptível.

— Realmente tenho de te agradecer — digo novamente. — O que eu faria sem vocês?

Wissam sorri, inseguro.

— Isso é o mínimo.

Desde ontem à noite, sei o que quer dizer com isso.

À nossa esquerda está o mar. A água cintila, uma brisa suave sopra por cima da colina e faz as folhas das oliveiras farfalharem. O *campus* se assemelha a uma passarela: homens e mulheres bem vestidos, com roupas de marca e bolsas caras. É surpreendente o modo liberal como algumas estudantes se apresentam. Usam camisetas abertas nas laterais, que liberam o olhar para seus sutiãs, e salto alto com minissaia. Entre elas também abrem caminho moças de véu. A universidade é de confissão mista, um convívio alegre, uma confusão de línguas: árabe, inglês, francês, às vezes até todas saindo da mesma boca.

Pergunto-me se Nabil conhecia esse lugar. Se sonhava em ver seus filhos estudando ali. Se suas economias seriam suficientes.

— Quanto custa estudar aqui? — pergunto.

— Depende da disciplina — Wissam põe os óculos escuros quando chegamos a uma grande praça. — Entre 6 e 8 mil dólares.

— Por semestre?

Já antes, no estacionamento, chamou minha atenção o número de Porsches, Jaguars e SUVs pretas. O ensino superior de excelência do país é reservado à elite financeira. E ela mostra o que tem. Pelo visto, todos os seus estudantes moram em apartamentos como o de Wissam. Até agora, ele pagou tudo para mim. Hoje, no café da manhã, assegurei-lhe de que vou restituir tudo o mais rápido possível, mas ele apenas acenou:

— Temos uma parcela de responsabilidade pelo que aconteceu. É importante para mim reparar isso.

Ontem à noite ficamos sentados à meia-luz no apartamento de Wissam. Entre nós, um prato com sanduíches e tomates fatiados, mas nenhum de nós comeu.

— Precisamos falar sobre um assunto com você — disse ele. O tom da sua voz logo despertou minha atenção. — Na terça-feira, não foi por acaso que Rassan e eu estávamos por perto quando você foi atacado — os dois se olharam primeiro, depois, para mim. Rassan concordou em silêncio. — Estávamos no bar da frente.

— Isso eu sei — interrompi —, vocês já me contaram.

Wissam torceu as mãos, fazendo com que os nós dos dedos ficassem brancos.

— Sim... — disse ele —, mas estávamos ali... por determinada razão — ele estava enrolando. Estaria envergonhado por alguma coisa?

— E?

— E quando vimos o que aconteceu e corremos até você, então, pensamos... bem... — como se pedisse ajuda, olhou para Rassan, que completou a frase para ele:

— Primeiro pensamos que você fosse outra pessoa.

— Outra pessoa?

Wissam passou o dorso da mão no nariz.

— Tínhamos marcado um encontro com um amigo. No escuro, não foi fácil reconhecer, vocês têm mais ou menos a mesma altura, um corte de cabelo parecido. Embora as roupas não combinem com ele, pensamos que ele talvez pudesse estar disfarçado.

— Por que esse amigo estaria disfarçado para encontrar vocês?

Nesse momento, Wissam se levanta e começa a andar de um lado para o outro da sala. Rassan olha para ele em silêncio e, em seguida, volta-se para mim.

— Porque talvez ele imaginasse que isso pudesse acontecer.

Wissam foi até a lateral da sua escrivaninha, junto da janela, e olhou para a rua embaixo.

— Que o que pudesse acontecer?

— O ataque — disse Rassan com tranquilidade. — Nosso amigo poderia ter se disfarçado para não ser reconhecido.

— Por quem? — olhei de um para o outro. Apenas muito lentamente entendi o que havia acontecido. — Estão querendo me dizer — comecei, enquanto refletia sobre essa possibilidade — que fui confundido com outra pessoa?

Wissam fez que sim. Como estava ao lado da janela, metade do seu rosto estava no escuro.

— É possível que o ataque não fosse para você.

— Mas para quem, então?

— Para o nosso amigo — disse.

— Mas por quê?

Ele se afastou da janela e olhou para Rassan. Ambos se olharam em silêncio.

— É melhor não continuarmos a falar disso — disse Wissam, sem se estender. Olhou ao redor da própria sala, como se fosse um estranho ali. — Pelo menos não aqui.

Sentimento de culpa, pensei. Os dois estavam tendo todo aquele trabalho para me ajudar porque se sentiam responsáveis.

— O que há de errado aqui? Por que não podem contar tudo?

Mais uma vez, foi Rassan quem respondeu.

— Não sabemos se há escutas no apartamento — parecia claramente mais tranquilo do que seu amigo. — Levante-se — movendo a cabeça, Rassan deu a entender que era para eu me colocar ao lado de Wissam.

— Está vendo aquele carro?

No cone de luz pálida de um poste havia uma Mercedes prateada. Pelos vidros escurecidos reconheciam-se os contornos de dois homens.

— Toda noite estão ali — disse Wissam. — Nunca saem do carro. Quando volto da universidade, o lugar está vazio, mas pouco depois estacionam ali, onde ficam por horas.

— Quem são?

— Podem ser todos — disse em voz baixa. — Hezbollah, Amal, Forças Libanesas...

— Estão vigiando vocês?

Rassan aproximou-se de nós, e os dois me colocaram entre eles.

— Sim, há algumas semanas. Não importa aonde vamos; pouco depois, esse carro aparece.

— Não é uma vigilância muito eficaz — disse eu. — Chama um pouco a atenção, não?

— É exatamente o que querem — respondeu. — É para sabermos que estão ali.

— Mas por quê?

— Intimidação — murmurou Rassan, coçando a barba. — Pura intimidação. As duas silhuetas no carro não se moviam, mas tive a sensação de que estavam olhando para cima, para nós.

— Seja como for, temos de ser cuidadosos e não falar sobre eles aqui. Sobre nada disso — disse Wissam, virando-se.

Pouco depois, quando levamos Rassan até a porta, não consegui me segurar:

— Por que os partidos governistas poderiam querer intimidar vocês? — perguntei. — Em que tipo de encrenca vocês estão metidos?

Na verdade, eu não esperava receber uma resposta.

— Precisamos parar — sussurrou Rassan.

— Parar o quê? — também falei baixo e, ao mesmo tempo, me perguntei se eu realmente acreditava que havia escutas no apartamento.

Ele me examinou em silêncio. Em seguida, disse:

— Precisamos parar de procurar a verdade — e saiu no corredor.

Neste momento, Rassan está na entrada principal, à sombra, e conversa com uma moça. Quando nos vê, faz um gesto de desculpas para ela e corre até nós.

— Como você está, Samir? — pergunta. — O que o médico disse?

— Vai ficar tudo bem.

— Que ótimo ouvir isso! Tenho uma surpresa para você mais tarde; você vai gostar — pisca para Wissam, que concorda com a cabeça.

— Ouça — diz Rassan —, por causa de ontem à noite, posso entender que esteja confuso com tudo isso. Por isso, precisa saber de uma coisa: não estamos envolvidos em nada ilegal. É complicado. O que fazemos não é proibido; mesmo assim, ninguém quer que o façamos. Até você ser esfaqueado, pensávamos que só queriam nos amedrontar, deixar claro para nós que sabiam quem somos e nos intimidar, entende?

Faço que sim, mas não entendo muito bem.

— Não sabemos se o ataque está relacionado a isso — diz Wissam —, mas, se estiver, então essa é uma nova fase. Com a violência, um limite foi ultrapassado. E é por isso que temos de ser mais cuidadosos.

— O amigo de vocês — digo —, o que ele aprontou? — alguém que deve ser eliminado por uma conspiração governista? Isso só existe em romances.

— Não sabemos se queriam isso mesmo. — Rassan ergue a mão, como se pedisse calma. — Achamos que a intenção era que você sobrevivesse.

— Intenção? — repito. Tento relembrar o rosto dos homens, mas eu estava muito concentrado no diário enquanto permaneci naquele bar. — Vamos supor que o alvo não fosse eu, mas ele — digo —, e vamos supor que o planejado fosse apenas feri-lo. O que há por trás disso? Não é uma forma extrema de intimidação?

— Claro que sim — diz Wissam e recomeça a torcer as mãos. — Mas temos certeza de que, no fundo, só queriam a mochila.

Sob os arcos arredondados do College Hall, vamos para os fundos do edifício, onde um caminho estreito, entre arbustos silvestres, conduz a um declive. Wissam está na frente, nós o seguimos. Não faço ideia do que nos espera. Os últimos dias foram como um filme ruim para mim; a indignação e a humilhação de ter sido roubado e esfaqueado. No entanto, o que mais me dói é a perda do diário e da foto do meu pai. À noite, em sonho, vejo os filhos de Nabil, sentados no chão com as pernas cruzadas, ouvindo o homem barbudo. Vejo a esposa de Nabil como uma sombra triste, atrás da cortina de miçangas, e me sinto culpado.

— O amigo de vocês também estuda aqui? — Pergunto.

— Não — diz Rassan, afastando um galho. — Estuda história na Lebanese University. Quem não pode pagar uma faculdade particular vai para lá; é pública. Só que a influência política nessa universidade é enorme, o campus fica bem ao sul da cidade. Ali é outra Beirute; dificilmente você vai encontrar um táxi que se arrisque a ir até lá. É outro mundo. Os estudantes da LU quase nunca vêm até aqui, e nós também nunca vamos para lá.

— E como vocês se conheceram, então?

— Na nossa biblioteca — responde Rassan. — Como vou dizer... Ele estava usando roupas velhas, sapatos gastos, uma camiseta suja; chamou a atenção aqui.

— O que ele queria na biblioteca?

— Encontrar algo que não existia na Lebanese University.

— Livros?

— Apoio — responde Rassan. — A LU é uma universidade estatal. Isso significa que seus professores trabalham para o Estado. Para aquilo que ele tinha em mente, era impossível encontrar apoio lá; os responsáveis teriam corrido até o primeiro órgão do governo e o denunciado. Seu projeto teria fracassado antes mesmo de ter começado.

Já estou para perguntar de que tipo de projeto se trata, quando, de repente, Wissam para, e eu quase tropeço em cima dele.

— Deve ser este aqui — diz.

À nossa frente há um banco pintado de verde, cercado por dois imponentes abetos. Entre os galhos cintilam a distância os muros maciços do

College Hall. Wissam se curva diante da placa dourada no encosto. Em seguida, ri e pisca para nós:

— Nosso amigo é simplesmente um poeta.

Agora também me aproximo e leio:

Intrépido não é aquele que não conhece o medo,
Intrépido é quem conhece o medo e o supera.
- *Khalil Gibran* -

— O que estamos fazendo aqui? — pergunto. — O que isso significa?

Com o braço, Rassan me empurra delicadamente para o lado, dá um passo à frente e se ajoelha diante do banco.

— Vamos ver o que ele inventou desta vez — diz, passando a mão pela parte inferior da madeira. De repente, para, tateia e puxa um papel branco. Abre-o, lê e o entrega a Wissam que, após uma rápida olhada, coloca-o na minha mão.

Horsh Beirut.* Amanhã à noite - não há mais nada escrito. Estou perplexo.

— É assim que vocês se comunicam? — a situação me pareceu uma reprodução exagerada de um filme de espionagem. — Ele não poderia ter dito a vocês por telefone o local do encontro?

Wissam e Rassan se olham com seriedade. E, antes que balancem negativamente a cabeça, percebo o quanto minha pergunta é inadequada: de fato, acham que seu telefone também está grampeado.

Quando estamos quase chegando à entrada principal, Rassan toca meu ombro com o dedo.

— Espere um pouco — diz e desaparece na direção dos armários.

---

* Parque no centro de Beirute. (N. T.)

Sento-me ao lado de Wissam nos degraus diante da biblioteca. O sol incandescente está preso ao céu, pequenas gotas de suor descem da minha testa até os olhos.

— Horsh Beirut. Onde fica? — pergunto.

— É o lugar mais seguro da cidade — diz.

— E o amigo de vocês vai estar lá?

Faz que sim.

— Todos vão estar lá. Somos muitos.

— Há quanto tempo já está no Líbano.

— Voltei há apenas dois anos — diz. — Eu tinha dez anos quando meus pais se mudaram para a França. Voltei para fazer faculdade. E pretendo partir de novo depois de concluir os estudos. Aqui quase não há perspectiva de bons empregos. Há muito mais demanda por médicos jovens em outros lugares. Na verdade, há muito mais demanda por todas as profissões em outros lugares. Bom, pelo menos eu pretendia voltar para a França. Ou ir para os EUA.

— Mas?

— Mas nosso amigo aqui apareceu e me convenceu do nosso projeto — o tom é quase de arrependimento. Mais do que isso: tenho a impressão de que o que aconteceu comigo o assustou profundamente. Não apenas porque um estranho foi envolvido, mas sobretudo porque o ataque poderia ter sido contra um deles. Acho que sinto seu medo de também poder estar em alguma lista. Parece que somente agora ele se dá conta de que não é apenas parte de um jogo.

— Do que exatamente trata esse projeto? — pergunto. — Vocês me disseram que não é nada ilegal. O que pode haver de tão perigoso para de repente o governo mandar perseguir vocês?

Wissam limpa o suor da testa com o dorso da mão e olha para a frente.

— Sabe — começa devagar —, não tenho tanto medo do que vai acontecer se fracassarmos. — lentamente, vira a cabeça para mim. — Tenho medo do que vai acontecer se tivermos êxito.

Por um instante, ficamos ali sentados, em silêncio. O calor tremula sobre o asfalto, um jardineiro apara a cerca viva, estudantes riem ao serem borrifados com água, alguém salva o próprio *laptop* com um salto. Passa um tempo que ainda não é suficiente para tornar incômodo o silêncio entre nós, e de repente o rosto sorridente de Rassan surge em meio a um grupo. Ele vem ao nosso encontro segurando uma grande sacola plástica.

— O que tem aí dentro? — quero saber.

— A sua surpresa — diz, sorrindo. — Mas é bom você tampar o nariz, ela é um pouco fedida.

— Fedida?

— É, eu a tirei de uma poça... na frente de uma montanha de lixo.

— Não sei o que dizer.

Rassan ri.

— Cuidado antes de ser sarcástico. Naquela noite você não ficou sabendo, mas, enquanto Wissam tirava a faca do seu peito, corri atrás dos sujeitos. É claro que eles escaparam, mas eu tinha certeza de que jogariam sua mochila em algum lugar.

A imagem me percorreu como um raio:

— Você encontrou minha mochila?

Rassan põe a mão na sacola.

— Sim, mas já vou logo avisando: sua carteira, seu passaporte e seu celular se perderam. Agora eles sabem quem você é.

— Você realmente conseguiu recuperar minha mochila? — repito.

— Bom, aquilo que restou dela.

O tecido está manchado e exala um cheiro horrível de peixe. O zíper está meio aberto e, quando pego a mochila, o diário cai em meu colo.

— Gostaria de ter notícias melhores para te dar — diz Rassan —, mas acho que suas cuecas ainda estão aí; pelo menos você tem alguma roupa para trocar.

Quase não o ouço. Meus dedos deslizam sobre o papel. A escrita do meu pai está desbotada em alguns pontos, praticamente ilegível. A capa e a contracapa estão sujas de óleo, as páginas estão enroladas nas bordas. Como de longe ouço a voz de Hakim:

Se ele deixou alguma pista, você vai encontrá-la em seu diário.

Dez dias, penso. Dez dias para encontrá-lo.

2

Beirute, 3 de agosto de 1982
14h

Tende piedade do povo dividido em pedaços,
cada um dos quais se considera um povo em si.

É como se Gibran tivesse previsto a guerra.

Hoje não é um bom dia. Pouco antes estive na cobertura. Por toda parte, barricadas e sirenes. Tiros ecoam pela cidade. Nas ruas, homens armados com fuzis. Gritam ordens, indicam direções diferentes, sobem em veículos e desaparecem em meio aos prédios. No Sul veem-se colunas de fumaça. Os campos de refugiados são bombardeados. Agora os israelenses estão em Beirute. Há algumas semanas, desfilaram com tanques pela avenida costeira; desde esse período, não há dia sem tiro. Sitiam a parte ocidental da cidade e não estão para brincadeira: Burj el-Barajneh, Mar Elias, Sabra, Chatila, todos os campos estão cercados. A OLP não vai resistir a isso. A situação só tem piorado, mas ruim como hoje nunca esteve. Já não vamos sozinhos para a frente da porta. Para fumar, levamos um colega. É muito perigoso. Sempre que um carro freia bruscamente perto de nós, temos um sobressalto. O número de sequestros aumentou rapidamente. Quase não há família que não esteja buscando parentes. Os jornais estão repletos de anúncios de desaparecidos. Desde cedo ouvem-se os disparos dos fuzis em intervalos cada vez menores. Há pouco eles se calaram por um breve instante, agora podem ser ouvidos com clareza novamente, mesmo com as janelas fechadas. Dizem que os franceses, os americanos e os italianos devem ajudar na retirada dos militantes palestinos. Supostamente, haverá um acordo. Só que ninguém sabe quando vão desembarcar. E se o farão de fato.

16h
Dos teus lábios, noiva, pinga mel;
o perfume das tuas roupas é como o perfume do Líbano.

O tempo é um conceito relativo, quando não se sabe se haverá um amanhã: ainda faltam dois meses para o casamento. Minha mãe ainda acha que, desse modo, vai salvar minha vida. Inúmeras vezes bateram em seu portão com o cabo dos fuzis.

— Alguém como seu filho pode ser útil para nós — devem ter dito.

Mesmo depois que eu já estava havia muito tempo em Beirute, eles visitaram minha mãe em Zahlé.

Vou me casar com Rana. Sei que a encenação preparada por minha mãe quando os homens vieram foi infundada. Eles nunca forçaram ninguém a entrar para suas fileiras. Tudo o que queriam era dinheiro. Mas ela não suporta não ter o controle da situação. Tantos filhos morrem. Ela vai até os vizinhos, faz bolos, senta-se na sala dessas famílias e chora com elas. Ao mesmo tempo, pensa: *Nunca quero ver vocês em minha casa. Nunca quero que beijem minha mão e digam que sentem muito.* Só de pensar que estou em Beirute, fora de seu alcance, deve fazê-la passar noites em claro. Por isso, tenta mexer os pauzinhos para me proteger da melhor forma possível. Às vezes, não tenho certeza se é porque ela realmente se interessa por mim ou se é para mostrar o quanto ainda é influente. Sua jogada é inteligente. O pai de Rana é primo de um oficial das Forças Libanesas. Contatos. A questão é sempre e apenas esta: contatos.

— Case-se com essa moça, e eles vão parar de te pedir para lutar do lado deles — disse minha mãe.

— Por quê?

— Porque não querem que a filha deles fique viúva.

Dizem que quem entra para as milícias cumpre uma obrigação nacional. Como se houvesse *a nação*! Às vezes, a linha de frente passa entre as sacadas. Antigamente, as pessoas entregavam café e açúcar para o outro lado, hoje lançam granadas. Porém, muito poucos sabem por que se luta ou contra quem. As coalizões mudam com tanta frequência que cada um acaba lutando apenas por si mesmo. Todos afirmam que defendem o país que destroem juntos. Quem ainda apela para a nossa obrigação como cristãos, drusos e muçulmanos não entendeu isso. Quem ganha se, no final, todos forem aniquilados? Jesus Cristo? Maomé? Como algum dia vamos voltar a olhar nos olhos uns dos outros?

17h20
Uma barba sozinha não faz um profeta.

No *lobby*, rapazes com fuzis a tiracolo fazem a patrulha. Será que conhecem o provérbio? Têm os olhos vazios e as barbas espessas. Eu estava em um dos quartos quando passaram e saltaram rindo dos jipes. Agora os ouço perambulando lá embaixo e verificando identidades. Na maioria das vezes, tudo acontece rapidamente. É um jogo. Uma breve demonstração. *Controlamos o bairro*, querem mostrar. *Aqui, em Beirute Ocidental, ditamos a regra, não as regras. E protegemos vocês. Não se preocupem.*

Desde que Bashir Gemayel anunciou que queria ser presidente, vêm com mais frequência. Os controles não me assustam mais. Já passei por muitos. Quando entram no hotel, tenho uma única preocupação: espero que a porta não esteja trancada.

Ultimamente, poucas são as regras inflexíveis. Porém, há uma que nunca mudou: a porta que dá para o porão tem de permanecer aberta. A checagem de segurança é apenas um pretexto: eles vêm buscar aguardente, pois à noite, depois da batalha, querem comemorar. Vi a cena várias vezes: passam a toda velocidade pelas ruas com seus jipes, disparam no ar e comemoram por terem sobrevivido mais um dia. As garrafas mais caras estão guardadas bem no fundo. Eles não vão até lá. Pegam o que está na frente. Mas é importante que entrem no porão e não fiquem com raiva.

Esta noite haverá um casamento no hotel. Mesmo nesse dia, nada mudará. Festas de casamento estão entre os momentos mais belos. Pode não haver nação, mas existe, sim, uma identidade nacional: *Vocês podem atirar em nós, destruir nossas casas, mas não podem tirar de nós a alegria de viver.* É o que nos caracteriza. Os últimos preparativos acabaram de ser feitos. As mesas estão postas. Os cartões com os nomes dos convidados já estão nos devidos lugares. As velas também. Mais tarde, serão acesas tochas junto da piscina. No salão, todos se levantarão de suas cadeiras e dançarão. Cantarão e celebrarão. O alaúde de Hakim vai encantar os convidados.

— Sabia que este é nosso sexagésimo casamento juntos? — perguntei-lhe quando fazíamos o planejamento.

— Gostei — disse ele. — Deveríamos medir nossa amizade não em anos, mas em casamentos.

Em breve, sou eu quem vai se casar. E depois?

22h30

Hakim não apareceu. Não sei onde está. Ninguém consegue encontrá-lo. Não havia casamento hoje. A porta para o porão estava trancada. Alguma coisa aconteceu.

3

As folhas do diário são iluminadas por manchas de luz que passam rapidamente. Ao meu lado, Rassan sempre vira o pescoço para olhar no para-brisa traseiro. Não se vê em lugar nenhum a Mercedes prateada. Pouco antes, quando deixamos a garagem subterrânea do prédio de Wissam, ela passou na rua e, nos minutos seguintes, reluziu várias vezes no trânsito denso atrás de nós. Em algum ponto do caminho rumo ao Sul a despistamos.

A imagem da cidade mudou. Essa é a Beirute fora dos *outdoors* luminosos. Os bairros são habitados sobretudo por xiitas; diante das casas destacam-se cartazes enormes com a bandeira amarela do Hezbollah. Quanto mais se desce ao Sul, mais pobre é a região.

Pesado e sujo, o diário repousa em meu colo. Franzindo a testa, olho para o registro que acabei de ler. Quero me concentrar nos últimos meses antes do casamento dos meus pais. Eles são decisivos. Leio de novo. Incluo e reavalio tudo o que ouvi da minha avó, de Aziz e Amir. Parece que meu pai desconfiava do próprio diário. Há trechos vazios, contradições. Não menciona Aziz e Amir em nenhum lugar. Escreve sobre Bashir, mas não sobre a foto que era tão importante para ele. Se realmente existe uma solução, ela não está nas linhas, mas entre elas. Circulo a seguinte passagem: Já não vamos sozinhos para a frente da porta.

Sequestros, barricadas, disparos aleatórios contra pessoas com a religião errada, uma batalha por Beirute Ocidental. Se a situação na cidade era tão dramática a ponto de ele mal ousar ir para a frente do hotel, por que depois assumiu o risco de encontrar minha mãe com tanta frequência, se faltavam apenas dez semanas para o casamento?

Por que não escreveu nada a respeito?

— Chegamos — diz Wissam.

Ele estaciona o carro junto da calçada e olha pelo retrovisor. À direita erguem-se prédios miseráveis; em muitos pontos, as paredes apresentam perfurações de balas e buracos do tamanho de um punho. À nossa esquerda, do outro lado da rua, reina o breu da noite.

— Onde estamos? — pergunto. Tenho de piscar para reconhecer a cerca de arame farpado que separa a escuridão do outro lado da rua. Alguns metros mais adiante há um homem camuflado sob a luz do poste, carregando uma metralhadora no ombro.

— Horsh Beirut — diz Rassan. — Nosso ponto de encontro.

— Esta área foi intensamente bombardeada por Israel em 2006 — diz Wissam —, é um reduto do Hezbollah.

— Que tipo de lugar é esse? — pergunto.

— O maior parque da cidade — diz Rassan, olhando rapidamente para a rua.

— Horsh Beirut é um parque?

— Isso mesmo — Rassan estica o braço sobre o encosto traseiro, pega uma pasta de couro no porta-malas e a entrega a Wissam. — Setenta e cinco hectares de área verde. Há mais de vinte anos fechado para o público.

Torno a olhar para a cerca de arame farpado. Atrás dela, o vento sopra por entre os arbustos escuros.

— Deve ser um habitat de plantas e animais — digo, surpreso.

Rassan dirige o olhar para o outro lado, passando pelo meu ombro.

— O parque foi apagado da consciência da população — diz ele, começando a contar um maço de dinheiro. — Está aqui, diante do nariz de todos, mas pouquíssimos sabem que este lugar existe.

— Por que está fechado?

— Segundo a versão oficial — Rassan estica a mão para a frente enquanto fala, e Wissam coloca mais notas nela —, o público poderia destruir as mudas de plantas, e o parque ainda precisa de tempo para se recuperar. É o que dizem há muitos anos.

— E a não oficial?

Rassan para brevemente de contar o dinheiro e olha para mim.

— Do ponto de vista estratégico, o parque tem uma posição importante. Separa um grande bairro xiita de outro sunita e de outro cristão. O governo tem medo de que esses grupos da população possam encontrar-se no parque. Só que nunca vão admitir isso. Estamos aqui diante do maior parque urbano do Oriente Médio, mas ninguém pode entrar nele.

— Será que temem mesmo que possam ocorrer batalhas aqui?

— Talvez — Wissam vira a cabeça para nós, que estamos atrás. — Mas o que mais temem é que esses grupos se entendam bem, que haja um intercâmbio — diz. — Todos os nossos problemas e preconceitos vêm do fato de não termos uma vida pública em Beirute que se misture. Tudo sempre acontece apenas nos bairros, dentro da própria confissão. Fala-se muito sobre os outros, mas não com eles.

— Pronto — diz Rassan. Passa o polegar pelo maço de notas e o enfia na sacola. Em seguida, abre a porta e atravessa a rua até o homem com a metralhadora.

— Pronto? — pergunta Wissam. — Temos de ser rápidos.

Concordo com a cabeça.

Do outro lado, Rassan joga a sacola em uma lata de lixo e passa pelo guarda.

— Vamos!

Descemos do carro e atravessamos a rua. O guarda ergue a cabeça e olha para nós. Por uma fração de segundo, sou tomado pelo medo de que ele possa apontar a arma para nós. Porém, simplesmente nos ignora e caminha na direção da lata de lixo. O caminho está livre.

— É preciso gostar dos costumes daqui — diz Rassan, piscando para mim, quando passamos por um buraco redondo na cerca do parque.

Tropeçamos em galhos, que se quebram crepitando sob nossas solas, e abrimos caminho por um mato na altura dos joelhos.

Não posso deixar de pensar na solidão das tardes com meu pai à beira do lago: campos de outono, soprados pelo vento, o crepitar das árvores sob o peso dos frutos, o zumbido constante das libélulas no ouvido.

Por fim, chegamos a uma clareira, um pouco mais iluminada. Uma meia-lua pende sobre a cidade. Até onde os olhos alcançam, campos aveludados estendem-se no crepúsculo. Árvores mostram seus braços de polvo; o odor extremamente doce de frutas muito maduras chega até nós. Da cidade não se ouve nada, os únicos ruídos são o bater de asas de pombos atrás de uma pedra e o miado de gatos em algum lugar na escuridão.

— Por aqui — sussurra Wissam. Debaixo do braço, carrega a pasta de couro, enquanto nos conduz com seu smartphone pelos caminhos de cascalho. Os mosquitos logo começam a zumbir à luz do *display*.

O parque se estende como um tapete escuro em todas as direções. Bem longe, em sua borda, cintilam as luzes pontuais das casas. Após alguns minutos entre espessas fileiras de árvores, chegamos a outra clareira.

— É ali na frente — diz Wissam, apontando para um círculo de luzes.

— Já chegaram — diz Rassan.

Atravessamos lentamente o mato denso, e somente quando nos aproximamos é que reconheço que são velas a formar o círculo de luzes. Suas pequenas chamas tremem sob o céu noturno e me fazem lembrar dos acampamentos de férias nos filmes sobre *highschools* – gente tocando violão à luz da fogueira, *marshmallows* em espetos, um mar de estrelas e histórias de noites de verão. Deve haver aproximadamente uma dúzia de jovens sentados no círculo. Todos olham para uma figura que se move como uma sombra no crepúsculo.

Wissam toca meu ombro:

— Pst — diz —, por aqui.

Sentamo-nos. À esquerda e à direita abrem espaço e se afastam para o lado. Examinam-me e, depois, cumprimentam-me amigavelmente com a cabeça. Wissam coloca a pasta no gramado, diante de si, e dedica toda a sua atenção ao rapaz que fala mais à frente. Toda a cena se assemelha a uma cerimônia secreta.

O rapaz usa sandálias, uma calça de linho esvoaça em suas pernas, seu tronco está envolvido em uma camisa puída. Dele emana um turbilhão que logo me captura. Por um lado, são as linhas enérgicas do nariz e do queixo, que o fazem parecer severo e elegante ao mesmo tempo, embora sua voz soe aveludada como a de um contralto. A mesma observação vale para seu olhar, que ora parece distante e espiritualizado, ora volta a ser límpido e decidido. Esse rapaz é assustadoramente magro e, non entanto, seus movimentos são presentes, ocupam muito mais espaço do que sua figura permite supor.

— Tenho medo — ouço-o dizer. — Olho para os estudantes, para nós, a elite instruída do nosso país. E tenho medo...

Um talo da relva é soprado na chama de uma vela e começa a arder, crepitando iluminado.

— Não aprendemos mais a pensar por nós mesmos — continua o rapaz, deixando o olhar pairar na roda. — Sofremos lavagem cerebral. Nossos líderes religiosos pensam por nós. Jovens entram em seus carros e buzinam para eles nas ruas. "Damos a você nosso sangue, nossas almas, *oh, Nasrallah, oh, Jumblatt, oh, al-Rahi*"*, gritam. E eu me pergunto — ele para e cerra os punhos — qual dos nossos políticos algum dia já deu *seu* sangue por este país?

Ouve-se um murmúrio de concordância, Wissam e Rassan assentem, pensativos, enquanto o rapaz continua:

— De manhã, ao tomar café, o estudante xiita ouve a emissora de rádio do Hezbollah e aprende que Israel é inimigo e por qual razão é importante lutar na Síria. O sunita lê em seu jornal que é melhor não ir a Haret Hreik ou Ghobeiry** porque ali moram xiitas que querem matá-lo. E o cristão vê

---

* Sayyed Hassan Nasrallah, líder do Hezbollah; Walid Jumblatt, líder do Partido Socialista Progressista e da comunidade drusa libanesa; Mar Bechara Boutros al-Rahi, patriarca da Igreja Maronita Católica. (N. T.)

** Haret Hreik, município cristão xiita e maronita no subúrbio de Dahieh, ao sul de Beirute; Ghobeiry, município no distrito de Baabda, de população predominantemente muçulmana xiita. (N. T.)

em seu canal de televisão que Mar Mikhaël ou Ashrafiya* são mais seguros porque ali pode celebrar entre seus semelhantes. Estudantes universitários lançam pedras uns nos outros porque não concordam com o modo como deve ser celebrada a sagrada Ashura.** Jovens mulheres politizam seus cílios, escolhem as cores segundo seu partido. Hoje estamos tão divididos quanto antes — embora seja muito leve, sua voz não é varrida pelo vento. Os jovens não tiram os olhos de seus lábios. — A falha está nos pontos em comum — diz. Depois, seu tom se torna mais veemente: — Porém, uma nação que não teve sua própria revolução em conjunto nunca terá condições de construir um grande futuro.

Alguém grita "sim!", o murmúrio volta a crescer, mas, quando o rapaz ergue a mão, todos se calam repentinamente.

— Precisamos deste livro — diz ele com seriedade, olhando para a roda. — Todos que estiveram envolvidos nessa guerra precisam conversar uns com os outros. É nossa missão assegurar que façam isso. Temos de avançar com coragem, para que outras pessoas tenham coragem de julgar o passado. Essa revolução é necessária, e sei que é difícil. Deparamos com resistências. Pedimos documentos, fotos, papéis, e eles dizem: *Esqueçam o passado*. Mas como esquecer o passado se neste país há pais que até hoje não sabem onde estão seus filhos? Se há filhos que não sabem onde estão seus pais? Se ainda estão vivos. Ou onde estão enterrados.

Sou tomado por um leve arrepio. O silêncio que se segue a essas palavras é enérgico e pesado. Inclino-me para o lado, bem perto do ouvido de Wissam, e pergunto em voz baixa:

— Quem são todas essas pessoas?

— Estudantes — sussurra. — De todas as religiões. De diferentes universidades; a maioria de Ciências Humanas. Participam do projeto. — leva

---

* Mar Mikhaël, bairro residencial e comercial no distrito de Medawar, a nordeste de Beirute, onde se encontra a Igreja Maronita Católica; Ashrafiya, bairro cristão de Beirute Oriental. (N. T.)

** Décimo dia do Muharram (primeiro mês) no calendário islâmico. (N. T.)

o dedo aos lábios e sussurra novamente: — Mais tarde teremos tempo para conversar.

— Vivemos em um país que não tem condições de escrever sua história porque as pessoas não conseguem chegar a um acordo sobre uma história em comum — o rapaz caminha na relva sem fazer barulho, olha para cada um dos presentes, sentados ao seu redor. Por um breve instante, nossos olhares também se encontram. — Vocês conhecem minha história — diz. — Eu mesmo fui afetado. Muitos de vocês ainda o são hoje. Eles nos amedrontam, mas não podem nos proibir de seguir em frente. Podem até dificultar nossa vida, mas não vamos deixar que nos detenham. Continuaremos a nos reunir. Conversaremos com testemunhas de época, iremos aos arquivos. Não vamos parar até termos tudo de que precisamos — faz uma breve pausa, na qual olha ao redor. Em seguida, vira a cabeça em nossa direção. — Wissam, Rassan — diz, e os dois olham para ele —, vocês conseguiram?

Wissam pega a pasta de couro e a ergue.

— Não foi fácil. Fizeram muitas perguntas. Imagino que, a partir de agora, vai ser mais difícil obter alguma coisa ali, mas não deixa de ser um começo — vasculha a pasta e tira duas páginas de jornal. À luz das velas, o papel cintila, amarelado. Passei tempo suficiente pesquisando em arquivos para logo reconhecê-las como originais. Wissam se levanta e pigarreia; todos os outros se voltam para ele.

— Estivemos em *An-Nahar* e *As-Safir* — diz e, como se explicasse apenas para mim, acrescentou: — *An-Nahar* é o jornal de influência cristã em Beirute Oriental. *As-Safir*, o muçulmano no lado ocidental. Neles encontramos isto aqui — abre as páginas dos jornais uma ao lado da outra na relva, e os estudantes unem as cabeças sobre os papéis. É como se, após muitos anos de abstinência, uma gota de vinho caro tivesse caído em minha língua, despertando imediatamente a vontade. Sinto tontura ao ler a data ao lado dos nomes dos jornais: *14 de abril de 1975*. Um dia antes do início da guerra civil.

Inclino-me até o ouvido de Rassan:

— Vocês estão escrevendo um livro de história?

Seus olhos faíscam à luz das velas.

— O Líbano não tem um livro unitário de história. Estamos escrevendo o primeiro, incluindo os temas que até hoje são considerados tabus e nunca foram revistos. Queremos revelar as contradições — diz, apontando para as páginas dos jornais.

O artigo refere-se ao acontecimento que, na véspera, desencadeou definitivamente a guerra civil. Depois que combatentes palestinos abriram fogo em uma igreja cristã, cristãos armados atacaram um ônibus cheio de palestinos em Beirute Oriental.

À esquerda, na primeira página do *An-Nahar*, leio: *27 militantes palestinos mortos no ataque ao ônibus no Oriente*. À direita está escrito: *Ontem, 27 mártires, nossos irmãos palestinos, foram assassinados em um ataque perpetrado por cristãos no Oriente*. Duas vozes. Dois estados de espírito.

— Agradeço a vocês dois — diz o rapaz. — Por favor, nos próximos dias, levem isso ao nosso depósito. Agora que os materiais estão ficando mais abrangentes, é importante nos organizarmos bem. Não podemos empilhar tudo; isso vai nos fazer retroceder vários meses quando começarmos a escrever. Precisamos de pessoas que façam a seleção cronológica e temática. Anúncios de desaparecidos, relatos, depoimentos de testemunhas, confissões, fitas cassete, fitas de vídeo, tudo o que temos. Precisamos etiquetar, arquivar, manter tudo bem organizado...

Continua a falar, e todos estão voltados para ele. Meu olhar, porém, está preso ao jornal sobre a relva, a esse pedaço de história que, com uma clareza simples, mostra tudo o que acontece de errado até hoje. Observo esse rapaz, que apenas com pequenos gestos prende a atenção de seus companheiros. Nos olhos deles, vejo o fervor, a fé, a convicção naquilo que fazem. É um reconhecimento furtivo, que nos últimos dias foi penetrando cada vez mais na minha consciência, e no máximo aqui tenho de aceitar o fato de que o Líbano apresentado por meu pai já não existe hoje. Eu o perdi em algum momento entre os anos nos quais cresci e chorei por meu pai. Eu deveria ter partido muito antes para ver esse Líbano. Porém, talvez esse Líbano já estivesse perdido quando meu pai decidiu deixá-lo. Contudo, no fundo, sinto que ele voltou para cá em algum momento. Por que, se não acreditava que seu país voltaria a ser como antes? Todos os jovens que se reuniram nesse local esquecido no coração da cidade estão muito à frente de mim. Cresceram após a guerra, em meio aos escombros. Enquanto eu ia aos arquivos, a fim de só olhar para trás, eles buscam o passado, a fim de olhar para a frente.

Mais tarde, depois que a última chama se apaga, a maioria vai embora. A lua dá um sorriso torto no parque, e apenas o círculo de relva comprimida mostra que estivemos ali. Wissam e Rassan conversam com o rapaz, que nota meu olhar. Ergue rapidamente o indicador, o que faz Wissam se calar e se virar para mim. O rapaz vem em minha direção. Seus olhos são castanho-escuros, e, quando ele sorri, covinhas delicadas emolduram sua boca.

— Você deve ser Samir — pega minha mão, aperta-a e a envolve com a outra. — Seja bem-vindo — diz. — Meu nome é Youssef.

4

Beirute, 15 de agosto de 1982,
7h30

Por toda parte vejo pessoas que se perguntam
qual o sentido de tudo isso.
E quero gritar-lhes: O Líbano não faz sentido.
Este país é um mistério para todos que o amam.

Todos os dias ouvimos histórias. De gente sequestrada e assassinada. Lemos no jornal, ouvimos alguém contar pessoalmente. Olhamos para fora e vemos a destruição, as janelas estilhaçadas, o concreto despedaçado. E, mesmo assim, sempre temos a sensação de que tudo isso não tem nada a ver conosco. Como se a guerra estivesse muito distante, como se não estivéssemos no meio dela. Ouvimos que param pessoas aleatoriamente nas ruas, controlam os documentos de identidade e a religião à qual pertencem – e que atiram no mesmo instante em quem tem outra fé. Pensamos: que horror, mas isso certamente nunca vai acontecer comigo nem com ninguém que eu conheça. Até que um dia acontece e ficamos perplexos.

Segue aqui o que me contaram: no início da manhã de 3 de agosto, um rapaz muçulmano saiu do apartamento que dividia com a mãe. A mãe estava doente, e a irmã do rapaz chegara para cuidar dela. Algumas ruas mais adiante, o rapaz subiu na cobertura de um edifício, onde assumiu o posto de franco-atirador. No final da tarde, quando o sol já estava se pondo, viu uma mulher sem véu correr na rua. Apertou o gatilho. Com um sorriso nos lábios, viu-a cair no chão e sangrar no asfalto, pois ninguém a socorreu. À noite, o rapaz voltou para o seu apartamento e constatou que todos os inquilinos do prédio e amigos da família estavam presentes. Contaram-lhe que sua irmã havia sido morta por um franco-atirador ao tentar ir buscar um medicamento para a mãe na farmácia. Por medo dos atiradores de elite cristãos que havia semanas atacavam o bairro, ela tirou o véu para enganá-los. O rapaz desabou. Havia atirado contra a própria irmã.

Minhas palavras não conseguiram consolar Hakim. Fida, sua esposa, foi enterrada. Ele quer deixar o país. Foi o que me disse. Talvez não faça sentido, mas agora a guerra me parece mais real do que antes. Não é uma morte que encontre grande repercussão na mídia. Apenas uma entre tantas. Outro número sombrio, um traço na parede. Porém, para mim, agora a guerra tem um rosto conhecido.

18h15

Abdallah está cada vez mais fora de si por causa do casamento que não ocorreu. Digo isso de maneira consciente: ele está fora de si por causa do casamento; o resto mal parece incomodá-lo. Reclama nos corredores, espuma de raiva e nos mostra quanto dinheiro deixou de ganhar por causa disso.

Aconteceu o seguinte: dois homens invadiram a entrada do hotel e abriram fogo. Junis, o rapaz da recepção, morreu. Fazia poucas semanas que tinha começado a trabalhar aqui. Isso foi no final da tarde de 3 de agosto: quando desci, vi milícias enfurecidas no *foyer*, queixando-se de que não tinham conseguido entrar no porão. A porta estava trancada. Consideraram isso uma afronta. Primeiro, reclamaram e xingaram, depois, deixaram o hotel. Contudo, dois deles voltaram um pouco mais tarde e atiraram.

Abdallah está firmemente decidido a descobrir quem trancou a porta. Está furioso, grita com todos nós, até comigo. Manda-nos formar uma fila, aproxima-se de nós com seu rosto escamoso e ameaça:

— Quando eu descobrir qual de vocês, seus parasitas inúteis, trancou essa porta, nenhum deus poderá salvá-los.

Duas coisas me ocupam desde esse dia. Em primeiro lugar: o que devo responder caso Hakim me pergunte se quero deixar o país com ele? Em segundo lugar: ao me inclinar sobre Junis, que sangrava atrás do balcão, senti um objeto duro em meu bolso e constatei que era a chave para o porão.

O problema é: essa é a única chave.

5

Sob a tempestade de luz, os corpos se contraem ao ritmo da música. Todos dançam e giram. Raios estroboscópicos, contrabaixos, ombros que se roçam, suor, gente cambaleando na pista de dança, nas escadas, nas mesas e nos sofás. Cores por toda parte: lantejoulas nos decotes, mancha de batom na gola de camisas, unhas brilhantes, daiquiris de fruta congelada.

— Você não pode deixar Beirute sem ter festejado — disse Wissam, entregando-me uma de suas camisas, e Rassan concordou, movendo intensamente a cabeça.

Agora estou na frente de uma americana loura, de pele macia, meio *sexy*, mas que há cinco minutos grita em meu ouvido:

— Beirute é tão incrível! — e sua cabeça balança, acompanhando a música como que de modo epiléptico. — O país está todo arrebentado, mas a vida noturna é uma loucura! Trabalhei em muitos países, mas só Beirute tem essa *vibe*, sabe?

Faço que sim.

— De onde é que você vem, mesmo?

— Da Alemanha.

— Ah, eu adoro a Alemanha! Também está aqui por causa da vida noturna? Berlim tem boates incríveis, mas não dá para comparar...

Tomo um pequeno gole da bebida que Wissam colocou na minha mão. Das caixas de som troveja o *beat*, hoje é a *International DJs Night*. Atrás da mesa de mixagem está DJ Hammer, de Wuppertal.

— Adoro os libaneses — grita a moça agora —, eles são muito abertos.

— Sim — gritei de volta —, são pessoas muito legais.

Do teto pende um espelho inclinado, que duplica a multidão espasmódica. As máquinas de gelo seco lançam uma fumaça densa; todos gritam e levantam os braços. Entre as nuvens de fumaça, reconheço-o. Ele emerge da bruma como um fantasma com as mãos nos bolsos e sorri ao me ver. A névoa da máquina me faz lacrimejar; pisco e, quando volto a olhar, Youssef desapareceu.

— É uma pena que não tenham praias bonitas na cidade — grasna, então, a americana —, ao contrário de Barcelona, não é? Mas as festas são mesmo incríveis, e as pessoas aqui são cheias de energia.

— Sim — respondo em voz alta. — É porque acreditam que podem morrer amanhã.

— Podem o quê?

— Morrer — repito, passando o polegar pela garganta. — Sabem que amanhã todo o país pode pegar fogo e ser destruído de novo.

Torno a encontrar Youssef do lado de fora. Está encostado na parede, arranhando com a unha o carimbo que o porteiro imprimiu em seu punho. Ele também usa uma camisa de Wissam e parece sentir-se visivelmente desconfortável nela. Com suas sandálias desgastadas e as roupas velhas, irradia uma dignidade bem diferente. Nesse momento, mais parece um colegial penteado pela mãe.

— E então? É como você tinha imaginado?

— É — respondo —, impressionante — não sei o que mais posso dizer. Há anos não vou mais a festas e estou feliz por estar ao ar livre.

Já se passaram dois dias que saímos do parque pelo buraco na cerca. Depois disso, eu não tinha mais visto Youssef. No entanto, a imagem de todas aquelas pessoas hipnotizadas por suas palavras não saiu da minha cabeça. Na verdade, há muitas coisas que eu gostaria de lhe perguntar, mas, agora que ele está bem na minha frente, não sei por onde começar.

— E você? — pergunto. — Imagino que considere as festas uma perda de tempo.

Youssef nega com a cabeça.

— Não acho que seja perda de tempo quando se tenta aproveitar a vida.

— Mas?

— Mas talvez haja coisas que me divertem mais — sorri. — As pessoas diriam: nada típico de um Hamoud.

— Hamoud é seu sobrenome?

Nesse momento, Wissam sai cambaleando da discoteca, com uma moça loura dependurada no braço, e preciso de um breve instante para reconhecer que é a americana que havia conversado comigo aos berros. Ela me lança um olhar que deve significar algo como "azar seu!", depois os dois começam a se agarrar e a se beijar. Logo em seguida, Rassan também sai trançando as pernas.

— Samir — diz Wissam quando a moça o deixa respirar por um instante. Com a cabeça, aponta para ela e ergue os ombros.

— Tudo bem — digo —, ainda vou levar pelo menos umas três horas para voltar para casa.

Wissam sorri e faz sinal de positivo.

— Ei, Rassan! — chama e começa a falar em inglês, para que a moça o entenda: — Samantha quer saber por que não tememos que o Estado Islâmico esteja a apenas duas horas das nossas fronteiras. Conte para ela por que é impossível para o EI conquistar Beirute.

— Tem muito trânsito — diz Rassan secamente.

Wissan dá uma gargalhada, e a moça também se contorce de rir. Youssef olha para mim.

— É a piada favorita dele — diz.

Também não posso deixar de rir.

Mais tarde, depois que Wissam e a moça foram embora de táxi, Youssef e eu caminhamos pelas ruas. Rassan voltou sozinho para casa. Já passa bastante da meia-noite, e logo o sol deverá nascer. A certa altura do percurso, surgiu um silêncio entre nós que não parece incomodar a ele nem a mim. Lembra-me um pouco a quietude no silêncio nostálgico entre mim e meu pai, há mais de vinte anos, à beira do lago. E por que não? Youssef e eu partilhamos uma saudade semelhante. Já no parque, quando seu rosto foi iluminado pela luz das velas, senti essa ligação. Tive a sensação de reconhecer em Youssef o que muitas vezes desejei para mim: autoconfiança, determinação, uma visão.

— Posso te perguntar uma coisa?

— Claro.

— Não tem medo deles? Quero dizer, que em algum momento eles te peguem?

— Ah — ri Youssef, e sua risada é de uma alegria singular. — Uma hora isso vai acabar acontecendo. O que mais me preocupa é se o livro não estiver pronto antes disso.

— Esse livro... — não sei como formular a pergunta sem ofendê-lo — você acha mesmo que ele vai mudar alguma coisa?

Youssef para e me olha amigavelmente. É quase como se ele nunca tivesse considerado a possibilidade de o livro não encontrar nenhum leitor, não obter nada, talvez até nem ser publicado por uma editora.

— Vai dar certo, Samir — diz.

— Em que altura vocês já estão?

— Ainda não avançamos muito — atravessamos a rua. À nossa direita, em meio à bruma alaranjada, logo emergem as cúpulas da mesquita Al-Amin sobre a cidade. — É uma luta contra o tempo — diz Youssef. — As testemunhas de antigamente esquecem, envelhecem, perdem a credibilidade, morrem. São poucas as que podem ou querem confirmar suas versões. Documentos, certidões e papéis não são bem armazenados e se estragam. Seja como for, muita coisa já não pode ser utilizada.

— Li que muitos arquivos também foram destruídos.

— É verdade. Os partidos sabiam que as pessoas fariam perguntas depois da guerra. Então, chegaram a explodir os arquivos por conta própria. Ninguém sabe o que foi destruído com isso. Mas o tempo urge por outra razão — a cada frase, o tom da conversa cede espaço a uma urgência que não passa despercebida. Uma mudança que observo com fascinação: seus traços enérgicos se enrijecem; seu olhar, que há pouco ainda era amigável e suave, agora parece rude, quase fanático. — A segurança piora a cada dia! Não apenas em Beirute. O país inteiro se desintegra em zonas de conflito marcadas pela religião. Todas as instituições estatais estão como que paralisadas. No Sul, o Hezbollah combate Israel; na Síria, os rebeldes. No Norte há uma frente islâmica em formação. Em Trípoli, rapazes circulam em jipes, abanando a bandeira do EI. E agora vêm os refugiados sírios...

— Como antes os palestinos.

— Exato. Estive há pouco tempo em Trípoli. Visitei os membros de uma associação, queria reunir material. Sabe o que vi lá? Em Bab al-Tebbaneh, opositores de Assad lutam contra os apoiadores dele – em pleno Líbano. E as crianças pegam paus nas ruas e fingem que são armas, porque assim aprendem com seus pais.

— Você tem medo de que as gerações futuras possam cometer os mesmos erros.

— Os erros já estão sendo cometidos. O problema é a falta de confiança. Você viu o *campus* da AUB?* Parece uma convivência harmônica, mas só porque o lugar reúne as pessoas. Fora do *campus*, quase não há consenso, amizade ou confiança que supere as fronteiras confessionais. Nisso reside um grande perigo: temos dezoito comunidades religiosas aqui. Cada grupo tem medo um do outro e acredita que querem eliminá-lo. Cada grupo se sente entregue à própria sorte quando se trata de rever as experiências da guerra civil. Mas alguém precisa explicar para eles que todos sofreram a mesma dor. Que todos, sem exceção, estiveram envolvidos.

Lembro-me do tempo em que cresci em nossa rua. Ali a convivência sempre foi harmônica. Como se as pessoas tivessem precisado dar as costas para o próprio país para aprenderem que certas diferenças têm de ser superadas se quiserem conviver pacificamente. Por outro lado: teria minha percepção sido ofuscada por minha infância? Quem sabe o que era dito atrás de portas fechadas, pois Yasmin nunca usava véu e Hakim era muito tolerante

---

* American University of Beirut. (N. T.)

com ela? Quem sabe o que as pessoas realmente pensaram sobre a minha mãe quando meu pai desapareceu?

— Quem se ocupa da nossa história — continua Youssef — depara com uma série de coisas reprimidas, censuradas e meias-verdades. Esse livro é nossa grande chance. Enquanto cada professor contar sua versão da guerra, a verdade dos muçulmanos será fundamentalmente diferente daquela dos cristãos. A começar pelo século XIX. Os cristãos recebem os franceses como amigos, e os muçulmanos, como colonizadores. Como pode haver uma descrição comum da guerra civil nessa situação?

— Memória seletiva — digo. — Minha noiva escreveu sobre isso ao tratar do crescimento de filhos de refugiados.

— Essa é a palavra-chave — Youssef concorda comigo. — As crianças, os jovens, todos crescem com uma memória seletiva do passado e da injustiça sofrida. Isso conduz à identificação incondicional com a comunidade religiosa na qual nasceram. Nós, os cristãos, nós, os xiitas, nós, os alauitas, nós, os drusos, nós, os sunitas. Mas deveriam dizer: nós, os libaneses.

Olha para mim. Sua face estava vermelha de fervor.

— Meu pai ia gostar de você — digo. — Tenho certeza.

Youssef põe o braço em meus ombros.

— Fale-me dele — diz. — Gostaria de saber mais sobre quem ele é.

— Eu gostaria de saber quem ele é — digo com amargura. — Faz mais de vinte anos que tento descobrir isso. As circunstâncias da minha busca se parecem um pouco com as suas: o tempo me escapa, e eu nem sei se há pistas úteis.

Contornando a mesquita, damos às costas ao bairro cintilante e nos dirigimos ao porto. No horizonte se ergue uma fina faixa de luz acima das montanhas atrás da cidade.

— Tenho certeza de que meu pai apoiaria seu projeto se soubesse dele — digo. — Acho que, como você, ele o veria como a chave para um futuro no qual o país possa ser como no passado. Colorido, cosmopolita, destemido. Falava muito sobre isso.

— E a sua mãe? — pergunta Youssef. — Ela também quer que você encontre seu pai?

Balanço a cabeça negativamente.

— Ela morreu.

— A minha também.

Sobre as montanhas cai um ouro quente, que ilumina a cidade como um tesouro. Cai sobre telhados e sobre o mar, em cujas margens caminhamos.

— Cresci em uma aldeia — diz Youssef. — Antigamente, eu não suportava Beirute. Os outros sempre queriam vir para cá, para o mar, as lojas, os cinemas. A cidade não me empolgava. Mas hoje já não consigo imaginar morar em outro lugar. Gosto das contradições, dos prédios nos quais ainda estão cravados estilhaços de balas, a poucos metros do *shopping* mais recente. Gosto de ver pouca gente na rua em Hamra, quando o muezim chama, e ao mesmo tempo as praças lotadas no lado oriental.

— Mas — começo e torço para não soar desconfiado demais — não são justamente essas contradições que você quer dissolver?

— Em algum momento, sim. Mas enquanto estivermos trabalhando nesse projeto, todos os dias as contradições me lembram o quanto esse livro é importante.

— Até quando querem terminá-lo?

Youssef pega uma pedra achatada na rua e a lança no mar, onde ela salta três vezes antes de afundar.

— Depende da resistência que encontrarmos. Eu sei, pareço, mas não sou um sonhador, Samir — diz, virando-se novamente para mim. No entanto, é com ar sonhador que desvia o olhar de mim para a cidade reluzente. — Rassan, Wissam e todos os outros estão entusiasmados com a ideia, e sem eles eu não teria nenhuma chance. É importante que estudantes dos ambientes mais diversos escrevam o livro, que venham de universidades diferentes, estudem matérias diferentes e pertençam a religiões diferentes. Somente assim será um projeto conjunto. Mas não me iludo: sou o único que não frequenta uma universidade particular. Depois de formados, os outros serão muito bem recebidos no exterior. E, se quiserem partir, quem sou eu para levá-los a mal? Não quero dizer com isso que para os outros isso é apenas um passatempo. Para cada um deles é uma oportunidade importante, e eles sabem que estão sujeitos a críticas. No momento, estamos avançando bem, mas não vai ser sempre assim. Por isso, pode levar anos até nosso livro ficar pronto. Mas vou terminá-lo.

Youssef realmente me faz pensar em mim mesmo. Reconheço isso com um misto de afeto e compaixão.

— Você não acredita nisso, não é? — enfia as mãos nos bolsos da calça e olha para a frente. — Acha que nosso plano não vai decolar.

— Torço para que decole.

— Posso te perguntar uma coisa também?

— Claro.

— Quando veio para cá, acreditava que encontraria seu pai?

— Sim.

— E ainda acredita?

— Não sei. Nesse meio-tempo, pensei que essa nunca foi minha missão, entende? Quero dizer, fiz essa viagem para deixá-lo para trás.

— Mas você sente que não vai conseguir.

— Pelo menos quero saber o que aconteceu com ele.

— E, no fundo, sente que ainda existe uma chance de tudo mudar para você.

— Exatamente.

— E sua sensação é muito mais forte do que qualquer pensamento racional que te diz ser impossível alcançar seu objetivo.

— Isso mesmo.

— Essa sensação se sobrepõe a tudo, e você tem a impressão de que nada mais houve em toda a sua vida além de perdê-lo para poder procurá-lo — faz uma breve pausa. — Sente que é seu destino encontrá-lo.

Concordo, meneando a cabeça.

— É exatamente o que acontece comigo em relação ao livro — conclui Youssef. Nesse momento, tira a mão direita do bolso da calça e, ao abri-la, mostra um papel. Está dobrado com cuidado, mas isso não esconde seu desgaste nem sua idade.

— O que é isso? — pergunto, mas Youssef não responde, apenas me estende o papel.

Desdobro-o. É uma folha de jornal. Na margem esquerda, reconheço o rosto de um homem. Não é uma fotografia, mas um retrato falado, mal desenhado e desbotado pelo tempo.

— O que é isso? — pergunto de novo, mas, então, eu mesmo vejo; o texto ao lado da imagem me revela:

Este homem foi visto pela última vez na sexta-feira, 17 de setembro de 1982. Saiu de sua residência em Msaybeth, Beirute, e não voltou. Quem tiver informações sobre seu paradeiro, favor ligar para o seguinte número: 00 961 01 273881.

Youssef olha para mim, o vento da manhã sopra por entre seus cabelos pretos e faz a gola de sua camisa esvoaçar.

— Um anúncio de desaparecido?

Ele faz que sim.

— E quem é esse homem?

Youssef pega o papel em minha mão e observa a imagem a fundo, como se reconhecesse exatamente os traços do homem. Um breve sorriso se esboça em seus lábios. Então, diz:

— Esse é meu pai.

6

Beirute, 31 de agosto de 1982.

O destino nos estilhaça como se fôssemos vidro,
e os cacos nunca voltam a se juntar.
Abu I-Ala al-Ma'arri

*E*stávamos sentados na cobertura, olhando para o Norte, quando os navios deixaram o porto. Protegidos por soldados franceses, que haviam desembarcado em 21 de agosto, os comboios de caminhões passaram pelo edifício. Homens de uniforme cáqui saltaram e se dirigiram a bordo dos navios. Fora do porto, outros carros aguardavam. Diziam que o próprio Sharon* estaria no local, a fim de presenciar a retirada da OLP da cidade.

Em algum momento vamos falar sobre isso. Especialmente sobre esses dias. Sinto um vento de mudanças soprar. Contudo, não sei se traz coisas boas ou ruins. Bashir Gemayel, nosso novo presidente. Uma nação unida, seu sonho. Hakim não acredita nele.

— Em novembro — disse ele há alguns dias. — Em novembro vou embora do país com Yasmin. Vou tocar para você no seu casamento, depois vou colocar o alaúde de lado.

Recriminava-se pelo que tinha ocorrido à sua mulher. Ele quase não parava em casa e teria pensado demais em si mesmo.

— Agora, só minha filha importa — disse. — Olhe ao redor: quando a guerra acabar, já não haverá nenhuma casa de pé nem família que não esteja de luto. Aqui é que não quero criá-la. Aqui, não.

---

* Referência a Ariel Sharon, que na época era ministro da defesa de Israel e liderou a guerra no Líbano. (N. T.)

Meu casamento. Já imagino a dança. Meus braços envolvendo Rana. Talvez consigamos fingir que estamos sozinhos. Sozinhos, enquanto todos nos rodeiam. Minha mãe. Os convidados que ela vai chamar. Os homens trazidos pelo pai de Rana.

Nosso número se reduz a cada dia. Abdallah descobriu um enorme prazer em demitir colegas aleatoriamente.

— A cada dia, um de vocês vai embora — diz a nós. — A cada dia, vou colocar um de vocês na rua. Até vocês me contarem quem trancou a porta.

Os buracos de bala na recepção foram rebocados, nada mais lembra Junis. Os hóspedes continuam a chegar. Que diabos leva as pessoas a virem para Beirute em dias como estes? À noite, fico acordado na cama e penso nas consequências para mim. Abdallah conduz sua própria guerra. Reduz nosso salário.

— Até eu ter de volta o dinheiro perdido por causa de bestas inúteis como vocês — diz.

Trabalhamos à exaustão. Os colegas estão arrasados, com medo. Muitos deles são os únicos em sua família que levam dinheiro para casa.

Não posso confessar. Ele confiou em mim por muito tempo. Se souber que fui eu, perco tudo aqui. E não posso ser um esposo sem ganhar dinheiro. E não ganhar dinheiro significa voltar para a casa da minha mãe. Não posso contar.

7

~※~

Observamos o táxi se afastar, depois ficamos sozinhos no deserto, a cerca de vinte quilômetros das portas de Beirute. A seca havia desenhado fendas na terra, semelhantes a favos de mel. O sol queimava o asfalto, e à nossa frente a estrada corria entre colinas abobadadas.

— O que exatamente estamos fazendo aqui? — pergunto, mas Youssef não responde.

Ele quer me mostrar alguma coisa. Olho ao redor: à esquerda e à direita da estrada, nada além de arbustos ressequidos, areia e sacos de lixo estourados, lançados dos carros que passam. Mais adiante, algo que um dia foi uma cabana. Estamos nos dirigindo justamente para ela.

— Houve um tempo em que eu vinha aqui quase todos os dias — diz ele.

— Por quê? Não estou vendo nada.

— Porque este é o local onde tive a ideia para o nosso livro.

A estrada parece levar a lugar nenhum; atrás de nós, Beirute se esfuma no ar até se tornar uma cidade-fantasma.

— Que lugar é esse?

— Na guerra, quase 15 mil pessoas desapareceram — Youssef fala como se não tivesse ouvido minha pergunta. — Até hoje, não há nenhum vestígio delas.

— Youssef, por que estamos aqui?

— Depois da guerra, instauraram uma comissão que deveria esclarecer o destino dos desaparecidos. Era uma farsa. A comissão foi conduzida por um oficial da polícia e era composta por representantes dos serviços militares e de segurança. Trabalhavam apenas com evidências reunidas por parentes e em dado momento chegavam à conclusão de que nenhum dos desaparecidos estava vivo. Recomendavam aos parentes dá-los como mortos, sem terem uma prova.

Agora estamos bem perto da cabana. À luz cintilante da manhã, ela lembra o esconderijo esquecido de um bando de ladrões.

— Nos últimos anos, foram encontradas várias valas comuns. Em qualquer outro país, as pessoas teriam protestado e cobrado explicações claras a respeito dos mortos e de seus assassinos. Apenas nós, libaneses, não quisemos falar a respeito. Temos medo de saber quais verdades poderiam vir à tona; temos medo de que nossa convivência seja perturbada — vai até a cabana e passa a mão na madeira. — Nos calamos pela paz — pela primeira vez desde que estamos aqui, ele olha para mim. — A questão dos desaparecidos nunca foi transformada em questão nacional — diz. — Esse capítulo é o mais importante no livro. Todos que participaram da guerra têm de ser incluídos em sua revisão. Nosso governo, nossa população, bem como o regime sírio e os palestinos. Os desaparecidos são parte do problema. Mas não podemos separar a elucidação de seu destino do fato de que grande parte daqueles que são responsáveis por seu desaparecimento hoje governam o país.

— Você está falando do seu pai — digo. — Conte-me o que aconteceu.

Youssef olhou para o chão.

— Minha mãe se recusou a dar meu pai como morto. Nenhuma mulher daria como morto o pai de seu filho sem nenhuma prova. A comissão assegurou a todos os parentes que ninguém mais estava vivo. Era 1992, a guerra tinha acabado, queriam encerrar esse capítulo e não ter mais nada a ver com isso.

— E depois?

— Algumas semanas mais tarde, no inverno, 55 desaparecidos retornaram das prisões sírias. Meu pai era um deles.

Os olhos de Youssef cintilam. Um sorriso melancólico se esboça em seus lábios, como se ele ainda se lembrasse exatamente desse dia: uma manhã de inverno, ouro sobre as montanhas, orvalho nos campos, as casas da aldeia ainda envolvidas na névoa. Pelas ruas caminha um homem com botas pesadas. Depois, uma batida à porta, que acorda o menino.

— Ele foi sequestrado aqui — sussurra Youssef, como se sua voz falhasse. — Antigamente, isso aqui era um posto de controle sírio. Ele não gosta de falar sobre essa época, é difícil para ele. Mas, pelo que sei, foi preso aqui e levado para Anja.

— A base militar?

— Isso mesmo. Acusaram-no de espionar para Israel e o culparam de ter participado de uma conspiração contra a presença da Síria no Líbano. Em seguida, ele desapareceu por dez anos.

Seria ferida ou inveja a pontada que estou sentindo nesse momento? Em todos esses anos, senti uma grande solidão, que não era apenas social. Também sempre esteve ligada à sensação de que ninguém poderia compreender meu sofrimento, ninguém passaria pela mesma experiência. Um pensamento irracional, mas que consumou essa solidão.

Olho fixamente para Youssef.

— Como foi para você? — pergunto. — Por favor, me conte a respeito. Eu gostaria de saber como é esse momento.

— Parece irreal — começa. Sua voz era sempre suave e clara, mas agora ele fala tão baixo que me aproximo bastante dele para não perder nenhuma palavra. — Minha mãe nunca deixou de falar dele. Em todos esses anos. E, quando ele finalmente entrou por nossa porta, tive a sensação de que o conhecia bem. Nós dois choramos. Não nos conhecíamos, mas ele me disse que pensou em mim todos os dias. E que eu era exatamente como ele tinha imaginado. Seu desaparecimento causou muito sofrimento à minha mãe, um sofrimento grande demais para ser descrito. E amaldiçoei os anos em que ele não esteve presente. Mas, olhando para trás, fico feliz que tudo tenha se passado assim, e você sabe por quê?

Sinto como um nó na garganta. Quando falo, minha voz soa estranha, frágil.

— O livro — digo. — Do contrário, você não escreveria esse livro.

Youssef faz que sim.

— Desejo de todo o coração que você tenha sucesso na sua busca — diz. — Se você realmente sente no seu íntimo que ele está em algum lugar aqui, então é porque é verdade.

Estamos no meio da estrada. Talvez exatamente no lugar em que antes esteve o carro do qual o arrancaram. Muitas são as imagens que surgem à minha frente, trazidas pelo ar cintilante: meu pai no vão da porta naquela última noite. O vazio da casa no dia seguinte. O olhar da minha mãe, confuso, mas ainda confiante, e depois triste. A mãe de Youssef, que não conheço, mas vejo à minha frente: cabelos pretos, pele macia e pálida, o mesmo olhar, o mesmo sentimento.

— Quantos anos você tinha quando ele foi sequestrado? — pergunto.

No ponto em que a estrada se une às colinas, surge um carro vindo em nossa direção.

— 1982? — pergunta Youssef, piscando para mim. — Eu ainda nem tinha nascido.

8

Beirute, 15 de setembro de 1982.

Traição, Alteza, é apenas uma questão de data.
Talleyrand

6h

*A*cabaram de anunciar no rádio: Bashir não sobreviveu ao atentado. Não sei quantas más notícias ainda sou capaz de suportar. Simplesmente não tem fim.

15h45

Mal a notícia se espalhou, e os tanques israelenses já estão circulando de novo em Beirute. Estão fechando os campos de refugiados. Oficialmente, para proteger os palestinos da vingança dos cristãos. No entanto, quem não reconhece os sinais deve ser cego: algo terrível vai acontecer.

17h20

Meu sexto sentido me diz que eles intuem. Os colegas. Intuem quem trancou a porta. Ou será meu medo que me faz interpretar seus olhares erroneamente? Ontem à noite, fiquei pensando. Agora sei que há uma saída. Daqui a duas horas, Abdallah vai me receber.

9

Com o coração disparado, fito as linhas do diário, até que elas perdem o contorno diante dos meus olhos.

— Disse a ele o que tinha de ser dito — murmuro e coço a nuca distraidamente.

— O quê? — pergunta Wissam, examinando-me com expressão confusa, enquanto termina de beber seu café. Sem desviar o olhar, coloca a louça na pia e pega sua bolsa na prateleira.

— Está tudo bem? — pergunta.

— Tudo ótimo.

— Você está tão pálido.

— Estou bem.

Ele lança um olhar ao relógio em cima da porta.

— Tenho uma aula às dez. Se quiser, nos vemos mais tarde no *campus* e vamos juntos ao refeitório. Se não, hoje à noite... Ah, e aqui — vasculha a bolsa e me entrega um celular e um carregador. — Arranjei o telefone que você queria — diz. — Não é um *smartphone*, mas você só precisa telefonar, não é? Só não sei quanto tempo duram os créditos se você ligar para a Alemanha — Wissam pendura a bolsa no ombro, sua camiseta forma pregas sob a alça. — Também já salvei nossos números nele. Se você sair sozinho, é melhor ter um celular para nos encontramos de vez em quando.

— Obrigado.

— De nada. A Noura vem mais tarde para te buscar.

— Noura?

— Sim, Noura — Wissam me observa com os olhos semicerrados. — Você a viu há pouco, enquanto comíamos. Ela também esteve no parque. Está tudo bem mesmo?

— Sim, não se preocupe.

— Ela vai te mostrar o arquivo. Estou ansioso para saber o que você vai dizer.

Não digo nada. Hesitante, Wissam permanece um momento no corredor, depois balança a cabeça.

— Tudo bem, Samir, até mais tarde.

Quando a porta se fecha, volto a olhar para o diário à minha frente. Eu disse a Wissam que fazia apenas algumas horas que havia acordado, mas a verdade é que não dormi. Estou me sentindo mal. Passei a noite marcando e circulando trechos, escrevendo anotações nas margens. Na borda do diário esvoaçam *post-its* com observações breves, como: *ver registro de 3 de agosto* ou *contradição!*

Nos últimos dois dias, fiquei perturbado com as horas que passei junto de Youssef. Ofegante pela inveja, pela admiração e pela afeição por ele. Sempre o imaginava em pé, na entrada de uma cabana, em uma aldeia, onde seu pai se ajoelhava à sua frente. Sempre tentava evocar o que ele teria sentido nesse momento: uma intimidade estranha e uma leveza libertadora, quando a dor dos anos esmorecia.

Tomamos o táxi de volta para a cidade, despedimo-nos com um aperto de mãos, e eu caminhei pelas poucas ruas até o apartamento de Wissam como em transe. Ao chegar, ele não estava, mas Samantha me recebeu com um sorriso atrevido. Vestia uma das camisetas dele e desfilava de pernas de fora pela cozinha. Fui para o meu quarto, peguei o diário na mochila e só tirei os olhos dele quando a luz da lua já não era suficiente para iluminar suas páginas. Ontem também fiquei sentado o dia inteiro diante das suas linhas, mascando a ponta da minha caneta até sombras passearem sobre as páginas, e refleti tanto a respeito das descrições do meu pai que a certa altura Wissam me perguntou se eu estava aborrecido com ele por causa da Samantha. Eu estava como que eletrizado, movido pelo medo de nunca viver um momento semelhante ao descrito por Youssef.

A constatação salta de repente aos meus olhos durante a leitura. Tento afugentá-la, mas, no choque do momento, meu coração para e, quando volta a funcionar, bate como um punho contra meu peito. Assusto-me e não quero reconhecer o pensamento que me encara diretamente a partir das linhas. Passo várias vezes pelos mesmos trechos, busco outras explicações. No entanto, a cada leitura, essa possibilidade retorna com clareza cada vez maior, até que, a certa altura, permanece a única possível, clara e perturbadora.

Temos medo de saber quais verdades poderiam vir à tona.

As palavras de Youssef em referência aos desaparecidos. Agora sinto o mesmo medo.

Por que meu pai teria feito isso? Essa pergunta não me deixa em paz.

Ao lado do diário, o cartão do Rhino Night Club. Ainda estava na mochila, amassado e sujo entre as minhas roupas. Pelo visto, a foto dentro do bolso costurado é a única coisa que sobreviveu relativamente ilesa ao período no lixo. Só está um pouco amarrotada e ondulada nas bordas, mas as cores estão nítidas como antes. Pego o celular que Wissam me arranjou e digito o número.

Chama duas vezes, depois se ouve uma respiração:

— Sinan Aziz.

— Preciso falar com Amir — disparo.

Uma pausa.

— Quem está falando?

— Samir El-Hourani.

— Samir? Ainda está no Líbano?

— Sim. Pode me ajudar?

Na breve pausa, ouço sua respiração intensa.

— Não esteve com ele? — pergunta.

— Estive.

— Então, sabe como encontrá-lo.

— Sim — faço um esforço para falar com calma. — Só que não posso dirigir até Brih. Não sei como o senhor fez, mas da última vez conseguiu localizá-lo rapidamente. Por favor, preciso falar com Amir.

Sinan Aziz emudece. Imagino-o à meia-luz do seu escritório, com a barriga maciça batendo no canto da mesa. As enormes asas do seu nariz se alargam com a respiração, seus olhos se contraem formando uma fenda estreita.

— Não posso te prometer nada.

— Eu sei.

— Tem algum número de celular que eu possa dar a ele? — sua voz soa irritada.

— Um momento — Wissam colou um papel com o número do celular no carregador. Dito a ele.

— O que devo dizer a ele?

Respiro fundo, minhas mãos tremem.

Nas horas seguintes, ando de um lado para o outro, inquieto. Asseguro-me de que o celular está carregado. Chego a usar o telefone de Wissam para ligar para ele, a fim de ter certeza de que passei o número certo a Aziz. Uma angústia atroz comprime meu peito. Em um minuto, condeno-me por ter olhado com mais atenção. Depois, irrito-me novamente por não conseguir avançar com essa constatação, que apenas oferece uma imagem negativa do meu pai.

Quando eu era pequeno, tinha um truque: antes de adormecer, tentava pensar em meu pai para sonhar com ele. Imaginava meus momentos mais felizes em sua companhia: seu peso no meu colchão, sua mão na minha coberta, o tom castanho-escuro ao redor de suas pupilas. Sempre pensava que nos encontraríamos no lugar onde se passavam suas histórias. Às vezes dava certo. Então, ficávamos próximos no sonho, e a sensação fria de um vazio deserto só retornava no dia seguinte, quando eu acordava sem ele.

Aqui, esse truque não funciona. Não consigo me lembrar de seu carinho. Então, tento outro modo de distração que eu costumava usar antigamente:

busco animais e formas na parede do corredor, iluminada pelo sol, e na pia, onde a borra de café deixou vestígios granulados até o cano de escoamento. Sem sucesso.

As horas passam. Ando pelo apartamento, deslizo os dedos pelos livros nas estantes, leio sinopses nas contracapas de DVDs e já não consigo me lembrar de seu conteúdo quando as coloco de volta no lugar. Todo ruído é alto demais e me faz sobressaltar: o rangido do sofá de couro, a torneira pingando no banheiro, o tique-taque do relógio da cozinha. Estou irritado e quero receber sua ligação imediatamente. Apesar do medo de que Amir possa confirmar minha suspeita. Uma hora o telefone vibra, mas é um SMS de Wissam, comunicando onde está sentado no refeitório, caso eu queira ir até lá. À tarde, os objetos lançam sombras com arestas vivas no chão. Elas tocam a ponta dos meus pés, e sinto o frio subir pelas minhas pernas. Penso em sair, para pensar em outras coisas, mas não quero correr o risco de entrar em uma área sem sinal.

Quando o celular finalmente toca, precipito-me do corredor que leva à cozinha, bato a canela e caio xingando na cadeira. O *display* não identifica a chamada.

— Alô?

— Alô, Samir — sua voz é insegura, fina e acompanhada de ruídos de fundo, como se estivesse segurando o fone bem longe do rosto. — Encontrou seu pai?

— Não — digo ofegante —, não, infelizmente, não.

Meu olhar cai no registro do diário que destaquei com um grande ponto de interrogação: 16 de setembro de 1982.

— Mas agora sei o que ele fez a você.

10

Beirute, 16 de setembro de 1982.

Não há ninguém.
Não adianta ligar.
Não há ninguém.
Fairuz

9h

Estive com Abdallah. Disse a ele o que tinha de ser dito.

18h50

Caso Hakim pergunte se quero deixar o país com ele, agora sei o que fazer. Não tenho escolha.

11

Há momentos como esse, em que vivenciamos algo e nos surpreendemos. Depois vêm outros, nos quais nos surpreendemos. E somente mais tarde, quando quase já não nos recordamos deles, esses momentos adquirem um novo significado, pois, nesse meio-tempo, descobrimos mais sobre esta ou aquela pessoa do que sabíamos antes. De repente, todos os gestos, olhares, movimentos, comportamentos que não conseguíamos explicar produzem um sentido. Como se anos depois encontrássemos uma peça e a inseríssemos no quebra-cabeça que conservamos por todo o tempo, para um dia talvez poder completá-lo.

Hoje é um dia assim. Depois dele, tudo vai mudar.

Rassan está fumando diante do prédio antigo quando Noura e eu passamos de carro por ele e entramos na garagem no subsolo. O calor do dia se represou aqui embaixo e se misturou com o odor de gasolina e óleo. Meus olhos precisam de um momento para se acostumarem com as sombras. Pouco depois, ouço o eco dos passos dele. Lança o cigarro em uma poça, acumulada embaixo de um cano que pinga, cumprimenta primeiro Noura, depois a mim, e após alguns instantes estamos em um elevador que range e nos leva ao último andar.

— Youssef está aí? — pergunto em voz baixa, mas Rassan balança a cabeça em sinal de negação.

— Não, só volta amanhã.

Olhamo-nos no espelho. Quando o olhar de Noura encontra o meu, ela abaixa a cabeça. Estimo que tenha cerca de 25 anos. Tem olhos verdes, nariz pequeno e reto e pele branca, salpicada de sardas. Seus cabelos ondulados batem nos ombros. No carro, contou-me como conheceu Youssef.

— A exposição trazia o título *The Missing*. Estudo arte, era o meu projeto. Tratava-se de produzir uma colagem com os retratos de cada desaparecido, e milhares de famílias foram convocadas a contribuir com fotos de pessoas desaparecidas. Youssef me trouxe uma cópia do anúncio de desaparecimento do seu pai e disse: "Você deveria participar de algo que realmente mude as coisas". Desde essa época, estou a bordo.

— O que te fascina nele?

— Sua convicção — respondeu ela olhando no retrovisor, enquanto tentava escapar do trânsito denso. — Ele dá a cada um de nós a sensação de que somos parte de algo especial e importante — em seguida, sorriu com timidez e disse em voz baixa: — Quem não sonha em mudar positivamente o curso da história?

O elevador soa uma campainha ao nos deixar no corredor. Junto à porta diante da qual estamos, pendem três cadeados. Não estão fechados.

— É um apartamento, mas nós o chamamos de *sala explosiva* — diz Rassan, batendo à porta.

Sala explosiva? Quero perguntar, mas já ouço passos do outro lado, e pouco depois a porta é aberta.

Tudo nesse apartamento tem um ar de lembrança angustiante. À esquerda e à direita, pilhas de pastas junto às paredes. O espaço não é mobiliado. No chão de um dos cômodos há páginas de jornal espalhadas ao lado de anotações feitas à mão e documentos envolvidos em plástico, empilhados desordenadamente; entre eles, uma poça de luz nos azulejos. Em outro cômodo, estudantes estão ajoelhados, colando papéis coloridos em pastas; o chão está semeado dos pequenos círculos de papel dos perfuradores e, entre eles, tesouras e canetas. Passamos pela cozinha. Junto à porta pende uma lista de presença. Para minha surpresa, há cerca de vinte nomes registrados; além disso, o arquivo parece funcionar 24 horas por dia.

— Por favor, preste atenção onde pisa — sussurra Rassan, e me pergunto por que de repente ele passou a falar tão baixo.

Nas paredes do terceiro cômodo pendem os anúncios dos desaparecidos; ao lado deles, aproximadamente mil imagens de homens, mulheres e crianças, algumas coloridas, a maioria em preto e branco.

Saad al-Deen Hussein al-Hajjar trabalhava como motorista em Trípoli.
Na manhã de 8 de julho de 1975, tomou o café da manhã com sua mãe, que vive em Tarik El Jdideh. Em seguida, despediu-se dela, mas nunca voltou para casa.
Quem tiver informações sobre seu paradeiro, favor ligar para o Café Abou Hette. Telefone: ...

Todos os anúncios são escritos nesse tom. Desaparecidos fitam da parede, e eu tenho de virar o rosto. Esses anúncios contam mais do que apenas as histórias de um desaparecimento, são mais do que um apelo para que as pessoas se manifestem. Oferecem um rápido olhar no cotidiano de famílias que subitamente foram separadas.

Àqueles que estão com meu filho, Adel Shamieh:
Por favor, tragam-no de volta para mim! Rezo a Deus para que o coração de suas mães nunca tenha de sofrer a mesma dor que o meu agora.
Ele deixou minha casa em 4 de maio de 1981 para ir consertar seu carro em Sabra.
Por favor, tragam Adel de volta para mim!

— Como vocês vão fazer para colocar tudo isso no livro? — pergunto a Rassan e constato que, nesse momento, eu mesmo estou sussurrando.
— É o que Youssef vai ter de decidir. É claro que não vamos imprimir tudo, mas esse material nos ajuda a calcular um número que é nitidamente superior ao que o governo afirma. Estamos selecionando tudo. Deste lado — mostra uma sala em que duas mulheres seguram *slides* contra a luz —, temos fotografias e microfilmes históricos. Ali... — pega-me pelo braço e me conduz a uma quarta sala — estão os panfletos das milícias, os pôsteres, as

revistas ilustradas e de propaganda. Wissam me disse que você perguntou a respeito. Pode dar uma olhada.

Estou para entrar na sala quando um rapaz o chama.

— Venha — diz Noura. — Eu mostro a você.

Passamos por cima de caixas que transbordam de panfletos e jornais. Um rapaz está sentado no chão, com as pernas cruzadas diante de uma caixa, e reúne revistas em uma pasta, na qual escreveu *Amal, 1984*. Quando entramos, ergue rapidamente a cabeça e logo se debruça de novo sobre seu trabalho.

— São as revistas do Movimento Amal?

Noura faz que sim.

— As de 1984. Já levamos embora as dos anos 1981 a 1983.

— Vocês as levaram embora?

— Recentemente decidimos dividir o arquivo. É mais seguro se nem tudo estiver no mesmo local. A grande mudança deve ocorrer amanhã; por isso, é bom que você tenha vindo hoje.

— Para onde vão levar tudo isso?

— Temos diferentes locais em vista na cidade, mas Youssef quer levar a maioria para a aldeia, amanhã. Diz que lá é mais seguro.

Nesse momento, Rassan entra no cômodo. Coça a cabeça. Sua expressão é séria.

— O carro prateado está lá embaixo — diz pensativo. — Eles seguiram vocês.

Noura respira, sibilando. Uma imprecação chega a esboçar-se em seus lábios.

— Eu fui muito cuidadosa — diz em tom de desculpa.

— Tudo bem — Rassan acena. — De todo modo, amanhã vamos tirar tudo daqui. Samir, é melhor você dar uma olhada por aí — em seguida, dirige-se a Noura. — Não se preocupe. Depois que tudo estiver distribuído, vai ser mais difícil para eles.

Ela parece consternada. Está com as mãos fincadas nos quadris e a cabeça baixa.

— Noura? — pergunto. — Vocês também têm documentos sobre as Forças Libanesas?

— Forças Libanesas? — ela me olha como se eu a tivesse despertado.

— Sim. Têm alguma coisa a respeito? Ou isso também já foi levado embora?

— Não, não — ela coça a testa. Em pensamento, parece olhar da janela para baixo. — Claro que temos alguma coisa. Medhi?

O rapaz no chão olha para nós e, com ar de interrogação, ergue uma sobrancelha.

— Por favor, mostre a Samir tudo o que temos sobre as Forças Libanesas ou... — ela olha para mim — você está procurando algo específico?

— Sim. Uma revista.

— De que ano?

— Mil novecentos e noventa e dois. Não sei exatamente qual mês, mas, de preferência, tudo o que houver entre janeiro e junho, se for possível.

O rapaz faz que sim e aponta para uma caixa na parede oposta.

Das profundezas enlameadas e turvas da minha lembrança, surgem rastejando lentamente os contornos do meu apartamento, o odor acre de papel velho, o vazio exaustivo, que cresce à medida que as paredes se enchem. Ter jornais à minha frente evoca a mesma angústia que me definiu por tantos anos. Folheio as edições: imagens de homens jovens em júbilo, atravessando Beirute de carro, agitando bandeiras e fuzis; milicianos em poses heroicas; por toda parte a insígnia das FL, o cedro no círculo vermelho. Os artigos impressos justificam sobretudo a necessidade da guerra e fornecem legitimações insólitas para toda a violência. Um ensaio de três páginas sobre a história do Oriente Médio mal se preocupa com os fatos históricos e evoca a vitimização dos cristãos nesse conflito.

Encontro na edição de maio a foto que quero ver desde meu encontro com Amir. Ela quase me passou despercebida, de tão inusitada que é: os dois homens no centro, de frente para o olhar do fotógrafo, sem os observadores em volta. É bem maior do que eu imaginava e ocupa a página inteira. Na legenda: *Nosso líder Bashir Gemayel cumprimenta pessoalmente Sarkoun Younan, 25.000º combatente das Forças Libanesas.* Em preto e branco, os contrastes parecem maiores. Em compensação, o lustre acima de ambos perde seu brilho. A escadaria revestida de veludo, diante da qual se encontram, passa bem antes para a escuridão, e a balaustrada parece mais cinza do que dourada. É bonito ver meu pai jovem. Também nessa perspectiva o uniforme parece estranho em seu corpo, e a pistola, perturbadora. No entanto, seu olhar sonhador, que sempre me surpreendeu, permite reconhecer o poeta que há dentro dele. O homem que gosta de ir aos cedros para escrever poemas, o romântico, o idealista. Aqui, a câmera não está na lateral, e sim na frente, voltada para ele, e esse olhar me parece ainda mais nítido.

O zumbido do Leitz-Prado sobre a mesa da nossa sala é um ruído que nunca esqueci em todos esses anos. É quase como se eu pudesse ouvir o farfalhar do vestido azul de Yasmin e sentir o peso da minha irmã, que seguro nos braços. Tampouco esqueci o estalo com o qual a imagem singular apareceu na parede.

Tantas vezes me lembrei dessa cena. De como minha mãe virou o rosto, do olhar fixo do meu pai, que parecia não reconhecer a si mesmo na imagem, e do silêncio que se seguiu ao estalo. Inúmeras vezes me perguntei por que ele prometeu à minha mãe que jogaria fora o *slide*, mas depois o conservou. Também me perguntei por que nunca me traiu, embora soubesse que eu estava com a imagem. E é claro que em todos esses anos me espantei com o fato de ter sido justamente essa foto a mudar tanto seu comportamento.

Enfio a mão na mochila, com os dedos procuro o zíper do bolso interno, pego a foto e a coloco ao lado do jornal. O efeito é surpreendente. O jornal mostra o original, tal como arranjado por Bashir Gemayel: a luz é adequada; a perspectiva com o ponto de fuga no alto da escadaria é bem escolhida;

Bashir e meu pai atraem a atenção do observador para si. A imagem que possuo – somente com o contraste se torna claro – é o instantâneo feito por um amador. Talvez de um colega do Carlton, que aproveitou o favor do momento para registrar a eminente concentração no hotel.

— Isso também explica por que ele fotografou não apenas os dois, mas também todo o ambiente — murmuro. De fato, também na minha fotografia Bashir e meu pai parecem atrair a atenção do observador para si, mas sobretudo porque todas as outras pessoas na foto olham em sua direção.

— Puta merda! — exclama Rassan, e tenho um sobressalto. Eu estava tão mergulhado na imagem que não o ouvi aproximar-se. — Onde conseguiu isso? — pergunta e ergue a foto. — É a mesma cena, não é? Que loucura, Samir! Onde arranjou isso?

— Por favor, Rassan, me devolva.

Ele está em pé, com as pernas afastadas, boquiaberto, olhando da minha foto para a imagem no jornal e de novo para a foto.

— Não vá me dizer que conhece esses caras! — exclama.

— Não fale tão alto. Me dê isso aqui, estou lhe pedindo!

— Samir, o que está acontecendo aqui? Preciso saber onde conseguiu isso! — a voz de Rassan assume um tom estridente de euforia, e ele parece um arqueólogo que acaba de encontrar uma cidade submersa.

Ouço passos no corredor e não quero que os outros entrem para ver a minha foto.

— Hmm — faz Rassan de repente, depois começa a rir.

— O que foi?

— Dê só uma olhada — ajoelha-se ao meu lado e coloca a foto junto do jornal.

Eu olho.

— O quê?

— Não sei quem é esse Sarkoun Younan, mas ele está bem distraído, não acha?

— Do que você está falando, Rassan?

Olho a imagem no jornal com mais atenção. Bashir olha diretamente para a câmera. Seu olhar quase me perfura, como se quisesse me atrair para dentro dele. Meu pai parece estar sonhando, como sempre. Seu olhar se desvia ligeiramente da câmera, parece observar algo ao longe.

— Ele está apaixonado! — exclama Rassan.

— Ouça: me deixe cinco minutos sozinho com a imagem, depois eu volto. Não faço ideia do que você está falando.

— Aqui! — Rassan toca o jornal com a ponta do dedo, no meio da testa do meu pai. — Olhe isto aqui... É claro que o cara está apaixonado! Não acredito! Está do lado de Bashir Gemayel e só tem olhos para a pequena!

Essa é a primeira vez que sinto algo semelhante a um choque elétrico.

— Que pequena?

Rassan mostra a foto ao lado do jornal.

— Esta aqui — diz, apontando para uma moça que se encontra em meio aos curiosos. Conheço a mulher. Conheço todas as pessoas na foto, mas ela nunca chamou minha atenção mais do que os outros.

— Não pode ser... — murmuro.

— Pode acreditar, sei quando alguém está apaixonado; tenho olhar apurado para essas coisas, e esse cara... — Rassan aponta novamente para o meu pai — está tão apaixonado que para ele tanto faz quem está ao seu lado. Veja a direção do seu olhar, veja com atenção.

O jornal: o olhar do meu pai passa pela câmera.

Minha foto: meu pai olha para a margem esquerda da imagem, onde a moça está ao lado do fotógrafo, em meio às outras pessoas.

Tenho a sensação de que vou tombar para a frente.

— Ele não está sonhando... — meu estômago se contrai, meu coração martela com tanta força no peito que chega a doer. — Apaixonado, ele está apaixonado.

— Ainda precisa da foto? — pergunta Rassan, mas quase não o ouço. Aos poucos, meus olhos se enchem de lágrimas; através da cortina molhada observo a moça com mais atenção: sua imagem não é nítida, uma vez que o foco está no centro da foto, mas é fácil reconhecer sua beleza. Um vestido preto envolve sua figura delicada, e seus cabelos... seus cabelos...

— Por favor, não — em pânico, olho para Rassan, que me observa, surpreso. — Por favor, diga que não é verdade.

Meu desamparo é insuportável, como se eu fosse uma criança – e, de repente, lá está ela de novo, a história do meu pai. Ele está sentado na beira da minha cama, naquela última noite:

Surgiu uma mulher, tão bela quanto um conto de fadas personificado. Tinha cabelos muito pretos, presos por uma fivela dourada; olhos da cor do Mar Mediterrâneo e uma pele tão branca e pura como mármore.

Na foto, a fivela prende os cabelos da moça no alto da cabeça. Ela tem um lindo rosto de fada, que olha na mesma direção em que se encontra meu pai.

Enxugo rapidamente as lágrimas com o dorso da mão, mas elas gotejam sem parar no jornal.

— Meu Deus, Samir — sussurra Rassan.

Ouço passos, muitos passos, como se viessem de longe, e a sala se enche de gente.

Fecho os olhos. À minha frente aparece Amir em seu terraço: *Ainda me lembro de que, certa vez, ele disse algo estranho...*

— A peculiaridade dessa foto está no que a cerca — sussurro.

Ouço o murmúrio dos outros, que olham para mim, sentado no chão ao lado de Rassan, mas estão muito distantes.

Apenas Amir está perto de mim. Sua voz é calma e me revela tudo com uma clareza dolorosa:

Ia com frequência à casa dela. Geralmente à noite, depois do trabalho. E de manhã estava de volta ao hotel, antes de o seu turno começar.

Fico sem ar, pressiono os pulsos contra a testa.

Nunca vi sua mãe.

O maluco do seu pai escalava a calha até a sacada dela.

É como se eu estivesse sendo rasgado por dentro.

Era bonito vê-lo assim.

Da última vez que chorei na frente dos outros, eu era uma criança que se ajoelhou em um gramado, durante uma festa de aniversário. Também agora as pessoas estão ao meu redor, fitando-me de cima com olhar incrédulo. Em um turbilhão final e mísero de imagens, vejo meu pai à minha frente, contando com olhos reluzentes o que aconteceu na sacada:

— *Meu filho!* — *exclamou Abu Youssef.*

Fogos de artifício mergulharam a rua, as casas e toda a cidade em um espetáculo cintilante. Rojões iluminados assobiavam pelo ar... Tiros de alegria reverberaram no céu... A noite se encheu de gritos de júbilo.

12

Beirute, 17 de setembro de 1982.

Estávamos na sacada quando aconteceu. Pela escuridão acima de nós voavam aviões israelenses, que lançavam foguetes de sinalização. O ar nebuloso se transformou em uma luz pulverizada, amarela e vermelha. A sacada inteira estava mergulhada em ouro. Gritos e tiros cortam a noite. Os foguetes de sinalização afundam no Sul. Caem em Sabra e Chatila.

Jogado na cama. Refleti. Está tudo acabado.

A partir de agora, tudo vai ser diferente.

A partir de agora, tudo vai ser diferente.

13

— Como devo etiquetá-lo? — pergunta Medhi, olhando para o diário que lhe entrego.

— Não sei — digo, inseguro. — Talvez *testemunho de época*? Ou: *relato de testemunha ocular*?

— E realmente não vai mais precisar dele?

Nego com a cabeça.

— Vai estar mais bem guardado com vocês.

É o dia seguinte, o dia da mudança. Ao meu redor, estudantes arrastam caixas para fora do apartamento e empilham pastas no corredor. Os cômodos se esvaziam, passos ecoam nas paredes nuas. Os anúncios de desaparecidos deixaram bordas escuras. No rosto dos estudantes há um brilho estranho, que lembra e irradia confiança quando eles passam de um a outro, em cadeia, pastas e documentos, até que alguém lá na frente aperta o botão do elevador e leva o material para baixo, onde outros o pegam e distribuem nos automóveis.

Medhi coloca o diário em uma caixa. Quando está para sair do cômodo com ela, chamo:

— Espere!

Ele para e se vira.

— Podem ficar com isto aqui também.

Pego a foto no bolso da calça e a observo pela última vez. Por que em todos esses anos não percebi que os dois se olhavam? Nesse momento, a razão para a mudança de humor do meu pai é evidente: ao rever a imagem, todas as lembranças e todos os sentimentos que ele mantivera cuidadosamente retidos atrás da barragem do esquecimento irromperam sobre ele. A foto lhe mostrava que seu casamento com minha mãe havia sido forçado. E que, com o passar dos anos, ele havia apenas se adaptado a isso. Apresentava-lhe outra vida: uma vida no Líbano, uma vida em Beirute – sua vida com essa outra mulher.

Youssef está na entrada da garagem no subsolo e acena ao me ver.

— Que bom que você vai me acompanhar — diz.

Empilhamos algumas caixas no porta-malas e no banco traseiro. Nesse momento, quatro automóveis partem em diferentes direções, levando os documentos a locais seguros.

Recosto-me enquanto nos afastamos da cidade. No retrovisor lateral, vejo a poeira levantada pelos pneus; a certa altura, Beirute é apenas um amontoado de traços azulados.

— Avisei que ia levar um amigo — diz Youssef. — Estão ansiosos para nos receber.

Uma luz dourada derrama-se sobre as montanhas. Campânulas se inclinam à beira da estrada. Quando partimos, senti certa dormência em minhas pernas. Porém, quanto mais nos afastamos de Beirute, mais ela enfraquece, transformando-se primeiro em um formigamento, depois como em picadas de milhares de agulhas, para finalmente desaparecer por completo, quando apenas as montanhas se erguem à nossa frente.

— Você está tão pensativo. Está tudo bem? — Youssef me olha preocupado.

— Sim. Acho que sim.

Pergunto-me de onde vem a mulher. Quem era sua família, onde meu pai a conheceu. Como se chamava. Pergunto-me se minha mãe sabia dela. Se sua raiva vinha do fato de ele ter conservado a foto. Ou se foi apenas porque era perigoso e insensato guardar um registro que o mostrava ao lado de um presidente que havia sido assassinado.

A paisagem revela uma beleza rústica. É como se meu íntimo se refletisse nela: muito vazio, caminhos trilhados e uma distância impressionante.

Youssef começa a cantar. Na verdade, sua voz é límpida demais para a melancolia do texto e da melodia; a canção não combina com o despertar ao qual está se dirigindo. Tenho a sensação de que canta para mim.

— Mā fī ḥadā la tindahī, mā fī ḥadā. Šū qaoulakun ṣārū ṣada? Mā fī ḥadā.

Não há ninguém. Não faz sentido chamar. Não há ninguém. Será que se transformaram em ecos? Não há ninguém.

Fecho os olhos.

— Você também canta? — pergunta.

— Hoje não muito.

— Que pena. Por que não?

— Me faltam as canções.

— Invente algumas, pense em uma melodia e cante o que está sentindo.

A paisagem serpenteia para o Sul, seus contrafortes desaparecem em meio à névoa das montanhas.

— Antigamente, eu sempre fazia isso com meu pai — diz. — Inventávamos canções e depois as cantávamos juntos.

— Devia ser bonito — eu também cantava com meu pai. E a mulher? Será que ele voltou para ela? Será que também tinham suas canções?

Pouco depois de um declive íngreme, a estrada volta a subir. Youssef desliga o motor e conduz o carro até o encostamento.

— Temos de parar aqui, não há estrada até a aldeia. Vamos até lá primeiro, depois eles nos ajudam a descarregar.

Os cascalhos crepitam sob nossos passos. Em intervalos cada vez menores, surgem tufos marrons de capim, antes que a trilha se torne mais selvagem e passe para um caminho coberto pela relva, que nos conduz a uma pequena floresta. A madeira se quebra sob a sola dos nossos sapatos. Está fresco na sombra; de vez em quando, uma mancha de céu brilha por entre o teto de pinheiros. Ao final desse pedaço de floresta, uma fileira de árvores se abre até uma clareira, pela qual uma larga vereda desce o declive sinuosamente. À direita e à esquerda, rocha nua, da qual brota um regato. Do vale sobe o silêncio. O sol da tarde cai entre os flancos da montanha e mergulha a paisagem em uma luz aveludada, na qual enxames de moscas traçam seus círculos. Olhamos da colina para baixo como pioneiros. Demorou um instante até eu reconhecer as manchas cinzentas lá embaixo como casas de taipa, aninhadas na encosta da montanha. O capim à beira da vereda chega quase aos quadris, e seus talos balançam sob o brilho do sol. Um lugar escondido, um segredo bem protegido.

— Vai me mostrar onde você morou? — pergunto a Youssef.

Quero estar na entrada na qual eles se abraçaram pela primeira vez. Youssef e seu pai. Quero sentir o lugar em que se reencontraram, pois sinto o passaporte em meu bolso. Fui buscá-lo de manhã. Embora eu não tenha encontrado meu pai, desvendei seu segredo. Agora ajudo Youssef a depositar a pedra fundamental para mudar seu país para sempre. Depois, terei de ir embora.

De longe avisto as janelas quadradas das pequenas casas. Diante delas, uma bola vermelha voa no ar, como se o vento a tivesse levantado. Então, ouço risadas de crianças.

— Youssef! — exclamam já de longe as crianças que brincam.

— Olhem, Youssef chegou!

E antes de nos darmos conta, um enxame de pequenos corpos se forma ao nosso redor. As crianças se dependuram em suas pernas, riem e perguntam:

— O que você trouxe para nós?

Olham-me com timidez, arregalando os olhos quando nos dirigimos às casas; algumas correm na frente:

— Mamãe, papai, o Youssef chegou e trouxe um amigo!

Logo em seguida, pessoas saem das casas.

Youssef ri, ergue uma das crianças e gira com ela em círculo:

— Eu também quero! — exclamam as outras, que se arrastam junto dele e o puxam. Ele olha para mim, ergue as mãos pedindo desculpas e desaparece atrás de uma casa.

Vejo-o afastar-se. Em seguida, sinto uma mão sobre meu ombro.

— Samir? — pergunta um homem idoso.

— Sim.

— *Ahlan wa sahlan* — diz e sorri. Uma barba por fazer emoldura seu rosto. Onde deveria haver dentes incisivos, abre-se uma lacuna quando ele ri. — Sou Abu Karim — estende-me a mão. — Youssef contou que você viria com ele. Ficamos felizes. Venha.

De todos os lados, semblantes amigáveis. Como se eu voltasse para casa depois de muito tempo. Uma aldeia como que caída do tempo. O barro tem fissuras, os telhados estão cobertos de musgo; velhos estão sentados na frente das casas e se abanam. Quem encontra meu olhar me cumprimenta calorosamente. O caminho faz uma curva suave, passando por bérberis brilhantes; galinhas pavoneiam pela relva.

Mais adiante – o sol já está quase se pondo –, vejo um grupo de homens. Formam um círculo ao redor de um velho, que fala no centro. Ouço-o murmurar e paro de repente.

— A casa dele é lá na frente — diz Abu Karim, acenando para eu seguir em frente.

Não me movo. O vento sopra a voz do velho até mim, e meus músculos se contraem quando a última cegueira me deixa.

— Abu Karim — digo em voz baixa, apontando para o grupo —, pode me dizer quando exatamente ele voltou da Síria?

O homem franze a testa.

— Abu Youssef? — pergunta. — Em 1992, *ḥamdala* — *graças a Deus* — sua mulher estava à beira da morte quando ele voltou. Sabe lá Deus o que teria sido do menino...

Pisco, o sol ofusca, arbustos farfalham.

Nenhuma estrada leva até ele. Todas reconduzem apenas ao começo. E lá está você. Sempre sozinho, ouço a voz de Amir, como se os arbustos conversassem em voz baixa no vento.

— Não pode ser... — sussurro e prossigo com cautela. Mal ouso respirar.

O círculo se abre quando nos aproximamos; o homem se vira em nossa direção. O sol cai exatamente no largo, vejo apenas uma sombra vindo lentamente em minha direção e protejo a testa com a mão.

E as pessoas tentavam adivinhar e se perguntavam o que poderia ser aquilo que Abu Youssef escondia lá em cima, em sua casinha.

— Pai? — pergunto, e minha voz treme.

Ele sai da luz e para à minha frente. Sua barba de aventureiro é longa e grisalha; profundas bolsas se arqueiam sob os olhos, sobre um anel de rugas. Quando nossos olhares se encontram, vejo primeiro as covinhas finas ao redor da sua boca. Em seguida, seus olhos piscam.

14

Bato o pé no chão, viro-me. Meu braço está apoiado no ombro de Youssef, e o dele, no meu. Ao nosso redor estão os moradores da aldeia, que batem palmas e cantam enquanto dançamos. Apenas alguns instantes depois os rapazes da aldeia se unem a nós. Formamos uma fileira diante das mulheres, que continuam a bater palmas enquanto rimos, ombro a ombro. Depois, todos dançam. As crianças giram, as mulheres fincam as mãos nos quadris, batem os pés no chão, olham-no com ar de desafio. Giramos uns ao redor dos outros. A música vem do antigo televisor colocado no parapeito de uma janela: tambor, pandeiro, cítara, violino, rabeca e flauta. Até os velhos estão no meio; não há quem não esteja em pé, não há quem não dance. É uma loucura. Parece um sonho.

Em meio a esse êxtase de corpos que giram, vejo meu pai rondando pelo povoado, mancando de leve, visivelmente apenas para quem sabe de seu problema.

Pouco depois, o odor de carne grelhada percorre a aldeia. O café fumega nas xícaras, nas mesas há travessas com antepastos, o pão sírio ainda está quente e macio.

Ao meu lado, Youssef, meu irmão.

— Por favor — disse meu pai —, não conte nada a ele.

Estávamos sentados na beira do lago, respirando fundo. A cadeia de montanhas na outra margem inscrevia um eletrocardiograma instável no céu, com oscilações até as nuvens. Atrás de nós, a aldeia brilhava sob o sol da tarde; dava para ouvir a risada das crianças vindo de longe.

Estávamos ali sentados e quase não falávamos, como se os anos nos tivessem calado. Existem momentos como esses, nos quais o silêncio é suficiente. Pois há um elo entre duas pessoas, que nem mesmo a máxima tensão é capaz de romper. Depois que tudo foi esclarecido, não eram necessárias mais palavras. O que havia acontecido foi logo contado. Minha voz falhou em muitos momentos; em outros, senti que meus olhos brilhavam. Minha mão na relva macia, sua mão ao lado, e de vez em quando nossos dedos se tocavam.

Quando lhe contei da morte da minha mãe, ele chorou.

Sua história também foi contada com rapidez. Com tanta rapidez que me pareceu inacreditável eu ter sacrificado tantos anos para ouvi-la. Ela se chamava Layla. Era filha do vendedor de frutas que fornecia a mercadoria para o hotel. Quando meu pai a deixou, ela estava grávida. Deve ter sido o fim do mundo para ele, e não sei se houve mais alguma coisa além de seu puro medo das consequências. Antes que ele a deixasse na manhã de 17 de setembro, ficaram juntos na sacada dela – o cristão e a muçulmana –, enquanto no sul da cidade muçulmanos eram massacrados por cristãos e o céu acima deles brilhava com a pirotecnia que iluminava os campos. As milícias se vingavam da morte de Bashir. A guerra não poderia ter sido mais explícita ao lhes mostrar que seu amor não tinha futuro.

E, nesse instante, meu pai deve ter percebido que teria de deixar o país, pois os homens que causavam o massacre pertenciam à família da mulher com quem ele se casaria. Esse pensamento deve tê-lo levado à beira da loucura. Comove-me muito o fato de meu pai ter transfigurado a realidade em sua história para torná-la mais suportável, pois isso é muito típico dele. O fato de ter criado um mundo de conto de fadas, no qual era o herói que amava as pessoas, e não um covarde que fugia sem deixar rastro.

— Sem a sua mãe, eu nunca teria tido a coragem de fugir — disse, e acreditei nele. — Ela era muito mais forte do que eu.

Adotou o nome dela. Mas não para se vingar de sua própria mãe:

— Eu queria desaparecer — disse. — Para todos.

Todos? Isso também incluía Amir.

— Ele era o único que poderia estabelecer uma ligação com Layla — meu pai olhou por cima do lago, que o vento espalhava suavemente. Sua longa barba escondia a maior parte do seu rosto, fazendo com que a tristeza em seus olhos cintilasse de maneira ainda mais visível.

— Por isso você quis se livrar dele e disse a Abdallah que tinha sido *ele* a trancar a porta do porão.

Um fraco "sim".

E o sobrenome de Youssef?

Layla havia procurado meu pai com o retrato falado no jornal. Não sei se seu anúncio de desaparecido ficou sem nome porque ela não sabia o sobrenome dele ou porque não queria denunciá-lo publicamente. Porém, é claro que nunca recebeu nenhuma indicação que a auxiliasse a encontrá-lo e, como ficou grávida sem estar casada, ainda por cima de um odiado cristão, sua família a expulsou de casa. Vai saber o que teria sido de mãe e filho se um dia não tivessem sido adotados por um homem mais velho, que todas as manhãs passava pela esquina onde ela pedia esmola. Alguns anos depois, antes de morrer, ele se casou com ela e lhe deixou seu nome.

— Hamoud — disse eu.

Meu pai fez que sim, mas sem olhar para mim.

Chorou novamente enquanto ainda estávamos sentados ali. O sol se arqueava sobre as montanhas, vermelho como carvão em brasa, quando ele disse o seguinte:

— Amei as duas. Aprendi a amar sua mãe. Ela era o amor mais racional, com futuro maior. A mulher com quem eu queria recomeçar — uniu as mãos e olhou para as palmas como se nelas pudesse ver o rosto dela. — Layla era o amor irracional, de juventude, impulsivo. Realmente amei as duas.

É claro que havia uma dor quando ele falava. Raiva, decepção, amargura. Mas também orgulho. Orgulho por eu ter de fato conseguido encontrá-lo. E, mesmo que a razão de seu desaparecimento fosse tão perturbadora, foi benéfico descobrir que, de todo modo, houve uma razão e que essa razão não fui eu. Nesse momento, desejei que Nabil pudesse ver como todas as rodas da engrenagem se encaixavam, como eu havia resolvido o caso. Estou certo de que ele teria ficado feliz por tudo de repente fazer sentido: os telefonemas misteriosos de antigamente, a pergunta sobre para quem meu pai enviara dinheiro. Pouco depois do meu nascimento, seu remorso ficou forte demais. Ver-me devia fazê-lo lembrar-se diariamente de que tinha outro filho, deixado para trás. Tinha descoberto o paradeiro de Layla e que seu filho era um menino, chamado Youssef. Conforme me contou, começou a mandar-lhe dinheiro de maneira anônima. Porém, em algum momento, ela conseguiu rastrear de onde vinha o dinheiro e acabou descobrindo onde vivíamos. Naquela perturbadora noite de inverno, quando meu pai chegou em casa molhado e confuso, tinha descoberto que seu amor irracional estava à beira da morte e que não tinha outra escolha a não ser nos deixar. Decidira assumir a responsabilidade. Dez anos mais tarde. O país tentava um recomeço, e seu primogênito estava lá, totalmente sozinho.

O que eu teria feito?

As achas de madeira ainda ardem quando tiramos as caixas do carro, entramos na aldeia e as empilhamos cuidadosamente na sala do meu pai. Os rapazes que nos ajudaram batem as roupas e se despedem gentilmente com um aceno de cabeça. Youssef pega meu braço e me leva para fora. Quando me viro, vejo nosso pai pegando o velho jornal na caixa e reconhecendo-se na foto, que antigamente ficava dependurada em seu quarto.

— Esse menino — diz Abu Karim, quando à noite nos sentamos em meio aos outros — vai nos trazer muito aborrecimento ou, então, fama e glória — belisca a bochecha de Youssef, que recebe o afago com benevolência. Todos riem.

— Se alguém vier e quiser o material, vamos nos defender! — exclama outro homem mais velho.

— Pena que você não reuniu as notícias esportivas da época, rapaz — Abu Karim inclina-se e bate o dedo no peito. Certamente você encontraria uma foto minha. Eu jogava vôlei e era muito bom.

— Talvez agora você ganhe um capítulo só seu — grita alguém com ironia. Abu Karim acena, e novamente todos riem.

O ar é mais fresco aqui nas montanhas. As luzes ardem isoladamente nas casas circunstantes, mas estamos envolvidos pela escuridão, e apenas a brasa do carvão nas folhas de alumínio dos narguilés iluminam nossa roda a cada tragada, antes de a mangueira ser passada adiante. Meu pai está sentado em uma cadeira à minha frente. Acaricia a barba, e nossos olhares se encontram. Ele sorri. Sorrio de volta. Em seguida, desvia o olhar de mim para longe.

— Se ele terminar o projeto, vai mudar o país — disse meu pai quando voltávamos do lago para a aldeia. Youssef estava a algumas centenas de metros e acenava para nós. A voz do meu pai soou nostálgica. — Sua ideia é difícil de pôr em prática, mas tem o potencial de possibilitar às futuras gerações uma vida com a qual antigamente só podíamos sonhar.

Vejo Youssef do outro lado. Os outros continuam a conversar sobre o livro, mas parece que ele está com o pensamento em outro lugar, muitos anos adiante, talvez já à procura de uma editora ou de um palanque, cercado por jovens exultantes. Nesse momento, em que leva a mão ao queixo e fita ao longe, é idêntico a nosso pai.

Nós dois somos possuídos pela verdade. Percorremos nosso caminho até agora carregando na bagagem quase exclusivamente a busca da verdade. No entanto, enquanto minha viagem termina aqui, sua procura continua. Na verdade, eu deveria ficar indignado. Deveria saltar, gritar, porque o fundamento em que se baseia sua ambição é errôneo. No entanto, involuntariamente, tenho de sorrir quando vejo os dois assim.

Talvez não exista essa verdade superior que sempre esperei encontrar. A grande verdade, eternamente válida, que responde a tudo e não apenas explica contextos e fatos, mas também torna compreensível o que é profundo e insondável: o que nos une? Por que nos sentimos atraídos um pelo outro? Qual força faz com que pensemos que foi ontem, quando nos revemos depois de tantos anos? E se essa verdade superior realmente existir, então talvez esteja apenas no reconhecimento de que não podemos escolher quem somos. Vejo meu pai à minha frente e Youssef meio mergulhado na sombra, com o olhar voltado para uma distância que promete um futuro melhor. E penso que talvez seja isto que, ao final, nos torna irmãos: nosso pai mudou nossa vida nos contando uma história.

15

Quando Amir teve de deixar o Carlton, nem ele nem seus pais tinham dinheiro para continuar em Beirute. Desse modo, voltaram para Brih, onde seus pais foram mortos no ano seguinte por terem se recusado a deixar as montanhas de Chouf. Amir teve de assistir e sobreviver a tudo, foi sua punição. Durante muitos anos, amaldiçoou meu pai por isso, segundo me disse ao telefone.

Parti no terceiro dia de minha estadia na aldeia.

— Está com a foto? — perguntou meu pai de manhã, quando estávamos sentados em sua sala, cercados por caixas, como antigamente, depois da mudança para a casa nova na nossa rua.

Fiz que sim e olhei para a Polaroid que Abu Karim havia feito de nós. Meu pai está sentado, ereto, olhando diretamente para a câmera. Sua barba é tão longa que quase repousa nas coxas. À sua direita está Youssef, em pé. À sua esquerda, eu, e nossas mãos repousam em seus ombros.

— Resolveu tudo o que queria? — perguntou Youssef em seguida.

— Sim — respondi. — Menos uma coisa.

Em algum momento, vou contar para meus filhos como foram esses dias. Vou entrar no quarto deles, onde me esperam com olhos arregalados, ansiosos pelo último capítulo. Seus olhos brilharão quando eu lhes descrever como foi encontrar Abu Youssef. E Amir, seu amigo. E vou lhes descrever essa cena com muita exatidão:

O vento sussurrava misteriosamente quando olhei para o alto da colina, envolvida em uma mágica luz aveludada. Nesse momento, os dois homens pareciam figuras de um teatro de sombras, dirigindo-se um ao outro. Um, curvado, e o outro, mancando. Virei-me para partir, quando Abu Youssef e Amir se reencontraram após muitos anos para uma última aventura.

Epílogo

≈❖≈

*D*iz um provérbio: "Quem acredita ter compreendido o Líbano não recebeu uma boa explicação". Acho que a mesma coisa vale para o meu pai. Tal como o país, ele também permanece um mistério para todos que algum dia o amaram. Um mestre na arte de viver. Um oportunista. Um contador de histórias. Alguém que, como ninguém, incorporou o Líbano que conheci em outros tempos: o gosto pela celebração e pela poesia lhe eram tão característicos quanto a melancolia e o fato de não querer enxergar a realidade. Seria ele um ser humano ruim pelas coisas que fez? Ou não seriam justamente seus atos a torná-lo tão humano, por mostrarem que ele sempre seguiu seu coração? Teria ele encontrado o que procurava? Não sei. Não lhe perguntei. Quando o vi pela última vez de perto, observei-o longamente para depois ainda me lembrar de seu rosto quando as cores da foto Polaroid desbotassem. Penso nas covinhas ao lado de seus lábios secos, a pele enrugada, sobretudo na testa, na barba encrespada, no castanho-escuro de seus olhos que se tornaram cansados.

O céu está sombreado de verde-escuro, a luz do sol se esvai entre as agulhas dos cedros, sob cuja copa estou sentado. Uma lagartixa se move rapidamente sobre uma pedra, o ar está impregnado da resina exalada pelas árvores circunstantes. Lá embaixo cintila Beirute, e as montanhas no Norte desaparecem em meio à névoa. Sempre fico profundamente comovido quando penso no Líbano: em sua beleza indestrutível, que nenhuma cicatriz é capaz de estragar; em sua tragédia e em sua bênção de ser a pátria de muitos e, ao mesmo tempo, a origem de sua ruína. E sempre fico muito impressionado quando penso em sua perseverança em resistir justamente a essa ruína, em ver como o país consegue rebelar-se com toda a sua humilde força. Aqui em cima não se veem as fendas que o atravessam. Aqui em cima tampouco se ouve o fervilhar. Nada se sente da tensão que paira no ar lá embaixo. Aqui é como o Líbano foi um dia. O país que meu pai conheceu. Como ele aprendeu a amá-lo.

O personagem da minha infância que eu mais amava disse certa vez em uma história: "Há dois tipos de sentimento que podem ser associados à palavra *despedida*: uma despedida na tristeza, pois aquilo que é deixado para trás é valioso e importante demais para ser abandonado; e uma despedida na alegria, pois aquilo que se tem diante de si possui um brilho grande que desperta não a tristeza, mas a expectativa".

Agora sei como termina a história, escrevo a Yasmin. Pouco depois, o *display* do meu celular brilha: *Estou ansiosa para ouvi-la.*

O cedro, em cujo tronco estou encostado, ainda é jovem, bem menor do que os outros. Porém, é velho o bastante para ter visto como o país mudou. E com toda certeza ainda presenciará outras mudanças. Para melhor, como acredita meu irmão? Não sei. Talvez tenhamos de desaparecer em algum momento. Para que gerações futuras possam escrever sobre nós, porque não deixamos nenhum livro de história que fale a nosso respeito. Para que sejam obrigados a seguir nossos rastros, perguntar-se quem fomos, que mal fizemos uns aos outros e por quê. Mas, até lá, muitas ondas ainda baterão nas margens. Passará uma eternidade. E no final? No final permanecem os cedros. Estarão bem próximos uns dos outros, olhando para o Líbano lá embaixo. E, talvez, se o vento estiver favorável e soprar do mar para cima, será possível ouvir. Será possível ouvir como sussurram uns aos outros que um dia estive sentado à sua sombra. E como caminhei por aqui, à procura do meu pai.

Resumo da guerra civil libanesa até 1992

1970: No "Setembro Negro", movimentos afiliados à Organização para a Libertação da Palestina (OLP) são expulsos da Jordânia e se estabelecem no Líbano. Já em 1948, inúmeros palestinos foram para o Líbano, fugindo das tropas israelenses.

13 de abril de 1975: Para se vingarem de um atentado contra uma igreja cristã, milicianos da Falange maronita matam 27 passageiros palestinos em um ônibus em Beirute. É o início da guerra civil. Em pouquíssimo tempo, o país é dividido em territórios pequenos e minúsculos, nos quais apenas as organizações militares de cada grupo ditam as regras. A zona de conflito entre muçulmanos e cristãos, a "Linha Verde", divide Beirute.

Duas amplas alianças lutam na guerra civil: de um lado, a "Frente Libanesa", composta majoritariamente por partidos cristãos de direita, com a Falange (também conhecida como "Kata'ib") no topo. De outro, o "Movimento Nacional Libanês", composto por guerrilheiros palestinos, por nasseristas, baathistas, drusos, muçulmanos e pela esquerda. Contudo, as alianças mudam com frequência ao longo da guerra.

Junho de 1976: O "Movimento Nacional Libanês" submeteu grande parte do Líbano a seu controle. Para manter o governo cristão no poder, a Síria envia 30 mil soldados ao país vizinho.

1977: Bashir Gemayel, filho do líder falangista Pierre Gemayel, funda as "Forças Libanesas" (FL) como complementação militar da "Frente Libanesa". Nos anos seguintes, as FL absorvem várias milícias cristãs e não recuam perante atos de violência.

Março de 1978: Perto de Tel Aviv, um comando palestino mata 39 israelenses. Três dias depois, o exército israelense ocupa o sul do Líbano. A OLP deveria ser expulsa do Líbano com a "Operação Litani". A ocupação do sul do país dura poucos meses. Em seguida, o "Exército do Líbano Livre" assume o controle sobre o território. Inicialmente, combate a OLP e seus aliados e, após 1982, a nova força xiita do Hezbollah.

6 de junho de 1982: Como ministro da defesa israelense, Ariel Sharon inicia a segunda invasão do Líbano, a "Operação Paz para a Galileia". Dois meses depois, as tropas israelenses cercam Beirute Ocidental, a fim de provocar a retirada dos combatentes da OLP.

21 de agosto de 1982: Tropas multinacionais, compostas por soldados dos EUA, da França, da Itália e da Grã-Bretanha, desembarcam em Beirute para monitorar a retirada da OLP.

23 de agosto de 1982: As tropas multinacionais asseguram a eleição de Bashir Gemayel para a presidência do Líbano.

30 de agosto de 1982: Sob a liderança de Yasser Arafat, cerca de 6.500 combatentes da OLP deixam a cidade. Para Israel, ainda há terroristas nos campos de refugiados.

14 de setembro de 1982: Bashir Gemayel é morto em um atentado no quartel-general da Falange.

15 de setembro de 1982: As tropas israelenses tornam a ocupar Beirute Ocidental e cercam os campos de refugiados.

16 a 18 de setembro de 1982: Sob os olhos e com o apoio do exército israelense, a Falange ataca os campos de refugiados palestinos Sabra e Chatila, em

Beirute. Após a retirada da OLP, a maior parte dos residentes nos campos é composta de civis. Entre 2.000 e 3.500 pessoas são vitimadas no massacre.

1983-1985: As conferências de reconciliação entre os partidos da guerra civil fracassam repetidas vezes e acabam conduzindo a uma série de sequestros e assassinatos políticos.

Julho de 1985: As tropas israelenses recuam para uma "Zona de Segurança" de dez a vinte quilômetros de largura no sul do país. Em seguida, o Hezbollah inicia suas ações de guerrilha.

Novembro de 1989: O Parlamento libanês e membros da Liga Árabe elaboram um plano de paz para encerrar a guerra civil. No Acordo de Taif, a divisão do poder no Parlamento libanês é alterada de maneira a favorecer discretamente os muçulmanos, uma vez que, nesse meio-tempo, eles passaram a compor a maioria da população.

Agosto-outubro de 1992: Ocorrem as primeiras eleições parlamentares no Líbano depois de vinte anos. O bilionário Rafik Al-Hariri se torna primeiro-ministro. Sua empresa, *Solidere*, desempenha um papel decisivo na reconstrução do país. O assassinato de Hariri, em 2005, desencadeia a Revolução dos Cedros, que teve como consequência a completa retirada das tropas sírias do Líbano.

Os seguintes títulos me ajudaram e serviram de estímulo na criação do romance:

Bernhardt, Karl-Heinz. *Der alte Libanon*. Koehler & Amelang, 1976.

Chidiac, May. *Ich werde nicht schweigen!* Blanvalet, 2009.

Fisk, Robert. *Sabra und Shatila*. Promedia, 2011.

Fisk, Robert. *Pity the Nation – The Abduction of Lebanon*. Nation Books, 2002.

Knudsen, Are; Kerr, Michael (org.). *Lebanon: After the Cedar Revolution*. Hurst, 2012.

Konzelmann, Gerhard. *Der unheilige Krieg – Krisenherde im Nahen Osten*. DTV, 1988.

Pott, Marcel; Schimkoreit-Pott, Renate. *Beirut – Zwischen Kreuz und Koran*. Westermann, 1985.

Von Broich, Sigrid. *Libanon – warum es geschah*. BOD 2004.

Vorländer, Dorothea (org.). *Libanon – Land der Gegensätze*. Verlag der Ev.--Luth. Mission, 1980.

Agradeço

à minha esposa Kathleen pela paciência, pelo apoio e pelas inúmeras liberdades, sem as quais eu não poderia ter escrito este livro. Também agradeço a meus pais, que sempre me encorajaram a escrever histórias. Agradeço a meu agente Markus Michalek por seu empenho e sua fé nessa história e a toda a equipe da AVA International; a meu revisor Andreas Paschedag por seu entusiasmo e seu zelo e à Berlin Verlag pela confiança. Meu grande obrigado também vai para a cidade de Munique, que promoveu o romance com uma bolsa literária. Agradeço em especial a Kamil El-Hourani pelas longas e marcantes conversas e por ter partilhado comigo suas comoventes experiências durante a guerra civil libanesa, bem como os detalhes de sua fuga, e a todas as outras pessoas que me orientaram: o professor doutor Georges Tamer, da Universidade de Erlangen; Klaus Schmid, diretor da Evangelischer Verein für die Schneller-Schulen [Associação Protestante para as Escolas Schneller] no Líbano; Houda Jaber, pela transcrição dos trechos em árabe; Paul Khauli, da American University of Beirut, que me levou para a vida noturna e estudantil da cidade; os colaboradores do Centro de Documentação UMAM, em Beirute, por me permitirem consultar seus arquivos; e a comunidade protestante de Beirute, pela hospitalidade.